Patricia
Grace

# Drei Cousinen

## *Zu diesem Buch*

Drei Maori-Mädchen wachsen zusammen auf, bis sie auseinandergerissen werden. Makareta ist die Auserwählte – Hoffnungsträgerin der ganzen Familie. Missy ist die Beobachterin – sie nimmt ihr Schicksal hin, ohne ihre Träume zu vergessen. Mata ist die, die immer wartet – auf das Leben, das unterdessen vergeht.
In »Drei Cousinen« zeigt Patricia Grace eine Maori-Gemeinschaft, die im Sog der modernen Gesellschaft auseinanderzubrechen droht. Die Geschichte führt aus den vierziger Jahren bis in die Gegenwart, von der Gemeinschaft auf dem Land bis in die politischen Probleme und Proteste der Städte. Der ruhige Erzählfluß kontrastiert mit den schnittartig zusammengesetzten Blickwinkeln dreier unterschiedlicher Frauen, die erst am Ende ihrer Lebenswege wieder zusammenfinden. Grace' ganz eigener Tonfall ist eindringlich und überzeugend.

»Selten vermittelt ein Buch eine ebenso fremde wie faszinierende Lebensweise so glaubhaft von innen heraus.« *Berner Zeitung*

## *Die Autorin*

Patricia Grace, 1937 in Wellington, Neuseeland geboren, war viele Jahre Lehrerin und lebt heute auf dem Land ihrer Vorfahren in Plimmerton. Ihr Erzählband »Wairaki« (1975) war die erste Veröffentlichung einer Maori-Autorin überhaupt. Für den Roman »Potiki«, ihr erstes Buch, das auf deutsch übersetzt wurde, erhielt Patricia Grace den LiBeraturpreis 1994. Ihr neuester Roman, »Dogside Story«, wurde 2001 mit dem internationalen Kiriyama Prize ausgezeichnet.

Im Unionsverlag sind außerdem lieferbar: »Anapuke, Berg der Ahnen« sowie »Potiki«.

## *Die Übersetzer*

Helmi Martini-Honus und Jürgen Martini übersetzen seit 1982 Bücher aus dem Englischen. Waren es zunächst afrikanische Romane und Jugendbücher (u. a. »Kariuki« von Meja Mwangi, 1992 mit dem Deutschen Jugendliteraturpreis ausgezeichnet), so haben sie inzwischen auch einen philippinischen Roman und mehrere Romane von Patricia Grace übersetzt.

Patricia
Grace

# Drei
# Cousinen

Aus dem Englischen
von Helmi Martini-Honus
und Jürgen Martini

Unionsverlag
Zürich

Die englische Originalausgabe erschien 1992
unter dem Titel *Cousins* bei
Penguin Books (NZ) Ltd., Auckland.
Die deutsche Erstausgabe erschien 1997
im Unionsverlag, Zürich.

*Im Internet*
Aktuelle Informationen,
Dokumente, Materialien
*www.unionsverlag.com*

Unionsverlag Taschenbuch 283

Rieterstrasse 18, CH-8027 Zürich
Telefon +41 (0)1 281 14 00, Fax +41 (0)1 281 14 40
mail@unionsverlag.ch

Umschlagkonzept: Heinz Unternährer, Zürich
Umschlagbild: Alex M. Mosler, Dortmund
Druck und Bindung: Clausen & Bosse, Leck
ISBN 3-293-20283-7

Die äußeren Zahlen geben die aktuelle Auflage
und deren Erscheinungsjahr an:
1 2 3 4 5 - 07 06 05 04

*Inhalt*

*Den Nachfahren von Te Kakakura und Unaiki Whareangiangi gewidmet*

# Mata

## I

Genug gelaufen, und keine Ahnung mehr, wie sie mitten auf die Straße gelangt war. Konnte sich nicht erinnern, wann sie vom Fußweg abgekommen war, auf dem sie heute nachmittag, heute früh, davor, noch früher, wann noch gegangen war.

Mitten auf der Straße, regungslos. Kein Fuß setzte sich vor den anderen. Die Hände pendelten nicht mehr – rechts und links –, um ihr vorwärtszuhelfen. Die Augen sahen nicht mehr geradeaus, sondern nach unten, auf zwei Füße herunter. Auf die Fußnägel der beiden großen Zehen, eingerissene, geriefte, schwarze, krustige, verhornte Zehennägel. Rostige Sägen. Und auf die Nägel der Nachbarzehen, geriffelt und bucklig, gekrümmt und krallenförmig, auf der teerigen Straßenmitte kratz-pickend. Und die Nägel der mittleren Zehen? Der linke weg, der rechte ganz abgewetzt, fast weg. Er war so grau wie kranke Haut, wie ein Stück von einem abgestorbenen Zahn, farbenprächtig wie ein Bluterguß, wie eine Quetschung, wie ein Fetzen, wie ein zerschlissener Rest. Die Nägel der Zehen daneben waren, der linke wie der rechte, unter die mittleren Zehen gebogen, wobei die Gelenke weiß hervorstanden und die beiden Knochenklumpen die schmutzige Haut abstützten. Die Nägel der kleinen Zehen schließlich waren eingewachsen, schnitten in die Haut der Zehen, ins Fleisch ein. Es blutete und war voller Dreck. Es sah beides gleich aus, Dreck wie Blut. Ein Teil des Drecks war Teer vom Auf-der-Straßenmitte-Gehen. Wußte nicht mehr, wann sie den Fußweg verlassen hatte und auf der Straßenmitte weitergegangen war.

Von morgens bis abends den Fußweg entlangwandern. Am Anfang nicht auf die Ritzen treten, aber später dann nur noch irgendwohin, wo ihre Füße gerade hintrafen, einer am Boden, einer einen Schritt vorwärts, dann der am Boden einen Schritt vorwärts. Die Hände hatten sie weitergeschaufelt – die eine Hand und dann die andere –, indem sie die Luft einfingen und zurückwarfen. Jede Handvoll Luft ihre, dann nicht mehr, zurückgeschaufelt, wo immer es hinging.

Die Füße den Staub ebenso. Eine kleine Staubwolke unter ihrem Fuß hervor nach hinten gewirbelt. Ihre, nicht mehr ihre. Dann unter dem anderen hervor, nach hinten und weg. Ohne jemandem zu gehören. Nichts besessen, nichts geschuldet, so ging sie ihren Weg, angesprochen nur von Schildern, die sagten: Gehen, Warten, Langsam fahren, Freihalten, Hamburger, Red Hot Specials, Neon-Tops, Bücherbörse, Geöffnet, Natürlich Leben, Sticky Filth Porno, Wir stellen ein, Geburtenkontrolle, Vorführungen täglich um 6.00 Uhr und 8.00 Uhr, Reisen Rarotonga – Hawaii, Bewerben Sie sich drinnen, Way Down Sale, Leider geschlossen, Nicht stürzen – Zerbrechlich, Jade, Haifischzähne, Räumungsverkauf, Achtung Feuerwehr, Natürlich Leben, Treten Sie näher, Cafe Paradiso, B. Y. O., Expreß-Fotos, Eheberatung, Unerlaubt parkende Fahrzeuge werden abgeschleppt. Und Atem, ihrer, nicht ihrer. Außer Atem.

Jetzt stand sie mitten in der Nacht mitten auf der Teerstraße. Kein Mensch da, nur sie. Keine Leute, die einkauften, keine Arbeiter, keine Kinder auf Skateboards, keine Jogger, Kinobesucher oder Leute auf dem Abendspaziergang. Die Einfahrten, die Unterführungen und die Parks hatten die bleichen alten Männer und die dunklen Kinder, die auf der Straße lebten, aufgenommen. Keine Autos, keine Laster oder Lieferwagen, kein Junge auf dem Fahrrad, kein rennendes Mädchen – keine Frau, die schaute und den Kopf drehte, aus dem Fenster eines vorbeifahrenden Nachtbusses starrend.

Irgendwo dort hinten hatte sie die unglückbringenden Ritzen der Veranden verlassen, wo sie an Schaufenstern mit Schuhen, Röcken, Kleidern, Nachthemden, Damenunterwäsche, Strumpfhosen und Tüchern vorbeigegangen war. Vorbei an Trainingsanzügen in Regalen, T-Shirts auf Drehständern, Jacken und Jeans, Unterhemden und Unterhosen, Socken, Schlafanzügen und Krawatten. Seidenblumen, Schmetterlingen aus Gaze, Masken und Spiegeln, Mickey und Donald, Glücksbringern aus Ton, Messingtellern, Wasserkrügen mit passenden Bechern, künstlichen Früchten, Kristallkugeln und Schüsseln und Lüstern aus Plastik. Vorbei an Friseuren, Fotografen, Juwelieren, Predigern, Sängern, Schnüfflern und Zeitungsverkäufern. Hot bread, Brathähnchen-Stand, Obst und Gemüse, Fish and chips, Brötchen, Kuchen, Brot, Käse- und Fleischpasteten, Fischsteaks, frittierten paua, Fischfilets, Langusten, Tintenfisch, in Salzlake eingelegten Muscheln.

Jeden Tag. Aber jetzt saß sie mitten auf der geteerten Straße, mit pechschwarzen Füßen, die Füße und Knöchel mit Teerspritzern gesprenkelt, ein- und ausatmend, die Schnaufer und Atemzüge gingen hin, wo immer sie wollten. Saß da. Mitten auf der geteerten Straße. Mitten in der nicht dunklen Nacht, die orangefarben war, von den orangefarbenen Straßenlaternen und den strahlenden Sternen erhellt.

Unten Teer. Oben Sterne. Teer – Sterne. Sterne, Starren. Als alle verschwunden waren, war noch ein Bus gekommen, ein letzter Bus. Das rennende Mädchen, verschwunden, der Junge auf dem Fahrrad, verschwunden. Die verlorenen Kinder, die verlorenen alten Männer waren in Toreinfahrten, Durchgänge, Schulhöfe, Parks verschwunden. Nur sie war noch dort am Straßenrand, ging und ging, und aus einem vorbeifahrenden Bus hatte eine Frau geschaut, voller Überraschung aus dem Busfenster gestarrt. Und jetzt, noch einmal, war nur noch sie da, saß da, starrte auf den Teer – ihr eigenes schwarzes Ich, ein Kleid und ein an ihr herunterhängender Mantel mit großen Taschen, ein Schuh in jeder Tasche, die

Absätze an den Schuhen abgelaufen und ein rundes Loch in beiden Sohlen. In der einen Tasche befand sich eine gerahmte Fotografie. Irgendwo da hinten nach dem Gedränge und Geschiebe, wo die schnellen Autos und die Busse herumjagen, hatte sie sich gebückt, den einen Schuh ausgezogen und dann den anderen und sie in die Taschen gesteckt.

Wann?

Danach war sie wieder weitergegangen, und ihre Füße, nicht ihre Schuhe, waren über die schon vergangenen Fußspuren der verschwundenen Leute gepatscht – über heutige und gestrige Fußspuren von Leuten, die ausschritten, trödelten, torkelten, einander auswichen, im Zickzack liefen. Viele Fußspuren von vielen Menschen. Ihre eigenen breiten Füße waren über sie weggegangen, Fuß auf Fuß.

Am Ende des Fußwegs hatte sie dann gewartet, da hinten in der nicht ganz dunklen Dunkelheit, mit einem Schuh in jeder Tasche gewartet, während der letzte Bus auf der erst kürzlich geteerten Straße vorbeigefahren war, mitten durch die nachtschlafende Zeit.

Das Gesicht, das sie gesehen hatte, war ein Gesicht wie ihr eigenes gewesen, breit und dunkel, dick von Haaren eingerahmt, die allmählich weiß wurden, und in den Augen, die ihren begegnet waren, hatte Überraschung gelegen. Der Bus bahnte sich seinen Weg vorwärts, und ihre Augen hatten einander festgehalten, bis der Bus nur noch als Umriß zu sehen war, als immer schwächer werdendes Licht auf der langen Straße.

Da war sie dann von dem Fußweg heruntergegangen, unter den Markisen der Geschäfte hervorgetreten mit ihren in den Taschen steckenden Schuhen und war mitten auf der Straße weitergegangen, wobei ihr dauernd alle möglichen Wörter im Kopf herumkreisten, Wörter, die mit Geschäften und Waren, Schildern und Hinweisen zu tun hatten – von Friseuren und Supermärkten, Wäschereien, Fischhändlern, Fleischern, Cafés, Blumenläden, Zahnärzten, Fotografen,

Juwelieren und Apothekern. Die zu tun hatten mit Leuten auf dem Heimweg, mit Leuten, die in Parks und Eingängen schliefen, mit Licht und Sternen, Dunkelheit und Laufen, mit einer sich umwendenden Frau, Füßen und Gesichtern, Treppen und Treten. Sie hatte ihr Hirn mit einem Wirrwarr an Wörtern angefüllt, die keine Gedanken waren, mit Wörtern, die zu keinen Gedanken wurden. Dann war sie stehengeblieben.

Wo? Wollte gar nicht wissen, wo oder warum, oder wollte keine Gedanken haben, die zum Nachdenken führten. Wollte nur die Hände in den Schuhen in den Taschen und nur ihr eigenes Ich haben, ihr eigenes häßliches Ich, mit ihren eigenen großen Füßen und großen Händen, ihrem eigenen breiten Gesicht, ihren eigenen schlimmen Haaren, die allmählich weiß wurden und rund um ihren großen Kopf abstanden. Ein Mantel, ein Kleid. Schuhe, die aus dem letzten Loch pfiffen oder aus dem letzten Loch der Sohle oder aus der letzten Tasche, ein gerahmtes Foto und ihr Name.

Sie wollte das haben, was sie bis jetzt immer vermieden hatte – nur ihr eigenes Ich, was genau das war, was sie immer schon gehabt hatte. Nur ihr eigenes Ich und ihren Namen, Mata Pairama.

Mata Pairama saß da auf der Straße, atmete ein und aus, hatte Gedanken, aber dachte nicht nach. Hatte Gedanken, die sich manchmal verhedderten, zusammenklumpten, während sie auf einen unbeachteten Augenblick warteten, wo sie zum Nachdenken wurden, wo sie Fragen wurden – das Wo, das Warum, das Was –, noch einmal zum Beginn einer Suche nach Antworten wurden, noch einmal zum Beginn von Warten wurden.

Aber es gab kein Warten mehr, kein Antwortensuchen auf Fragen, die schon vom Befingern ausgefranst waren, weil sie jetzt wußte, daß es keine Antworten gab, es sei denn, die Antworten waren »Nirgends«, »Nicht zu erklären«, »Nichts«, »Niemand«.

Nichts und niemand, nur sie und ihr Name, ein Kleid, ein Mantel, Hände in Schuhen in Taschen. Mata Pairama. Dann gab es noch ein gerahmtes Foto und zwei Füße, die sie vorwärts trugen. Sie war ihr eigenes Ich, häßlich.

## 2

»Häääßlich. Häääßlich.«

Die Kinder sangen es durch die Zwischenräume der Bretter, leise genug, daß sie so tun konnte, als höre sie es nicht. Ein Auge bewegte sich hinter einem Astloch, und sie drehte ihren Kopf so, daß sie es nicht sah, drehte sich auf dem Stuhl, wandte ihm den Rücken zu.

Die Frau in dem fadenscheinigen Kleid, die den Knauf am Rauchabzug herumwarf, war ihre Tante. Sie hatte ein hübsches Gesicht, wie sie beim Lächeln ihre auseinanderstehenden Zähne zeigte, so glatt, als könnte sie durchaus jung sein, jünger als ihr Kleid.

Stirnrunzeln.

»Kinder, nun kommt rein, und seid nicht so frech. Hol mal Holz, Chumchum. Missy, du hol das Baby und die Wäsche her, und bring ihm auch ein Unterhemdchen mit.« Die Tante schob einen Topf auf dem Herd beiseite und stellte statt dessen einen Blechkanister drauf.

Der Junge kam herein, legte Holz auf die Feuerstelle und stand dann da und klopfte sich ab, wobei er seine Augen verdrehte und den Kinnladen herunterhängen ließ. »Hör auf damit«, sagte seine Mutter und gab ihm eine Ohrfeige.

»Immer muß *ich* mich um Bubba kümmern«, sagte das Mädchen hinter ihm. »Bubba Pipi gemacht, Bubba Aa gemacht«, und die Tante stampfte mit dem Fuß auf und schickte das Mädchen hinaus zur Wäscheleine.

»Gib Mata das Baby«, sagte sie.

Bubba stank und sie hieß nicht Mata. Weshalb nannte die

Tante sie nur immer Mata, was sich nicht einmal wie ein richtiger Name anhörte – es klang eher wie ein Geräusch, oder wie Butter. Sie konnte Leute nicht leiden, die einfach irgendwelche Namen erfanden und freche Bälger als Kinder hatten und ein stinkendes Baby, aber sie war zu schüchtern, um etwas wegen ihres Namens zu sagen.

Jetzt lächelte die Tante wieder. »Schau, Bubba, deine Cousine Mata, siehst du?«

»Er ist May.«

»Was?«

»Mein Name. Wie auf der Tasche«, sagte sie und zeigte auf das Schild, »May Parker.«

»Das hab ich gesehen, aber ich dachte … Also so heißt du?«

»Ja.«

»Meine Schwester hat dich aber Mata genannt.«

*Stinken* war ein schlimmes Wort, und wenn eines von den Kindern im Heim dabei erwischt wurde, steckte die Leiterin ihm Seife in den Mund, oder es mußte sich mit nacktem Hintern vorbeugen und kriegte Schläge mit dem Stock. Während der Mahlzeit mußte es in der Bibel lesen, während die anderen ihre Vesper aßen. Wenn sie in Ferien war, durfte sie nicht vergessen, das Wort des Herrn zu lesen, morgens und abends zu beten und immer des Herrn Willen zu tun. Sie hatte für die Ferien neue Sandalen bekommen und ein braun-weißes Gingham-Kleid, das Mrs. Parkinson genäht hatte. Sie selbst hatte ihre Strümpfe gestopft und die Ärmelaufschläge ihrer Strickjacke ausgebessert, und sie besaß zwei Taschentücher mit ihrem Namen drauf. Und das alles, weil sie Großeltern, Tanten und Onkel und Cousins und Cousinen hatte, die sie eingeladen hatten. Jean war wegen der Großeltern und der Sandalen neidisch gewesen.

Es konnte wohl sein, daß sie Jean nie wieder sah, konnte wohl sein, daß sie nie wieder in das Heim zurückkam, weil ihre Großeltern sie bei sich behalten wollten. Dann würde sie auch solche Kleider und Schuhe wie die Schulkinder bekommen, die jeden Tag aus den ihnen gehörenden Türen der ihnen gehörenden Häuser kamen, die jeden Morgen auf dem Weg zur Schule den ihnen gehörenden Weg entlangkamen und durch das ihnen gehörende Tor gingen. Die ihnen gehörende Gardine an den ihnen gehörenden Fenstern bewegte sich dann, und die Hand der Mutter winkte. Manchmal steckte eine Mutter auch den Kopf aus dem Fenster und rief: »Denk dran, daß du von der Schule gleich nach Hause kommst.« Die Mädchen hatten Springseile und Federmäppchen, die Jungen hatten Pennys und Murmeln.

Das Mädchen, Missy, kam mit der Wäsche herein und trug sie in das andere Zimmer hinüber. Der Junge kam mit einer Schüssel voll Wasser, mit einem kleinen Stückchen gelber Seife darin hinter ihr her. »Nimm mal die Windel, Missy, bring sie zum Klo«, rief ihre Tante, und Missy lief los, lief, irgendwohin.

Aber wohin? Denn sie selbst wollte zum Klo gehen, war nicht mehr gewesen, seit sie das Heim verlassen hatte, nicht einmal im Zug.

»Bleib auf deinem Platz sitzen«, hatte Mrs. Parkinson gesagt. »Sprich mit niemandem und steig auf keinen Fall aus, bis du an deiner Bahnstation angekommen bist. Und vergiß auch nicht, daß ich für dich verantwortlich bin, May. Ich bin diejenige, die dir diese Ferien gestattet hat, und ich erwarte von dir, daß du dich gut benimmst und gehorchst. Die Kinder aus dem Heim sind dazu erzogen worden, den Herrn zu lieben und zu fürchten. Du mußt dich vor Sünden hüten, während du weg bist, und dich vor schlechter Gesellschaft in acht nehmen. Und hüte dich vor dem Teufel, der dir Böses einflüstern will und dich in Versuchung führen will, damit sich die Tore der Hölle für dich öffnen.«

Als der Zug losfuhr, sah sie aus dem Fenster auf die rangierenden Lokomotiven, die Eisenbahngebäude, die Fabriken und Schuppen und das Kreuz und Quer der Schienen. Rauch und Ruß waren von der Lokomotive nach hinten geströmt, als der Zug schneller wurde. Telefonmasten und rußige Häuser waren vorbeigeflogen. Mast, Haus Haus, Mast, Haus Haus, schneller und schneller.

Dann waren große Weiden mit grasenden Schafen gekommen, oder kleinere, wo Kühe zwischen Büscheln von Unkraut, an Ufern mit Schilf, Binsen und alten schiefen Bäumen weideten. Aber sie hatte auf die Häuser geachtet, denn das war es, was sie am liebsten mochte, sie mochte es, über Häuser nachzudenken.

In den Häusern drin waren Mütter, Väter und Kinder, Tische und Stühle, Tassen und Geschirr in einem Geschirrschrank, Gardinen mit Blumenmuster, geblümte Tapeten, gemusterte Teppiche auf dem Fußboden, Betten mit glänzenden Überdecken, Schubladen und Kleiderschränke voller Kleidungsstücke. Da waren Spielsachen und Puppen. Die Puppen hatten Kleider und Hosen, und es gab Döschen mit Perlen, aus denen man Armringe und Ketten machen konnte, indem man die Perlen auf einen Faden auffädelte – grün weiß rot, grün weiß rot, nur rot, nur grün, ganz wie man wollte. Wenn sie lang genug war, band man sie der Puppe um das Handgelenk oder den Hals.

Dann kam die Mutter und scheuchte einen hinaus, weil man das nicht durfte. Betty durfte keine dreckigen, schwarzen Kinder mit nach Hause bringen, um Armringe oder Halsketten für Puppen zu machen. Oder Heimkinder. Betty war ein ganz, ganz ungezogenes Kind.

Aufspringen. Die Perlen kippten aus, fielen auf den geblümten Teppich, waren auf dem gemusterten Linoleum verstreut. Rausrennen, weil sie sich fast in die Hose machte, mit zusammengepreßten Beinen. »Wer hat dir gesagt, daß du hierher kommen darfst … Verschwinde … Und laß dich hier drin ja nicht wieder von mir erwischen.«

Zum Tor hinaus, die Straße entlang, machte sich fast in die Hose.

Sie war zu spät nach Hause gekommen und war ins Badezimmer geschickt worden, um den Hintern für den Rohrstock bloßzumachen. Nach der Tracht Prügel hatte sie dann gepinkelt, so daß der Stock wieder herabgesaust kam Dafür – Daß – Sie – Ein – Schmutziges – Mädchen – War – Jetzt – Wisch – Diesen – Schmutz – Weg.

»Pißhose, Pißhose«, hatten die Kinder gesagt, als sie den Schrubber und Wischeimer holen ging, aber nur geflüstert, damit sie nicht die Zähne auseinandergezwängt und den Mund gewaschen bekamen. »Pißhose, Pißhose«, zischten sie.

Sie war im Zug auf ihrem Platz sitzen geblieben, obwohl sie gern auf die Toilette gegangen wäre. Jetzt mußte sie dringend und wußte nicht, ob sie die Tante um Erlaubnis fragen sollte oder einfach aufstehen und Missy suchen, die irgendwohin zum Klo gelaufen war.

In der Schule mußte man sich melden, damit die Lehrerin es sah, und sagen: »Darf ich, bitte, austreten gehen?« Manchmal durfte man gehen, aber immer nur einer, aber manchmal durfte man nicht.

»Bist du in der Mittagspause gegangen?« hatte Miss Bower gefragt.

»Ja, Miss Bower.«

»Na, dann kannst du ja wohl bis Schulschluß warten, oder?« Blicke. Blicke auf ihr. Blicke auf ihrem Heimkleid, ihrem Heimhaarschnitt, ihrem schwarzen Gesicht. Heimi, Heimi. Schwarzi, Schwarzi. »Oder?«

»Ja, Miss Bower.«

»Dann setz dich hin.« Sie hatte sich hingesetzt, ihre Beine zusammengepreßt, die Knochen seitlich der Knie und die speckigen Teile der Oberschenkel zusammengedrückt und war außerstande gewesen, zu schreiben oder zu lesen oder zuzuhören.

Dann hatte ein Junge mit einer Schlange in der Tür gestanden und sie mußte dringend pinkeln. »Bist mein Guter, Manny«, sagte ihre Tante.

»Ich hab saiin Loch gefunden. Ich hab ihn am Ufer rausgezogen, unten da.«

»Tu ihn auf den Klotz draußen, ich hol ein Messer.«

Sie konnte sehen, daß die Tante sich freute, als sie beim Herd ein Messer vom Haken nahm. Tante Wer? Wenn sie den Namen der Tante kannte, könnte sie sagen, bitte, Tante Betty oder Jean oder Mary, darf ich austreten?

Sie war mit ihrer Tasche aus dem Zug gestiegen und hatte sich nach jemandem umgesehen, der ihre Großmutter oder ihr Großvater sein konnte, hatte aber nur diese Frau oder das große Mädchen mit einem langen, weiten Mantel und Mädchenschuhen gesehen. »Ich bin deine Tante«, hatte die Frau gesagt, als wäre sie schüchtern, hatte aber ihren Namen nicht genannt. »Gib mir deine Tasche.«

Sie waren zusammen eine weiße Straße entlanggegangen, schweigend, bis die Tante stehengeblieben war und »Hier gehen wir durch« gesagt und ihr die Drähte eines Zauns auseinandergehalten hatte. »Das kleine Haus dort, da gehen wir hin.« Die neuen Sandalen waren mit weißem Staub bedeckt und drückten mittlerweile. Nachdem sie durch den Zaun waren, gingen sie geradeaus einen Abhang hinunter, überquerten einen kleinen Fluß und folgten dann dem Weg durch Binsen und zwischen Bäumen entlang. »Deine Großeltern kommen übermorgen wieder«, hatte die Tante gesagt, als sie einen kleinen Hof betraten. Der Junge und das Mädchen waren da mit dem Baby. Sie sahen genauso alt aus wie die Schrei-Baby-Heimkinder, auf die sie und Jean aufpassen mußten – sie anziehen, ihnen helfen, zur Schule zerren und jagen – und wegen denen sie Schimpfe kriegten. Die beiden Kinder waren hinter das Haus gegangen und hatten das dreckige Baby mit sich gezogen. Aber es war gar kein richtiges Haus.

»Albern«, hatte die Tante hinter ihnen her gerufen. Dann hatte sie gesagt: »Komm herein, Mata. Setz dich hin und ruh dich aus, meine gute Mata.« Aber sie hieß doch gar nicht Mata.

Einen Platz zum Hinsetzen hatte sie zwischen dem Tisch und der Wand gefunden, und hoch über ihrem Kopf war ein kleines Fenster. Es war wie in der Festung, die die Jungen aus der Schule einmal aus Kisten und Brettern gebaut hatten. Da war ein Ofen mit einem Topf und einer Büchse mit Kerosin drauf, ein Waschbecken und eine ganze Reihe von Blechkanistern auf einer Bank und Kisten, die wie Geschirrschränkchen ohne Türen an die Wand genagelt waren. In den Kisten waren Blechteller und -tassen, -schüsseln und -kessel und Messer. Die Wände waren mit alten Ausgaben der *Free Lance* und der *Auckland Weekly* tapeziert, und dann hing da noch eine Lampe an einem S-förmigen Stück Draht von der Decke herab.

Die Festung der Jungen aus der Schule hatte kleine Torbögen und Durchgänge, die man entlangkriechen mußte, um in einen kleinen Raum zu gelangen, in dem man mit ganz eng angezogenen Knien sitzen konnte, aber das war böse. Kinder hatten sich dort ihre Hosen ausgezogen, dann hatte es jemand verraten, und sie hatten alle Schläge mit dem Rohrstock gekriegt. Danach waren die Kisten verboten worden und der Abhang durfte nicht mehr betreten werden.

»Tante, ich muß mal …« Mit Bubba auf dem Arm stand sie auf, hüpfte von einem Bein aufs andere, und ihre Tante blieb mitten auf der Schwelle stehen und drehte sich um, das Messer in der Hand.

»Tut mir leid, Mata … May … Hier draußen.« Sie nahm das Baby und wies mit dem Messer den Weg hinunter, der durch hohes Gras führte. »Da, am Ende kannst du es sehen.«

Das Gras strich kalt an ihren Knöcheln entlang, und sie fürchtete sich vor Schlangen, wollte lieber laufen, hatte aber Angst, daß sie dabei in die Hose pinkelte. Pinkeln war ein Fluchwort. Sie eilte, hielt ihre Muskeln angespannt, bis sie an einer kleinen Wellblechhütte mit offen stehender Tür ankam.

Drinnen dunkel. Gestank. Sie pinkelte in ein großes Loch, in das man hineinfallen konnte. Ertrinken und ersticken in anderer Leute Pisse und Kacke. Zum Abputzen war Zeitungspapier da. Fliegen, Spinnen – vielleicht sogar Schlangen. Sie zog schnell ihre Hose hoch, strich sich das Kleid glatt, stieß die Tür auf. Wollte nur nach Hause, und rannte den grasigen, schlangigen Weg entlang.

Dann hielt sie im Laufen inne. Sie war zehn Jahre alt, fast elf. Sie mochte ihre Tante, und dann gab es auch noch die Großeltern, die am übernächsten Tag zurückkamen und sie mit nach Hause nahmen. Im Haus der Großeltern gab es dann schöne Sessel und Kissen, Gardinen und Bettüberwürfe. Sie wollten sie doch bei sich behalten, und sie bekäme Kleider, Röcke, einen Morgenrock, Hausschuhe und Puppen. Der Cousin und die Cousine waren freche Bälger, aber was machte das schon.

Unter dem Gestell der Zisterne waren eine Wasserschüssel und eine Kiste mit Schalen und Seifenresten drauf. Es standen Eimer mit Wäsche und eine alte Wanne da, und an einem Querbalken des Gestells war ein Stück von einem Spiegel, eine Tasse mit einem Rasiermesser und einem Rasierpinsel, eine Drahthaarbürste, ein großer grüner Kamm, dem Zinken fehlten, und ein fettiges Glas. Zwei fadenscheinige Handtücher hingen über einem Draht, der von einer Ecke zur anderen gespannt war. Die Tante hatte Missy hergeschickt, damit sie ihr zeigte, was zu tun war. Missy, rötlich und schorfig. Rötliches Gesicht, rote strähnige Haare, rötliche schorfige Arme und Beine, zerlumptes rötliches Kleid. Mager, vorstehende Zähne, schorfig und rötlich.

Sogar rötliche Augen, die ständig beobachteten, rötliche Lider, die ständig flatterten, während sie da auf einem Bein stand und mit dem anderen knöchelaufwärts und -abwärts scheuerte. »Makareta war in einem Zug. Hat Pastete und Himbeersaft gekriegt«, sagte sie, drehte sich dann um und lauschte. »Lief weg und rief: ›Dadda, Dadda.‹«

Als May wieder im Hof ankam, waren ihre Tante und die Kinder da und sahen sich das aufgeschnittene Ding an dem

Hackklotz an, eine Schlange, und dann war noch ein rötlicher Mann mit struppigen Haaren da. »Schau mal, Bobby, das ist May«, sagte die Tante, und der Mann umarmte sie und küßte sie auf die Wange.

»Ich dachte, sie hätte einen anderen Namen?«

»Mata, aber sie sagt, sie heißt May.«

»May-bee, may-bee …«, sang er vor sich hin.

»Sei still, Bobby, sie ist schüchtern.« Die Tante hatte ein rotes Gesicht und sie lächelte, als sie sich auf den Klotz setzte.

*Vielleicht, May-bee, mein Mädchen,*
*Auf was warten wir noch?*

Er nahm Bubba auf den Arm und hüpfte singend mit ihr auf dem staubigen Hof herum.

Es war kein richtiges Haus, aber es war warm drinnen, besser als die Festung der Jungen aus der Schule, weil man aufrecht stehen konnte. Es roch wie in einem Topfschrank. Ihr Onkel Bobby hatte die Lampe angezündet, aber sie gab nicht viel Licht, und May konnte nur den mit Zeitungspapier bedeckten Tisch und die Gegenstände darauf sehen – Salz in einer Tasse, Butter auf einer Untertasse, Marmelade in einem Glas, Brot, das so alt aussah wie das Mittwochsbrot, das sie im Heim bekamen. Hätte gern etwas davon gehabt. Es war schon lange her, daß sie gefrühstückt hatte, daß sie gar nicht hatte essen mögen, weil sie bei dem Gedanken daran, in die Ferien zu fahren, zu aufgeregt gewesen war. Aber sie hatte sich dazu gezwungen, den Haferbrei zu essen, und hatte eine Ecke von ihrem Toast abgebissen, bevor sie ihn zu Jean hinübergeschmuggelt hatte.

Ihre Tante stand am Herd und teilte das Essen aus. Sie hatte sich zur Seite gedreht, damit Licht auf den Topf fallen konnte. Kartoffeln und keine Schlange, sondern Aal. Sie hatte noch nie davon gehört, daß man Aal essen konnte, aber es mußte ja richtig sein, denn alle mochten es und nahmen sich mit der

Hand davon, denn sie hatten keine Manieren, und dann wischten sie sich die klebrigen Finger an dem Zeitungs-Tischtuch ab.

Jeder hatte nur einen Löffel, und so machte sie die Kartoffel damit klein und kratzte ein Stück Aalfleisch von einer Reihe von Gräten ab, die dünner als Nadeln waren, dann fiel ihr ein, daß sie kein Tischgebet gesprochen hatten. Probierte – schmeckte schlimmer als Kohlrüben und Kutteln.

Die Tante und der Onkel rauchten. Vorher, als sie draußen waren, hatte die Tante sich auf einen Klotz gesetzt, in dem eine Axt steckte, während ihr Onkel schwankend zur Zisterne ging, um sich zu waschen. Während er weg war, hatte die Tante mit dem Tabak aus einer blauen Blechbüchse zwei magere Zigaretten gedreht, und Manny hatte ihr zum Anzünden vom Feuer ein Stöckchen gebracht. Die beiden hatten dann dort gesessen, ohne zu reden, hatten nur geraucht. Sie hätte ja ihr Tischgebet still für sich gesagt, wenn sie sich nur noch hätte erinnern können, wie es anfing.

Erinnern. Alles, was man dir beigebracht hat, May. Bete am Anfang und am Ende eines jeden Tages, vor und nach jeder Mahlzeit. Der Herr ist unser Hirte, denk dran. Dank sei Dir, Herr, für was das oder das was Ihr oder Euer uns gegeben habt … Zog noch mehr Aalfleisch von den Gräten ab und kaute es zusammen mit einem Stück von dem Brot, so wie man Kohlrüben und Kutteln herunterbringen konnte. Hungrig.

Die Tante schöpfte das Aal-Kochwasser aus dem Topf und stellte jedem eine Tasse davon hin. Ihr Onkel und die Kinder tunkten ihr Brot hinein, denn sie hatten kein Benehmen, und aßen das matschige Brot, als wäre es ganz köstlich. Wir lassen Mädchen mit schlechten Manieren nicht in die Ferien fahren, denk dran. Der Aal war Pastete, das Aalwasser war Himbeersaft. Das war es eigentlich, was vor ihr stand, Pastete und Himbeersaft, wie bei dem Jungen und dem Mädchen im Zug.

Drähte schwangen sich von Laternenpfahl zu Laternenpfahl, Drähte zogen sich von Zaunpfosten zu Zaunpfosten. Wenn sie den Kopf ans Fenster lehnte, konnte sie die schwarze Lokomotive mit der dicken, weißen Rauchfahne sehen.

Auf der anderen Seite hatten eine Mutter und ein Vater mit ihren zwei Kindern gesessen. Sie hatten Taschen und Kissen dabei und hatten eine der Rückenlehnen umgeklappt, so daß sie sich alle gegenüber saßen, schließlich fuhren sie ja gemeinsam in die Ferien. Da hinten, wo sie herkamen, war wohl ihr Haus mit verriegelten Fenstern und Türen, aber wenn man hineinginge, fände man eine Küche mit blauen Wänden, blauem Linoleum, Gänseblümchen-Gardinen und weißen Türen an den Schränken. Im Wohnzimmer wären ein mit Blumen und Blättern gemusterter Läufer, geblümte Tapeten, Spitzengardinen, ein mit braunen Backsteinen eingefaßter Kamin, ein braunes Sofa und zwei Sessel.

Das Mädchenschlafzimmer hätte rosa Vorhänge und braune Jalousien, ein Bett mit einem glänzenden Bettüberwurf und einer geblümten Daunendecke darauf. Dann wäre da noch ein polierter Ankleidetisch mit einer Bürste und dazugehörigem Kamm, Spitzendeckchen mit Katzen und einem Schmuckkästchen, und auf dem Fußboden läge rehbraunes Linoleum und eine rosa Matte. Das Mädchen hätte einen Morgenrock und Hausschuhe mit Pompoms darauf.

Im Jungenschlafzimmer wären grünes Linoleum und ein gestreifter Bettüberwurf mit dazu passenden Gardinen. Es hätte cremefarbene Tapeten und braune Jalousien. Auf einer Kommode mit Schubladen, die grün gestrichen wären, lägen allerlei Jungensachen – Zündplättchenpistole, ein Ball aus Staniolpapier, ein Kreuz mit einem Nagel drin, zwei Armeen aus Knete, die sich gegenüberstanden und sich hinter Knetebarrikaden versteckten. Der Junge hätte braune Hausschuhe und einen braunen Morgenmantel.

Das Elternschlafzimmer? Aber nicht doch, da durfte man nicht hinein. Betty hatte nein, nein gesagt, es war nicht erlaubt, den Türgriff zu drehen, die Tür aufzumachen und hineinzusehen.

Dann hatten sie und Betty auf der rosa Fußmatte gesessen und die Puppen angezogen, für die es Kleider, Unterhemden, Hosen, Hüte und Strickjacken gab. Sie hatten Armreifen und Halsketten aus Perlen für sie gemacht, und dann war Bettys wütende Mutter hereingekommen.

Perlen, Perlen, prasselten, klimperten, und verteilten sich auf dem ganzen Linoleum. Aufspringen und dabei fast in die Hose machen, zur Tür hinausrennen und den Gartenweg hinunter. Betty, du böses, böses Mädchen.

Böser Junge und böses Mädchen im Zug. Er tritt mich immerzu. Ich mache gar nichts. Guck mal, Mama, guck mal … Wir werden bald anhalten und dann gibt es was zu essen und zu trinken. »Zehn Minuten Erfrischungspause«, hatte der Schaffner gesagt, der durchgekommen war.

»Seid schön brav, dann kaufen wir euch auch eine Pastete und Himbeersaft«, hatten die Eltern gesagt. »Setzt euch hin und seid brav, bis wir zurück sind.« Durch das Fenster hatte sie zugesehen, wie der Vater zu der Theke mit den Erfrischungen gelaufen war und die Mutter hinterherkam. Die Kinder hatten gewartet und gewartet und waren dauernd aufgesprungen, um aus dem Fenster zu sehen. Zehn Minuten. Jetzt noch fünf Minuten. Drei oder zwei. Der Zug konnte … da kamen sie.

Der Vater hatte Teller aufeinandergestapelt gehabt, einen auf dem anderen, mit allen Pasteten zusammen auf dem obersten, und alles in einer seiner großen Hände balanciert. In der anderen Hand hatte er zwei rote Limonaden gehabt, die Hälse der Flaschen zwischen die Finger geklemmt, die Strohhalme hüpften in der Kohlensäure. Die Mutter hatte Tee mitgebracht, dicke weiße Tassen auf dicken weißen Untertassen. Sie hatte gestrahlt, als sie in den Zug stieg, und Vater hatte in seine Hosentasche gelangt und Messer und Gabeln herausgeholt.

»Nimm doch noch ein bißchen Suppe, May, es ist noch was da.«

»Nein, danke.«

»Missy, nimm Dadda mal Bubba ab, damit Dadda und ich auch unser kai essen können. Wisch mal deine Hände ab.«

»Komm her, Bubba«, sagte Missy.

Ihre Tante nahm den mittleren Ring vom Herd und eine Flamme schoß auf, als sie die Aalgräten von den Tellern hineinwischte. Es gab ein zischendes Geräusch und einen fischigen Gestank, und der Ring rasselte wieder über das Loch.

»Darf ich bitte aufstehen?«

»Ja, May, meine Gute.«

»Habt ihr da, wo du herkommst, auch solche Tischtücher gehabt, ha ha?« fragte der Onkel.

Sie wußte nicht, was sie dazu sagen sollte.

»Nicht, Bobby, sie hat noch Angst vor dir, du Dummkopf«, sagte ihre Tante und reichte ihm einen Teller mit Essen über den Tisch.

*Ah, Maluna*
*Ich liebe meinen*
*Tuna mit dem Silberbauch.*

»Kümmer dich nicht drum, May, er spinnt.«

Sie wußte nicht, was sie sagen sollte, und sie wußte nicht, was sie, nachdem sie jetzt aufgestanden war, tun sollte, um den Tisch zu verlassen, denn es gab nichts, wo sie hätte hingehen können. Missy saß auf dem Fußboden und hatte Bubba auf dem Schoß, und Manny und Chumchum waren nach draußen gegangen. Bubba hatte aufgehört zu quengeln und sah aus, als würde sie gleich einschlafen. Es war jetzt ganz still, abgesehen von den Geräuschen, die der Onkel und die Tante beim Ablutschen der Gräten machten, und einem gelegentlichen Knacken und einem Rumpeln im Herd. Noch nie hatte sie so ein Stille gehört.

»Setz dich doch wieder hin, May«, sagte ihre Tante. »Wir räumen gleich den Tisch ab und ziehen die Lampe herunter.«

## 3

Nichtdunkles Dunkel. Hell genug, um die Blasen zu untersuchen, als sie da mitten auf der schwarzen Straße saß und ihre Fußsohlen nach oben drehte. Sie stützte sich auf eine Hand, drehte sich auf die Knie, schwang sich zurück auf die Fußballen und stand mit einem Ruck auf.

Wieder weiterlaufen, aber wohin? Nach wo auch immer, nach nirgendwo, nach nie jemals, nach dem ewigen nirgendwo, weg, weg. Die lange Straße hatte Kurven.

Es waren Häuser da, von denen nur die Umrisse im Nachtlicht zu sehen waren, Schichten von Umrissen an den Hängen der Hügel, rechteckig, mit Türmchen, mit kannelierten Säulen, hohen Schornsteinen und Gewölben. Sie träumte ständig von Häusern.

Laufen, von woher?

Von dort. Mitten vom Küchenfußboden her, von dem abgetretenen Stückchen Linoleum, auf dem sie an jenem Morgen gestanden, auf ihre Füße hinabgesehen und zu ihnen gesagt hatte: »Ihr seid das einzige, was ich habe, und ihr könnt mich tragen. Ihr könnt mich zur Garderobe tragen, wo ich meinen Mantel anziehe, zum Hocker an meinem Bett tragen, von dem ich die Fotografie nehme, zum Schrank tragen, wo ich euch in zwei Schuhe stecke, zur Tür tragen, die ich aufmache, hinaus auf die Türschwelle, den Weg zur Straße hinunter und weg. Ihr könnt mich von Straße zu Straße zu Straße tragen.

Weg.

Und so war sie durch den frühen Morgen gegangen, als die ersten Busse und Laster vorbeifuhren und die Arbeiter von der Frühschicht die Bürgersteige entlanghasteten, als Lieferwagen beladen und entladen wurden, Türen zugeschlagen und Motoren gestartet wurden, als die Straßenlaternen ausgingen und die Lichter in den Gebäuden angingen.

Früh am Morgen war sie an Lagerhäusern vorbeigekommen, an Grundstücken und Plätzen, die man pachten oder mieten konnte, Bahngeländen, Fabriken und kleinen Geschäften. Sie war bei den Einkaufszentren angekommen, als die Gänge sich füllten, als die Reinigungsmaschinen um Regale herum und zwischen den Reihen hindurch manövriert wurden, als die Fenster neu dekoriert wurden, als Schilder hingehängt, herausgestellt, heruntergenommen, geändert wurden.

Am späten Vormittag war sie unter einer pinkfarbenen Arkade in eine Spielhalle gegangen, wo die Videogeräte unbeachtet herumgestanden hatten, während das Geknatter aus ihnen herausstürzte und von den schwarzgestrichenen Wänden zurückprallte. Auf den Bildschirmen führten rote und blaue Roboter Krieg, Maschinengewehrfeuer ratterte die Straßen von Crime City entlang, die Helden der Kampfbahn flimmerten auf Feldern von gewalttätigem Grün hin und her, und rotmäulige Drachen stürmten die Monster Lane hinab. An Ax Battle, Robocop, Shinobi, Wonder Boy, Black Ray Boy, Swat, Secret Service, Winning Run, Sword of Fury war sie dann vorbeigegangen, ehe sie wieder den pinkfarbenen Gang zurückgekommen und hinausgegangen war und im hellen Tageslicht blinzeln mußte. Es hatte nach Essen gerochen – nach Kaffee, frischem Brot und Gebratenem.

Die Käufer stöberten herum, und sie hatte sich zwischen ihnen hindurchgedrängt, und zunächst hatte sie darauf geachtet, daß sie auf keine Ritze trat, aber nach einer Weile war sie einfach dort hingetreten, wo jeder Fuß sich hinstellte, und hatte sich nicht mehr dauernd «Wohin?«, »Woher?« gefragt, sondern nach Zeichen, Geräuschen, Wörtern, Gerüchen gesucht, die sie davon abhielten, ständig zu fragen.

Mittags an Bücher-Schnäppchen, Unisex-Mode, Wein-Tiefpreis, Fleisch-Discount, Josies Konditorei, Lion Brown vorbei – an einer langen Straße mit Höfen, wo Fahnen und Werbebänder Autos zum Verkauf sowie Autoreparaturen, Autowäsche und Zubehör für Autos anboten –, tauchten Jogger in Trainingsanzügen auf, die Aufschriften trugen wie Bali, Hawaii, Love Your Heart, U. S. A., Rheineck, Nike, Tauranga, Canada, Lion Brown, Petone, Poneke, Italia, Masterton, Sydney, New York, Rausch ohne Alkohol, Kiwi, Ultra, Eisenbahnen, Don't Worry Be Happy, Aotearoa. Sie hatte die Wörter an sich gezogen, um die Gedanken und das Denken fernzuhalten, und war weitergegangen bis in den frühen Nachmittag, bis in den späten Nachmittag, den Abend, die Nacht, die Mitte der Nacht, ging auf die Mitte der Straße nirgendwohin, bis ihre Füße angehalten hatten.

So hatte sie sich also, in jeder Tasche einen Schuh, auf der neuen Teerversiegelung hingesetzt, wo ein Weilchen zuvor ein Bus mit einer Frau, die aus dem Fenster schaute, vorbeigefahren war. Saß da, bis die Gedanken anklopften, sich in Fragen verwandelten: Was wird passieren, Etwas oder nichts, Nichts oder etwas. Und dann war sie aufgestanden.

War wieder losgegangen, ließ sich von ihren blasigen, drekkigen Füßen auf der Mitte der Straße, da wo früher einmal die Straßenbahnen fuhren, entlangtragen, auf einer Allee von Straßenlampen, von denen orangenes Licht herabsickerte. Hungrig.

Ja, aber ohne Verlangen. Sie war weder traurig noch fröhlich und wollte ihre Gefühle nicht erforschen oder Gedanken haben, die zum Denken führten, wollte nur ihren Hunger und sich selbst spüren.

Früher oder später würde sie schlafen müssen, eine Obdachlose. Da gab es bleiche alte Männer, die mit Whisky und Wein ihr Leid von sich fernhielten, da gab es braune Kinder, vom Klebstoff und den Lösungsmitteln, die sie schnüffelten, betäubt, und jetzt gab es auch noch sie selbst – eine Frau in mittlerem Alter ohne Flasche oder Tüte mit was drin, um darin Trost zu finden, sondern die statt dessen Wörter von der

Straße, Schilder und Gerüche und Geräusche von der Straße durch ihren Kopf wirbelte, um nicht denken zu müssen.

Jetzt wollte sie nicht mehr als das haben, was sie immer gehabt hatte, nämlich nichts. Nichts, und einfach nur gehen, Fuß vor blasigen Fuß, Schaufel-Hände, die die Schwere der nichtdunklen Nacht nach hinten schaufelten.

## 4

Dunkel.

Ihre Tante brachte sie, Bubba unter den einen Arm geklemmt und eine Kerze in der anderen Hand, durch die Tür in den dunklen zweiten Raum, der einer Schachtel glich, die angefügt worden war. Es gab drei Betten in der Schachtel, und über jedes Bett war eine graue Decke gebreitet, die mit roter Wolle umsäumt war.

»Du schläfst hier, May, mit Missy.«

»Ich will Bubba haben«, sagte Missy.

»Bubba schläft heute nacht bei Dadda und mir.«

»Bubba.«

»Sei still und zieh dich aus. Manny, Chum, zieht euch drüben um.«

»Ich … ich will aba-aa.«

»Missy, sei jetzt still.«

»Bubba-aa.«

Missy riß sich das Kleid vom Körper, zog ein Hemd an und kroch maulend und jammernd unter die Bettdecke, so wie Daumenlutscher-Margaret und Heulsusen-Colleen im Heim.

Das Heim war ganz weit weg, über die Wiesen rüber, eine lange weiße Straße entlang, Meilen über Meilen von Eisenbahnschienen zurück, eine Straße nach der anderen entlang, durch ein Tor, über einen Hof, vier Stufen hoch zu einer großen Tür aus Holz mit einem eiförmigen Türgriff. Drinnen gab es lange Gänge und hohe Räume, hohe Fenster. Wasserhähne und Wasserleitungen, Lampen hingen an Schnüren von der hohen Decke. Ein richtiges Haus. Nicht bloß aneinandergefügte Schachteln, mit Zeitung tapezierte Wände, eine Toilette, die nur ein tiefes Loch war. Manchmal benutzten ihre Cousins die Toilette nicht einmal. Schlimm. Die Tante hatte sie hinausgeschickt, sie sollten ins Gras pinkeln.

»Komm raus zum Pipimachen«, hatte ihre Tante gesagt, also war sie mit der Tante und den Kindern hinausgegangen, um zu sehen, was das denn nun war, und die Jungen hatten ihren Hampelmann zum Hosenbein der Shorts herausgeangelt, Missy hatte ihre Unterhose heruntergezogen und sich hingehockt, und alle hatten in das lange Gras gepinkelt.

»Na los, May, mach nur«, hatte die Tante gesagt, die Lampe abgestellt und sich hingehockt. Nach einer Weile mußte sie dann auch, denn die Toilette war zu weit weg im Dunkeln. Ihr Wasser war mit einem Strahl ins Gras gelaufen und hatte wie bei Colleen und Margaret, wenn die ins Bett gemacht hatten, pissig und warm gerochen.

Stinkig, pissig. Sie und Jean mußten dann immer die stinkende Colleen und Margaret aus ihren Betten zerren, sie auf den Boden stellen und ihnen die feuchten Nachthemden ausziehen – unartige, quengelnde, riechende Heulsusen, warm und klebrig mit verrotzten, verängstigten Gesichtern. Da, ihr habt ins Bett gemacht. Sie mußten Colleen und Margaret mit ihren Laken und Nachthemden zur Wäscherei schicken, ihnen dann beim Baden und Anziehen helfen und für ihr Frühstück sorgen. Unartige Mädchen mit naßgepinkelten Hosen, die stanken und die Nase hochzogen und quengelten, die mußten sie zur Schule zerren.

Manny und Chumchum stiegen über die jammernde Missy, um in ihr Bett zu gelangen, und Bubba war schon im Bett von Tante und Onkel eingeschlafen. Also mußte sie zu Missy ins Bett kriechen, denn es war sonst kein Platz zum Schlafen mehr frei. Im Heim war es nicht erlaubt, im Bett von jemand anderem zu sein. Sie dachte, es könnte vielleicht etwas Böses sein.

Ihre Tante ging hinaus und nahm die Kerze mit, und es war dunkel bis auf das bißchen Licht, das von der Küche her kam. Das kleine, trutzige Haus stand für sich allein, irgendwo, auf einem staubigen Hof, und es gab keine erleuchteten Straßen, keine Autos, keine Laster, keine Straßenbahnen, die vorbeifuhren. Kein Türengehen, kein Wasserlaufen in den Leitungen oder am Wasserhahn, durch Abflüsse oder in die Toilettenschüsseln. Kein Geschirrklappern in der Spüle. Kein Schreien, Weinen, Nasehochziehen, Herumwälzen, Quietschen. Kein Flüstern.

Flüstern. »Ich fahre zu meinen Großeltern.«

»Die behalten dich vielleicht, und du kriegst dann Kleider, braune Schuhe, neue Stifte in einem Kistchen mit einem Deckel zum Auf- und Zuschieben, wo du ein Abziehbild mit Rosen draufkleben kannst.«

»Da gibt es auch Blumen auf den Tapeten, auf den Vorhängen, auf dem Fußboden.«

»Handschuhe für kalte Tage. Schleifen …«

»Kleiderschränke.«

»Spiegel.«

»Puppen mit Kleidern. Ich schreib dir.«

Flüstern. Ihre Tante und ihr Onkel waren mit der Lampe nach draußen gegangen. Sie konnte sie draußen im Dunkeln flüstern hören.

Schreien. Sie wachte im Dunkeln vom Schreien auf. Ein Streichholz flammte auf, und ihre Tante beugte sich vor, um eine Kerze anzuzünden. »Wach auf, wach doch auf, Bobby.« Ihre Tante setzte sich im Bett auf, faßte den Onkel bei den Schultern und schüttelte ihn. Sie setzte ihn auf und er lehnte sich vornüber und stützte seinen Kopf in die Hände.

»Gib uns was zu rauchen, Glory«, sagte er.

## 5

Es war noch dunkel, als sie aufwachte. Hoch oben war ein kleines Rechteck von grauem Licht, das von einem kleinen Fenster in der Schachtel, die ein Raum war, herrührte. Bubba weinte in der Küche, und sie konnte hören, daß ihr Onkel unter dem Wassertank stand und schnaubte und prustete. Durch die Tür konnte sie ihre Tante im Schein der Lampe am Herd sehen und ihr zusehen, wie sie mit einem langen Schürhaken auf dem Rost herumstocherte, das Holz umwendete, an der Zugklappe drehte, den Wasserkessel aufsetzte.

Nach einer Weile kam ihre Tante mit Bubba ins Schlafzimmer, legte sie hin, gab ihr das Fläschchen und ging wieder hinaus. Bubba nuckelte geräuschvoll und hielt von Zeit zu Zeit inne, um Luft in die Flasche zu lassen, weil der Nuckel völlig zusammengedrückt war – genauso wie Baby-Myra im Heim das auch gemacht hatte. Und plötzlich fielen dann Myras Augen zu, und sie schlief, und obwohl man zugeguckt hatte, die eigenen Augen starr auf ihre Augen gerichtet, konnte man nicht sehen, wie es passierte.

So wie Bubba jetzt, Bubba war eingeschlafen.

Ihr Onkel kam in die Küche zurück, und sie konnte hören, daß die Tante ihm sagte, was er einkaufen sollte, dann ging er hinaus, und seine Stiefel stießen Steine auf dem Hof aneinander. Wie sollte sie wissen, wann es sieben Uhr war, Zeit zum Aufstehen und Niederknien für das Morgengebet?

»Komm und trink deinen Tee, May«, sagte ihre Tante von der Tür her.

Da wußte sie nicht, was sie tun sollte – zwischen den Betten war kein Platz, um sich für das Gebet hinzuknien, und sie konnte auch nicht an die Kleidungsstücke in ihrer Tasche heran, ohne Missy aufzuwecken. Aber sie wollte sich sowieso nicht in einem Zimmer anziehen, in dem auch Jungen waren. Und Tee durfte sie auch nicht trinken.

Aber sie wollte den Tee.

Die Kinder schliefen noch. Sie zog sich hastig die Kleider an, die sie am vorigen Tag getragen hatte und die eigentlich ihre guten Kleider waren. Hatte keine Bürste und konnte sich die Haare nicht in Ordnung bringen. Ging in die Küche.

»Tee, May, angenehm und heiß. Milch in der Kanne, Zucker im Glas.« Die Tante stand am Herd und rührte im Haferbrei. In der anderen Hand, zwischen Daumennagel und Fingernagel eingeklemmt, hielt sie einen Zigarettenstummel, den sie ab und zu an ihre Lippen führte, zog die Wangen ein, und kleine Rauchfäden kamen aus ihren Nasenlöchern. Die Milch war nicht mehr gut und schwamm in Klumpen auf dem Tee. »Iß was, bevor die Kinder aufwachen«, sagte die Tante und sah dabei zufrieden aus, schöpfte Haferbrei auf zwei Teller und brachte sie zum Tisch, setzte sich hin, lehnte sich vor in den Lichtkreis, nahm sich, lächelte. »Brot ist auf dem Brett und auch Sirup zum drauftun.« May dachte, die Tante könnte sie vielleicht gut leiden.

»Also, May, du bist fast elf?«

»Ja.«

»Wie deine Cousine Makareta, die Tochter von unserem Bruder, dem Bruder, der im Krieg gefallen ist.«

Erzählte ihr da was, als wäre sie erwachsen.

»Deine Mutter war zwei Jahre älter als er, die Älteste in der Familie. Unsere große Schwester. Ich bin die dritte und dann gibt es noch Aperehama.«

Die Schwester von ihrer richtigen Mutter?

Diese Erkenntnis durchfuhr sie. Diese Tante war die Schwester von ihrer richtigen Mutter, wußte allerhand über ihre richtige Mutter.

»Wir hätten dich zu uns genommen, May, wenn dein Vater das erlaubt hätte. Keita und Wi, deine Großeltern, haben sich ständig darum bemüht, daß du zu ihnen kommst.«

In dem Augenblick rief Chummy, und Bubba fing an zu quengeln, und die Tante trank noch den Rest von ihrem Tee aus und stand auf. »Wir müssen die Wäsche zum Bach runterbringen«, sagte sie. »Und müssen uns auch da waschen, weil nahezu Ebbe im Tank ist.«

Manny ging durch die Küche und zur Tür hinaus, und sie konnte ihn draußen ins Gras pissen hören. Pissen war ein böses Wort, es hieß Pipimachen. Manny machte Pipi, schnell und laut – es klang eher wie pissen. Gott kann deine Gedanken lesen und weiß alles, was in deinem Herzen vor sich geht. Er ist überall, sogar in dem Spinnen-Klo. Sie fragte sich, was Ebbe im Tank hieß.

Die Lampe brannte immer noch, aber der Lichtkreis war verblichen, weil es draußen hell geworden war. Ihre Tante griff nach oben und drehte den Docht herunter, und ein dünner Rauchfaden stieg von dem Schlitz auf, in dem er verschwunden war.

Mein Vater hatte es nicht erlaubt, daß sie mich zu sich nehmen.

Sie ging ins Schlafzimmer, zog ihren Koffer unter dem Bett hervor und zog ihren Kittel an, der blaßgrün war, außer da, wo der Saum herausgelassen worden war und die Abnäher aufgetrennt worden waren. Im vergangenen Jahr hatte er Maggie gehört. Sie bürstete ihr Haar und bemühte sich, die aufspringenden Locken so flach zu drücken, wie es nur ging – böse Locken, die schneidet man ab, ab, ab, und schon klappert die Hausmutter mit der Schere und reißt mit dem Kamm an den Haaren. Böse. Sie mußte ihre Haare jeden Morgen mit Wasser glätten und sie mit den beiden langen Haarklammern befestigen, um sie am Hochstehen zu hindern.

Die Schiele-Betty hatte Locken, die ihre Mutter jeden Abend aufwickelte, und wenn sie morgens aufgemacht wurden, hingen sie leicht und golden herab. Jede Locke wurde einzeln mit einer langsamen Drehung der Bürste um einen Finger gebürstet. Betty hatte ihr an einer Puppe gezeigt, wie man das macht. Sie hatte ein weißes Band, das im Bogen oben um den Kopf herum gebunden wurde, und Klammern mit kleinen blauen Vögeln drauf, die das Band am Wegrutschen hinderten.

Wenn die Hausmutter mit dem Haareschneiden fertig war, trug sie ihr auf, Kehrschaufel und Besen zu holen und die Unordnung zu beseitigen, und so mußte sie die ganzen bösen Locken aufkehren und hinunter zum Ofen für die Abfälle tragen. Eines Tages war James, der Hausmeister, gerade unten beim Ofen gewesen, als sie ihre Haare zum Verbrennen hinunterbrachte.

»Haben wohl wieder ihre schwarzen Schafe geschoren, nicht wahr?« hatte er gesagt.

Es war kein Wasser und auch kein Spiegel da. Sie kämmte ihre Haare flach herunter, so gut sie nur konnte, und machte an jeder Seite eine Klammer rein. Bubba sah ihr vom Bett der Tante aus zu.

Sie gingen den Weg, der am Klo vorbeiführte, durch kaltes Gras, Binsen und Brennesseln. Die Tasche mit der Wäsche, die sie über der Schulter hängen hatte, rutschte ihr ständig herunter, und sie blieb alle Augenblicke stehen, um die Seite zu wechseln. Die Wäsche stank.

Ihre Tante, die vor ihr herging, hatte Bubba in einer Decke auf den Rücken gebunden und trug ein Bündel Kleidungsstücke vor sich wie einen großen Kürbis mit zwei verdrehten Blättern obendrauf. Manny ging mit den Wassereimern voraus, und Missy und Chummy mit den Blechnäpfen und dem Brot stampften und jammerten hinter ihnen her.

Hinter dem Klohäuschen gingen sie weiter bis auf die Spitze eines kleinen Hügels, wo sie eine Pause machten. »Dort unten«, sagte die Tante, und als May hinuntersah, konnte sie ein kleines braunes Haus erkennen, das von hohen Bäumen umgeben war. »Da, das Haus von deinen Großeltern.«

Dahinter waren noch andere Häuser, Möchtegern-Häuser, Schachtel-Häuser, Holz und Blech, silberne, mit Trampelpfaden, die hier und da durch das Gras und zwischen den Bäumen hindurch zu ihnen hinführten. Und ganz hinten stand ein Haus oder Herrenhaus, im Winkel gebaut, das rundherum von hohem Unkraut zugewachsen war. Sie stiegen den Abhang hinab, über eine Weide und ein baumbestandenes Ufer hinunter zum Bach. An der Stelle, wo der Bach gestaut worden war, war eine Lichtung.

Die Tante zog Bubba aus und legte die Sachen am Ufer hin. Missy und die Jungen zogen sich auch aus und stiegen einfach so das Ufer hinauf. Die Tante steckte ihr Kleid hoch und fing an, die Bündel aufzubinden und die Wäsche in Stapeln zu sortieren. Bubba, die neben ihrer Mutter saß, patschte ins Wasser und lachte und strahlte über das ganze Gesicht.

Sie hatte noch nie zuvor einen Bach gesehen, außer zum Zugfenster hinaus. Sie dachte an Aale. »Komm doch herunter, May«, rief ihre Tante, aber sie blieb, wo sie war. Sie stand da und sah der Tante zu, wie sie die Kleidungsstücke einseifte, rubbelte und ausspülte, sie dann auswrang und hinter sich in einen Eimer am Ufer warf.

Nach einer Weile rief ihre Tante wieder: »Komm mal herunter, du kannst die Wäsche ausspülen, dort drüben, wo das Wasser um die Steine fließt. Die Kinder können die Sachen dann über die Büsche hängen ... Missy, Manny!«

Also zog May ihre Schuhe aus, ging mit dem Eimer das Ufer hinunter, trat ins Wasser und dachte dabei an Aale.

»Kipp einfach alles aus, May, spül es durch und pack es wieder in den Eimer ... Komisch, wenn nur wir zu Hause sind.«

Die Tante hatte das heute morgen schon einmal gesagt, als sie Manny mit einem Blechtopf irgendwohin schickte, er sollte eine Kuh melken, die Kuh von den Großeltern. Chummy war auch weggegangen, um die Hühner und einen Hund zu füttern. Er hatte gemault und geheult, weil er gehen mußte, und sich dabei seine Ellbogen gegen die Seiten geklatscht, so als müßte er die Tränen hochpumpen. Die Tante hatte ihm Reste vom Haferbrei mitgegeben und schlecht gewordene Milch für die Hühner und für den Hund zwei Stücke altes

Brot, dünn mit Margarine geschmiert. »Na, und sie?« hatte Chumchum gefragt, breitbeinig und mit dem Kopf in ihre Richtung geruckt. Die Tante mußte ihm einen Klaps geben, bevor er brüllend davonrannte. »Und iß ja nicht das Brot selbst, ist für den Hund«, hatte die Tante hinter ihm her gerufen. Dann hatte sich die Tante vom Türrahmen zurückgewandt und gesagt: »Komisch, wenn alle weg sind.«

Ungefähr eine halbe Stunde später war Chummy grinsend zurückgekommen und brachte in dem Topf fünf Eier mit. »Keins kaputt«, hatte er gesagt. Manny war mit dem Topf voll Milch sehr vorsichtig hinter ihm her gekommen.

Ihre Tante ging mit Bubba das Ufer hinauf und machte sich daran, die ausgespülten Kleidungsstücke über die Büsche zu hängen. May drückte und wrang den Rest der Wäsche aus und ging dann hoch, um zu helfen, und war sehr froh, die Füße wieder aus dem Wasser zu haben. »Da bei dem Baum da hinter dir«, sagte ihre Tante, »da ist deine Cousine Makareta zur Welt gekommen.« Sie sah zu dem Baum hinüber, begriff aber nicht, wovon ihre Tante eigentlich redete, hatte noch nie davon gehört, daß man Babys von Bäumen kriegt. Da gab es doch ein Krankenhaus in der Straße neben ihrer Schule, wo Gott Babys hinlegte, aber sie hatte noch nie davon gehört, daß er welche in einen Baum tat. Sie war zu schüchtern, um ihre Tante danach zu fragen.

Als sie mit dem Ausbreiten der Wäsche fertig waren, nahm die Tante Bubba auf eine Hüfte, nahm sich einen Sack, und dann gingen sie zusammen flußaufwärts, wo der Boden teilweise hart und steinig, teilweise schlammig und weich war. Hin und wieder rief die Tante: »Manny, Missy, Chumchum«, und die Kinder antworteten von irgendwoher.

An einer Stelle, wo der Bach flach und breit war, reichte ihr die Tante Bubba, stieg dann in den Bach und pflückte mehrere Handvoll grüne Pflanzen, die an dieser Stelle wuchsen. »Wachsen tüchtig«, sagte sie. Ihr Kleid war am Saum rundherum naß.

Plötzlich tauchte Manny mit einer Büchse auf und fuchtelte ihr damit vor dem Gesicht herum. »Huuh!« schrie er. In der Büchse waren Insekten oder sonstwas Scheußliches, und er lachte, als sie mit einem schrillen Schrei aufsprang. Er griff hinein und holte eins von den Viechern heraus, fuhr ihr damit ins Gesicht, und das Viech zappelte mit seinen Beinen und zwei großen Zangen ganz dicht vor ihrer Nase herum. Sie setzte Bubba ab und rannte ins Wasser. »Laß das sein, Manny«, rief ihre Tante. »Missy, Chumchum, ihr kriegt alle 'ne Tracht Prügel, wenn ich erst mal da raufkomme.« Sie lachten sich halb tot. »Koura, May, laß dich nur nicht bange machen. Ihr Kinder ...«

Aber ihr war bange – davor, daß Aale kamen, vor solchen Kneifeviechern. Sie wollte aus dem Wasser heraus, hob einen Fuß und dann den anderen und sah dabei auf die Steine hinunter, wollte sich am Kleid ihrer Tante festhalten. »Wart nur, bis ich diese Kinder erwische ...« Nackt und wild waren die längst lachend zwischen den Bäumen verschwunden und hatten Bubba mitgenommen.

Die Jungen hatten Shorts an und Missy eine schwarze Pumphose. Sie hatten Bubba, die im Gras lag und ihr Fläschchen trank, ein Unterhemd übergebreitet. Sie hoffte, daß sie von der Tante eine Tracht Prügel bekämen, aber sie hielten sich außerhalb der Reichweite ihrer Mutter. Die Büchse stand mit Wasser gefüllt auf zwei Steinen, zwischen die trockenes Gras und kleine Ästchen gestopft war. Die Kneifeviecher hatten sie auf den Boden geschüttet. Manny machte ein Streichholz an, zündete das Gras an, und die Zweiglein prasselten und loderten auf. Als das Wasser zu kochen anfing, nahmen die Kinder die Kneifeviecher und ließen sie hineinfallen, während ihre Tante das Brot mit einem Schlachtermesser in dicke Scheiben schnitt und sie mit Sirup bestrich.

Nach ein paar Minuten schob Manny die Büchse mit zwei Stöcken vorsichtig beseite, neigte sie, so daß das Wasser herauslaufen konnte, und kippte dann die Viecher in einen umgedrehten Topfdeckel. Sie waren tot. Sie waren rot. »Schau mal, May, die kann man essen ...«

Aber das würde sie ganz bestimmt nicht machen. Die Kinder griffen zu, pusteten, schüttelten sie, hackten darauf herum, bekamen kleine Stückchen auf ihre Daumennägel, die sie in den Mund steckten. Die Tante steckte Bubba auch kleine Stückchen in den Mund, und sie schleckten alle und schlürften die Panzer aus, brachen die Zangen auf und schlürften sie aus und sahen zu ihr herüber, ob sie sich vielleicht doch etwas nehmen wollte, aber sie wollte nicht, obwohl sie hungrig war und das Stückchen Brot sie nicht satt gemacht hatte.

Später dann, als sie die Wassereimer gefüllt hatten und die Wäsche eingesammelt war, stiegen die Tante und die Kinder ins Wasser und seiften sich ein und tauchten unter und wieder auf. Chumchum und Missy waren ganz rot, mit roter Haut und roten und gelben Haarbüscheln. Manny war schwarz, mit schwarzen Haaren, die in die Höhe standen wie eine Bürste, und Bubba war eher weiß mit schwarzen Locken oben auf ihrem Kopf. Aber am Hinterkopf hatte sie gar keine Haare. Die Tante war am Körper hellbraun, im Gesicht und an Armen und Beinen dunkelbraun und hatte schwarze Haare, die sich buschig lockten. Schlimme Haare. Die Tante gab Bubba Manny zum Halten, während sie Missy und Chumchum die Haare einseifte. Sie tauchten unter, und auf der Wasseroberfläche blieben Seifenkreise zurück, sie tauchten wieder auf, prusteten und spuckten und rissen die Augen auf.

Im Heim mußten sie und Jean Colleen und Margaret beim Baden helfen, ihnen die Ohren, den Hals, die Haare waschen und ihnen dabei helfen, daß sie sich auch ordentlich abtrockneten. Colleen und Margaret waren zwar keine Schwestern, sahen aber wie Zwillinge aus, dünn und weiß mit federleichten Knochen, die am Rücken hervorstanden. Schlotternde, jammernde Töne kamen aus ihrem Mund, wenn sie abgetrocknet wurden und ihre Unterhemden angezogen bekamen. Sie waren wie spindeldürre, quietschende Puppen.

»Ist heute Zahltag?« fragte Missy, als sie sich anzog. Die Tante half Manny, das Bündel mit der Wäsche auf den Rücken zu binden, und gab Chummy die Töpfe zum Tragen.

»Bring mir mal bitte Bubba her, May«, sagte sie. »Und wenn du kannst, bring auch die Tasche dort mit ... zieh sie einfach hinter dir her.«

Also hob sie Bubba auf, setzte sie auf die Hüfte und zog die Tasche mit der Wasserkresse hinter sich her. »Ist denn nun heute Zahltag?« fragte Missy wieder, und Manny und Chum blieben stehen, sahen die Tante scharf an. »Ist heute Zahltag?«

»Wirklich?«

»Zahltag?«

»Ja.«

»Kommt der Dadda dann?«

»Wie soll ich das wissen.«

»Wann denn?«

»Nun seid endlich still. Und fragt nicht dauernd nach Dadda.« Die Tante ging mit der Dose voraus, und die Kinder beeilten sich, mit den Töpfen und Bündeln hinter ihr her zu kommen.

Sie blieb noch bis spät am Abend auf und trank mit der Tante Tee, als wäre sie schon erwachsen. Die Kinder schliefen schon alle. Mitten auf dem Tisch stand eine Lampe, und ihre Hände lagen in einem Kreis von Licht und hielten eine Emailletasse. Die Hände der Tante auch. Keine Gesichter. Keine Zimmerdecke, keine Wände, kein Fußboden. Aber ein roter Fleck war da, dort beim Herd, vom letzten Restchen Glut im Ofen.

Es fiel ihr ein, daß sie weder gebetet noch in der Bibel gelesen hatte, seit sie in den Ferien war. Drauf und dran, schlecht zu werden. Sie könnte ja ihre Bibel aus der Tasche hervorholen und in dem Lichtfleck darin lesen, nachdem sie ihren Tee ausgetrunken hatte, dachte sie. Anderseits, wenn sie wartete, das Teetrinken in die Länge zog, würde die Tante vielleicht wieder etwas erzählen – so wie gestern und an diesem Morgen –, irgend etwas, was für sie von Bedeutung wäre. Sie rief sich in Erinnerung, daß die Tante die Schwester ihrer richtigen Mutter war, der Mutter ohne Gesicht. Die Tante würde vielleicht etwas über das Gesicht ihrer Mutter sagen.

Und warum sie mich verlassen hat. Und außerdem, warum ist sie gestorben?

Da war einmal eine braune Tür, vor langer Zeit, am oberen Ende einer Treppe, wo es dunkel roch. Der Türknopf war hoch oben an der Tür, aber sie konnte sich nicht mehr gut an das erinnern, was hinter der Tür war, außer einem großen Fenster mit sechs Glasscheiben und einem braunen Sofa, auf dem sie immer kniete und hinaussah. Das Fenster sah auf Dachfirste, ginsterbewachsene Abhänge, Geländer, Laternenpfähle, Betonstufen und einen Zickzackweg hinaus. Manchmal hatte sie nachts die Suchscheinwerfer gesehen, die feindliche Flugzeuge aufspüren sollten und dabei kreuz und quer liefen wie Stricknadeln, die schwarze Himmelsstücke hochstrickten.

Dann war in dem Zimmer noch ein Schatten, der war ihre Mutter, und ein Schatten, der war ihr Vater. Sie konnte sich erinnern, daß sie eine Schultasche und ein neues Kleid hatte, weil sie in die Schule kam. Ihre Mutter hatte ihr ein Frühstück und eine Schürze in die Tasche gepackt, und dann waren sie zusammen zur Schule gegangen, Hand in Hand. Sie konnte sich noch an die Hand ihrer Mutter erinnern.

In der Schule hatte sie die Tasche in der Eingangshalle hingehängt, und ihre Mutter hatte sich herabgebeugt und ihr einen Kuß gegeben, auf Wiedersehen gesagt und war gegangen. Die Hand ihrer Mutter drehte den Türknopf der Eingangshalle – aber an das Gesicht ihrer Mutter konnte sie sich nicht mehr erinnern. Konnte sich an die Stimme ihrer Mutter nicht mehr erinnern, nur noch, daß sie gesprochen hatte. In dem Klassenzimmer waren Reihen von Tischen und Stühlen gewesen, und sie hatte ganz still gesessen, wollte brav sein, versuchte zu verstehen, was sie tun sollte.

Als sie in der Pause zu ihrer Tasche gegangen war, war das Frühstück nicht mehr dagewesen. Die Lehrerin war sehr böse geworden und hatte gewußt, wer sich das Frühstück genommen hatte, und hatte einen Jungen mit dem Lineal auf die Beine geschlagen und ihr danach eine Apfelsine geschenkt.

Nach der Schule war ihre Mutter nicht dagewesen, um sie abzuholen, also war sie nach Hause gelaufen, denn sie wollte von dem Jungen und der Apfelsine erzählen. Aber die braune Tür war verschlossen gewesen, als sie ankam, und sie hatte oben an der Treppe gewartet, bis es dunkel wurde und ihr Vater nach Hause kam. Er hatte an der Tür gerüttelt, war dann die Treppe wieder runtergegangen und mit einem Schlüssel zurückgekommen, und sie war hineingegangen und hatte auf ihre Mutter gewartet. Als sie am nächsten Morgen aufwachte, war ihre Mutter immer noch nicht nach Hause gekommen. Seit der Zeit hatte sie Tag für Tag darauf gewartet.

Leute waren gekommen, ein Mann und eine Frau, und redeten mit ihrem Vater, dann hatte die Frau eines Tages ihre Sachen in eine Tasche gepackt, und sie waren mit einem Bus zu einem großen Haus gefahren, von dem sie dachte, daß ihre Mutter dort wäre.

Da waren Stimmen, das Lachen von Männern. »Hörst du das?« fragte ihre Tante. »Dein blöder besoffner Onkel kommt nach Hause.« Sie lauschten. Die Stimmen kamen näher, dann hörten sie Flaschen aneinanderschlagen und Schritte, die über den Hof kamen.

»He, he!« rief eine Stimme.

Die Tante zog das Messer aus der Tür, die Tür ging auf, und ihr Onkel stolperte mit den Armen voller Flaschen herein: »Los, komm rein, Nonny.« Der andere Mann bückte sich und zerrte an seinen Schuhbändern. Er zog seine Stiefel aus und lehnte sich einen Augenblick lang an den Türrahmen. »Wie geht's, Gloria?»

»Ganz gut, Nonny.«

»Ist der Ofen noch an, Glory?« Ihr Onkel ging zum Herd, machte die Ofentür auf und legte Holz nach.

»Und deine Kinder? Wie wär's mit was zu Essen für sie?« fragte die Tante.

»Weck sie auf.« Er ging zur Schlafzimmertür hinüber. »Wacht auf, Kinder. Dadda hat Kaugummi, Dadda hat Schoko-Fische ...«

»Sei still und laß sie in Ruhe, is doch zu spät jetzt«, sagte die Tante und hängte die Lampe gerade an ihren oberen Haken, als Bubba anfing zu weinen. »Nun sieh mal, was du gemacht hast.«

»Glo-rii-a ...«, sang er.

*Es ist nicht Marie*
*Es ist Glo-rii-a*
*Es ist nicht Cherie*
*Es ist Glo-rii-a ...*

»Hast du Milchpulver und Kartoffeln gekriegt?«

»Milchpulver, Kartoffeln ...« Er holte aus seinen Taschen Kartoffeln hervor und legte sie auf die Bank.

»Wo ist denn der Rest, der ganze Sack?« fragte Tante Gloria.

»Am Zaun, wo sie uns abgesetzt haben. Und Bauchspeck.« Er wickelte ein durchgeweichtes Päckchen aus und machte sich daran, den Hammelbauchspeck zu schneiden.

*Ich träume immer nur von ihr ...*

»Hol mal das Bier rein, Nonny, hol mal ein Bier für meinen Schatz.« Er ließ die Knochen in einen Topf fallen, machte sich ans Kartoffelschälen und wusch sie mit etwas Wasser in einer Schüssel. »Gib unserer Nichte doch mal einen Schoko-Fisch«, sagte er.

Der Ofen bullerte. Sie sah ihrem Onkel zu, wie er die Wasserkresse mit beiden Händen aus der Tasche nahm und in den Topf tat. »Nicht so toll, denn Glo-rii-a liebt dich nicht … He, he, sing doch mit, Glory, komm, sing mit, Nonny, trink aus, ha, ha.«

Ihre Tante und der Mann, der mit Nonny angeredet wurde, tranken das Bier aus Emailletassen. Auf dem Tisch lag noch ein Päckchen, und die Tante wickelte Milchpulver, Mehl, Comics, Schoko-Fischchen und Kaugummi aus, legte alles auf die Borde, die aus Kisten gemacht waren. Der Mann, der Nonny genannt wurde, schenkte noch einmal nach.

Sie sah zu, wie der Onkel den Topfdeckel hob. Dampf quoll hervor. Er tat die Kartoffeln in den Topf und setzte sich dann neben sie auf die Bank und griff nach der anderen Tasse: »Jawoll, trink aus, Glory …«

*Wach auf wach auf,*
*Du Schlafmütze,*
*Steh auf steh auf,*
*Raus aus dem Bett,*
*Sing mit sing mit,*
*Glor-oria,*
*Lebe, liebe, lache und sei froh …*

Der Onkel, die Tante und der Mann, der Nonny hieß, kannten eine Menge Lieder, die sie eins nach dem anderen sangen, wobei sie jedes neue Lied an das Ende des vorherigen anhängten. Einige davon waren in einer Sprache, die sie nicht verstand. Ganz, ganz lange aufbleiben, als wäre sie schon erwachsen.

Marshmallow-Fisch war eigentlich ein Schoko-Fisch, aber sie hatte die Schokolade Stückchen für Stückchen abgepult. Sie wußte nicht, ob sie mit dem Schwanz oder mit dem Kopf anfangen sollte. Biß dann den Kopf ab und kaute. Die Tante hatte ihr die ganze Tüte gegeben, aber sie war zu schüchtern, um sich noch einen zu nehmen, obwohl sie Hunger hatte. Ihr

Onkel ging ins Schlafzimmer und kam mit einer Ukulele wieder, auf der er herumklimperte.

*Bist wie 'n Ukulele-Mädchen*
*Ukulele-Mädchen ist wie du,*
*Legst dich gerne hin im Schatten,*
*Ukulele-Mädchen liebt das auch ...*

Er hüpfte und tanzte auf der Platte vor dem Herd, und das aufgeschichtete Holz fiel durcheinander. »Setz dich hin, Bobby, du fällst sonst noch ins Feuer«, sagte ihre Tante.

*Vielleicht wird sie seufzen*
*Und vielleicht auch nicht*
*Vielleicht wird sie weinen*
*Und vielleicht auch nicht*
*Vielleicht findet sie einen andern*
*Irgendwann ...*

Die Finger ihres Onkels hüpften über die Saiten der Ukulele, und als er sich wieder hinsetzte, beugte er sich drüber, warf ab und an seinen Kopf zurück und sang zur schwarzen Decke hoch. So spät war sie noch nie aufgewesen, nach Mitternacht, dachte sie.

Sie räumten den Tisch ab und deckten ihn mit Brot und Butter, Salz und Pfeffer und Löffeln, und sie war so hungrig, daß ihr schon ganz schlecht davon war, als sie sah, daß ihre Tante Kartoffeln, Wasserkresse und Fleisch auf Teller gab. Hoffentlich schmeckte es ihr. Ihr Onkel war am einen Ende des Tisches mit dem Kopf auf den Armen eingeschlafen.

Er hieß Bobby, und ihre Tante hieß Gloria. Tante Gloria war die Schwester von ihrer Mutter. Das Essen schmeckte gut, und sie bemühte sich, es langsam zu essen.

Als sie in den anderen Raum kam, um ins Bett zu gehen, lag Bubba schlafend neben Missy, und für sie war kein Platz mehr. Tante Gloria kam herein, zog ihr Kleid aus und hängte es an einen Nagel. »Komm, May, komm her und schlaf bei deiner Tante.«

Die Stimme ihrer Tante klang betrunken, und sie dachte, ihre Tante müßte wohl sehr schlecht sein.

»Komm nur her, du Kleine von meiner Schwester, komm und schlaf bei deiner Tante.«

Also legte sie sich zu ihrer Tante ins Bett, die sie dicht zu sich heranzog und ein bißchen drückte. Sie war eigentlich zu schüchtern, um sich drücken zu lassen, aber sie hatte es gern. Die Tante roch nach Bier, schlimm, aber sie war warm und weich und murmelte vor sich hin und erzählte ihr etwas. »Böse Mama und böser Papa, ihr Kind einfach zu verlassen ... Und der verdammte Albert hat dich dort hingeschafft. War schlecht zu meiner Schwester, der Albert, wollte sie nur als Sklavin für sich haben, sonst nichts. Wollte auch keine braunen Kinder.«

Das, was sie hörte, war vielleicht nicht unbedingt gut, aber sie wollte es trotzdem erfahren. In der Dunkelheit versuchte sie, sich an das Gesicht ihrer Tante zu erinnern, an das Gesicht ihrer Mutter, wollte, daß Tante Gloria weiterredete. Sie streckte ihren Arm aus und legte ihn um den Hals ihrer richtigen Tante, ihrer richtigen Mutter, obwohl sie das eigentlich gar nicht gewohnt war. »Böse Schwester, daß sie nicht nach Hause gekommen ist, daß sie dich nicht hierher gebracht hat. Keita ...« Sie versuchte, ihre Augen aufzuhalten, falls Tante Gloria noch mehr reden würde, aber nach einer Weile bemerkte sie, daß die Tante eingeschlafen war. Im anderen Zimmer war der Onkel aufgewacht und sang jetzt wieder.

## 6

Sie hörte im anderen Zimmer Flaschen aneinanderklirren, und Tante Gloria redete. Als sie in die Küche kam, räumte der Mann, der Nonny hieß, gerade die Flaschen vom Tisch und trug sie hinaus. Die Tante legte Holz im Ofen nach, während die Kinder um sie herum quengelten. Onkel Bobby schlief, der Länge nach auf der Bank ausgestreckt, und seine Arme hingen seitlich herunter. »Na egal, die einzige Zeit, wo ich mal ruhig schlafen kann«, sagte ihre Tante gerade. »Wenn er voll ist. Die einzige Zeit, wo er nicht mitten in der Nacht aufschreit und weint.«

»Also dann, ran an die Kartoffeln, Gloria«, sagte Nonny.

»Weck deinen Kumpel auf.«

»Nein, die hol ich schon selber.«

Aber ihr Onkel war jetzt auch schon wach. Er schwang seine Beine herunter und stand auf, schwankte zum Schlafzimmer und legte sich ins Bett. Die Kinder beschwerten sich über ihn. »Wir können Dadda nicht leiden.«

»Nein, wirklich nicht.«

»So 'n Trottel.«

»Und wenn er euch Schoko-Fische und Comics mitgebracht hat?« sagte ihre Tante, als sie ihnen das Essen aus dem Topf aufgab.

»Wo?«

»Wo denn?«

»Hinter der Dose mit dem Milchpulver.«

Manny stieg auf die Bank und angelte hinter der Dose nach den Schokoladen-Fischen und den Comics. »Gebt eurer Cousine auch was ab«, sagte die Tante. Sie durfte keine Comics lesen, nur die Bibel und Schulbücher, aber sie nahm das Heftchen doch.

Die Kinder saßen am Tisch und aßen die Schoko-Fische, strahlten und freuten sich: »Onkel Nonny, Onkel Nonny, wir haben Lokoladen-Fisse«, sagte Chummy.

»Hier draußen, Gloria?« rief Nonny.

»Und Comics.«

»Da beim Verschlag, beim Baum«, rief ihre Tante zurück. Er verschwand aus dem Blickfeld, kam dann zurück.

»Onkel Nonny, wir haben einen Lokoladen-Fiss.«

»Habt'er wohl im Bach gefangen, ha?« sagte er, was die Kinder zum Lachen brachte. Sie ließen ihre Schoko-Fische über den Tisch schwimmen.

»Ich hab 'n hab 'n Aal, ich hab 'n hab 'n Aal. Onkel Nonny, ich hab 'n hab 'n Aal.«

Dann bissen sie ihnen Köpfe und Schwänze ab, zogen sie in die Länge, stopften sich den Mund voll und katschten herum. Als sie alle aufgegessen hatten, machten sie sich über das Essen her, das ihre Mutter ihnen aufgetragen hatte.

»Na, hoffentlich zieht dir Win die Ohren lang«, sagte die Tante zu Nonny, als er ging, »hoffentlich steckt sie das Messer in die Tür und sperrt dich aus.«

»Nur weiter so, Gloria.«

»Na ja, aber bring sie doch das nächste Mal mit.«

Nonny ging lachend die Böschung zum Ufer hinunter.

Draußen saßen die Kinder im Schneidersitz und waren ganz in die Comics vertieft, und als die Tante ihnen zurief, sie sollten sich waschen, sahen sie nicht einmal auf und rührten sich auch nicht. Onkel Bobby ging mit einem Handtuch um den Hals vorbei. Er sprach sie an, aber sie hörten es gar nicht, und als er vom Tank zurückkam, hüpfte er und sang dabei, und kleine Päckchen fielen aus seinen Taschen und Händen und landeten auf dem Boden. Es war Kaugummi. Die Kinder ließen ihre Comics links liegen, angelten lachend herum und riefen: »Ha ha, Dadda.«

»Juicy Fruit.«

»Spearmint, PK, Arrowmint.«

»Gebt eurer Cousine auch was ab«, sagte die Tante. Also gaben sie ihr ein Juicy Fruit, ein Spearmint, ein PK und ein Arrowmint – vier kleine Päckchen, wie vier kleine Geschenke, winzige Päckchen, wunderhübsch in gewachstes Papier eingewickelt. Jedes Päckchen hatte vier Rillen, durch die man die Umrisse der rechteckigen Kaugummis erkennen konnte. Die Papierhüllen paßten akkurat um jedes Päckchen drum herum und teilten einem mit, welches Wrigley's PK, Wrigley's Spearmint, Wrigley's Arrowmint und Wrigley's Juicy Fruit war. Sie riß die Ecke eines Päckchens auf und drückte sich mit dem Daumen einen Kaugummi heraus in die andere Hand, ein kleines weißes Kissen, steckte es in den Mund, lutschte die süße Umhüllung und fragte sich, ob sie jetzt wohl ein böses Mädchen war.

Manny, Missy und Chumchum katschten mit weit offenem Mund und ließen ihre Zähne aufeinanderkrachen, weit offen und krachen, weit offen und krachen. Die Tante rief ihnen zu, sie sollten sich waschen gehen, weil sie alle zusammen Keita besuchen gehen wollten, aber es dauerte lange, bis sie sich schließlich rührten. »Und die, die hat noch gar nicht«, sagte Missy und zeigte auf sie. »Jaa, die hat noch nicht«, sagte Chumchum, drehte sein Gesicht nach oben und sprang in die Luft und schnellte dabei seine Beine nach hinten in die Höhe.

»Und gestern auch nicht«, sagte Missy. »Die hat sich gestern am Bach doch auch nicht gewaschen«, und rannte den Weg zum Wassertank hinunter.

Tante Gloria ging hinein und kam mit etwas warmem Wasser in einer Büchse wieder heraus. »Na komm, May«, rief sie. Also mußte sie mit Tante Gloria mitgehen, obwohl sie sich genierte, sich im Freien zu waschen, mochte diese frechen Bälger nicht, die Grimassen schnitten und sie nicht leiden konnten.

Sie wartete, bis die Jungen weg waren, und wusch sich erst dann, mit schrecklichem Wasser, einem Stoffetzen, einem dreckigen Stück Seife. Missy kämmte sich die Haare und starrte dabei zu ihr herüber – auf ihr Gesicht, auf ihr Kleid, auf ihre Füße: »Makareta hat Sandalen«, sagte Missy, und in dem Moment ging Onkel Bobby vorbei und rief: »Hast du da, wo du herkommst, auch so ein Badezimmer, May? Gibt's da auch so 'n Plumpsklo?« Er war gerade auf dem Weg zur Toilette und hatte einen Comic mit. Er war blöd.

Das Haus ihrer Großeltern war ein richtiges Haus mit einer verglasten Veranda.

Drinnen gab es eine richtige Küche mit grüngestrichenen Wänden und eine Bank mit einem Ausguß und einem Wasserhahn und einem großen Schrank mit einer Tür. Missy und Chummy sollten die Hühner füttern und Eier suchen, und Manny war mit seinem Vater nach draußen gegangen und wollte ihm helfen, ein Schaf einzufangen, aber sie wußte nicht wofür.

Durch die Tür der Küche kam man ins Wohnzimmer mit einem Kamin, braunen Sesseln und einem Sofa mit Decken darauf. Die Wände hatten eine gelb und braun gesprenkelte Tapete, und dann gab es noch Gardinen aus Stoffresten, vielleicht waren es mal Teile von Kleidern gewesen, die zusammengenäht worden waren. In großen Bilderrahmen waren Fotografien von großen, ernst blickenden Menschen, die feierlich gekleidet waren. Auf dem Fußboden lagen ein orange-brauner Vorleger und ein Flickenteppich, der sich an den Ecken hochwölbte. Sie trug Bubba zum Sofa und legte sie dort hin – die sabbernde Bubba mit der Laufnase, fest schlafend, klebrig, schlaff. Dann half sie Tante Gloria, die Teppiche hinauszuziehen.

Als sie damit fertig waren, sagte die Tante ihr, sie solle die Schlafzimmerfenster aufmachen.

Die Fenster waren an langen Stangen festgemacht, die sie entriegelte, anhob und durch ein quadratisches Loch zurückschob. Die Stangen hatten Löcher, die genau auf kleine Stifte paßten, um das Fenster offen zu halten. Es gab drei Schlafzimmer, und als sie gerade die Fenster im dritten öffnete, kam Missy herein und machte die Schranktür auf. »Makareta hat vier Kleider«, sagte sie. »Zwei in der Tasche und zwei hier.«

»Komm da heraus, Missy«, rief ihre Mutter. »Wirst du wohl nicht an die Sachen von deiner Cousine gehen.«

»Die hat Hausschuhe und Schuhe, eine Daunendecke und ein Kopfkissen. Die hat eine Schublade mit Bändern drin, lange Haare. Kui Hinemate hilft ihr beim Waschen und mit ihren Haaren.«

»Jetzt komm mal da raus, Missy, laß die Sachen von deiner Cousine in Ruhe. Los, klopf die Teppiche aus.«

Draußen hüpfte ihre Cousine über den Hof, hinüber zu einem Schuppen mit einem Holzklotz als Stufe und einer Tür, die sich mit einem kleinen Klötzchen, das sich auf einem Nagel drehte, verschließen ließ. Missy schlug das Klötzchen zurück, stieß die Tür auf, und da war ein Badezimmer, zwei hölzerne Wannen und ein Waschkessel. An der einen Wand standen Gummistiefel und große Schuhe aufgereiht. Hoch oben an Nägeln hingen Körbe und alte Mäntel. Sie und Missy schlugen die Matten an der Seite des Schuppens aus und brachten sie wieder hinein.

Tante Gloria rollte gerade einen großen Teigball auf dem Tisch – rollen, falten und kneten –, und als sie wieder nach draußen gingen, kamen Onkel Bobby, Manny und Chum über die Weide. Der Onkel trug ein Tier über der Schulter, das keinen Kopf und keine Füße an den vier Beinen hatte. Chummy trottete mit dem Kopf des Tieres hinter ihm her, und Manny trug die Messer in der Hand. Sie sah zu, wie der Onkel einen Draht durch den Hals des Tieres stieß und es an einem Ast aufhängte. Er nahm eines von Mannys Messern und schärfte es an einem Wetzstahl. »Habt ihr da, wo du herkommst, auch so einen Schlachterladen, May?« und er lachte und schnitt mit dem Messer von oben nach unten durch das rosafarbene Fleisch des Tiers. Sie rannte ins Haus.

Der Teigball lag in einem Topf auf dem Tisch, und die Tante tauchte gerade Wasserkresse in den Ausguß. Chummy kam hinter ihr her hereingerannt und fuhr mit dem Tierkopf auf sie los. »Leg ihn hier auf die Bank«, sagte seine Mutter.

Hungrig, und das Essen roch gut. Die Kinder waren alle mit etwas beschäftigt, wußten, was sie zu tun hatten, irgendwas holen, Tisch decken, Holz hereinholen, Feuer nachlegen, Bubba abwischen, wobei sie manchmal schimpften und mit dem Fuß aufstampften, weil sie Hunger hatten. Wenn sie an ihr vorbeigingen, schnaubten sie verächtlich durch die Nase, weil sie nur dastand und nichts tat und sie sie nicht leiden konnten. Onkel Bobby zündete die Lampen und Kerzen an. Im gelben Licht sah er traurig und ernst aus.

In weiter Ferne tänzelten Lichter, das Licht von zwei Taschenlampen. Und noch ein Licht, das sich auf die beiden zubewegte. Das war Onkel Bobby mit einer Taschenlampe, der losgegangen war, um zu helfen. Sein Licht hüpfte auf und ab, als er durch die Dunkelheit ging und sich ihnen immer mehr näherte – Onkel Bobby mit einer Taschenlampe, sie mit ihren zwei Taschenlampen. Er näherte sich ihnen, sie näherten sich ihm. Alle näherten sich einander. Dann alle beieinander. Es trat eine Pause ein, dann bewegten sich die drei Taschenlampen wieder und kamen über die Weiden heran. Bald waren Stimmen zu hören, dann Schritte und dann das schwere Geräusch von Bündeln, Taschen und Schuhen, die abgesetzt wurden. Die Tante und die Kinder waren nach draußen gegangen und hatten sie dort am Fenster mit der Kerze zurückgelassen. Sie war zu schüchtern, um hinauszugehen, und außerdem fand sie es albern, Großeltern Keita und Wi zu nennen. Wi klang wie ein böses Wort.

Ein junger Mann und eine junge Frau kamen herein. Der Mann hatte ein Baby auf dem Arm, das in eine rote Decke gewickelt war, und eine Laterne, die er auf die Bank stellte. Er war groß und dünn, braun wie die Schuhe und die Türen. Er war Tante Gloria wie aus dem Gesicht geschnitten. Er legte das Baby aufs Sofa. Die Frau war auch dünn, rehbraun und hatte vorstehende Augen. Sie hatte lange Haare, die sie mit Klammern aus dem Gesicht zurückhielt. Die Frau kam zu ihr hin und küßte sie, und nachdem der Mann das Baby hingelegt hatte, kam auch er zu ihr hin und küßte sie auch. Das war ihr fremd, und sie konnte ihnen nicht ins Gesicht sehen.

Ein Mädchen ging durch in eins der Schlafzimmer, ohne sie zu beachten, ein Mädchen mit langen Zöpfen, die mit weißen Bändern gebunden waren, und sie hatte einen blauen Mantel an und eine weiße Baskenmütze auf. Hinter dem

Mädchen kam eine zierliche Frau, die ein schwarzes Kostüm und ein schwarzweißes Kopftuch trug, herein, und blieb mitten im Türrahmen stehen. Sie hatte ein dunkelbraunes, rundes Gesicht und eine schwarz eingefaßte Brille. Im Licht der Lampe sah es so aus, als wären die Brillengläser ihre Augen. Hinter ihr stand eine ältere Frau, groß und gelblich, mit einer bunten Decke, die sie unterhalb der Achseln um sich geschlungen hatte. Ihre Augen sahen wie zwei ausgebrannte Löcher aus.

Die Frauen wandten sich ihr zu und riefen sie und stießen hohe Klagetöne aus, die sie so entsetzten, daß sie nur weglaufen wollte.

»Komm, begrüß deine Großmütter, May«, sagte Tante Gloria, die hinter den Frauen hereinkam. »Deine Großmütter Keita und Hinemate.« Und die kleine Frau steuerte auf sie zu, schluchzte und benetzte sie mit ihren Tränen und gab diese seltsamen Töne von sich. Das mochte sie nicht. Dann ließ die kleine Frau sie los, und die andere Frau nahm sie bei den Schultern und drückte ihre Nase an ihre eigene und blieb so, während sie jammerte und weinte. Sie war überall von Tränen benetzt. Sie war naß und hatte Angst und wollte nur nach Hause.

Schließlich ließ die alte Frau sie los und ging ins Schlafzimmer. Tante Gloria kam und setzte sie hin und wischte ihr das Gesicht ab. »Hab keine Angst, May«, sagte sie.

Als Keita wieder in die Küche kam, schien sie ein anderer Mensch zu sein. Sie hatte sich umgezogen und ihr Kopftuch abgenommen, und ihre Haare waren widerborstig und schwarz, und sie bewegte sich behende, nahm das Licht hoch, um sie näher in Augenschein zu nehmen. »Ah, also haben sie dich jetzt doch gehen lassen ... Na ja, Mata, nicht so hübsch wie deine Mutter, aber die Augen hast du von ihr und ihre Haare. Auch so groß wie sie. Hoffentlich bist du nicht so eigensinnig wie deine Mutter.«

»Heißt May«, sagte Tante Gloria. »Sie haben sie May genannt.«

»Heißt Mata und nicht anders«, sagte Keita. »Da hatte wieder der Vater die Finger dazwischen, denn er wollte von Anfang an nicht, daß sie den Namen ihrer Urgroßmutter bekam. Ha, obwohl er keine Familie zu bieten hatte. Aber das war auch sowas, wo meine Tochter stur war, sie gab ihrer Tochter den Namen meiner Urgroßmutter. Hast du gehört, Tochters-Tochter, es heißt Mata, und nicht anders. Er wollte überhaupt keinen Maori-Namen oder eine Maori-Tochter, oder Frau. Er wollte nur eine Sklavin für sich und Anspruch auf Land.«

Tante Gloria redete mit ruhiger Stimme gleichzeitig mit Keita, als wollte sie überdecken, was Keita sagte. »Dein eigener Name von deiner Urgroßmutter, die bei Keitas Geburt starb. Dein richtiger Name. Es ist schon in Ordnung, Mata, wenn du dich daran gewöhnst.« Dann sagte Tante Gloria, als Keita zu Ende geredet hatte: »Komm, liebe Mata, hilf mir bitte, ihr kai auf den Tisch zu stellen.« Onkel Bobby und ein großer, schnaufender Mann kamen herein. »Tochter«, sagte der große Mann, als Tante Gloria auf ihn zuging, um ihn zu begrüßen, und dann sagte er: »Tochters-Tochter?«

»Ja, das ist Mata«, sagte ihre Tante.

»Komm und gib deinem Großvater einen Kuß, Mata Pairama.«

Sie wollte eigentlich nicht, aber sie ging zu ihm hin, und er drückte sie an sich. Er hatte ein stacheliges Gesicht und eine kratzende Jacke. Es war ihr alles so fremd, und sie strebte von ihm weg.

Und es war ihr auch fremd, daß jemand sie Mata nannte. Es klang überhaupt nicht wie ein richtiger Name, auch wenn Tante Gloria sagte, er hätte vor langer Zeit schon einmal jemandem gehört. Jetzt hatte der Großvater sie auch noch mit einem anderen Nachnamen angesprochen, nicht mit Palmer. Sie sagten, sie wäre nicht May Palmer, sondern Mata irgendwas. Sie schien sich in jemand anderen zu verwandeln, nicht mehr sie selbst zu sein, zu vergessen. Sie hatte nicht mehr in der Bibel gelesen und konnte sich nicht mehr daran erinnern, was ihr immer wieder gesagt worden war, konnte sich nicht mehr erinnern, wie Jean, Margaret und Colleen aussahen. Im Heim würde sie jetzt mit Jean reden und ihr helfen, Margaret und Colleen zu baden, und sie konnte sich nicht einmal mehr an deren Gesichter erinnern. Sie konnte sich zwar noch an Einzelheiten von ihnen erinnern – sie waren weiß am ganzen Körper und hatten eine Gänsehaut, und Margaret hatte Haare auf den Armen, aber Colleen nicht. Sie beide hatten geäderte Handgelenke, und die Kniekehlen waren geädert und gänsehäutig.

Tante Gloria gab ihr eine Schüssel mit Essen, die sie auf den Tisch stellen sollte, und die Kinder kamen herein und setzten sich an den Tisch zu ihrem Großvater, der ihnen Brote strich. Sie sahen ihre Mutter von der Seite her an, die ihnen eine komische, geheimnisvolle Grimasse schnitt. Die Erwachsenen redeten miteinander in einer seltsamen Sprache.

»Mata, deine Cousine Makareta«, sagte Tante Gloria. Das Mädchen saß da, ein kleines bißchen größer als sie selbst, mit stämmigem Körper, pausbäckigem Gesicht, dunkelbrauner Haut und braunen runden Augen. Ihre Zöpfe waren gelöst und glatt gebürstet, und ihr Haar fiel in Wellen bis zu den Kniekehlen herab. Hausschuhe mit Bommeln und ein blauer Morgenmantel. Die Granny kam hinter ihr herein, und ihr altes, honigfarbenes Gesicht mit den zwei schwarzen Augen war von dünnem weißem Haar eingerahmt, das zu zwei kurzen Zöpfen geflochten war, die vor den Schultern hingen. Das Mädchen Makareta beugte sich vor zu ihr und gab ihr einen Kuß, als sie einander vorgestellt wurden, sagte aber kein Wort. Dann schob die alte Frau Makareta beiseite, wobei sie in der anderen Sprache mit ihr redete. Sie wußte nicht, ob das Mädchen eine Mutter hatte oder ob die Mutter weggegangen oder gestorben war. Makareta aß manierlich, während die Granny mit gedämpfter Stimme unaufhörlich weiterredete.

In der folgenden Nacht schlief sie auf einer Matratze auf

dem Fußboden. Sie lag am einen Ende und Missy und Chumchum am anderen. Sie wollten sie nicht dabeihaben und blieben eine Zeitlang wach und maulten herum.

Im Heim hatte sie ein Bett für sich allein gehabt, direkt neben dem von Colleen, die beim Schlafen ganz unter die Bettdecke kroch, um zu verbergen, daß sie am Daumen lutschte. Neben Colleen war Margaret, die immer beim Schlafen die Lider halb offen hatte, so daß man das Weiße von ihren Augen sah. Margaret Weißauge. Es gab kleine grüne Vögel mit weißen Ringen in den Augen, die manchmal kamen und dann in den Sträuchern hingen und pickten und herumflatterten und die Sträucher mit kleinen, weißen, sich bewegenden Augen füllten. Jean hatte das Bett in der Ecke, wo durch die Ritzen der Fensterläden Licht hereinfiel – Licht von den Straßenlaternen und wanderndes Licht von den vorbeifahrenden Autos und Lastern. In der letzten Nacht hatte Tante Gloria sie in den Schlaf gewiegt, und es war so gewesen, als wäre es ihre richtige Mutter. Sie konnte im Dunkeln hören, wie Missy und Chumchum mit den Zähnen knirschten.

## 7

Manny kam auf dem Faß den Abhang herunter, die Arme ausgebreitet wie zwei dünne Flügel, als ob er flöge. Er beugte sich vor, und seine Füße trommelten immer schneller, als das Faß mit immer größerer Geschwindigkeit über die Löcher und Buckel rumpelte. Am Fuße des Hügels paßte er den richtigen Augenblick ab und warf sich seitwärts ins hohe Gras, bevor das Faß gegen den Zaun stieß. Dann war der nächste dran – Missy, Chumchum, Alamein, Jacko oder Billyboy.

Am Morgen waren alle Tanten und Onkel zu ihr gekommen, und sie mußte jeden einzeln begrüßen, und sie weinten sie naß und gaben seltsame Töne von sich. Das war ihr völlig fremd.

Jetzt kamen alle Cousinen und Cousins abwechselnd mit dem rollenden Faß den Hügel herunter, indem sie mit den Füßen rückwärts liefen und es dadurch immer schneller vorwärtstrieben, mit weit aufgerissenen Augen. Manchmal blieben sie drauf, bis sie am Fuß des Hügels angekommen waren, aber manchmal rollte ihnen das Faß davon, und ihre Füße liefen in der Luft weiter und ihr Körper wölbte sich und fiel zu Boden. Keiner ließ sie mitmachen, aber sie hätte sich sowieso nicht getraut.

Keiner ließ einen anderen drankommen. Man mußte das Faß schon selbst ergattern, wenn man darauf laufen wollte, man mußte warten und rufen, wenn das Faß kam und sein Läufer heranflog, absprang und einen Fuß seitwärts stieß, unsanft landete und aus dem hohen Gras aufsprang. Man mußte ahnen, wo das Faß ausrollte, und man mußte als erster die Hand auf das Faß legen und »Meins, meins« brüllen. Aber sie war zu schüchtern, um zu brüllen oder sich das Faß zu angeln und es den Hügel hinaufzustoßen. Zu zaghaft, um auf ihm zu laufen, und wahrscheinlich würde sie es sowieso nicht schaffen. Wenn sie es schaffte, würden die anderen sie vielleicht mögen.

Sie sah zurück zum Haus und entdeckte Makareta, die von der Türschwelle aus zusah, und sie fragte sich, ob ihre Cousine herüberkommen und auch mal auf dem Faß laufen wollte. Am Morgen hatte die alte Großmutter Makareta geholfen, ihr Bett zu machen, und hatte ihr die Kleider zurechtgelegt und dabei jedes Kleidungsstück in Augenschein genommen und betastet und es mit gespreizten Fingern auf dem Bett glattgestrichen. Als Makareta dann angezogen war, hatte die Frau ihr einen Hocker hingestellt und ihr die Haare gebürstet. Von der Küche her, wo sie gerade beim Frühstück saßen, sah es durch den Türrahmen hindurch so aus, als blickte man durch eine Öffnung in einen Raum voller Haare. Nach dem Bürsten hatte die Großmutter dicke Zöpfe geflochten, die immer dünner wurden und bis über die Sitzfläche hinaus reichten, fast bis auf den Boden, und mit Schleifen gebunden wurden, so gekonnt, daß sie wie Schmetterlinge aussahen.

Manny und Jacko kamen gerade zusammen den Hügel herunter, und ihre Füße klatsch-klatschten. Sie beugten sich vor und streckten sich, beugten und streckten sich, ihre schreckerregten Gesichter ragten starr über ihren langen, gereckten Hälsen. Die anderen Kinder tanzten im Gras herum und schrien: »Weiter, weiter, weiter«, und als sie fast unten waren, rannte Alamein los, um das Faß zu erwischen, und rief Billyboy zu, er solle mit ihr die nächste Runde machen. »Meins, meins«, rief Alamein, als Manny zur einen Seite hin absprang und Jacko zur anderen. Das Faß schoß weiter und rumpelte gegen den Zaun.

Ja, das war schon lustig. Es machte Spaß. Sie wollte auch gerne im Gras herumtanzen, rennen und brüllen, das Faß ergattern und darauf den Hügel herunterlaufen, aber sie war zu schüchtern, zu ängstlich. Sie setzte sich hin und fing an, mit einem Stock auf dem Boden herumzukratzen, während Alamein und Billyboy das Faß wieder den Abhang hinaufstießen.

In diesem Augenblick fand sie die Murmel.

Zunächst sah sie aus wie ein kugelrunder Stein, aber als sie den Dreck ein bißchen abgerieben hatte, stellte sie fest, daß es eine Murmel war. Sie rieb sie am Gras ab, bis sie sauber war. Da sah sie, wie schön sie war. Es war eine große Glasmurmel mit blauen, gelben, roten und grünen Streifen, die sich im Inneren der Murmel umeinander schlangen. Es waren auch noch ein paar malvenfarbene, rauchige Flecken da und einige goldbraune Tupfen. Es war gerade so, als wäre da im Inneren der Murmel eine neue, kleine Welt, und als hielte sie die neue, bunte Welt in ihrer Hand. Sie hielt sich die Murmel ans Auge und dann ans Auge der Sonne, damit das Licht hindurchschien, und es kam ihr so vor, als wäre sie selbst in dieser neuen, kleinen Welt drin, umgeben von wirbelndem Licht und Farbe. Jeder hätte sie gefunden haben können, aber ausgerechnet sie, Mata Pairama, war es gewesen. Sie war Mata

Pairama mit einem eigenen Namen, und sie war diejenige, die die Murmel gefunden hatte.

Sie überlegte, ob sie sie jemandem zeigen sollte, wobei ihr durch den Kopf ging, daß Jean sie bestimmt schön fände und haben wollte. Alle Heimkinder würden die Murmel haben wollen und würden sie umringen und versuchen, die Murmel gegen eine halbe Scheibe Toastbrot zu tauschen. Auch die Schulkinder würden sie haben wollen. Sie würden ihr einen Stift oder einen Penny dafür geben oder sie ihr abgewinnen wollen oder wegen der Murmel mit ihr kämpfen, obwohl sie doch selbst Murmeln hatten. Aber keine ihrer Murmeln hatte eine vierfarbige, gebänderte Welt mit einem rauchigen Himmel und goldenen Fußspuren innendrin. Sie würden sie beschimpfen.

Wenn Tante Gloria dagewesen wäre, hätte sie der die Murmel zeigen können, aber Tante Gloria, Onkel Bobby und Bubba waren nach Hause gegangen. »Auf Wiedersehen, Mata«, hatte Tante Gloria gesagt. Dann hatte sie leise zu ihr gesagt: »Keita zeigt dir vielleicht die Fotos, wenn du sie darum bittest.« Sie war dann losgegangen, hatte sich noch einmal umgewandt und gesagt: »Wink ihr mal, Bubba«, und mit Bubbas Hand zu ihr herübergewedelt. Sie und Tante Gloria hätten über diese Welt reden können.

Wieder auf dem Weg sah sie Makareta auf sich zukommen und beschloß, ihr die Murmel zu zeigen, obwohl sie verlegen war und ihr nichts einfiel, was sie hätte sagen können. Sie wartete, bis Makareta dicht heran war, dann hielt sie ihr die Murmel entgegen und sagte: »Die da hab ich gefunden.« Es war das erste Mal, daß sie mit jemandem sprach, seit sie bei den Großeltern angekommen war. »Hier, direkt beim Weg.«

»Es kommt manches wieder aus der Erde nach oben«, sagte Makareta. »Das alte Haus hat da gestanden.« Es war das erste Mal, daß Makareta mit ihr redete, und sie hätte nach dem Klang ihrer Stimme nicht sagen können, ob ihre Cousine sie leiden konnte oder nicht, ob sie die Murmel schön fand und haben wollte oder nicht. »Zeig sie den anderen«, sagte Makareta.

Die Kinder machten gerade eine Pause, zwei von ihnen saßen auf dem Faß, die anderen lagen im Gras. Sie redeten von Brot und wer wohl zum Haus gehen und ihnen etwas holen sollte.

»Missy.«

»Nein.«

»Jacko.«

»Ich nicht, Keita wird sauer.«

»Chumchum, du und ... Makareta, Makareta ...«

»Sie hat eine Murmel gefunden«, sagte Makareta.

»Brot, Makareta, für sechs.«

»Acht, für acht.«

»Zeig sie ihnen.« Also streckte sie die Murmel vor, damit sie sie ansehen konnten, und sie wurden still, kamen näher, um sie genau zu betrachten. Ein Kreis von Augen sah in die kleine, wirbelnde Welt in ihrer Hand. Nur das. Kein Atmen, kein Geräusch – bis sich die Augen bewegten. Dann traten die Kinder zurück, aller Augen auf ihr Gesicht gerichtet, und sie war verlegen. »Vom alten Haus«, sagte Makareta. Sonst sagte keiner etwas, und sie wußte, daß sie alle die Murmel schön fanden. Sie wollten sie haben oder wollten sie in der Hand halten, aber keiner sagte etwas, und lange Zeit wandten sie ihre Augen nicht von ihrem Gesicht ab. Schließlich wandten sie sich wieder dem Faß zu. Aber sie hatte das Gefühl, sie habe ihnen etwas weggenommen oder sei an etwas schuld, wußte aber nicht, was oder woran.

Makareta ging zum Haus zurück, und Mata war wieder allein, redete mit niemandem, niemand redete mit ihr. Wußte nicht, ob sie ins Haus gehen konnte oder ob sie von Keita angeknurrt würde, wußte nicht, ob sie zu Tante Gloria gehen und ihr die Murmel zeigen, mit ihr über diese Welt reden durfte. Wußte nicht, ob sie wieder in Tante Glorias Bett schlafen und die Tante sie dann an sich drücken würde, als wäre sie ihre eigene Tochter, und ihr wieder alles mögliche erzählen würde, als wäre sie schon ein großes Mädchen.

Kurz darauf kam Makareta mit einem Stapel Brotscheiben auf der Hand zurück, und die Kinder lärmten wieder los. Makareta gab die letzte Scheibe ihr. »Du sollst jetzt reingehen und auf Wiedersehen sagen«, sagte sie.

Hungrig, und das Brot war gut. Sie aß es langsam und bemerkte, daß die anderen auch langsam aßen, um ganz lange etwas davon zu haben. Sie hatten sich alle hingesetzt außer Manny, der von einem Fuß auf den anderen tänzelte, während er aß. Er hatte gewandte Füße und war der beste Faßläufer von allen. Den ganzen Morgen lang war er über die Furchen und Buckel hinweggerollt und war nicht ein einziges Mal abgeworfen worden. Er hatte als erster das Faß bis ganz auf die Spitze hinauf gerollt und war am längsten draufgeblieben und immer erst abgesprungen, wenn das Faß schon fast gegen den Zaun stieß. Ihm gebührte der Preis, und sie war nicht zu schüchtern, ihn ihm zu geben. Sie überreichte ihm die Murmel.

Die Kinder verstummten wieder und starrten sie an. Dann zog Manny sein Hemd aus, wickelte die Murmel hinein und legte es auf den Boden, drehte sich um und fing an, das Faß wieder den Abhang hinaufzurollen. Missy kletterte auf den Maschendrahtzaun und rief Makareta, die gerade wieder zum Haus zurückging. »Makareta, Makareta, sie sie Manny gegeben«, rief sie, und die Drähte vom Zaun quiekten. Makareta drehte sich um. »Sie sie Manny geben. Sie die Murmel Manny geben.«

## 8

Ihre erste Arbeit in der Fabrik bestand darin, Schulhefte packenweise in braunes Packpapier einzuschlagen und den Packen dann mit einem Streifen Klebeband zuzukleben. Die mußte sie dann auf einer Palette stapeln, Etiketten draufkleben, und wenn die Palette voll war, kam Jerry mit dem Karren.

Jerry war ein kleiner Mann in einem großen Overall, und er hatte die Haare wie zwei gefettete Flügel über seinem weißen Affengesicht, seinen hellen Affenaugen angeklatscht. »Das hast du in ein oder zwei Tagen im Griff«, hatte er gesagt, als er am ersten Tag ihren Stapel betrachtete. Als er zum Lagerraum fuhr, rief er über das Rattern und Rumpeln des Karrens hinweg dem anderen Packer zu: »Haste was gewonnen am Samstag?«

»Nee, hab meine Kohle auf 'n Kopp gehauen, hab zwei Pfund fünf verloren.«

»Ich auch, bei mir war's ein Fünfer.« Manchmal zwinkerte Jerry ihr zu, wenn er rückwärts wegging und sie dachte, daß er sie vielleicht gern hatte.

Die meisten der Frauen konnten sie nicht leiden. Starrten ihre Kleidung an, ihre Schuhe, ihre schlimmen Haare, ihr schwarzes Gesicht, warfen sich gegenseitig Blicke zu und zogen die Augenbrauen hoch und rückten in der Frühstückspause und während der Mittagszeit an den Tischen kein Stückchen zusammen, damit sie sich auch hätte hinsetzen können. Sie hatten Arbeitskittel, die sie über ihre Kleider zogen, und flache Schuhe, die sie statt der hochhackigen anzogen, und in der Handtasche hatten sie Lippenstifte, Puderdosen und Gläschen mit Gesichtscreme. Kurz bevor um halb fünf die Sirene ertönte, stahlen sie sich eine nach der anderen in den Waschraum, um sich ihr Gesicht einzucremen und zu pudern und sich die Lippen rot zu machen, bevor sie auf die Straße traten, in die Straßenbahn und den Bus stiegen und nach Hause fuhren.

Sie hörte ihnen gerne zu, wenn sie über Geld, Kleider, Tanzen, Parties, Streitereien, Ohrringe, Strümpfe und Make-up und alles mögliche andere redeten. Mochte den Heiße-Pasten-und-Rauch-Geruch der Kantine. Die Frauen hatten alle einen Mann, einen Freund, Kinder, Freunde zum Gernhaben oder Lieben, die die Frauen gern hatten oder liebten – außer vielleicht Ada, die ein ganz finsteres Gesicht machte und nicht viel redete. Sie wußte nicht, ob Ada jemanden hatte.

Eine ganze Zeitlang hatte sie nicht gewußt, wie Ada hieß, aber eines Tages war Jerry hereingekommen und hatte gerufen: »Das ist ja mal wieder typisch, Ada. Das ist doch wieder typisch, Morning-Glory«, als er den Karren unter den Stapel von Papier stieß, den sie durchgezählt hatte, und Ada hatte gelacht, ganz kurz, dann hatte sich ihr Gesicht sofort wieder verfinstert. Es war ein altes, starres Gesicht mit flinken Augen. Sie hatte große, braune Hände, die die Papierstapel herabglitten, ohne daß sich die Finger dabei großartig bewegten – durchblättern und zählen, durchblättern und zählen. Mata wußte nicht, ob Ada sie mochte oder nicht, aber Ada war auch Maori, was vielleicht bedeutete, daß sie sie mögen mußte. Wenn sie in die Kantine gingen, rückte Ada ein bißchen zur Seite, damit sie sich hinsetzen konnte.

Vor langer Zeit war sie dorthin gefahren, wo ihre Großeltern lebten, um dort zu bleiben. Da waren Cousins und Cousinen und viele Verwandte, die sie mögen *mußten,* die sie küssen und die ihr Geschenke geben mußten. Da war auch eine Tante gewesen, die sie in den Schlaf gewiegt hatte, als wäre sie ihre eigene Tochter, und mit ihr geredet und ihr allerhand erzählt hatte, als wäre sie schon erwachsen, als hätte sie sie wirklich gern.

Da war auch eine Großmutter gewesen, die Keita hieß und streng und barsch war und auch ein finsteres Gesicht machte. Alle Kinder hatten Angst vor ihr, aber Keita hatte ihr einen Mantel gekauft und eine Fotografie ihrer Mutter geschenkt. »Paß gut darauf auf«, hatte Keita gesagt. »Steck es in deine Tasche. Du kannst noch mehr haben, wenn du älter bist … wenn du brav bist.«

Es war das Foto einer dunkelhäutigen jungen Frau mit einem breiten, ernsten Gesicht und zwei dicken, um den Kopf gewundenen Zöpfen. Ein kleiner Blumenhut saß etwas nach hinten gerückt auf dem Kopf ihrer Mutter, so daß man ihn nicht richtig auf dem Foto erkennen konnte, und sie trug das Kleid einer Brautjungfer und hatte Blumen im Arm. Sie hatte immer geglaubt, ihre Mutter sei im Himmel, aber sie hatte herausgefunden, daß sie in Wirklichkeit in der Erde war.

»Das war bei der Hochzeit von meiner Mutter und meinem Vater«, hatte Makareta zu dem Foto gesagt. »Deine Mutter war bei der Hochzeit von meiner Mutter und meinem Vater Brautjungfer.«

»Aber wo sind die denn jetzt?«

»Wer?«

»Deine Mutter und dein Vater.«

»Mein Vater Rere kam im Krieg um. Meine Mutter Polly lebt in Wellington«, sagte Makareta in ihrer genauen Art.

Sie hatte Makareta noch so vieles fragen wollen, aber den größten Teil ihres Tages verbrachte ihre Cousine mit Kui Hinemate und den anderen Erwachsenen, wo sie eine andere Sprache benutzten, und da bekam sie ihr Haar gemacht, ihre Kleidung in Ordnung gehalten, Essen gekocht. Dann hatte Makareta gesagt: »Mein Vater hat dort, wo deine Mutter begraben ist, einen Gedenkstein, aber begraben ist er nicht dort, er ist in Ägypten begraben.«

Makareta war dann weggegangen. Kui Hinemate hatte sie in den Garten geleitet und für Makareta eine Decke zum Draufsitzen und einen Sonnenhut zum Aufsetzen dabeigehabt.

Sie hatte nicht verstanden, wovon Makareta da geredet hatte, hatte nicht verstanden, warum Makareta über ihre Mutter redete, die entweder gestorben und als himmlischer Engel wiederauferstanden war oder irgendwo weit weg war und eines Tages zu ihr zurückkäme. Sie fand Makareta albern mit ihrer alten, gebückten Großmutter, die sie behandelte, als wäre sie immer noch ein Baby, und in einer albernen Sprache mit ihr redete.

Mrs. Parkinson war ins Heim gekommen, um sie zu besuchen, als ihre Mutter gestorben war, und sie mußte ihre Schul-Strickjacke anziehen und sich Gesicht und Hände waschen und ihr schlimmes Haar flachbürsten. Dann war sie in den Besucherraum geführt worden, wo Mrs. Parkinson auf sie wartete. »Es geht um deine Mutter, May«, hatte Mrs. Parkinson gesagt, und sie hatte gedacht, sie würde jetzt zu dem Zimmer mit der braunen Tür, wo ihre Mutter war, zurückgebracht. »Vor zwei Wochen ist deine Mutter gestorben, und jetzt ist sie im Himmel bei Gott. Ich habe dir das hier mitgebracht, es wird dir helfen«, und Mrs. Parkinson hatte ein Buch aus ihrem Korb genommen. »Es ist das Wort Gottes, May. Lies jeden Tag darin, und der Herr wird dir helfen. Bete jeden Tag, und Gottvater wird dich erhören. Verstehst du?«

»Ja.«

»Was sagt man dann, May?«

»Danke.«

»Und May, weißt du auch, wer ich bin?«

»Mrs. Parkinson.«

»Ja, aber außerdem bin ich dein gesetzlicher Vormund, so wie dein Vater das bestimmt hat, als deine Mutter dich verlassen hatte. Ich bin so etwas wie eine Mutter für dich. Ich werde dich besuchen kommen, wenn ich kann.«

Mrs. Parkinson stand auf, als die Heimleiterin hereinkam, und die beiden Frauen redeten noch eine ganze Zeit leise miteinander, bevor Mrs. Parkinson wieder ging.

»Meine Mutter ist gestorben«, hatte sie später zu Jean gesagt. »Sie ist jetzt im Himmel.«

»Meine auch, als ich noch ein Baby war.«

»Wie die wohl aussehen? Wie unsere Mütter jetzt wohl aussehen?«

»Wie Engel im Nachthemd, mit zwei großen Flügeln auf dem Rücken, damit sie fliegen können«, hatte Jean gesagt. Also hatte sie sich so ein Engelsgesicht für ihre Mutter vorgestellt, wie auf den Bildern von der Sonntagsschule – ein blasses Gesicht mit rosa Wangen, blauen Augen und langen, goldenen Haaren. Aber trotzdem hatte sie weiter darauf gewartet, daß ihre Mutter wiederkam.

Eine kleine Weile hatte sie dagestanden und zugesehen, wie die dumme Makareta ihrer Großmutter in den Garten folgte, und dann war sie zum Haus von Tante Gloria davongestürzt und hatte den ganzen Weg lang geschrien. »Mata, was ist denn passiert?« hatte ihre Tante gefragt, war aus dem kleinen Haus herausgekommen und hatte sie in die Arme genommen. »Was ist los? Komm, sag's deiner Tante.«

»Tante Gloria, meine Mutter ist im Himmel.«

»Ja ...«

»Makareta sagt, sie ist begraben, in der Erde.«

»Auf dem urupa ...«

»Makareta sagt ... von meiner eigenen Mutter.«

»Laß uns morgen hingehen.«

»Hingehen?«

»Zum urupa, zum Friedhof, wo deine Mutter beerdigt ist.«

Dann hatte Tante Gloria sie ganz fest gedrückt und gesagt: »Schon gut, schon gut. Wir haben uns alle Mühe gegeben, dich zu finden ... Denk immer daran, du bist unser Mädchen, unser Mädchen, das nur zu uns gehört, mit deinem Namen, der nur dir gehört, so wie Keita gesagt hat.« Dann hatte die Tante sie mit ins Haus genommen und ihr von ihrer Mutter erzählt.

»Wir wissen nicht, wie sie deinen Vater kennengelernt hat«, sagte sie. »Er hat sich hier herumgetrieben und sich von den Städten ferngehalten, weil er ein Matrose aus England war, der von seinem Schiff ausgerissen war. Deine Mama war unsere große Schwester, die Älteste, diejenige, für die die Alten besondere Pläne hatten. Sie haben sie nicht aus den Augen gelassen, sich um sie gesorgt, und wir haben deshalb keine Ahnung, wie sie Albert kennenlernen konnte.

Eines Tages brachte sie ihn mit nach Hause und sagte, sie

wären verlobt. Keita war wütend, wollte nichts davon wissen. Sie sagte Albert, er solle gehen und ja nicht wiederkommen. ›Er wird dich nicht heiraten‹, sagte Keita zu ihr. ›Glaubst du etwa, der will wirklich ein Maori-Mädchen heiraten? Natürlich nicht. Und natürlich ist er auch nicht der Richtige für dich. Wir haben durchaus Besseres mit dir vor.‹

Aber zwei Tage später lief deine Mutter weg, und Keita konnte nichts dagegen tun. Sie sei nun nicht mehr ihre Tochter, sagte Keita. Und dieses Haus hier sei nicht mehr ihr Zuhause.

Aber Albert hat sie nicht gut behandelt, und sie mußte von ihm weg. Und mußte auch dich verlassen, denn sie hatte kein Geld, nichts, wo sie bleiben konnte. Sie bemühte sich um Arbeit, um etwas Geld und eine Bleibe zu bekommen. Wenn sie erst mal Geld hätte, würde sie dich schon irgendwie wiederkriegen, so dachte sie. Aber sie war da schon krank.

Sie kriegte gleich am ersten Tag eine Arbeit, als Näherin in einer Fabrik. Arbeitete da zwei Tage lang, und am dritten Tag brach sie an der Maschine zusammen und kam ins Krankenhaus. Wir wußten nicht, daß sie krank war. Hatten lange Zeit nicht einmal eine Ahnung davon, bis sie uns dann schrieb. Wir holten sie nach Hause, und die ganze Zeit redete sie von dir, wußte überhaupt nicht, wo du warst. Wir versuchten, dich zu finden, aber dein Vater war weg, hatte einen Vormund für dich benannt, und wir wußten nicht, wen.«

Auf dem Friedhof war ein Buch aus weißem Stein, und auf den aufgeschlagenen Seiten standen Worte über ihre Mutter. Einige der Wörter hatte sie lesen können: »Gestorben am 4. November 1946. Im Alter von 25 Jahren. In ewigem Gedenken.« Aber andere Wörter hatte sie überhaupt nicht enträtseln können.

Also war alles ganz anders, als sie es sich gedacht hatte. Ihre Mutter war gar kein Engel, der im Himmel mit goldgeränderten Flügeln herumflog, sondern lag statt dessen schlafend in der Erde, hatte ihre Engelsflügel zusammengeklappt, ihr

Engelsgesicht sah friedvoll aus, und ihre bleichen Hände waren über ihrer Engelsbrust gefaltet. Sie hatte Tante Gloria geholfen, Unkraut am Grab ihrer Mutter auszuzupfen, und sie hatte ein paar Blumen in ein Glas neben das Buch, das Stein genannt wurde, gestellt.

Neben dem Stein ihrer Mutter war noch ein anderer, nicht in der Form eines Buches, sondern wie ein Scheibe Brot. Das war der Gedenkstein für Makaretas Vater, und sie hatte nicht ein einziges Wort darauf lesen können. Tante Gloria hatte drumherum Ordnung gemacht und auch dort ein paar Blumen hingestellt. »Die anderen hier, das sind auch alles Verwandte von dir«, hatte ihre Tante gesagt. »Die Zeit reicht heute nicht, um sie alle in Ordnung zu bringen.« Dann hatte die Tante ihr die verschiedenen Gräber gezeigt und erklärt, wer die Leute waren.

Da hatte Mata etwas anderes begriffen. Die Wörter oben auf den Steinen waren Namen, die Namen der Leute, die dort begraben waren, denn sie konnte einige von ihnen lesen – Sarah, Arthur, Mason, Henrietta, Bradford – zwischen anderen Wörtern, die auch Namen sein mußten.

Ihre Mutter hatte also einen Namen.

Es war alles ganz anders, als sie es sich gedacht hatte. Andere Leute wußten, daß ihre Mutter einen Namen hatte und daß er dort auf dem Stein stand – Anihera Keita Pairama –, obwohl sie selbst ihn nicht lesen konnte. »Das ist der Name von meiner Mutter«, hatte sie gesagt und auf den Stein gezeigt.

»Ja.« Aber Tante Gloria hatte sie nicht verstanden, wollte sich auf den Heimweg machen.

»Tante Gloria, Tante Gloria, meine Mutter hat einen Namen.«

Da hatte Tante Gloria angefangen zu weinen und sie in die Arme genommen und ihr den Namen vorgelesen und ihr dabei geholfen, ihn auszusprechen. Danach waren sie nach Hause gegangen, und Tante Gloria hatte den ganzen Weg lang geweint. Am Fuße des Hügels hatten sie sich die Hände in einem

Wasserbehälter gewaschen, und die Tante hatte sich ihr nasses Gesicht und die roten Augen gewaschen.

Auf dem Heimweg hatte sie im Zug die Fotografie aus ihrer Tasche genommen und sie an die Brust gedrückt. Sie hatte an die nächsten Ferien gedacht, wenn Keita sie dann wieder einladen würde, sie bei sich haben wollte, ihr etwas über ihre Mutter erzählte und ihr von den Sachen ihrer Mutter etwas schenkte. Sie hatte darüber nachgedacht, was das wohl für Sachen waren, ob Tassen und Teller, Porzellanfigürchen, eine Uhr, ein goldener Ring, ein Medaillon in Form eines Herzens, das an einer goldenen Kette hing, mit einem winzigen eingefaßten Rubin und Fotos innendrin. Und als sie an das Medaillon und den Rubin dachte, fiel ihr wieder der riesengroße Rubin von der Größe einer Apfelsine ein, den ein gemeiner Räuber einem wunderschönen Königselefanten von der Stelle zwischen den Augen weggestohlen hatte. In dem Comic, den sie Missy und Chumchum vorgelesen hatte, während sie am Bahnhof auf den Zug warteten, hatte darüber eine Geschichte gestanden.

Missy hatte sie liebgehabt, als sie ihnen die Comics vorlas und auch als sie die Geschichten auf den Zeitungswänden bei Tante Gloria vorgelesen hatte. Sie hatten sie alle liebgehabt, als sie Manny die Murmel geschenkt hatte. Keita hatte ihr einen Mantel gekauft und ihr ein Foto geschenkt, und Tante Gloria? Ja, Tante Gloria hatte sie in die Arme genommen und mit ihr geredet und sie liebgehabt und ihr gesagt, sie sei ihr Mädchen mit einem eigenen Namen und sie gehöre zu ihnen.

Aber jetzt wußte sie, daß das alles gar nicht stimmte. Sie war gar nicht ihr Mädchen. Sie hatte jeden Tag gewartet, aber sie hatten sie nie wieder eingeladen. Sie hatte nie wieder auch nur von einem von ihnen gehört, war niemals wieder dort gewesen.

Deshalb dachte sie, es würde wohl auch nicht stimmen, daß Ada sie mochte, auch wenn Ada oft nett zu ihr war.

Sie wußte nicht, wer sie gern hatte oder liebhatte, oder ob es jemals jemanden nur für sie gäbe, den sie gern haben oder lieben könnte.

Sie dachte an den Jungen in der Straßenbahn.

## 9

Ada brachte ihr bei, wie man das Papier zählte, zeigte ihr, wie man die untere Kante eines Packens mit der rechten Hand griff, die Hand so drehte, daß die Blätter an der oberen Kante auseinanderfielen, und dann mit dem Daumen der anderen Hand paarweise nach unten blätterte, bis man vierundzwanzig gezählt hatte. Sie lernte, den abgezählten Packen jeweils so zu verschieben, daß er sich auffächerte, wobei sie sehr darauf achtete, daß der Stapel auf Kante blieb.

»Ha, du kriegst es langsam in den Griff«, sagte Ada, als sie kam und ihr über die Schulter sah, nachdem sie diese Arbeit den ganzen Vormittag lang gemacht hatte. »Wirst bald in Viern zählen, dann in Fünfern und in Sechsern so wie ich.« Ada richtete den Stoß für sie aus. »Magst deine Arbeit, hm?«

»Mm.« Es war schwierig, gleichzeitig zu reden und zu zählen, aber sie unterhielt sich auch gerne mit Ada. Sie machte eine Pause und überlegte, was sie wohl sagen könnte, damit die Unterhaltung weiterging. »Mrs. Parkinson hat sie mir besorgt«, sagte sie.

»Mm?«

»Hat mir eine Unterkunft besorgt.«

»Gefällt sie dir ... deine Unterkunft?«

»Ja.«

Sie wandte sich wieder ihrer Arbeit zu und dachte darüber nach, was sie Ada irgendwann einmal erzählen konnte, wenn sie genug Übung darin hatte, gleichzeitig zu reden und zu zählen. Sie konnte ihr von Jean erzählen, die Rick geheiratet hatte; Jean, die Geschirrtücher, Bettlaken und Kopfkissenbezüge in einem Koffer aufbewahrt hatte und mit Rick, der ihr einen Diamantring gekauft hatte, verlobt gewesen war; Jean mit den roten schlimmen Haaren. Abends räume ich mein Zimmer auf und schreibe an Jean. Ich weiß nicht, ob mich jemals jemand gern haben oder lieben wird.

Aber sie dachte nicht, daß sie dies letztere Ada oder sonstwem erzählen sollte. Jean war immer diejenige gewesen, die darüber geredet hatte, daß andere sie gern hatten und liebten. Ihre Finger hörten auf zu zählen, und sie sagte: »Ich habe in meinem Zimmer ein Foto von meiner Mutter, da war sie Brautjungfer bei einer Hochzeit.«

»Wo ist deine Mutter?«

»Tot.«

»Wo ist dein Vater?«

»Tot. Im Krieg in Ägypten gefallen.« Sie wußte nicht, weshalb sie das sagte.

»Mein Bruder auch«, sagte Ada.

»Gefallen?«

»Vermißt gemeldet, sagten sie. Das heißt, er ist nicht gefunden worden. Das heißt, er ist tot. Und mein Mann ist zurückgekommen und hatte eine Hand weggeschossen und den Bauch voller Splitter und Stücke ... Hast du Geschwister?«

»Nein.«

»Großeltern, andere Verwandte?«

»Nein.« Sie wußte nicht, weshalb sie das sagte, aber in gewisser Weise stimmte es ja auch. Ada wandte sich zur Tür und rief Jerry, und der kam pfeifend und den Karren schiebend herein.

»Such dir doch einen Freund«, sagte Ada.

Da war so ein häßlicher Mann, der jeden Tag nach der Arbeit an der Straßenbahnhaltestelle wartete. Er hatte einen schmalen Kopf, einen gedrungenen Hals, schwarze Lippen und Augen und ein dunkelbraunes Gesicht. Er hatte breite Schultern und eher kurze Beine, und wenn er ging, schwankte er hin und her, als würde er Schlittschuh laufen. Er war auch Maori wie sie selbst, aber sie hatte keine Ahnung, ob das bedeutete, daß er sie vielleicht mochte.

Wenn sie nachmittags, sobald die Glocke zum Arbeitsschluß läutete, zur Straßenbahnhaltestelle lief, war er da, und sie fuhren dann mit der gleichen Bahn. Er stieg in das mittlere Abteil, und sie stieg vorne ein. Sie setzte sich so, daß sie ihn sehen konnte, und war jedesmal enttäuscht, daß sie vor ihm aussteigen mußte. Sie wußte nicht, ob er ein Junge oder ein Mann war, aber sie dachte, er wäre vielleicht häßlich genug, daß er sie gern haben oder lieben könnte.

Eines Nachmittags beschloß sie, in der Straßenbahn sitzenzu bleiben, um zu sehen, wo der Junge-Mann ausstieg, und vielleicht herauszufinden, wo er wohnte. Sie sah durch das Fenster zu dem offenen Abteil hinüber, wo er vorgebeugt, die Ellenbogen auf die Knie gestützt, saß und rauchte. Als die Bahn sich der Haltestelle näherte, die zwei Stationen nach ihrer kam, stand er auf und trat hinaus auf den Tritt und hielt sich außen an der Haltestange fest. Er stand mit einem Fuß auf dem Tritt, der andere war vorgestreckt, schon bereit zum Sprung, und er sprang auf die Straße hinab und lief noch ein Stück neben der langsamer werdenden Straßenbahn. Dann änderte er die Richtung, lief schon auf den Weg zu, als die Leute von der Haltestelle heraufströmten, nach den Haltestangen griffen, den Tritt hochstiegen und sich zu einem Sitzplatz drängten, nach Gurten zum Festhalten, Fenstern zum Hinaussehen, Wänden zum Dranlehnen. Sie sah ihn laufen, sich durch die vielen Leute winden und in einem Eingang verschwinden.

Sie hatte eigentlich nicht vor, Ada von dem Jungen-Mann zu erzählen, und außerdem war es auch zu schwierig, gleichzeitig zu reden und richtig zu zählen und den Stapel ordentlich hinzukriegen. »Hast du denn schon einen Freund?« fragte Ada.

Wurde im Zählen immer besser, wurde immer schneller und kriegte ihren Stapel gerade hin. Sie konnte schon in Vierern zählen. »Ja oder nein sagt man nicht.«

Adas Hände glitten zählend und fächernd den Stapel hinunter.

»Da ist ein Junge ... fährt mit der gleichen Straßenbahn wie ich nach Hause.«

»Wie heißt er?«

»Weiß ich nicht.«

»Hat ein Auge auf dich geworfen, stimmt's?«

»Nein.«

»Sieht gut aus, stimmt's?«

»Nein.«

»Also ... Also, dann hast du ein Auge auf ihn geworfen, oder?«

»Er wird jeden Abend fast überfahren, wenn er aus der Straßenbahn springt.«

»Geht er schnurstracks in die Kneipe?«

»Ins *Central.*«

»Ins *Central,* hmm ... Jerry ... He, Jerry ...« Der Karren kam hereingerollt, und Jerry dirigierte ihn unter den Stapel. »Stell dir vor, Jerry, die hier hat sich in so 'n Knilch verguckt, der mit der gleichen Straßenbahn fährt.«

Jerry trat auf den Hebel, um die Palette langsam anzuheben.

»Soso, mit der gleichen Straßenbahn.« Der Stapel schwankte und beruhigte sich wieder, als er den Hebel losließ. »Na dann, Mata, nimm dich in acht.« Er rollte den Karren genau zwischen den Stapeln bei den Heftmaschinen durch. »He, stellt euch vor, Mata hat sich einen Kerl geangelt, der mit der gleichen Straßenbahn fährt«, rief er den Frauen an den Heftmaschinen zu.

Die Frauen grienten auf die gefalteten Rücken der Notizbücher hinunter und klatschten die Pappdeckel obendrauf, ließen das Ganze durchgleiten und betätigten das Pedal. Die Klammern knallten herunter. Einige Frauen unterbrachen ihre Arbeit und sahen auf und lachten. Da war irgendwas, was sie nicht verstand, worüber aber alle anderen lachten, etwas, wonach sie nicht fragen konnte. Sie hätte Ada nicht von dem Jungen-Mann erzählen sollen.

»Dein Stapel wird ganz schief«, sagte Ada.

## 10

»Gehst du eigentlich gern ins Kino?«

Er hatte sie an der Straßenbahnhaltestelle eingeholt. Er hatte die Hände in den Taschen und sah an ihr vorbei, als redete er mit den Autos oder der Straßenbahn. Sie war sich gar nicht sicher, ob er wirklich mit ihr redete. »Gehst du gern ins Kino?« fragte er wieder. Deshalb sagte sie: »Mit Jean. Manchmal ... Aber die ist jetzt weggezogen.«

»Freitags gehen wir nach der Kneipe was essen oder ins Kino, oder wir gehen nach Hause und spielen Karten.« Ihr fiel nichts ein, was sie sagen konnte. Er drehte sich plötzlich um und trat auf die Straße. Sie hatte nicht bemerkt, daß die Straßenbahn kam.

Sie wurde von der Menge, die in die Nummer sieben steigen wollte, geschoben, wollte zu ihm in das mittlere Abteil steigen, aber sie konnte doch nicht einfach da einsteigen, wo die Männer einstiegen. Das war für Betrunkene, für Leute, die singen oder grölen, ein übler Ort. Sie durfte wirklich nicht im mittleren Abteil einer Straßenbahn sitzen.

Von dort, wo sie stand, konnte sie ihn sitzen sehen, vorgebeugt, Rauch quoll aus seiner Nase.

Nun hatte er also mit ihr geredet. Zuerst war sie sich nicht sicher gewesen, ob er überhaupt mit ihr redete, dann war ihr klar, daß es wirklich so war. Er hatte sie irgendwas wegen Kino gefragt, aber sie wußte nicht mehr, ob sie ihm eine Antwort gegeben hatte, wußte nicht, was sie hätte antworten sollen, und fragte sich, was seine Frage denn eigentlich bedeutete.

Hätte sagen können, du bist häßlich genug, daß du mich gern haben oder lieben könntest. Hätte sagen können, ich sehe jeden Tag, wie du aus der Bahn vor die Autos springst und rennst und rennst, durch einen Haufen Leute hindurch, in einen Eingang hinein, noch ehe die Straßenbahn anhält. Ich fahre extra zwei Haltestellen weiter, sehe, wie du an der Straßenbahn hängst, dich fallen läßt, rennst, dich durch die Menschenmenge durchschlängelst, im Eingang der Kneipe, dem *Central*, verschwindest. Warum hast du mich angesprochen? Etwa, weil du mich gern haben mußt, weil du so bist wie ich? Ich heiße Mata Pairama. Ich habe einen Namen, Mata Pairama, Mata Pairama, einen Namen, der mir gehört.

Die Straßenbahn näherte sich seiner Haltestelle. Er sah von der Tür her auf, zog die Augenbrauen hoch, grinste, hing an der Haltestange, sprang ab und rannte. Hab ich dich gern, weil ich dich gern haben muß? Werde ich dich lieben, wirst du mich lieben, und was hast du noch gesagt, als du an der Haltestelle mit den Händen in den Hosentaschen neben mir gestanden und mit den Straßenbahnen und den Autos geredet hast? Kino. Gehst du eigentlich gern ins Kino? hast du gesagt. Bei Joe, am Ende der Bridge Street, können wir was essen und hinterher ins Kino. Wenn du willst.

Aber sie durfte doch gar nicht ins Kino, durfte doch gar nicht mit Jungen oder Männern reden.

Mußte von der Arbeit direkt nach Hause gehen und beim Kochen helfen. Nach dem Abendessen mußte sie den Abwasch machen und die Bänke abschrubben, den Fußboden wischen und die Tische für den nächsten Morgen decken. Danach konnte sie dann in ihr Zimmer gehen, wo es ein Bett gab und einen Hocker, drei Kleiderhaken, drei Kleiderbügel, ein Fenster, ein Foto ihrer Mutter, das auf dem Hocker gegen eine Tasse lehnte. Irgendwann einmal würde sie Mrs. Parkinson bitten, ob sie etwas von ihrem Lohn bekommen könnte, um einen Rahmen für das Bild kaufen zu können. Sie wollte neue Schuhe haben und eine zweite Strickjacke und die Haare anders.

Und sie würde gerne abends oder samstags ausgehen und

auch gerne Zeit haben, sich auf dem Heimweg von der Arbeit die Schaufenster ansehen zu können. Braune Zähne, wenn er lächelte.

Sie trat auf die Straße hinab und ging eilig den Weg zurück, in der Hoffnung, daß sie nicht zu spät kam, in der Hoffnung, daß Mrs. Baird nichts davon erfuhr, daß sie zwei Haltestellen weitergefahren war.

»Wo bist du gewesen?« fragte Mrs. Baird. »Ich ging gerade vom Laden zurück, da habe ich dich in der Straßenbahn vorbeifahren sehen. Du bist nicht an der richtigen Haltestelle ausgestiegen.«

»Ich wollte zurück ... um die Schaufenster anzusehen.«

»Es wartet hier Arbeit auf dich. Du weißt, was Mrs. Parkinson gesagt hat.«

»Ja.« Dann sagte sie: »Ich möchte gerne ins Kino gehen.«

»Soso. Für ein Christenmädchen gibt es wirklich Besseres zu tun«, sagte Mrs. Baird.

Aber sie könnte ja einfach gehen, das hätte Jean jedenfalls gemacht. Aber Jean hatte auch keinen Vormund, der ihr sagte, wo sie zu wohnen hatte und wo sie zu arbeiten hatte und wieviel von ihrem Lohn sie in die Hände bekam. Jean hatte das Heim verlassen und lebte bei einer Tante, und an einem Samstag waren Jean und die Tante gekommen, um mit ihr zusammen auszugehen. Jeans Tante hatte der Heimleiterin gesagt, sie gingen Tee trinken, aber sie waren statt dessen ins Kino gegangen, und Jean hatte einen neuen grünen Tweedmantel angehabt, und ihre kupferroten Haare sahen hübsch aus, wie sie auf den Schultern lagen. Sie hatten ihr einen blauen Regenmantel geborgt, der ihre Heimkleidung verdeckt hatte, und so hatte sie sich richtig wohl gefühlt.

In dem mit Teppich ausgelegten Foyer des Kinos hatten sie sich die Fotografien der Filmstars angesehen, ehe sie die mit Teppich belegte Treppe hinaufgingen, die zu einer großen Tür führte, wo ein Mann ihre Karten durchriß und sie hineinwies. In den Gängen lag roter Teppich, und die Sitze waren braun gepolstert. Da gab es Säulen, die mit goldenem Wein und Blumen gemustert waren, und schummrige Logen mit rosa und grüner Beleuchtung. Die Decke war gewölbt, und dort oben hielten sich im Kreis in Wolken und Blumen gekleidete Babys bei den Händen. Am meisten hatte ihr der golden schimmernde Vorhang gefallen, dessen Farbe sich veränderte, als die Lampen ihre Farbe wechselten und der dann in schön glitzernden Bögen und Falten hochgezogen wurde. Dann kam Musik. Eines Tages, eines Abends ginge sie wieder hin.

Heute abend aber nicht. Heute abend würde sie einen dicken Eintopf kochen, den Reispudding stürzen, den Tisch ordentlich decken und das Brot in gleichmäßige Scheiben schneiden. In ihrem Zimmer hatte sie ein Foto von ihrer Mutter, deren Name Anihera Keita Pairama war. Sie hatte ihren eigenen Namen, Mata Pairama. Ihr Name, ihr Name, der ihr nicht weggenommen werden konnte, der niemals der-nicht-ihre werden konnte.

Und du könntest mich mögen oder lieben, das würde ich schon zu gerne wissen.

## II

»Was ist denn nun mit dem Typ aus der Straßenbahn?«

Sie wollte nicht darauf antworten, denn Ada erzählte es dann wieder Jerry, und Jerry machte dann wieder vor den Heftmaschinenfrauen seine Witzchen, die dann in ihre Heftdeckel grienten oder zu ihr herübersahen und lachten. Außerdem kam sie mit dem Zählen durcheinander, wenn sie antwortete. Ihre Finger konnten jetzt schon fünferweise herabwandern – vier Fünfer und ein Vierer, damit es vierundzwanzig waren. Sie konnte die Bündel von vierundzwanzig in Zwölfergruppen auffächern und die zwölf, schön auf Kante, auf den Stapel auf der Palette legen.

»Du beobachtest ihn wohl noch, oder?«

»Am Freitagabend geht er immer ins Kino.«

»Hat dich eingeladen, stimmt's?«

»Nein ja.«

»Und, bist du mit?«

»Nein.« Wurde immer besser. Sie konnte schon mit Ada reden, ohne mit dem Zählen durcheinanderzukommen.

Ada klatschte sechs Packen von je zwölf auf den Stapel. »Warum denn nicht?«

»Ich muß im Heim helfen.«

»Hast du denn nicht manchmal einen freien Abend?«

»Nein.«

Ada steckte sich eine Zigarette an, weil der Chef gerade rausgegangen war. Die Zigarette hing in dem einen Mundwinkel, Rauch quoll aus dem anderen. Es roch gut. »Und außerdem würden sie es mir sowieso nicht erlauben, nicht am Abend und nicht mit einem Jungen.« Sie hoffte, Ada würde es nicht Jerry erzählen.

»Kann man ihnen nicht unbedingt verübeln, er könnte ja ein Schweinehund sein. Gibt schließlich genug Schweinehunde auf der Welt, weißt du.«

»Und ich hätte ja sowieso kein Geld.«

»Wieso, wo ist denn dein Geld?«

»Mrs. Parkinson verwahrt es für mich, bezahlt davon Unterkunft und Verpflegung und gibt mir nur Geld für die Straßenbahn und für das Essen.«

»Vielleicht ist sie auch ein Schweinehund. Vor Schweinehunden muß man immer auf der Hut sein ... Hab ich nicht recht, Jerry?«

»Um was geht's, meine gute Ada?«

»Vor Schweinehunden muß man immer auf der Hut sein.«

»Na klar ... Mensch, guck mal hier, Ada, gerade Kanten wie ein Würfel. Jetzt hat sie's aber raus, oder?«

»Wir müssen uns jetzt erst mal ans Falten machen«, sagte Ada. »Zu flott vorgearbeitet.«

»Die geben dir also nie mal einen Abend oder einen Tag

frei?« rief Ada über den Lärm hinweg, als die Falzmaschine anlief. Das Blatt ging hoch, Ada legte das Papier ein, und das Blatt kam wieder herab und stieß das Papier durch den Schlitz.

»Am Samstag. Samstags habe ich Zeit.«

Viel zuviel Zeit. Nach dem Frühstück und dem Saubermachen hatte sie bis vier Uhr freie Zeit. Zeit, ihr Zimmer aufzuräumen, aber das war sowieso schon aufgeräumt, Zeit, den Fußboden und die Fensterbretter zu scheuern, aber die glänzten sowieso schon, Zeit, das kleine Fenster zu putzen, aber das war schon sauber. Wenn sie eine Laufmasche im Strumpf hatte, nahm sie die auf, wenn sie ein Loch in ihrer Strickjacke hatte, stopfte sie es. Die Jacke war dünn, ziemlich abgetragen, aber sie konnte sehr geschickt stopfen – schön langsam, damit die Zeit herumging. An kalten Tagen schlotterte sie in ihrem kalten Zimmer.

Samstag nachmittags machte sie einen Spaziergang, zog ihre Strickjacke eng zu und ging eilig, als hätte sie ein Ziel. Sie schaute sich nicht die Schaufenster an, sah nicht den vorüberratternden Straßenbahnen zu, sondern schritt schnell aus, als ob sie vorhatte, jemanden zu treffen oder irgendwo hinzugehen. Sie dachte an den Brief, den sie Jean schreiben wollte, und an den Mann, dessen Namen sie nicht kannte, der jeden Tag an der Straßenbahnhaltestelle mit ihr redete. Sie dachte an ihre Arbeitsstelle mit all dem Lärm, den Gerüchen, dem, was die Leute dort redeten, an Fünfer Zählen und ordentliche Stapel Herstellen, an das Anschlußhalten mit Ada hinter der Falzmaschine und an Jerry, der rief: »Die da, die bringt einen noch um. Sag ihr, sie soll man hübsch gemütlich machen, bis du's im Griff hast.« Sie dachte an Ada und an das, was sie manchmal sagte.

»Was machst du denn dann so?«

»Ich mache mein Zimmer sauber, wasche meine Sachen, flicke sie, mache einen Spaziergang in die Stadt.«

Sie konnte jetzt mit Ada Schritt halten, selbst wenn die Maschine schnell lief. Konnte mit jeder Hand einen Sechserpacken greifen, die beiden Packen zueinanderdrehen, sie aufstampfen und stapeln. Schön säuberlich.

»Du müßtest mal was von deinem Geld verlangen ... für Kleidung, ein Paar neue Strümpfe, einen Mantel.«

Ein Mantel war genau das, was sie sich wünschte, aber sie wollte nicht, daß Ada das erfuhr. Sie hatte Mrs. Baird gefragt, ob sie nicht jede Woche etwas von ihrem Lohn für einen Mantel beiseite legen könnte. Sie hatte lange dazu gebraucht, überhaupt danach zu fragen. Mrs. Baird hatte sie darauf hingewiesen, daß das Geld für Unterkunft und Verpflegung da sei und daß Mrs. Parkinson das, was übrig war, bekam, aber sie hatte gesagt, sie würde mit Mrs. Parkinson darüber reden.

Die Leute in der Straßenbahn hatten Mäntel an – rehbraune mit Pelzkragen, Tweed, Lammfell, Gabardine, grün- und braunkarierte, schwarzweiße, blaue, braungemusterte. Die Arbeiterinnen hatten auch Mäntel, schäbige und warme, die sie in der Garderobe auszogen und an die Wandhaken hängten, Gürtel zum Aufmachen, Knöpfe zum Aufknöpfen. Einige der Frauen hatten Kopftücher, die sie abnahmen und in die Tasche ihres Mantels steckten, bevor sie ihre Haare in Ordnung brachten, ihre lippenstiftbemalten Lippen vor dem schmalen Spiegel aufeinanderpreßten, eine über die Schulter der anderen hinweg und dabei ihre Lippen hin- und herschoben. Sie hätte gerne einen grauweißen Jeep coat, einen grauen Rock, neue Strümpfe und einen rosa Chiffonschal gehabt.

Zwei Tage nachdem sie wegen des Mantels gefragt hatte, hatte Mrs. Baird gesagt: »Mrs. Parkinson hat mir erzählt, sie weiß, wo sie einen Mantel für dich bekommen kann.« Das war schon wieder lange her, und sie hatte aufgegeben, sich auszumalen, was für ein Mantel das sein könnte, hatte aufgegeben, über Mäntel an und für sich nachzudenken, bis Ada diese Bemerkung machte. »Und du bist gut dran«, hatte Mrs. Baird gesagt. »Du hast die Straßenbahnhaltestelle direkt vor der Tür und außerdem die Ladenmarkisen, wo du dich unterstellen kannst.«

»Mrs. Parkinson besorgt mir einen Mantel«, sagte sie zu Ada.

»Es ist ja schon fast zu spät, der Winter ist bald vorüber. Ich finde, du solltest ...«

Aber Adas Worte gingen in dem Pfeifton für die Mittagspause unter. Sie stampfte die letzten paar Hefte zu einem ordentlichen Stapel auf, während die Maschine immer langsamer wurde und dann anhielt. Sie streckte ihren Rücken und schloß sich dann dem Strom der Leute in die Kantine an.

Die Sitzplätze wurden schon knapp, als sie zu einem der Tische ging und sich hinsetzte. Die Leute standen in einem Pulk um die Kiste mit den Bestellungen herum und suchten nach der Tüte mit ihrem Namen drauf. Ada kam mit ihrer Pastete und hielt die fettige, dampfende Tüte an der zugedrehten Kante. In der anderen Hand hatte sie zwei Tassen mit Tee, die sie vor sich in die Höhe hielt, und bahnte sich damit ihren Weg durch das Hin und Her der Arbeiterinnen, die immer noch zur Tür hereinkamen. »Bitteschön, Kollegin, mit Milch, ohne Zucker.«

»Danke.«

Wenn es samstags in ihrem Zimmer nichts mehr zu flicken gab, nahm sie die feuchten Papiereinlagen aus den Schuhen heraus, legte sie auf ein anderes Papier und kratzte mit ihrer kleinen Nagelschere den Umriß nach. Dann schnitt sie die Form in sechsfacher Dicke aus und paßte sie in die Schuhe ein. Danach kam eine Zeit des Nichts, nichts mehr zu tun, zu früh, um schon hinauszugehen und einen Spaziergang zu machen. Sie dachte dann an die Kantine voller Gerüche, die schimpfenden Frauen und was Ada vielleicht sagte, wie: »Bitteschön, Kollegin, mit Milch, ohne Zucker.«

»Also, was ich gerade gesagt habe? Du kriegst doch nächste Woche eine Lohnerhöhung, also nimmst du die paar Extra-Schillinge beiseite und tust sie irgendwo hin«, sagte Ada.

»Was is' los?«

»Wofür denn?«

»Um was geht's denn eigentlich?« Die anderen ließen sich mit aufgerissenen Augen auf die Sitze gleiten und wollten wissen, was los war. Sie wollte niemanden ansehen müssen. »Es geht um diese Schweinehunde, die sich um sie kümmern sollen. Sie klauen ihr das Geld und benutzen sie als Fußabtreter.«

»Wieso?«

»Wie denn?«

»Was machen die ...?«

Also erzählte Ada ihnen alles, und sie redeten darüber. Sie selbst war in einer Ecke eingekeilt und konnte nicht weg, und so knabberte sie an ihren Sandwiches und sehnte das Ende der Mittagspause herbei und wartete auf das Pfeifen und Surren und Donnern der Maschinen, wenn sie wieder angemacht wurden.

Fenster, Kleiderschrank und Tapete. Da war ein kleines Loch im Oberlicht des Fensters, und als sie zum ersten Mal ins Zimmer gekommen war, war es nur ein einziger Sprung gewesen, der von dem kleinen Loch zum oberen Rand der Scheibe ging. Als sie versucht hatte, das Fenster zu putzen, waren immer mehr Sprünge in alle Richtungen über das Glas gekrochen, so daß sie jetzt das Fenster nicht mehr putzen mochte, aus Angst, die Scheibe könnte herausfallen. Das kleine Loch war sechsarmig und breitete sich wie eine Riesenspinne über das Fenster aus. Ihre Fensterspinne. Die Fensterspinne war ihr Geheimnis.

Wenn man das Fenster aufmachen wollte, konnte man den unteren Teil des Fensters nach oben schieben. Es blieb nicht von alleine oben, aber sie hatte herausgefunden, daß sie es mit einem Kleiderbügel oben halten konnte. Sie nahm Papier und Wasser und etwas Seife, um das Fenster zu putzen.

Am Anfang, als sie das Zimmer bekommen hatte, hatte sie aus dem Kleiderschrank die kleinen Häufchen von Holzmehl, das aus den Insektenlöchern herausgefallen war, weggefegt. Sie hatte die Innenseiten abgewaschen, die Außenseiten gewachst und ein Papierknäuel gemacht, um es in die Tür zu klemmen, damit sie zublieb. Es war ein schmaler Kleiderschrank, aber es war sehr viel Platz drin für das Kleid, den Rock, die Bluse und die Strickjacke. Es gab ein Fach für die Schuhe, und neben den Platz für die Schuhe hatte sie eine Schachtel gestellt, die sie von der Arbeit mit nach Hause genommen hatte und in der sie den Schuhputzlappen und die Schuhcreme aufbewahrte.

»Genau, so mußt du's machen, zweig dir was ab.«

»He, Dotty, kriegt sie echt 'ne Lohnerhöhung nächste Woche?«

»Wie soll ich das denn wissen?«

»Na, du bist doch für die Lohntüten zuständig.«

»Hmm.«

»Kleb einfach die Tüte nicht richtig zu, sie muß da drankönnen.«

»Warum? Wieso? Um was geht's denn überhaupt?« sagte Dotty und setzte sich dazu, eine Tasse Tee in der Hand, die Lippen eingekniffen, und ihre Augen hinter den alten Brillengläsern wanderten von einer zur anderen. Da erzählten sie Dotty alles.

Wenn sie etwas Geld herausnähme und sparte, könnte sie sich einen Rahmen für das Foto kaufen. Sie hatte zwei Straßen weiter in einem Gebrauchtwarenladen einen gesehen, der die passende Größe zu haben schien. Es war ein Rahmen aus Holz mit einem Goldmuster, das um den Rand herumlief. Er hatte eine schmutzige Glasscheibe und ein paar Lagen alte Pappe. Auf der Rückseite war ein Stückchen staubige Schnur an zwei abblätternde Ösen gebunden.

»Schweinehunde, die müssen mal anständig reingelegt werden.«

»Finde ich auch, du solltest sie reinlegen.«

»Was willst du dir denn kaufen?«

»Wenn du deine Lohnerhöhung kriegst?« Sie sahen sie alle an. Ein paar Brotkrümel steckten ihr im Halse fest.

»Einen Bilderrahmen.«

»Einen Bilderrahmen?«
»Wofür?«
»Für mein Foto.«
»Was denn für ein Foto?«
»Du hast ein Foto?«
»Von wem denn?«
»Von meiner Mutter.«

Sie hatte ihnen von etwas erzählt, was sie gar nicht hatte erzählen wollen. Es war ihr heiß, es kratzte sie was im Hals, und jetzt fragten sie alle durcheinander und wollten alles ganz genau wissen. Sie fanden immer etwas heraus, weswegen sie einander geheimtuerisch ansehen konnten, und sie wußte nicht einmal, was das Geheimnisvolle war, das sie ihnen erzählt hatte.

»Sie ist schon tot, nicht wahr? Sie ist tot?«

»Sie hat es mir gegeben, bevor sie gestorben ist.« Sie wußte nicht, warum sie das sagte.

»Was denn noch?«

Die Pfeife ertönte, und alle setzten sich in Bewegung. Die Stimmen drangen durch diesen Lärm hindurch. »Hat deine Mutter ...?«

»Hat sie dir denn sonst noch was hinterlassen?«

Sie ging mit dem Kratzen im Hals weg und tat so, als hörte sie nichts vor lauter Geschiebe und Gedränge. Die Frauen gingen schnell zum Umkleideraum, um ein paar lose Haarsträhnen zu bändigen, die Lippen nachzuziehen, noch mal pinkeln zu gehen, die Strümpfe gerade zu ziehen und den Rock glattzustreichen.

An der einen Wand waren Flecken auf der Tapete, die wie Dunstwolken aussahen, mit Regentropfen, die unter den Wolkenflecken saßen und manchmal herabtröpfelten. Das Muster der Tapete war verblichen, aber hinter dem Schrank waren noch die grüngefiederten Blätter auf dem braunmarmorierten Hintergrund zu erkennen. Als sie das Zimmer zum ersten Mal betreten hatte, hing die Tapete an einigen Stellen lose von der

Wand, und sie hatte sie dann mit dem Klebeband wieder festgeklebt, das sie von der Arbeit mit nach Hause genommen hatte. Wolkenflecken, Regentapete und eine Fensterscheibenspinne. Das waren ihre Besitztümer, die Geheimnisse ihres Zimmers, die nur ihr gehörten.

Ada stapelte Deckel und wartete darauf, daß die Maschine auf volle Touren kam. Der Hebel kam herunter, und sie konnte anfangen, die Hefte durchzustoßen.

»Na, bitte, Kollegin. Kriegst bald eine Lohnerhöhung, in ein oder zwei Wochen, und du kannst dir eine halbe Krone abzweigen, ohne daß sie was merken. Wie find'ste das?«

»Ich könnte ja ...«

»Könnte? Da gibt's kein könnte. Diese Schweinbande hat dich von vorne bis hinten bestohlen.«

Der Rahmen kostete nur eins sechs. Sie könnte das Holz und die Scheibe gründlich saubermachen, das Foto einpassen, eine neue Rückseite aus Pappe machen und es mit Klebeband zukleben. Sie dachte, es hätte ihrer Mutter bestimmt gefallen.

»Übrigens, wie steht's eigentlich mit diesem Typ?«

Sie beugte sich ganz auf ihre Hefte herunter, damit Ada ihr Gesicht nicht sah und auch weil sie über den Lärm der Maschine hinweg nicht darüber reden wollte. Außerdem war sie sich nicht sicher, ob sie Ada überhaupt noch was erzählen sollte. Nur wenn sie allein in ihrem Zimmer war, dachte sie daran, was sie Ada erzählen könnte oder daran, was Ada ihr erzählen könnte oder daran, was sie Jean schreiben könnte. Und wartete auf Briefe von Jean.

Ada wartete nicht darauf, daß sie ihre Frage beantwortete, sondern fing an, den Silver-Dollar-Song zu singen und blieb dabei mit dem niederfahrenden Hebel im Takt.

Sie wußte jetzt, wie er hieß, aber das war gar kein richtiger Name. Sonny. Er hatte wieder vom Kino geredet – und davon, daß sie am Freitag bei Joe essen gehen könnten. Sie? Sie wußte nicht wer. Dann rief sie über den Lärm der Maschine und Adas Singen hinweg zu Ada hinüber: »Er will mit mir am Freitag wo hingehen, wo man essen kann, aber ich hab ja kein Geld, und ich würde auch gar nicht dürfen.«

Ada unterbrach ihre Tätigkeit nicht und sah auch nicht auf, aber sie hörte auf zu singen und schob ihre Unterlippe über die Oberlippe. Nach einer Weile sagte sie: »Ha. Ich komm einfach und bin deine Tante. Ich komm dich abholen und lade dich ein. Wir gehen dorthin … wo auch immer das ist, wo der dann zum Essen geht. Ich will ihn mir mal ansehen, falls der Kerl ein Scheißkerl ist. Sag einfach deiner Frau Dingsbums, daß deine Tante kommt und dich abholt. Und diesem Typ sagst du, du kommst am Freitag mit deiner Kollegin zum Essen dorthin.«

Da wurde ihr angst und bange. Dann doch lieber in ihrem Zimmer sein und nur die Gegenstände anstarren, an Jean schreiben, darauf warten, daß Jean ihr schrieb. Der Bilderrahmen allein würde völlig reichen. Sie würde die Lohntüte aufmachen und ein Halbkronen-Stück herausnehmen, den Rahmen kaufen, Pappe und Klebstreifen von Jerry besorgen.

»Ich kann nicht …«

»Natürlich, kannst du, verdammt noch mal. Sag dieser klauenden Dingsda von deinem Wohnheim, daß ich dich am Freitag abhole und wir zum Essen ausgehen.«

»Sie wird es Mrs. Parkinson erzählen.«

»Sag ihr, sie soll Mrs. Parkinson sagen, deine Tante käme, und du würdest mit ihr ausgehen.«

»Mrs. Parkinson mag aber meine Tanten nicht.«

»Was? Welche Tanten denn?«

»Ich darf nicht mehr dahinfahren.«

»Wohin?«

»Dahin, wo meine Tanten wohnen.«

»Ich dachte, du hättest gar keine Tanten. Ich dachte, du … verdammtes Biest. Du sagst ihr bloß, daß ich komme. Ich gehe einfach mit dir aus, und das ist alles. Wenn du Tante sagen willst, dann bitte. Wenn nicht, dann nicht.«

»Ich muß aber Abendessen machen und aufräumen.«
»Wann bist du fertig mit allem?«
»Um sieben.«
»Das ist in Ordnung, ich muß noch einkaufen. Mach erst meine Einkäufe und komme dann vorbei, kann auch sein, daß wir zu zweit kommen. Könnte sein, Daisy kommt mit – meine Halbschwester. Manchmal gehe ich freitags mit Daisy essen, manchmal bleiben wir zu Hause und bleiben am Whisky hängen.«

Aber es war trotzdem unheimlich. Mrs. Baird war zu mürrisch, als daß man sie fragen konnte. Sie würde grummeln und vor sich hin murmeln und dann Mrs. Parkinson anrufen. Mrs. Parkinson würde Fragen über Fragen an sie stellen und sie dann … vielleicht gehen lassen. Sie wollte eigentlich gar nicht gehen, weil sie nicht wußte, was sie da tun oder sagen sollte. Und hatte auch noch nicht einmal einen Mantel.

Ada steckte zwei Finger in den Mund und pfiff nach Jerry. Der Hebel der Falzmaschine ging nutzlos hoch und runter, und Jerry kam mit der Karre aus dem Packraum. Sie streckte sich. Das Papier in ihren Schuhen hatte sich nach vorne geschoben.

## 12

»Haste deine Einkäufe gemacht?« fragte Ada.
»Ich hab Strümpfe und den Bilderrahmen gekauft.« Sie zog den Rahmen aus der Tasche, um ihn Ada zu zeigen.
»Na, der muß aber anständig saubergemacht werden«, rief Ada über das Surren der anlaufenden Maschine hinweg.

Als Jerry hereinkam, fragte sie ihn nach ein paar Pappestücken, Klebeband und Schnur und zeigte ihm, wofür sie es brauchte. Er nahm die alte Pappe aus dem Rahmen heraus, schnitt neue Pappe mit dem Schneidegerät auf die richtige Größe zurecht und holte Klebeband und Schnur von der Garnrolle aus dem Packraum.

»Wofür kriegt sie das überhaupt?« fragte Ada, als sie eine Pause einlegte und darauf wartete, daß Mata mit dem Stapeln nachkam.

»Wer?«

»Die, die das Geld von dir kriegt.«

»Damit wird das abgezahlt, was ich ihr noch schuldig bin.«

»Und was ist das?«

»Strümpfe und Unterwäsche, Schlafanzüge und das, was ich brauchte, als ich aus dem Heim kam. Und …«

»Und?«

»Mein Vater hat ihr für all die Jahre nichts gezahlt.«

Ada fing wieder an, das Papier durch die Maschine zu schikken, und starrte dabei finster vor sich hin. Dann rief sie über den Krach hinweg: »Was für Jahre denn? Sie hat sich doch gar nicht um dich gekümmert. Du hast doch gar nicht bei ihr gelebt«, dann ging sie von der Maschine weg, stemmte ihre Männerhände in die Hüften, baute sich mit ihrem faltigen, finsteren Gesicht neben dem Stapel auf und sagte: »Was für Jahre denn? Du warst doch im Heim. Die hat sich doch überhaupt nicht um dich gekümmert.«

»Sie sagt, er hätte es versprochen, aber er hätte es nicht geschickt.«

»Und du sollst das jetzt zahlen?«

»Es ist alles in einem Notizbuch aufgeschrieben … was ich schulde.«

»Sie ist eine raffgierige Vettel.« Ada kehrte wieder an ihre Maschine zurück und rumste das Papier durch. »Man sollte ihr die Polizei auf den Hals schicken … aber bei der Polizei ist man sich auch nie sicher. Manchmal denke ich, diese verdammte Welt ist voll von diesen verdammten Scheißkerlen.«

Mata beugte sich über die Hefte, die sie stapelte, und hoffte, daß Ada keine weiteren Fragen mehr stellen würde. Sie wollte nicht noch mehr erzählen, weil sie sehen konnte, daß Ada wütend war – dachte, sie selbst machte vielleicht Ada wütend. Und außerdem erzählte Ada es nur wieder den anderen, die dann unwillig zischten und die Stirn runzelten, obwohl sie gleichzeitig auch froh darüber zu sein schienen.

»Warum also hat sie dich überhaupt angenommen?«

»Wer denn?«

»Dein Vormund, diese verdammte Gaunerin. Warum denn Vormund sein, wenn sie sich gar nicht um dich kümmert, wenn sie nur Geld haben will und dein Vater nichts schickt?«

Sie wußte die Antwort, denn Mrs. Parkinson hatte sie ihr viele Male gesagt. Es war ihr klar, daß sie es Ada lieber nicht erzählen sollte, aber dann konnte sie es doch nicht unterdrücken. »Damit meine Großeltern mich nicht aufnehmen konnten und um mich von dem Bösen und der Sünde fernzuhalten.«

Ada wandte sich wieder, ohne ein Wort zu sagen, ihrer Arbeit zu, aber sie sah auch nicht mehr wütend aus. Sie starrte nur finster in den Spalt unter dem Falthebel, paßte den richtigen Zeitpunkt ab und schickte Hefte durch.

An diesem Abend nahm sie eine Untertasse mit Wasser mit in ihr Zimmer und putzte den Rahmen und das Glas mit einem Lappen und Seife und machte das ganz langsam, damit es möglichst lange dauerte. Danach legte sie das Foto auf eins der neuen Pappestücke. Das Foto war kleiner als die Pappe, und so bekam es einen schönen weißen Rand. Sie tat es in den Rahmen, legte den Rest der Pappe oben drauf, klebte die Rückseite mit dem Klebeband zu und schnitt alles, was überstand, mit ihrer kleinen Nagelschere ab. Sie befestigte die neue Schnur an den Ösen, und schon war alles perfekt.

Sie hatte noch einen Nagel, den sie aufbewahrt hatte, den steckte sie in eins der Insektenlöcher an der einen Seite ihres Kleiderschranks. Sie hängte das Foto ihrer Mutter daran auf und spürte Schmerz und Freude in sich.

## 13

Sie blieb im Eingang stehen, um Ada und Daisy vorzulassen, aber die beiden älteren Frauen blieben ebenfalls stehen. Dann gingen sie hinein, und Daisy drehte sich zu ihr um und sagte: »Komm schon.« Aber sie wollte gar nicht reingehen, wollte nicht, daß Sonny da war oder daß Ada und Daisy ihn zu Gesicht bekämen. Sie war häßlich mit ihren schlimmen Haaren, und sie hatte eine gestopfte Strickjacke und scheußliche Sachen an.

»Ich will aber nicht ...«

Ada trat auf sie zu und nahm sie beim Arm, und sie wußte, wenn sie versucht hätte, ihn wegzuziehen, hätten die Leute herübergestarrt. Also ging sie hinein, aber sie war außerstande, irgendwohin zu sehen. Ada und Daisy flüsterten miteinander.

»Hier drüben?« fragte Daisy.

»Ja, gut.«

Sie setzten sich an einen Tisch, und sie starrte nur die Gegenstände darauf an – Salz und Pfeffer, Zucker, Ketchup, Worcester-Sauce und noch was anderes, was vielleicht Essig war. Ada hatte eine Speisekarte vor sich, und sie und Daisy redeten darüber, was sie bestellen wollten.

»Und was nimmst du, Mata?« Ada beugte sich zu ihr hinüber und las ihr die Speisekarte vor. »Steak mit Zwiebeln, Würstchen und Spiegeleier, Fisch und Chips, Erbsen-Pastete und Pudding, Spaghetti auf Toast ...«

Fisch und Chips war genau das, was sie wollte. Die Schulkinder hatten immer Fisch und Chips in Zeitungspapier gewickelt als Mittagessen gehabt. Sie machten ein Loch oben in das Päckchen und nahmen sich dort die Chips heraus, einen nach dem anderen. Mittendrin in dem Päckchen kamen sie dann zu einem Stück Fisch in blasiger Panade, fettig und dampfend, und sie setzte sich immer gerne so, daß sie den heißen, köstlichen Geruch riechen und den Kindern zuhören konnte, wenn sie über das redeten, was jeder hatte – Fisch und Chips für einen Sixpence, fritiertes Fleisch und Chips, nur Chips, mit oder ohne Salz, mit oder ohne Essig.

Manche hatten nur etwas für einen Schilling und mußten das mit ihren Geschwistern teilen, und zu Hause gab es darüber noch Streit. Sie wußte nicht, ob sie sagen könnte, daß sie Fisch und Chips haben wollte, oder ob Fisch und Chips etwas wäre, weshalb Ada und Daisy sich dann wieder auf so eine versteckte Art zulächeln würden.

»Ich nehme Steak mit Zwiebeln«, sagte Daisy.

»Und ich Fisch und Chips«, sagte Ada.

»Ja, ich auch.«

»Fisch und Chips und zwei Spiegeleier. Nimm doch auch zwei Spiegeleier dazu, Mata«, sagte Ada.

»Ja, bitte.«

Ada gab die Bestellung bei einer Kellnerin auf, die alles durch eine Durchreiche hindurchrief und mit Messern und Gabeln und einem Teller mit Buttertoast wiederkam. Es hing ein heiß-fettiger Geruch in der Luft, ein Summen vom Reden der Leute, auf der anderen Seite des Raumes lachte jemand, aber sie wollte lieber nicht hinsehen, wollte nicht, daß irgend jemand sie sah.

»Ist er hier? Der Dingsbums, der aus der Straßenbahn?« fragte Ada.

»Sonny.«

»Ist er denn hier? Oder läßt er dich hängen?«

»Ich weiß es nicht.«

»Dann sieh dich doch mal um. Da drüben auf der anderen Seite sitzen vier oder fünf, die schon leicht betrunken sind. Ein Paar in meinem Alter, zwei Kerle und ein Mädchen, die miteinander quatschen und lachen. Hat er einen Quadratschädel und breite Schultern?«

»Ich weiß nicht.«

»Natürlich weißt du das, sieh halt hin.«

Aber sie wollte auf keinen Fall hinsehen. Die Kellnerin brachte das Essen, und sie wußte nicht, ob sie überhaupt etwas herunterkriegen würde. »Nimmste Worcester-Sauce oder Essig?« fragte Ada.

Vor ihr lagen zwei große Fischstücke und ein Riesenberg Chips, gekrönt von zwei weichen Spiegeleiern. »Ja, Essig, bitte.« Sie bekam von Ada die Flasche herübergereicht und sprenkelte Essig über das Essen, und als sie die Flasche zurückreichte, sah sie auf und entdeckte durch Schwaden von Rauch und Dampf auf der anderen Seite des Raumes den Mann Sonny, der einen Ellbogen aufgestützt hatte und redete. Sie senkte den Kopf und fing an zu essen.

Als sie schon halb aufgegessen hatten, kam er herüber und blieb neben dem Tisch stehen, und sie mußte aufschauen, und als er ihnen der Reihe nach die Hand gab, nahm sie die Hitze und die dichten Dunstschwaden im Raum wahr.

»Setz dich doch«, sagte Ada und wies mit dem Kopf zu dem leeren Stuhl hinüber. Das tat er auch und saß da mit hängenden Schultern, und seine Hände lagen mit den Fingerspitzen aneinander auf der Tischkante. »Dann bist du also der, von dem sie erzählt hat, der aus der Straßenbahn?«

»Ja, genau.«

»Gut, wir dachten, es ist besser, wenn wir mitkommen und dich mal gründlich begutachten. Wir dachten, du bist vielleicht 'n Scheißkerl.«

»Nicht immer.« Da fingen sie alle an zu lachen, aber sie wußte nicht, weshalb. »Freitags bringe ich meine Tante und meinen Onkel mit her, manchmal auch ihre Kinder. Ein paar Kumpels kommen auch ab und zu her.«

»Bist schon ganz schön alt, oder?«

»Neunundzwanzig, als ich das letzte Mal gezählt habe.«

»Hast du denn keine Freundin oder Frau?«

»Nee.«

»Keine Freundin, keine Frau?«

»Nee.«

»Warum hast du sie eigentlich angesprochen?«

»Hab in der Straßenbahn gemerkt, daß sie ein Auge auf mich geworfen hatte.«

Da lachten sie wieder alle. Über sie. Ihr war heiß und ungemütlich, sie wollte nur zu Hause sein in ihrem Zimmer, wo ihre Mutter von einem Foto in einem Rahmen zu ihr heruntersah, wo es eine Regentapete gab, eine Fensterscheibenspinne, die ihre Beine ausstreckte. Versuchte, an all das zu denken, und daran, daß sie einen Namen hatte, der nur ihr gehörte, daran, wie sie Geld aus ihrer Lohntüte genommen hatte, um sich einen Bilderrahmen für ihr Foto zu kaufen, und daß sie sich auch noch Strümpfe und Unterwäsche gekauft hatte.

Ada und Daisy standen auf, um den alten Mann, die alte Frau und die beiden Jüngeren, die alle zu ihnen herübergekommen waren, zu begrüßen, ihnen die Hand zu schütteln und sie zu küssen, als würden sie sie schon lange kennen. Ada zog sie hoch, damit sie sie auch begrüßte, und sie küßten sie auch, aber sie war das nicht gewöhnt. Dann sagte Sonny: »Und was ist mit mir?« und küßte sie auf die Wange und lachte. Alle lachten, und sie spürte, wie ihr Gesicht heiß wurde und konnte niemandem ins Gesicht sehen.

Sonnys Tante und Onkel setzten sich mit an ihren Tisch und unterhielten sich leise mit Ada und Daisy in der Sprache, die sie nicht verstand. Und ihr fiel auf, daß Ada beim Reden anfing, Kopf, Augen und Hände auf eine Weise zu bewegen, wie sie es noch nie zuvor bei ihr gesehen hatten. Ihr starres Gesicht veränderte sich, als schmelze es, und die ganzen harten Linien waren wie weggewischt.

Dann wandte sich die Tante um und sprach alle an: »Wir gehen jetzt zum Kartenspielen zu meiner Schwester, kommt doch mit.«

»Ein andermal«, sagte Ada. »Aber heute müssen wir Mata ziemlich bald zurückbringen.«

»Na, dann bleibt lieber hier und trinkt euren Tee zu Ende.«

»Geht nur ruhig. Ein andermal kommen wir mit zu deiner Schwester.«

Nach der Hitze im Imbiß war die Luft draußen kalt, und sie hielt die Strickjacke eng um sich geschlungen. Die Geschäfte schlossen gerade, und die Leute sammelten sich mit ihren Einkäufen an den Straßenbahnhaltestellen und traten auf die Straße hinaus, wenn eine Bahn heranrumpelte. Im bläulichweißen Licht der Straßenlampen sahen die Gesichter bleich aus, und durch die Pakete und Tüten bekamen die Leute seltsame Formen, wie sie da auf der schwarzen Straße standen. Sie ging mit Ada und Daisy zusammen, sein Kuß auf ihrer Wange.

»Das ist er also«, sagte Ada. »Na, gut.«

Sie mußte Jean schreiben und ihr davon erzählen, denn Jean kannte sich mit dem Küssen und mit Mit-Jungen-Ausgehen aus. Als Jean zu ihrer Tante gezogen war, durfte sie Make-up und Nagellack benutzen und konnte sich von ihrem Geld alles kaufen, was sie wollte. Sie machte sich gern schick und ging dann zusammen mit anderen Jungen und Mädchen in die Milchbar. Viele der Jungen hatten sie damals sehr gern und waren mit ihr auf ihren Motorrädern spazierengefahren. Sonntags in der Kirche erzählte Jean ihr dann immer, was sie gemacht hatten.

Dann war Jean nur noch mit einem einzigen Jungen ausgegangen, der hieß Rick. Sie liebte ihn, und er liebte sie, und jetzt hatte sie jemanden ganz für sich, auch ein Baby ganz für sich. Aber sie schrieb nicht mehr.

»Also, ich durchschaue ihn nicht ganz«, sagte Ada. »Ich glaube, du solltest dich vor ihm ein bißchen in acht nehmen.« Als ob Ada ihn schon richtig kennen würde. Andere schienen immer etwas zu wissen, was sie selbst nicht wußte, schienen sich schon gut zu kennen, selbst wenn sie sich gerade erst getroffen hatten.

»Ist vielleicht nicht unbedingt der Richtige für ein Mädchen wie dich«, sagte Daisy.

Aber wer konnte das schon sein? Wer konnte das sein, häßlich genug, um mich zu mögen oder zu lieben, damit ich jemanden ganz für mich hätte?

Sie öffnete die Tür und ging in ihr Zimmer. Es war kalt. Es war Freitagabend, und das Wochenende breitete sich düster vor ihr aus. Am nächsten Tag mußte sie ihre Arbeiten erledigen und dann in ihrem Zimmer sitzen und warten. Dann würde sie spazierengehen, und so tun, als hätte sie ein Ziel, rechtzeitig wieder zurückkommen, um beim Abendessen zu helfen, das Geschirr abzuwaschen, zu schrubben und sauberzumachen. Danach kam sie dann in ihr Zimmer zurück und träumte von jemandem, den sie ganz für sich allein hatte, mit einem Haus, nur für sie beide – ein Haus, das beige gestrichen war und rote Fensterrahmen hatte und eine Glasscheibe in der Haustür. Sie machten dann ihr Gartentürchen auf, gingen den Weg zum Haus hinunter, schlossen die Tür auf und gingen in die Küche mit ihren geblümten Gardinen, grünen Geschirrschränken und Schubladen, dem Herd Marke Neeco, Töpfen und Pfannen, Geschirr, Besteck, Tischdecken und Geschirrtüchern.

Abends saßen sie dann in ihren Sesseln, und das Radio lief. Es gab mit Quasten verzierte Rouleaus, die man vor den Fenstern herunterziehen konnte, Feltex auf dem Fußboden und helle Tapeten mit abwärtslaufenden Silberstreifen. An einer Wand hingen Fotografien, eine davon war die von ihrer Mutter. Sie hatte keine Vorstellung, wen die anderen Fotografien zeigten. Jedenfalls hingen an den Fenstern Spitzengardinen, zur Seite gerafft und von einer Rüsche gehalten. Es gab gläserne Schwäne und holzgeschnitzte Elefanten auf den polierten Fensterbrettern, eine Uhr und eine Vase mit Blumen auf dem Kaminsims.

Jean und Rick hatten ein Haus mit einem Rasen davor und einem Hof hintendran, wo es auch einen Garten mit einer Wäschespinne gab. Sie hatten Möbel, einige davon waren neu, und sie sparten für eine Waschmaschine. Jetzt müßten sie die Waschmaschine eigentlich schon haben, dachte sie.

Manchmal hatte Jean in ihren Briefen über das geschrieben, was sie und Rick miteinander trieben, was Männer und Frauen miteinander treiben, aber jetzt hatte Jean schon lange nicht mehr geschrieben.

Sie wußte, sie wollte das nicht tun, was Männer und Frauen miteinander treiben.

Am Sonntag ginge sie dann in die Kirche und dann zu Mrs. Parkinson zurück und bliebe den Nachmittag über dort, und Mrs. Parkinson gäbe ihr Kirchenblättchen zum Lesen. Vielleicht wäre ja auch jetzt der Mantel für sie da. Am Nachmittag ginge sie so rechtzeitig nach Hause, um dort zu helfen, und wenn dann alles aufgeräumt wäre, würde sie ins Bett gehen und auf den Montag warten.

Aber jetzt gab es noch mehr, woran sie denken konnte, während sie darauf wartete, daß es Montag wurde. Der warme, dunstige Imbiß, Fisch und Chips mit auslaufenden Spiegeleiern darüber und ein Kuß auf ihrer Wange, den ihr keiner mehr wegnehmen konnte.

## 14

Sonny beugte sich über den Tisch und sagte: »Das ist typisch meine Tante, immer am Meckern, immer am Herumnörgeln.« Dann aß er wieder Würstchen und Eier und sah dabei ständig zur Decke hoch und zu den Wänden hin, als suchte er dort etwas. Er hatte Tränensäcke und roch nach Bier.

Er war ziemlich spät ins Restaurant gekommen, erst als alle anderen schon mit dem Essen fertig waren. Ada und Daisy waren mit seiner Tante und seinem Onkel Karten spielen gegangen und hatten ihm gesagt, er solle sie nach Hause bringen und dafür sorgen, daß sie um viertel nach neun zu Hause wäre. Ihr war ungemütlich zumute, denn sie wußte, Mrs. Baird würde es sofort Mrs. Parkinson erzählen, wenn sie sie zusammen kommen sähe.

Dann dachte sie daran, daß sie jetzt schon seit fast zwei Monaten ihre Halbkronenstücke gespart und davon einen Bilderrahmen für das Foto, Strümpfe, Unterwäsche und ein Paar Schuhe, aber auch Pasteten und Krapfen bei ihrer Arbeitsstelle und das Essen bei Joe bezahlt hatte. Niemand war ihr dahintergekommen. Und dann hatte sie außerdem noch eine braune Strickjacke, die sie zunächst versteckt hatte, aber dann doch direkt unter den Augen von Mrs. Baird getragen hatte, die das noch nicht einmal bemerkte.

Am Montag nach ihrer ersten Verabredung im Restaurant war Sonny mit einem Päckchen zur Straßenbahnhaltestelle gekommen. Er hatte sie am Ellbogen gefaßt und sie zwischen den vielen Menschen hindurch in den mittleren Teil der Straßenbahn geführt, in den Teil, wo Männer und schlechte Frauen einstiegen. Aber sie hatte sich neben ihn gesetzt, dichter als je zuvor, und sie mochte den Geruch von Rauch und Pomade, mochte es, daß sie jemanden zum Dicht-daneben-Sitzen hatte.

»Wie heißt du noch mal?« hatte er gefragt.

»Mata.«

»Mata, ich hab was für dich«, hatte er gesagt und ihr das Päckchen hingehalten.

»Aber … Aber warum denn?« Da hatte er ihr das Päckchen auf den Schoß gelegt.

»Weil ich gehört habe, was deine Tante da zu meiner Tante gesagt hat.«

»Das ist nicht meine Tante. Das ist Ada. Sie arbeitet da, wo ich arbeite.«

»Dahergeplappert in ihrem Kauderwelsch … Mach's doch auf.«

»Kann ich nicht.«

»Warum denn nicht.«

»Weiß ich nicht.«

Da hatte er mit einem Finger ein Loch in das Päckchen gestoßen, das Papier ein bißchen aufgerissen, und sie konnte sehen, daß ein braunes, gestricktes Kleidungsstück drin war. »Die wollen dir keine Strickjacke geben, ich schenk dir eine«, hatte er gesagt. »Mach's ganz auf.« Da hatte sie sich dann drangemacht, die Schnur aufzuknoten, während er sich zurücklehnte und Rauch in die Luft blies, den einen Arm hinter ihr auf ihren Sitz gelegt, als hielte er sie im Arm.

In dem Päckchen war eine große Strickjacke gewesen, eine Männerstrickjacke, mit vier großen Knöpfen vorne.

»Die kann ich aber nicht mitnehmen, das sehen die doch sofort«, hatte sie gesagt.

»Dann versteck sie in deiner Tasche. Sag einfach, du hättest sie von deiner Kollegin gekriegt.« Er nahm ihre Tasche und stopfte die Strickjacke ganz hinein. »Und denk dran. Die geben dir keine neuen Klamotten, ich besorg dir welche. Die wollen nicht, daß du selber Geld hast, ich gebe dir Geld ... Jetzt sind wir 'ne Haltestelle zu weit gefahren, stimmt's?«

Als sie dann am Abend in ihrem Zimmer war, hatte sie die Strickjacke anprobiert. An den Schultern war sie zu breit, aber sie stand ihr gut, wenn sie offen blieb. Die Ärmel waren zu lang, aber sie schlug die Bündchen nach innen und nähte sie fest. Sie war schön und hielt warm.

»Ja, meine Tante ... die mag dich«, sagte er und säbelte an seinem Würstchen herum. »Sie sagt, du wärst eine von der ruhigen Sorte, sie sagt, sie mag die von der ruhigen Sorte.«

Was, wenn sie ihm vielleicht etwas erzählte, mit ihm redete, versuchte, ihm etwas von sich zu sagen?

»Wenn ich was sage, lachen die Leute immer«, sagte sie, »und ich weiß nicht, was an den Sachen komisch ist ... Ich weiß nicht, warum sie überhaupt lachen.«

Er sah sie an, den Kopf zur Seite geneigt, legte Messer und Gabel beiseite und beugte sich vor, die Hände auf die Knie gestützt, die Ellbogen nach außen. Seine Augenbrauen gingen hoch, und seine rosafarbenen Augäpfel traten hervor, als ob sie durch das Vorbeugen nach vorne gerollt wären, dann lehnte er sich zurück, warf den Kopf in den Nacken und lachte. Sie sah die Innenseite seiner braunen Zähne und konnte das Zäpfchen in seinem kurzen Hals auf und ab hüpfen sehen. Es erinnerte sie an das Blatt der Falzmaschine. Die Leute starrten herüber. Sie wußte nicht, was jetzt wieder so komisch war.

Er griff wieder zu Messer und Gabel, griente auf sein Essen herunter, schaute wieder hoch, begegnete dem Blick der Kellnerin und bestellte noch Tee und Brot. Er legte seinen Kopf zurück und lachte wieder. Der Raum füllte sich gerade mit Leuten, weil es kurz vor Ladenschluß war.

»Ich muß gehen. Jetzt gleich muß ich ...«, sagte sie.

Er hörte auf zu lachen und aß weiter. »Zeit, daß ich heirate, meint sie. Meint, ich sollte heiraten, sumpfe zuviel herum.«

Es kam Tee und Brot für sie beide, und er schenkte Tee ein und schob ihr den Teller mit dem Brot hin. »Das hat die alte Dame jedenfalls gesagt. Hmm. Also was meinst du dazu?« Aber es fiel ihr nichts ein, was sie dazu hätte sagen können, hatte den Eindruck, daß sie etwas gefragt worden war, aber keine genaue Vorstellung, was eigentlich, und so aß sie einfach nur Brot und trank ihren Tee, eilig, denn es wurde allmählich spät. Er wischte mit dem Brot rund um den Teller herum und tunkte so Tomatensauce und Bratensauce auf, und sie stand auf und wollte gehen. »Augenblick noch«, sagte er. »Ich bring dich zur Bahn und dann schaffste es noch rechtzeitig, locker.«

Als sie den Bürgersteig entlanggingen, sagte er wieder: »Was meinst du denn nun?«

»Manche Leute sagen was zu mir, und ich weiß dann nicht, was sie eigentlich meinen.«

»Daß du und ich uns verbandeln.« Sie wußte, es bedeutete heiraten. Er machte einen Schritt auf die Straße, um nach der Nummer von der Straßenbahn zu sehen, die gerade kam, und trat dann wieder auf den Bürgersteig zurück. »Also was meinst du?«

Es war nicht ihre Bahn, und sie würde zu spät kommen, aber das war jetzt ganz egal, denn sie würde heiraten und jemanden nur für sich haben – wenn sie es durfte, wenn Mrs. Parkinson es ihr erlaubte.

»Ja, aber ich werde nicht dürfen«, sagte sie. Sie trat auf die Straße, als die nächste Straßenbahn hielt. Er begleitete sie bis zum Tritt.

»Wer sagt das?« sagte er und trat zurück, und dann rief er: »Ich kaufe einen Ring. Die Tante hat gesagt, ich muß einen Ring kaufen.« Er lachte, aber sie wußte nicht, was daran so lustig war. Es brachte nur die Leute dazu, herüberzustarren.

## 15

Ada begleitete Mata zu Mrs. Parkinson, um ihr mitzuteilen, daß sie heiraten wollte. »Das wird wohl noch warten müssen«, sagte Mrs. Parkinson, »bis sie tun und lassen kann, wie es ihr beliebt.«

»Anfang nächsten Jahres«, sagte Ada, »wäre sicherlich ganz schön.«

»Das geht überhaupt nicht, es sei denn, sie heiratet jemanden mit Geld«, sagte Mrs. Parkinson. »Sie hat nämlich Schulden.«

»Wieviel denn?« fragte Ada.

»Die ganzen Jahre lang habe ich versucht, das Beste draus zu machen, und das ist nun der Dank dafür. Ihre Mutter war schlecht und ihr Vater ein Lügner, aber ich habe mein Bestes getan, egal wie schlecht ihre Veranlagung ist.«

»Wieviel?«

»Ich bin ihr Vormund, bis sie einundzwanzig ist. Bis dann ist alles abbezahlt.«

»Wieviel?«

»Hundertundfünf Pfund.«

»Sie wird bei mir wohnen ...«

»Ich bin ihr gesetzlicher Vormund. Nur damit Sie Bescheid wissen, und ich will schon gar nicht, daß solche wie Sie ...«

»Sie wird bei mir wohnen. In drei Monaten wird das Geld abbezahlt sein.«

Mrs. Parkinson zögerte, verdrehte die Augen. »Also, das bezweifle ich. Das ist leichter gesagt als getan.«

»Wir geben ihnen fünfunddreißig Pfund jetzt gleich und dann fünfundzwanzig jeden Monat.« Ada öffnete ihre Handtasche und nahm ihr Portemonnaie heraus.

»Hmm. Na ja, mal sehen … Also gut, ich gebe Ihnen drei Monate, und dann sehen wir ja. Wenn alles abbezahlt ist, habe ich mit der ganzen Sache nichts mehr zu tun. Aber erwarten Sie dann ja nicht auch nur noch die leiseste Unterstützung, nach alledem, was ich getan habe. Und kommen Sie dann nur nicht zu mir gerannt, wenn es um die Hochzeit geht.«

Die beiden gingen mit ernsten Gesichtern den Weg hinunter, klinkten die Gartentür hinter sich zu, und dann lehnte Ada sich an einen Laternenpfahl und lachte. Sie lachte so sehr, daß ihr die Tränen herunterliefen, und sie zog ihr Taschentuch aus dem Ärmel und wischte sie weg und schneuzte sich die Nase und sagte: »Die will nur das Geld. War ja furchtbar einfach, die will nur das Geld.« Das schien der beste Witz aller Zeiten zu sein.

Danach gingen sie zurück zum Wohnheim und holten Matas Sachen. »Ich habe meine Nichte gebeten, von jetzt an bei mir zu wohnen«, sagte Ada zu Mrs. Baird. »Wir holen nur ihre Sachen ab.«

»Entschuldigen Sie mal, Sie können doch nicht einfach hier so hereinkommen und mir meinen Logiergast wegholen«, sagte Mrs. Baird. »Sie hat einen Vormund, damit Sie's nur wissen. Mischen Sie sich hier bloß nicht ein. Ihr Vormund hat ihre Unterbringung hier veranlaßt.«

»Wir haben mit Mrs. Parkinson geredet«, sagte Ada.

»Und das soll ich glauben? Mrs. Parkinson hat mir gegenüber nichts davon erwähnt. Die Arbeit hier muß doch gemacht werden, und Sie können doch nicht einfach herkommen und mir meine Hilfe wegholen. Sie können ihre Sachen so lange hierlassen, bis ich etwas anderes sage, bis Mrs. Parkinson sich mir mir in Verbindung setzt und es mir selbst sagt.«

»Sie können sie ja anrufen«, sagte Ada.

Ada hatte eine Art, die Mrs. Baird nervös machte. Sie ließ die Gabel in die Spüle fallen und ging zum Telefon.

Als sie zurückkam, sagte sie: »Mrs. Parkinson wird mir jemand anderen besorgen, wenn Sie mir May bis Freitag dalassen.«

»Wir gehen sofort«, sagte Ada.

Von Adas Wohnung aus konnten sie zu Fuß zur Arbeit und nach Hause gehen. In den ersten paar Tagen gingen sie nach der Arbeit zusammen zur Straßenbahnhaltestelle, um Sonny zu treffen und ihm zu sagen, warum sie jetzt nicht mehr mit der Straßenbahn fuhr, aber er war nicht da. Am Freitag gingen sie zu Joe, und da war er auch nicht und auch sonst niemand von seiner Familie.

»Es ist wohl jemand gestorben«, sagte Ada.

Einen Augenblick lang dachte Mata, Ada meinte, Sonny wäre gestorben. Sie fragte Ada nicht, was sie denn gemeint hätte, aber sie glaubte, sie würde Sonny wohl nie wieder sehen.

Am Anfang war es eigenartig, eigenes Geld zu haben. Ada riet ihr, sie solle alles sparen, dann hätte sie am Ende jedes Monats genug, um Mrs. Parkinson ihr Geld zu geben. »Du brauchst kein Pensionsgeld zu zahlen«, sagte Ada, »und du brauchst kein Fahrgeld mehr für die Straßenbahn. Wenn du erst mal alles beglichen hast, können wir weitersehen.«

Es dauerte einen Monat, bis sie Sonny wieder traf. Er war zu einer Beerdigung gefahren und hatte sich entschlossen, noch ein bißchen länger zu bleiben. Als er zurückkam, stellte er fest, daß er seine Arbeit beim Schlachthof verloren hatte, aber er war zur Werft hinuntergegangen und hatte dort ohne Schwierigkeiten Arbeit gefunden.

Die Geschichte, die Ada über ihren Besuch bei Mrs. Parkinson erzählte, brachte sie alle zum Lachen, und das Gelächter hatte auch sie zum Lachen gebracht. Lachen war ihr fremd, und sie fühlte sich unbehaglich, als sich alle anderen Leute im Restaurant nach ihnen umdrehten.

»Ich hab was für dich«, sagte Sonny, schob seine Hand in den Ärmel und brachte wie ein Zauberer eine Armbanduhr zum Vorschein. Es war eine Herrenarmbanduhr mit einem elastischen Armband.

»Sieht aus wie heiße Ware«, sagte Daisy. »Hastse wohl geklaut?«

»Hab sie von 'nem Kumpel, hab 'nem Kumpel geholfen.«

»Na, wer's glaubt.«

»Nee, echt. Mein Kumpel hatte 'nen schlimmen Unfall. Der is heute früh vom Gerüst gefallen und hat sich Arme und Beine gebrochen und 'n Schädel aufgeschlagen. Wie er halb tot daliegt, sagt er: »Nehmt mir die Uhren ab, bevor die zambucks kommen.« Wir sahen an seinen Armen nach, und da hat er fünf den einen Arm rauf und fünf den anderen, alle gleich, so wie die hier. Da haben wir sie ihm abgenommen ... nur um zu helfen.«

An jedem Monatsende brachte sie Mrs. Parkinson das Geld, und an dem Tag, als sie zum letzten Mal bezahlte, bat sie Mrs. Parkinson um die Papiere, obwohl Ada nicht dabei war, um ihr Mut zu machen.

»Was für Papiere denn?« fragte Mrs. Parkinson.

»Die mit meiner Mutter und mir zu tun haben.«

»So etwas gibt es nicht«, sagte sie. Dann ging sie an eine Schublade, nahm einen Umschlag heraus und übergab ihn ihr. »Hier, nimm. Es ist das Dokument und deine Geburtsurkunde, und dann will ich mit der ganzen Angelegenheit nichts mehr zu tun haben.«

In dem Umschlag war das Dokument über die Vormundschaft und die Geburtsurkunde. Und außerdem noch ein alter Brief von ihrer Großmutter: »Ich beantworte hiermit Ihre Frage wegen des Landes. Es ist unser Familienbesitz, und die Kinder werden es erben, wenn es soweit ist. Es ist Land für meine Tochter da, die verstorben ist, für Matas Mutter. Unsere Enkelin kann jederzeit hierherkommen, wann immer Sie es erlauben. Aber das Land kann sie nur übernehmen, wenn sie voll und ganz zu uns gehört, wenn sie voll und ganz unsere Tochter ist und nicht die Tochter ihres Vaters oder sonstwessen Tochter. Und zwar deshalb, weil das Land nicht weggegeben werden darf. Mit freundlichem Gruß, Keita Pairama, Großmutter von Mata Pairama.«

Sie machte die Rückenseite des Bilderrahmens lose, steckte die Geburtsurkunde und den Brief zwischen zwei Pappestükke und klebte sie wieder zu. Das Dokument warf sie weg.

## 16

Wenn sie und Sonny dann erst heirateten, dachte sie, hieße das, daß sie jemanden ganz für sich alleine hätte. Eine kurze Zeitlang schien es tatsächlich auch so zu sein. Solange sie bei seiner Familie wohnten, schien es wirklich so zu sein. Es war so, als hätte sie jemanden ganz für sich allein und außerdem noch eine eigene Familie dazu.

Sogar damals schon kam Sonny manchmal nachts nicht nach Hause, aber die alten Leute waren ja da und waren nett und freundlich zu ihr. Deren Enkeltochter, der Mann und das Baby wohnten auch dort und gaben ihr das Gefühl einer richtigen Familie. »Er muß aber jetzt, wo er verheiratet ist, seine Gewohnheiten ändern«, sagte seine Tante dann immer, wenn Sonny nicht nach Hause kam. »Das ist typisch für ihn, sumpft immer rum. Ich möchte noch erleben, daß der Junge zur Vernunft kommt, bevor wir in den Norden ziehen.«

Wenn er dann schließlich nach Hause kam, war es meistens schon früher Morgen. Sie hörte, wie er hereingetorkelt kam, in der Küche herumtappte und sich das Essen warm machte. Etwas später hörte sie, daß die Tante aufstand, um nachzusehen, ob der Herd auch nicht angeblieben war. Sonny war dann am Tisch eingeschlafen, und sie hörte, wie die Tante versuchte, ihn zu wecken. Wenn er nicht wach wurde, legte die Tante ihn auf den Boden und deckte ihn mit einer Decke zu.

Am Morgen stand er immer früh auf, ganz egal, wie spät er nach Hause gekommen war. Sie hörte, wie er in ihrem Zimmer herumging, sich anzog, und sie tat dann so, als schliefe sie noch, weil sie nicht wußte, wie sie mit ihm reden sollte. Jemand ganz für sich allein, aber sie wußte nicht, wie sie ihn sich zu eigen machen konnte, oft nur zu froh darüber, wenn er nicht kam, denn sie mochte das nicht, was Männer und Frauen miteinander tun.

Bis sie dann schließlich alle aufgestanden waren, hatte er schon das Frühstück gekocht, und die Tante sagte ihm gehörig die Meinung. Er hörte eine Weile lang zu, und sagte dann manchmal: »*Sie* beklagt sich doch nicht darüber. Von *ihr* höre ich keine Klagen.«

»Heißt noch lange nicht, daß sie das mag«, antwortete die Tante dann.

Sie hatte das Gefühl, daß sie auch etwas sagen sollte, aber sie wußte nicht, was. Danach ging das Frühstück jeweils in tiefem Schweigen weiter, und wenn es an der Zeit war, daß Sonny los mußte, ging er weg, als existierten sie alle nicht, und pfiff die ganze Strecke bis zur Straßenbahnhaltestelle vor sich hin.

»Das einzig Gute, das ich über ihn sagen kann«, sagte die Tante immer, wenn er weg war, »er geht wenigstens jeden Tag zur Arbeit. Aber was nützt das schon, wenn er das Geld nicht nach Hause bringt, sondern es versäuft, irgendwelchen Quatsch kauft, auf Pferde setzt, es verschenkt. Du mußt ihm mal ganz klar die Meinung sagen.«

Aber sie wußte nicht, wie sie ihm die Meinung sagen sollte.

Davon abgesehen mochte sie es ganz gerne, wenn er sagte: »*Sie* beklagt sich doch nicht, von ihr höre ich keine Klagen.« Sie hatten sich um eine Sozialwohnung beworben, und Sonny würde sich schon ändern, wenn sie erst einmal allein wären, dachte sie. Er würde seine Angewohnheiten ändern, weil dann nur noch sie beide zusammen wären. Wenn sie ihre eigene Wohnung hätten, wüßte sie dann schon, was sie zu sagen hatte, sie wüßten dann schon, wie sie miteinander reden müßten, und sie würde sich sehr anstrengen, das zu mögen, was Männer und Frauen miteinander tun. Sie würden dann Kinder kriegen und eine richtige Familie sein, die alle zusammengehörten.

Sie waren schon ein Jahr verheiratet, als sie ein Haus zugewiesen bekamen. Es war türkis gestrichen und hatte ein ziegelgedecktes Dach. Es hatte einen harten, braunen Rasen davor und dahinter und eine dünne Hecke drumherum. Zur Straße hin befand sich eine kleine Mauer mit einem Briefkasten neben dem Holztor. Obwohl sie schon lange nichts mehr von Jean gehört hatte, beschloß sie, ihr zu schreiben und ihr das Haus zu schildern. Dieses Mal würde sie eine Antwort kriegen, hoffentlich, die der Briefträger dann in den Briefkasten steckte, so daß der Brief schon auf sie wartete, wenn sie von der Arbeit nach Hause kam.

Das Haus hatte einen Fußboden aus lackierten Dielen, und sie legte Geld für Linoleum und ein Büffelfell beiseite. Sonnys Tante und Onkel hatten ihnen die Möbel gegeben, die sie vorläufig brauchten, dazu auch Bettwäsche und Handtücher. Ada hatte ihnen grüne Vorhänge und einen Tisch geschenkt.

Meistens kam Sonny erst mitten in der Nacht nach Hause, und sie wurde dann wach und hörte ihn in der Küche herumtorkeln. Manchmal stand sie dann auf und machte ihm was zu essen warm und half ihm ins Bett.

Ab und an kam er abends früh von der Arbeit nach Hause, und dann war sie froh, daß jemand zum Essen da war, jemand, mit dem sie reden konnte, selbst wenn sie nie genau wußte, was sie sagen sollte. Er saß dann da und aß und starrte vor sich hin, und sie saß ihm gegenüber und fragte sich, ob er ganz vergessen hatte, daß sie da war.

Und in den Nächten, in denen er nicht nach Hause kam, saß sie da und starrte auf die Tapete, die Fenster und alten Gardinen, auf die Löcher von den Nägeln und Ritzen der Fußbodendielen, auf die Insektenlöcher, Türgriffe, Wasserflecken an der Decke, und suchte etwas, was sie als ihr Geheimnis hätte, etwas, was nur ihr gehörte. Von Zeit zu Zeit schrieb sie Jean, aber meistens saß sie da und dachte an die Arbeit am nächsten Tag, an den Lärm der Leute, die über die Maschinen hinweg brüllten, das Gedränge und Geschiebe, wenn die Pfeife ertönte, den Rauch-und-Pasteten-Geruch der Kantine, an den Klatsch, das Fluchen, an Jerry, der sie alle auf den Arm nahm. Sie dachte daran, was sie Ada erzählen würde.

Eines Tages setzte Ada sich bei der Falzmaschine auf eine Kiste, und als der Pfeifton für die Mittagspause erklang, stand sie auf und ging nach Hause. In der folgenden Nacht starb sie.

Als Ada am nächsten Morgen nicht zur Arbeit kam, mußte sie allein an der Falzmaschine arbeiten, die Hefte durchschikken und dann auf die Rückseite gehen und sie stapeln. Es war schon fast Feierabend, als sie erfuhren, daß Ada gestorben war.

Sie spürte nichts in ihrem Inneren, als sie es hörte, keinen Kummer, keinen Zorn, rein gar nichts. Einige Frauen weinten, aber in ihr regte sich nichts, was sie zum Weinen gebracht hätte. Sie saß einfach auf Adas Kiste neben der Maschine, und in ihr rührte sich nichts, was ihre Beine und Arme angetrieben hätte.

»Na komm, meine Gute«, sagte Jerry. »Zeit, nach Hause zu gehen. Geh nach Hause und wein dich tüchtig aus. Unsre Kameradin ist einen schönen Tod gestorben. Hat nicht gelitten.«

Als sie zu Hause ankam, nahm sie das Foto ihrer Mutter von der Wand, setzte sich auf die Bettkante und drückte es an sich. Es rührte sich nichts in ihr, weswegen sie hätte weinen können, aber es fiel ihr wieder ein, wie sie damals den Weg entlanggelaufen war und beinah weinend nach Tante Gloria gerufen hatte und wie sie am nächsten Tag auf dem Hügel gesessen hatten, wo ihre Mutter beerdigt war, und Unkraut gezupft und Blumen in ein Glas gestellt hatten.

Menschen zogen weg, oder sie starben.

Viele Stunden saß sie da und hoffte darauf, daß Sonny nach Hause käme, damit jemand da wäre, dem sie es erzählen konnte, jemand zum Reden. Er kam selten nach Hause, aber von Zeit zu Zeit kam er mal vorbei und brachte ihr was mit. Nichts da, was sie bewegte, und schließlich legte sie sich aufs Bett und schlief ein.

Am nächsten Tag wachte sie spät auf und fühlte sich aufgequollen, als wäre etwas Zornerregendes in sie eingedrungen. Sie blieb den ganzen Morgen lang im Bett, stand dann auf, zog sich an und setzte sich an den Küchentisch und wartete. Sie hätte gar nicht sagen können, worauf sie eigentlich wartete – es sei denn, auf ihre eigenen Kinder. Aber wo waren diese Kinder? In ihr rührte sich nichts, was sie bewegt hätte.

Am Abend kam Sonny nach Hause und brachte eine Hammelkeule mit, die in klebriges Papier eingewickelt war. »Dachte schon, du wärst nicht da«, sagte er. »Weshalb sitzt du denn im Dunkeln?« Er legte das Fleisch direkt vor ihr auf den Tisch. »Ich wollte das nur eben vorbeibringen … Warum sitzt du denn eigentlich im Dunkeln?«

»Ada«, sagte sie. Nicht zu wissen, was sie danach sagen sollte, trieb ihr fast die Tränen in die Augen.

»Was ist denn los?«

»Sie ist gestorben.«

Sie hörte, wie er stöhnte, als er sich neben sie setzte, und dann schlug er sich mit der Faust an die Brust und weinte. Nicht so wie die Frauen bei der Arbeit, die sich die tränennassen Augen wischten, nicht so wie sie selbst gerade einen Augenblick zuvor, als ihr zwei unerwartete Tränen in die Augen schossen, ohne jedoch herunterzulaufen. Sondern er weinte laut, und die Tränen liefen ihm herunter. Er streckte seine Hand aus, und sie nahm ihn in die Arme, bis sein Weinen aufhörte. Einen Augenblick lang war es so, als gehörte er zu ihr.

»Wann denn?« fragte er.

»Vorletzte Nacht.«

Dann sah er sie verwirrt an und stellte ein paar Fragen, die sie nicht verstand.

»Wo ist sie denn jetzt? Bist du drüben gewesen?«

»Wo?«

»Da, wo sie sie abgeholt haben.«

»Wer?«

»Ada.«

Sie verstand nicht, was er wissen wollte, also erzählte sie ihm davon, daß Ada sich bei der Arbeit krank gefühlt hatte und nach Hause gegangen war, als die Mittagssirene ertönte. Am nächsten Tag war Ada nicht zur Arbeit gekommen, und am Nachmittag hatten sie erfahren, daß sie gestorben war.

»Bist du denn nun da gewesen?«

»Wo denn?«

»In Adas Wohnung.«

»Ich bin hier zu Haus gewesen.«

»Sind sie denn weg?«

»Wer?«

»Ada und die anderen.«

»Wohin?«

»Was weiß ich. Zurück. Dahin, wo Ada herkommt.« Aber sie wußte nicht, was sie antworten sollte, wußte nicht, was er von ihr wissen wollte.

Er fuhr mit der Hand in die Tasche und zog eine Pfundnote und ein bißchen Kleingeld hervor. »Nehmen wir ein Taxi«, sagte er.

»Wohin denn?«

»Zu Adas Wohnung, mal sehen ...« Es gab manches, was sie nicht wußte, was aber jeder andere wußte. Sie zog sich den Mantel an und ging hinter ihm her. Er hatte das Päckchen mit Fleisch dabei und klimperte mit dem Kleingeld in der Hand.

Sonny wies dem Fahrer den Weg zur Wohnung seiner Tante und seines Onkels und sagte ihm, er solle unterwegs noch ein zweites Taxi verständigen. Als sie da waren, ging er ins Haus, und es schien eine Ewigkeit zu dauern, bis er mit der Tante und dem Onkel und dem Rest der Familie wieder herauskam.

Eine Frau machte ihnen die Tür auf, und als sie sie da auf dem Bürgersteig stehen sah, brach sie in lautes Schluchzen aus. Sie bat sie herein und umarmte sie beide, einen nach dem anderen. Sie gingen in Adas Wohnzimmer und setzten sich, und die Frau ging in ein anderes Zimmer und sie konnten hören, daß sie dort andere weckte. Dann kam sie zurück und setzte sich mit gesenktem Kopf hin und hielt ihr Taschentuch an die Augen. Sonnys Onkel stand auf und redete in dieser Sprache, die sie nicht verstand. Als er redete, nickte die Frau, lächelte auf ihre Hände herab und faltete und wand ihr Taschentuch.

Als er zu Ende geredet hatte, entstand ein langes Schweigen, dann sagte die Frau: »Ich bin so froh, daß ihr alle da seid, Danke für euer Kommen, willkommen. Ich bin die Schwägerin von dem Mann von Adas Schwester. Sie sind gestern schon früh weggefahren, aber jemand mußte dableiben und die Stellung im Haus halten. Nur ich und meine beiden Kinder sind hiergeblieben. Ihr seid herzlich willkommen hier.« Sie konnten hören, wie die beiden Kinder in der Küche etwas zu essen machten, und nach einer Weile kamen sie herein. »Das sind Jacky und Ann«, sagte die Frau. »Sie haben Tee für uns gemacht.«

Auf dem Tisch in der Küche standen Schüsseln mit Fleisch und Gemüse und Teller mit Brot, als hätte man sie alle erwartet. Die Alten fingen an, Witze zu machen und zu lachen, als hätten sie nicht gerade eben noch geweint, taten so, als hätte Ada ihnen einen Streich gespielt und als würden sie jetzt ihr einen noch viel besseren spielen.

»Mama und ich, wir gehen in ein paar Monaten nach Hause zurück«, sagte der Onkel.

»Hmm, billiger auf zwei Beinen zu gehen, als wenn sie einen in einer Kiste bringen müssen«, sagte die Tante.

»Sie denkt immer, ich würde ihren Transport zurück nicht bezahlen, deshalb will sie schon jetzt gehen.«

»Was meinst du denn, wo du dann bist? Schon längst in der Grube, ha.«

»Sie denkt, ich scharre sie gleich da ein, wo sie umkippt.«

»So wie du hustest, könntest du doch morgen schon umkippen ... Und du, meine Liebe«, sagte die Tante zu der Frau, »kommst du eigentlich aus demselben Ort wie Ada?«

»Von noch weiter im Norden, direkt oben an der Spitze. Ich bin jetzt seit zwanzig Jahren hier und nur zweimal zu Hause gewesen.«

»Dort war doch auch eine alte Dame, Paritainoema ...«

»Die Halbschwester meines Urgroßvaters. Der gleiche Vater, aber sie stammte aus der zweiten Familie.«

»Ja, also, es geht um die erste Familie. Eine von den Töchtern wurde hier heruntergebracht und ist mit einem Onkel aus unserer mütterlichen Linie verheiratet worden.«

»Davon hab ich gehört, und es leben ja noch mehr aus dieser anderen Familie hier. Es ist ...«

Sie hörte der Unterhaltung zu, die immer schwerer zu verstehen war, in alle Richtungen wucherte, wo Sätze von einer Person begonnen und von einer anderen beendet wurden. Es schien so, als kannten sie alle alle möglichen anderen Leute, kannten die gleichen Leute, sogar welche, die vor langer Zeit gestorben waren, schien so, als kannten sie sich alle untereinander schon seit ganz langer Zeit, hätten sich schon in einem anderen Leben gekannt, obwohl sie sich doch gerade zum ersten Mal begegneten. Die Frau hieß Johnny, aber eigentlich hieß sie irgendwie anders. Andere wußten alles mögliche, was sie nicht wußte, was ihr verschlossen war. Die Unterhaltung dauerte noch bis zum Morgengrauen.

»Wir fahren nach Hause und holen unsere Sachen, Mädchen«, sagte der alte Mann zu Johnny, als sie aufstanden, um zu gehen. »Heute abend kommen wir zurück und bleiben über Nacht bei dir.«

»Ae, wir bleiben hier, bis die Familie zurückkommt. Ist doch nicht gut, wenn ihr alleine seid, du und die Kinder«, sagte die Tante.

»Vielen Dank, Mutter und Vater. Meine Kinder und ich machen euch schon die Betten bereit.«

Sie traten gerade auf den Weg in das Dämmerlicht des frühen Morgens hinaus, in die Blässe der Straßenlaternen, als die erste Straßenbahn mit ihrem klappernden Anhänger vorbeifuhr, Endstation, Nummer und die drei blauen Lichter vorne dran. Sie zuckelte hell erleuchtet dahin und zog ihren Schall in grauer Dämmerung durch die Straße.

Ada war weg. Tot und weg ... zurückgegangen, sie wußte nicht, wohin. Jeder kannte jeden, wußte, wie man die Sätze eines anderen beendete, wußte, was zu tun und zu sagen war, alle gehörten zusammen. Es steckte ein Geheimnis dahinter, das sie nicht durchschaute.

## 17

Wo waren ihre Kinder? Jahrelang hatte sie auf Kinder gewartet. Noch lange, nachdem Sonny nicht mehr nach Hause kam, hatte sie auf Kinder gewartet, die dann zu ihr gehören würden und zu denen auch sie für immer gehören würde.

Bei der Arbeit wurde sie oft nach ihrer Familie gefragt, nach ihren Kindern. Die jungen Frauen hörten eine nach der anderen mit der Arbeit auf, wenn sie Kinder bekamen. Oft brachten sie ihre neugeborenen, fein angezogenen Babys mit, um sie allen zu zeigen, und die Frauen standen dann alle drum herum und redeten, lächelten und schnalzten mit der Zunge. Manchmal hatten sie ihr ein Baby zum Halten gegeben, und sie hatten Bemerkungen ihr gegenüber gemacht, die sie mit Kummer erfüllten.

Einmal, vor langer Zeit, war Jean zu Besuch gekommen, war mit zwei großen Mädchen und einem kleinen Jungen aus einem Taxi gestiegen. Zuerst hatte sie die Frau, die da aus dem Taxi stieg, gar nicht erkannt, aber die beiden Mädchen, etwa siebzehn und achtzehn, hatten dermaßen wie Jean ausgesehen, die sie nun seit fast zwanzig Jahren nicht mehr gesehen hatte, daß sie wußte, diese Frau mußte Jean mit ihren Töchtern Kirsty und Jennifer sein. Jean trug den kleinen Jungen auf dem Arm, als sie den Weg herunterkam, während die beiden Mädchen beim Taxi warteten.

»Jean«, hatte sie vom Fenster her gerufen. »Ihr seid schon richtig hier. Schick das Taxi ruhig weg.« Sie war herausgekommen und hatte ihnen mit ihren zwei großen Taschen geholfen.

»Ich dachte, du wohnst vielleicht gar nicht mehr hier. Ich hab's nie geschafft, auf deine Briefe zu antworten«, sagte Jean.

»Macht doch nichts ...«

»Ich hatte deine Adresse noch, aber dann war ich mir nicht mehr sicher ... Ich dachte, ich könnte vielleicht 'ne Weile hier wohnen, wenn genug Platz ist.«

»Es ist reichlich Platz da, du kannst so lange bleiben, wie du willst«, sagte sie, nahm die Taschen und trug sie in eins der Schlafzimmer. »Ich wohne alleine hier.«

»Was ist denn mit deinem Mann? Und deinen Kindern?«

»Hab keine Kinder. Und Sonny ist auch nicht mehr da.«

»So wie Rick. Rick ist schon vor Jahren abgehauen«, sagte Jean. »Na, ein Schaden war's nicht. Ich war seitdem nochmals verheiratet. Das hat zwei Jahre gehalten. Diesmal bin ich abgehauen, und seitdem zieh ich so herum und mach mir 'nen Lenz ...«

»Zwei Räume sind nicht benutzt, und es sind auch noch die Betten und Decken da, die Sonnys Tante und Onkel hiergelassen haben, als sie weggezogen sind.«

»Ist er denn mit ihnen gegangen? Der Sonny?«

»Nein.«

»Eine andere Frau?«

»Erst eine, dann noch eine andere.«

»Der muß ja ein toller Hecht sein, oder? Ist er ein toller Hecht?«

Sie wußte nicht, was sie Jean antworten sollte. Manchmal wußte sie gar nicht mehr, wie Sonny aussah. Er hatte einen kräftigen Körper, daran erinnerte sie sich noch, und sein Kopf saß tief zwischen den Schultern, so als hätte er keinen Hals. Sein Gesicht war oval, und seine Augen waren klein und dunkelbraun. Seine Beine waren kurz, und er schwankte beim Gehen hin und her.

»Er ist häßlich.« Sie wußte nicht, warum sie das sagte, aber es stimmte. Er war häßlich genug, um sie zu mögen oder zu lieben, um jemand, der zu ihr gehörte, zu sein, aber das Ganze war mit irgendwelchen Geheimnissen verbunden, die nur schwer zu verstehen waren.

»Nu aber. So schlimm kann er ja nun auch wieder nicht sein«, sagte Jean, »warum wären denn sonst die Frauen so hinter ihm her?«

Der kleine Terry war auf dem Schoß seiner Mutter eingeschlafen. Er hatte ein rundes Mondgesicht und weiße Locken, und es schien so, als wäre der Kopf zu groß für den Rest des Körpers. Er schwankte auf einem dünnen Hals, und seine mageren Arme und Beine baumelten herab wie rosa Bänder.

Drei Wochen später, als sie von der Arbeit nach Hause kam, standen Jeans Taschen gepackt da. Mata tat es leid, als sie die Taschen neben der Tür sah und begriff, daß Jean wieder weg wollte, denn sie hatte sich schon immer richtig darauf gefreut, nach der Arbeit nach Hause zu kommen, weil da jemand war.

Terry schlief im Schlafzimmer, und die Mädchen waren schon weg. »Ich habe sie zu ihrem Vater geschickt«, sagte Jean. »Er besorgt ihnen eine Stelle. Außerdem hat er ein eigenes Haus und kann es sich leisten, daß sie bei ihm sind.« Und dann sagte sie: »Ich hab mich entschlossen, wieder zu Terrys Vater zurückzugehen, und ich hab darauf gehofft, daß du Terry für eine Weile hierbehältst. Doug behandelt Terry nicht sehr gut, weil er glaubt, daß er nicht sein ... Was meinst du dazu, May?«

»Ich würde ihn gerne hierbehalten«, sagte sie.

»Nur für eine Weile, bis ich Doug überredet habe. Er hat so eine wunderschöne Wohnung mit allem Drum und Dran, wo wirklich alles drin ist, was man sich nur denken kann, richtig modern, aber es ist keine Wohnung für Kinder. Terry würde sich dort gar nicht wohl fühlen. Ich habe Doug heute vormittag angerufen, und er will unbedingt, daß ich wieder zurückkomme, und da habe ich ihm gesagt, daß ich vielleicht jemanden finde, der Terry eine Zeitlang zu sich nimmt.«

»Ich mach das schon.«

»Nur bis ich alles in der Reihe habe. Ich weiß, daß Terry dich gern hat.«

»Ist schon gut, ich behalte ihn da.«

»Und ich ruf dich dann an. Ich ruf dich in ein bis zwei Wochen an und sag dir dann, wie es weitergeht ... Ich glaube, ich geh dann lieber jetzt, wo er schläft. Das macht ihm nichts, er ist daran gewöhnt, daß andere Leute auf ihn aufpassen.«

Nachdem Jean gegangen war, sah Mata sich die Sachen an, die Jean für Terry dagelassen hatte, und stellte fest, daß es nicht viel war. Es machte ihr nichts, denn ihr gefiel der Gedanke, loszugehen und das zu kaufen, was benötigt wurde. Sie wollte Sachen zum Anziehen kaufen, ein Paar schöne Schuhe und Gummistiefelchen, damit sie auch dann spazierengehen konnten, wenn es naß war. Es waren ein paar Windeln für ihn da, und sie wollte noch einige dazu kaufen, aber nur ein paar, denn Terry konnte jetzt schon Bescheid sagen, wenn er aufs Klo mußte, und brauchte nur noch nachts welche. Er konnte schon einige Worte sagen. Er nannte Jean Mamam, und manchmal nannte er auch sie Mamam. Wenn er sie Mamam nennen wollte, dann sollte er das ruhig. Außer den Anziehsachen wollte sie noch einen Buggy, ein Kinderbett und einen Hochstuhl kaufen. Sie konnte das alles in einem Gebrauchtwarenladen kaufen und neu streichen. Dieser Gedanke freute sie.

Dann fragte sie sich, wie sie denn die Sachen für Terry bezahlen sollte, wenn sie nicht mehr arbeiten gehen konnte. In ihrer Aufregung hatte sie ihre Arbeit ganz und gar vergessen. Aber sie hatte Ersparnisse, die sie erst einmal nehmen konnte. Bis dahin wäre Jean sicher zurück, und sie würde wieder zu ihrer Arbeit zurückkehren.

Sie hatte Terry schon seit sechs Monaten bei sich, als ihre Ersparnisse schließlich zu Ende waren, und da schrieb sie Jean und teilte ihr mit, daß sie Geld brauchte. Jean antwortete, sie würde ihr alle zwei Wochen Geld schicken. Sie war erleichtert, denn sie hatte gefürchtet, Jean könnte kommen und Terry mitnehmen.

Terry war sechs Jahre alt, als seine Mutter ihn dann schließlich holen kam. Jean hatte Doug verlassen und einen anderen Mann kennengelernt, einen Mann, der Kinder haben wollte.

»Ich setz doch in meinem Alter nicht noch 'n Kind an«, sagte Jean. »Und außerdem, wenn ich wirklich noch ein Kind kriegen würde, wer weiß denn, ob der nicht auch plötzlich meint, das Kind sei nicht seins?«

Sie sagte, sie hätten ja das Glück, daß Terry da sei, und außerdem sei es sowieso Quatsch, alle zwei Wochen Geld zu schicken. Sie versprach, Terry ab und zu in den Ferien zu ihr zu schicken, falls sie nicht nach Australien ziehen würden.

Terry wandte sich noch um und winkte ihr zu, als er, gefolgt von seiner Mutter, ins Taxi stieg, und sie sah ihn nie wieder. Es war gerade so, als wäre er gestorben.

Sie dachte jeden Tag an ihn, und wenn sie aus dem Haus

ging, schaute sie nach ihm aus. Wenn sie Kinder sah, die spielten oder zur Schule gingen oder von der Schule kamen, überlegte sie, welches von ihnen Terry wohl am meisten ähnelte oder welches ungefähr in seinem Alter war. Am Anfang hatte sie ihm zum Geburtstag Karten und Geschenke an die Adresse geschickt, die Jean ihr gegeben hatte, aber es war immer alles mit dem Stempel »Unbekannt/Verzogen« zurückgekommen.

Sie nahm ihre Arbeit wieder auf, und wenn sie nach ihrer Familie gefragt wurde, sagte sie manchmal: »Ich hab mal einen kleinen Jungen gehabt, aber der ist gestorben.« Das schien genau die richtige Antwort zu sein.

Nach dieser Geschichte wartete sie nur noch, aber es war schwierig zu verstehen, auf wen oder auf was sie wartete. Und wieder einmal starrte sie auf Tapeten, auf Fenster, Risse in den Wänden, Wasserflecken an der Decke, Ritzen zwischen den Dielenbrettern, Nagellöcher, Insektenlöcher, Türgriffe und versuchte in einem Zimmer oder einem Haus irgend etwas zu finden, das sie festhalten konnte, das ihr zu eigen war. Aber immer blieb am Ende nur sie selbst übrig. All die anderen Dinge, die sie nie bekommen hatte, waren verschwunden.

Eine kurze Zeitlang, eine Zeit, an die sie sich kaum noch erinnern konnte, hatte sie eine Mutter gehabt, die sie verlassen hatte und die dann gestorben war. Am Anfang hatte sie sich nur an die Kleider ihrer Mutter erinnert und an ihre Hände, aber nicht an ihr Gesicht.

Sie war in ein Kinderheim gebracht worden, wo es nächtliches Weinen und Bettnässen gab und wo sie immer schlecht und fremd gewesen war – wo ihre Haut schmutzig war und die Kinder über sie gesagt hatten, sie sei schmutzig. Ihre schlimmen Haare waren von der Heimleiterin mit einer großen Schere abgeschnitten worden, sobald die Haare anfingen sich zu locken, und sie hatte zwei lange Haarklammern, um die Haare dicht am Kopf zu halten, aber die schlimmen Haare lockerten die Klammern immer wieder und sprangen in widerspenstigen Drehungen und Wellen und Locken auf. Wie konnte man das Heim frei von Nissen und Läusen halten, wenn es solches Haar dort gab?

Sie hatte nie schlecht sein wollen und hatte deshalb ihre Haut geschrubbt und ihre Haare mit Wasser geglättet und darum gebetet, gut zu sein, sich bemüht, gehorsam zu sein und hart zu arbeiten, aber die ganze Zeit über war es nicht zu leugnen, daß sie schlecht war – andere Kinder wollten nicht mit ihr zur Schule gehen und ließen sie auch nicht bei ihren Spielen mitmachen. In der Schule wurde sie mit Schimpfwörtern bedacht, daß sie sich deswegen schämte. Einmal hatte sie die Mutter von einem anderen Kind wütend gemacht.

Manchmal hatten Kinder sich auf dem Heimweg von der Schule versteckt und ihr aufgelauert und waren dann hervorgesprungen und hatten sie mit ihren Schullinealen angegriffen. Sie hatte dann mit ihrer Schultasche nach ihnen ausgeholt und versucht wegzulaufen, aber es waren immer zu viele, und sie hielten sie fest und schlugen sie. Wenn sie sahen, daß sie blutete, rannten sie schnell davon und drehten sich noch ein paarmal um, um ihr irgendwas nachzurufen.

Wenn sie wußte, daß sie dort auf sie warteten, ging sie den längeren Weg nach Hause, und das bedeutete, daß sie durch die Pinienpflanzung gehen mußte, wo schlechte Männer waren, die ihr sagten, daß sie auch schlecht sei. Die knöpften ihre Mäntel und Hosen auf und zeigten ihr schlechtes Ding, und sie lief weg und fühlte sich ganz krank im Bewußtsein ihrer eigenen Sündhaftigkeit.

Sie hatte einmal eine Freundin gehabt, die war aber nicht eine Freundin für immer gewesen. Jean hatte gelogen und geflucht, im Dunkeln gekichert und ihr Geheimnisse erzählt, die roh und schrecklich waren. Manchmal zog Jean sich bis auf die Haut aus und hüpfte und tanzte nackt im Zimmer herum, einfach nur, um schlecht zu sein. Ihre Haut war so weiß wie die Tassen und Teller, und ihre Haare waren fürchterlich und rot.

Einmal war sie in die Ferien gefahren, an einen Ort, wo es Menschen gab, die so waren wie sie, aber sie war nicht so wie diese Menschen. Sie hatten sie nicht noch einmal eingeladen, aber sie hatte eine Fotografie mit dem Gesicht ihrer Mutter geschenkt bekommen.

Sie hatte einmal einen Diamantring gehabt, den Sonny ihr geschenkt hatte. Er war wie ein Band aus dünnem Gold gewesen, mit einem einzigen großen Diamanten, der von einer Platinkralle gehalten wurde. Bei der Arbeit waren die Frauen zu ihr gekommen, mit roten Gesichtern und begierig darauf, den Ring zu sehen und sie mit endlosen Fragen zu löchern. Ihre Antworten hatten bewirkt, daß sie sich ansahen, sich zuzwinkerten und blinzelten. Und danach hatte es dann noch den Ehering gegeben. Sie hatte geglaubt, das hieße, daß sie jetzt jemanden ganz für sich allein hätte.

Also hatte sie gewartet. Sie hatte die fadenscheinigen Muster studiert, die Risse, die Flecke. Sie hatte dem tropfenden Wasserhahn zugehört und den Zeiger der Uhr beobachtet, wie er weiterwanderte, und dabei immer nur gewollt, daß irgend etwas ihr ganz gehörte. Hatte dabei den Schmerz gespürt, der sich in breiten Strahlen in ihr ausbreitete.

Manchmal hielt sie nachts die Fotografie ihrer Mutter an sich gedrückt, als würde die den Schmerz aus ihr abziehen. Sie dachte, dieses harte, wartende Etwas in ihrem Inneren würde erweicht und aufgelockert und durch die Augen ihrer Mutter herausgezogen werden.

Eines Tages hatte sie sich dann Schuhe und Mantel angezogen, das Foto in die Tasche gesteckt, alle Türen und Fenster des Hauses geöffnet und war hinausgegangen und einfach ihren Füßen gefolgt, hatte nichts mehr gewollt und war einfach ins Nichts gegangen.

# Makareta

## 18

Ich wartete so lange, bis ich mit Keita allein war, bevor ich ihr sagte, daß ich weg wollte. Zunächst einmal sagte ich nichts davon, daß ich gedachte, Makareta mitzunehmen. »Ich habe von meiner Schwester gehört«, sagte ich. »Sie ist krank und möchte gerne, daß ich zu ihr ziehe.«

Keita tippte die Bürste in die Ofenschwärze und verteilte sie auf der Herdfläche. »Für wie lange denn, Polly?«

»Für immer, Keita, um dort zu leben.«

Sie sah nicht auf und unterbrach auch nicht ihre Tätigkeit. Ich fürchtete mich vor ihren Augen.

»Was gefällt dir hier denn nicht?«

»Das ist es nicht. Es gefällt mir hier schon.« Ich nahm die Töpfe und den Teekessel vom Herd, im Bemühen, auch etwas zu tun zu haben, und machte mich dran, sie bei der Bank sauberzumachen.

»Dann ist das hier der Ort, wo du leben solltest.«

»Aber meine Schwester ...«

»Du redest von Cissie«, sagte sie und arbeitete sich jetzt an der Vorderseite des Herdes nach unten und fuhr mit der Bürste um die Türen drumherum und über sie hinweg, »die mit ihrem nichtsnutzigen Mann und den drei Kindern in zwei Zimmern über einem Laden lebt.«

»Sie ist krank.« Die Worte kamen lauter heraus, als ich wollte.

»Dann mußt du eben hin und deine Schwester eine Zeitlang pflegen. Das ist in Ordnung.«

»Am Samstag«, sagte ich. »Jetzt am Samstag will ich zu meiner Schwester ziehen.«

Da unterbrach sie ihre Tätigkeit und richtete ihre harten Augen auf mich. »Das erlaube ich nicht«, sagte sie und wandte sich wieder ihrer Aufgabe zu, als wäre nichts mehr dazu zu sagen.

Ich mußte die Wörter aus meinem tiefsten Inneren hervorzerren: »Ich habe es meiner Schwester versprochen.« Das war nicht leicht, wo ich doch immer wie eine Tochter behandelt worden war.

»Deiner Schwester versprochen? Nein, Polly, es ist nicht so, daß deine Schwester dich gebeten hat zu kommen. Es ist vielmehr so, daß du gehen willst. Deshalb frage ich dich, was gefällt dir hier nicht?«

»Es gefällt mir hier aber.«

»Zu still hier für dich? Keine Männer da. Das ist die Wahrheit, das ist der eigentliche Grund. Deine Schwester lebt in einer großen Stadt, also muß es dort einen Haufen Männer geben, die sich für dich interessieren. Viele Soldaten, die gerade aus Italien zurückkommen, deshalb willst du nach Wellington.«

»Nein, Keita ...«

»Das ist der wahre Grund.«

»Ich habe Rere nicht vergessen«, sagte ich.

»Wir hatten andere Pläne für unseren Sohn, aber er wollte dich haben, und wir haben es erlaubt. Wir haben dich nicht abgewiesen. Jetzt ist unser Sohn tot, seit zwei Jahren tot ...«

»Und vor vier, beinahe fünf Jahren ist er in den Krieg gezogen.«

»Na also«, Keita rüttelte am Rost und schlug die Ofenklappen zu. »Nun sagst du es selber. Vor vier oder fünf Jahren und jetzt willst du wieder einen Mann.«

»Nein, nein ... Aber ich denke nur, dort könnte mehr los sein, dort könnte man Arbeit kriegen. Frauen gehen doch arbeiten heutzutage. Und Makareta ...«

»Makareta? Rede nicht von Makareta. Das Kind unseres Sohnes bleibt hier.«

»Sie ist auch mein Kind. Sie wird bald fünf.«

»Wir haben unsere eigene kleine Schule hier, und sie bleibt hier, hier bei ihrer Familie.«

»Ich bin auch ihre Familie.« Aber Keita wollte mir nicht zuhören. »Unsere Enkeltochter ist hier geboren, sie hat bis jetzt hier gelebt, und das ist der Platz, wo sie weiterhin leben wird, zusammen mit ihrem Vater.«

»Aber er ist doch gar nicht da«, sagte ich. »Rere ist doch …«

»Der Vater ist die Familie, die Familie ist der Vater.«

»Und ich bin auch ihre Familie.«

Keita wandte mir den Rücken zu, legte die Bürsten auf das Bord und wrang einen Lappen aus. »Du willst weg, willst vergessen, dann geh«, sagte sie. »Wenn du bleibst, bist du unsere Tochter und wir werden uns immer um dich kümmern. Was Makareta angeht, da kannst du jammern soviel du willst, aber die nimmst du nicht mit. Du kannst sie Kui Hinemate nicht wegnehmen, die sie badet, ihre Wäsche wäscht, besonderes Essen für sie kocht. Die sie massiert hat, als sie ein Baby war, ihre Erkältungen behandelt hat, mitten in der Nacht aufgestanden ist, um einzuheizen und die Küche warm zu halten.«

»Ich habe mich selbst um mein Baby gekümmert, ich habe selbst für sie gesorgt.«

»Das bestreitet keiner, aber Makareta ist Kuis ganzer Lebensinhalt. Den kannst du ihr nicht einfach wegnehmen.«

»Ich bringe sie doch wieder mit hierher …«

»Erinnerst du dich nicht mehr, Polly, daß Makaretas whenua dort oben bei ihrem Vater begraben ist?«

»Er ist nicht dort, Keita, ist nicht dort begraben, da ist doch nur die Grabstelle … für den Stein vorbereitet.« Ich hatte den Mut, diese Worte auszusprechen, obwohl es Worte waren, die Keita gar nicht aufnehmen würde.

»Das hier ist jedenfalls ihr Zuhause.«

»Das wird es doch auch bleiben. Ich bringe sie ja wieder mit.«

»Das glaubst du jetzt, aber die Stadt hat ihre eigene Weise, Menschen zu verschlingen. Wenn du willst, daß die Stadt dich verschluckt, dann geh, für Makareta wird hier gesorgt werden. Jammer du, soviel du willst, aber unsere Enkeltochter darfst du von hier nicht wegholen.«

Keita ging hinaus und nahm die Asche mit, und ich legte das Papier auf den Rost und schichtete das Brennholz darauf, einfach weil ich das immer gemacht hatte. Ich fragte mich, was ich noch tun konnte, denn ich wußte, daß Keita niemals zustimmen würde, daß ich meine Tochter mitnahm, wenn ich ging.

Ich war überrascht, als sie wieder hereinkam und sich an den Ofen setzte, um mit mir zu reden, nachdem sie Kopftuch und Kittelschürze abgetan hatte. »Ich wollte eigentlich noch damit warten, dir davon zu erzählen«, sagte sie leise. »Ich wollte eigentlich bis nächstes Jahr oder das Jahr drauf warten. Aber jetzt, wo du von so etwas sprichst – daß du zu deiner Schwester ziehen willst –, möchte ich doch, daß du weißt, daß wir an dich gedacht haben. Ich möchte, daß du weißt, daß wir Pläne für dich haben.

»Als unser Sohn Rere dich mit nach Hause gebracht hat, haben wir dich nicht abgelehnt. Wir kennen deine Familie, und wir waren glücklich, jemanden aus dieser guten Familie in die unsere aufnehmen zu können. Du bist eine hübsche Frau, du kennst dich mit Menschen aus, du scheust dich nicht vor Arbeit, und du hattest eine Ausbildung. Etwas Besseres konnten wir uns für unseren Sohn gar nicht wünschen. Dann wurde Rere eingezogen, und wir verloren ihn. Wir verloren unseren Sohn, du hast deinen Mann verloren, aber du bist immer noch unsere Tochter. Wir erwarten nicht, daß eine unserer Töchter ein Leben voller Einsamkeit führt, natürlich nicht. Wir wollen nicht, daß unsere Enkeltochter keine Geschwister hat. Also paß auf. Wir haben vor, daß du unseren

Sohn Aperehama heiratest. Ich wollte noch ein oder zwei Jahre damit warten, es dir zu sagen, weil Aperehama noch sehr jung ist und es erst zwei Jahre her ist seit Reres Tod. Aber nach dem, was du mir gesagt hast, ist jetzt der richtige Zeitpunkt zum Reden gekommen.«

»Du und Aperehama, ihr sollt heiraten, so ist unser Plan, und dein Zuhause wird immer hier sein. Du wirst zusammen mit Aperehama noch weitere Kinder kriegen, die für die kleine Makareta Geschwister sein werden. Auf diese Weise gerät das whakapapa nicht durcheinander, die Vorfahren der Kinder bleiben die gleichen. Und außerdem, Polly«, Keita senkte ihre Stimme zu einem Flüstern, »du und deine Kinder, ihr werdet Land erben, viel Land. Du wirst durch unseren ältesten Sohn Land bekommen, und du wirst auch durch unseren jüngsten Sohn Land bekommen. Wir kennen deine Familie. Es ist eine sehr gute Familie, aus einem starken Zweig, eine Familie, die die Sitten ernst nimmt, aber ohne Land, Polly. Ohne ihr eigenes Verschulden sind sie ohne Land. Aber das macht nichts, ihre Tochter ist unsere Tochter.« Keita erhob sich. »So ist das, das ist unser Plan. Du sollst wissen, daß du unsere Tochter bist und dieses hier dein Zuhause ist. Du sollst wissen, daß wir dich nicht vergessen, auch wenn unser Sohn tot ist.«

Es war zunächst schwierig zu begreifen, was Keita mir da sagte. Heirat mit Aperehama? Ich konnte wohl verstehen, wie wichtig es ihr war, daß die Gradlinigkeit der Abstammung und des Erbes gewahrt blieben. Und wenn ich Aperehama heiratete, bedeutete das, daß Makareta ihnen nicht mehr genommen werden konnte. Es stimmte, daß Makareta Hinemates Leben war, das Leben des ganzen Haushaltes eigentlich. Kui Makareta wegzunehmen war der schwierigste Teil der Entscheidung, die ich getroffen hatte. Aber mein eigenes Leben war voller Einsamkeit, in vielerlei Hinsicht ein leeres Leben, jetzt, wo Rere nie wieder zurückkehren würde. Es war für mich an der Zeit, etwas Neues anzufangen.

Aperehama war wie ein Bruder für mich. Ich konnte jetzt, wo mir Keitas Absichten bekannt waren, nicht mehr dort bleiben.

Aber ich wußte auch, wenn ich Makareta mitnehmen wollte, würden sie und ich heimlich verschwinden müssen.

## 19

Während meiner Schwangerschaft hatten die Frauen der Familie mein ganzes Leben in die Hand genommen. Jeden Morgen wurde Gloria zum Waschhaus geschickt, um Wasser im Kessel heiß zu machen und ein Bad für mich vorzubereiten.

Kui Hinemate kam dann und wusch mich und massierte meinen Bauch und meine Brüste und redete dabei die ganze Zeit über Gefühle und Gedanken eines Kindes im Mutterleib – wie es zuhörte und was es wußte, daß es das Gute liebt und das Böse ablehnt. »Das Ungeborene rollt sich zusammen, um sich vor dem Bösen zu verstecken«, sagte sie immer. »Verdeckt sein Gesicht mit den Händen. Ein ungeborenes Kind ist alt. Ein ungeborenes Kind ist weise.«

Ich mußte das Baden hinnehmen und konnte dem Abrubbeln und Massieren nicht widersprechen, aber ich hatte meine eigenen Vorstellungen davon, wie das Ungeborene in meinem Inneren heranwuchs. Kuis Stimme war nur ein Summen, eine Unterbrechung meiner eigenen Gedanken. Ich weiß noch, wie Gloria und ich uns manchmal resigniert ansahen.

Bei den Mahlzeiten bekam ich die zartesten Fleischstücke, den Knust vom Brot, und manchmal wurden nur für mich besondere Speisen gekocht.

Einmal, ganz zu Beginn der Schwangerschaft, gingen Rere und Wi in den Busch, um zwei kereru zu fangen, die Keita dann in einem Dreibein briet und dabei oft die fetten Vogelbrüste mit Bratensaft begoß, damit sie schön saftig blieben.

Sie wurden mir auf einem großen Teller zum Abendessen

serviert, und während ich aß, sah mir der Rest der Familie zu. Als ich das Brustfleisch abtrennte und den Brustkorb auseinanderbrach, ergingen sie sich in Bemerkungen über Größe und Wohlgenährtheit der Vögel und bewunderten laut die Beeren, mit denen sie gefüllt waren. Wi und Rere erzählten Geschichten darüber, wie sie losgegangen waren, um sie zu suchen, und in was für Bäumen sie sie gesucht hatten. Sie redeten über die Größe und Reife des miro, von dem sich die kereru ernährt hatten, beschrieben den lärmenden Flug, als die Tauben von Ast zu Ast flogen, erzählten von dem schweren Fall, als sie heruntergeholt wurden. Ich aß, so viel ich konnte, aß, um ihnen eine Freude zu machen, bevor ich den Teller weiterreichte, um die Reste mit den anderen zu teilen.

Jene Zeit war sicherlich Keitas beste Zeit. Keita, die genauso scharf und aufmerksam war wie immer, aber manchmal auch sanft, und dabei aufgeregt das Erstgeborene ihrer Enkelkinder erwartete. Aber trotz all dieser Aufmerksamkeit, die mir entgegengebracht wurde, hatte ich oft Sehnsucht nach meiner eigenen Familie. Meine Eltern waren damals schon gestorben, und meine Geschwister lebten weit weg.

Im letzten Teil der Schwangerschaft hatte ich obendrein noch nach Rere Sehnsucht. Trotz Keitas Mißbilligung hatte er sich freiwillig für den Wehrdienst gemeldet und kam in ein Ausbildungslager. Kurz nach Makaretas Geburt war er in den Krieg gezogen.

Eines Tages, kurz bevor mein Kind geboren werden sollte, ging ich mit Kui Hinemate, Keita und Gloria zum Fluß. Sie wollten mir nicht erlauben, ihnen beim Waschen zu helfen, und so ging ich ein Stückchen flußabwärts, zog mich aus und setzte mich ins Wasser, füllte meine Hände mit Wasser und ließ es mir über die Schultern laufen und meinen dicken, gedehnten Bauch hinunter.

Rere und ich waren oft hierher gegangen, um allein zu sein. Mir fiel ein, daß unser Kind, das bald geboren werden sollte, dort entstanden sein konnte, dort unter dem großen manuka-

Baum, der jetzt seine weißen Blüten rund um mich herum ins Wasser fallen ließ. In seinen Zweigen kreischte ein pipiwharauroa-Junges nach Futter, während seine kleinen Pflegeeltern hin und her eilten, um es zu versorgen. Dort war das Gras noch immer hoch und grün, trotz der sommerlichen Trokkenheit.

Aber ich wußte, daß für Rere und mich diese Zeit vorbei war. Es war Krieg, und Rere mußte weg. Manchmal machte es den Eindruck, als wäre er bereits weit weg, denn wenn er jetzt auf Urlaub nach Hause kam, war er völlig verändert – still, als würde er warten –, als könnte Reden oder Lachen die Erregung, die er in seinem Inneren spürte, offenbaren. Es war so, als hätte der Rere, den ich kannte, uns bereits verlassen.

Ich zog mich wieder an und ging dorthin, wo die anderen waren, und bückte mich, um im Schatten ein Handtuch auf dem Boden auszubreiten. Als ich mich wieder aufrichtete, spürte ich, wie ein tiefer Atemzug mich ausdehnte und ausfüllte und mich dann stöhnend von irgendwo tief in mir drin wieder verließ. Ich kauerte mich nieder und spreizte meine Beine, und meine Tochter glitt auf einer Woge von Wasser zwischen ihnen hervor, als wäre sie schwimmend zu mir gekommen, von irgendwoher flußaufwärts. Ich legte meine Hände unter sie, drehte sie um. Ihre Lider bewegten sich, ihr Mund öffnete sich, sie nieste, und als ich sie hochhob, wölbte sie sich wie ein Schwimmer, und ihre kleinen Arme ruderten. So wurde Makareta mir und meiner Familie geboren, ohne Schmerzen, in Kriegszeiten.

Kui Hinemate kam zu mir herüber und rief Gloria zu, sie sollte Handtücher holen, und bat Keita, Flachs für das muka zu schneiden. Ich lehnte mich an einen Baum, während sie sich um mich kümmerte, und ich dachte an Rere, betete, daß er noch nach Hause kommen und seine Tochter sehen möge, ehe sein Bataillon nach Übersee aufbrach. »Tante, einfach so«, hörte ich Gloria sagen. »Tante von einem kleinen Mädchen mit einem Frauengesicht, einem kuia-Gesicht.« Ich konnte feststellen, daß sie sehr aufgeregt war und sich bemühte, mir aus meinem Kummer, den ich plötzlich spürte, herauszuhelfen. »Hat es wehgetan, Polly?«

»Ich habe gar nichts gemerkt«, sagte ich und fing dann an zu weinen.

»Ging zu schnell«, sagte Kui Hinemate. »Und ganz ohne Schmerzen, deshalb weinst du jetzt ... Und es ist Krieg.« Sie wickelte unser Baby in einen Kissenbezug und verband mich mit Handtüchern. »Leg dich nur hin und schlaf ein bißchen, bevor wir dich nach Hause bringen«, sagte sie. »Schlaf dir deinen Kummer weg.«

Ich schlief wirklich, mein Baby neben mir, und als ich aufwachte, hatte Gloria für mich Tee gekocht. Die Wäsche war zusammengepackt, die Wassereimer gefüllt, und Keita schaufelte gerade die Nachgeburt in den Korb, den sie gemacht hatte. Der pipiwharauroa kreischte unentwegt im manuka-Baum.

Kui nahm unser Baby und den Korb und ging vor mir her den Weg durch die Büsche hinauf und redete in einem fort. »Vielleicht bist du mein letztes, vielleicht auch nicht«, hörte ich sie sagen. »Auf jeden Fall freue ich mich über dich. Ich sammle ja nun kein Holz mehr oder hole Wasser, melke keine Kuh mehr oder hole kai vom Fluß. Der Garten ist jetzt nur noch ganz klein, weil die Männer weg sind. Es gibt Arbeit auf dem Feld zu tun, aber mir haben sie gesagt, das wäre Arbeit für die Jüngeren. Aber jetzt ist ein Baby da, das versorgt werden muß, ein Baby und eine Mutter. Ich bin richtig glücklich darüber.«

»Vor langer Zeit wurde mir deine Großmutter anvertraut, weil ihre Mutter gestorben war und ich selber ein neugeborenes Kind hatte und genug Milch für zwei. Sie war auch so ein Baby mit einem runden Gesicht wie du, und ich hatte eine Aufgabe, die mein junges Leben ausfüllte. Es war, als hätte ich Zwillinge, Anaru und Keita, sie waren einander wie Schwester und Bruder. Das eine Kind wuchs zu einem kleinen, dunklen, plappernden Mädchen heran, das andere zu einem langbeinigen, ruhigen Jungen, groß und hell wie ich. Er zog in den Krieg und kam nicht mehr zurück.

Aber der Krieg hat uns Wi wiedergegeben, und ich war da als ihre Mutter, während Wi und Keita das Land bearbeiteten. Jetzt habe ich dich bekommen. Ich bin froh, daß ich wieder meine vertraute Arbeit habe.«

Wir gingen durch das hoch aufragende Gras und schlugen oben auf der Höhe den Weg ein, der hinunter in den Busch führte, wo zwischen den ponga-, karaka-, nikau- und manuka-Bäumen die Pfauentauben durcheinanderflatterten, ihre Schwanzfedern spreizten, mit ihren flinken Schnäbeln schnappten, sich umwendeten und sich gegenseitig verfolgten.

Wir machten dort, vor der Nachmittagssonne geschützt, eine kleine Pause, und Kui zog das Tuch um das Kind zurecht, damit die Sonne die junge Haut nicht treffen konnte. »Geht es dir jetzt besser, Polly?« fragte Gloria und legte ihren Arm um mich.

»Es ist Krieg«, sagte ich. »Ich wollte nicht, daß Rere geht, aber jetzt geht er doch. Wir wissen nicht einmal, ob es einen Abschiedsurlaub gibt oder ob wir es überhaupt erfahren, wann sie fahren. Ich will doch nur, daß er unser Baby wenigstens noch sieht, bevor er fährt.«

»Sie werden schon kommen. Sie kommen noch ein letztes Mal auf Urlaub, so haben wir's gehört, so wird es wohl auch sein«, sagte Keita. »Und wenn sie dann endgültig fahren? Also, die Pferde auf der Koppel beim Haus warten darauf, uns zum Zug zu bringen.«

»Nach Wellington«, sagte Gloria. »Da können wir zusehen, wie die Soldaten losfahren, und wir können Anihera treffen.«

»Es gibt keine Anihera.«

»Aber meine Schwester ...«

»Es gibt keine Schwester, die Anihera heißt«, sagte Keita.

# 20

Gloria saß seitlich auf dem Sitz neben mir und schirmte mich auf diese Weise gegen die Blicke der anderen Reisenden ab, die jetzt im Zug hin und her gingen. Ich knöpfte Mantel und Bluse auf, legte Makareta an, und sie trank die Milch in langen, kräftigen Zügen. Es war immer eine Erleichterung, wenn sie an meinen vollen, entzündeten Brüsten trank. Ich wünschte mir, daß tieferliegende Wunden genauso leicht herausgezogen werden könnten. Noch eine halbe Stunde, dann sollten wir in Wellington sein.

Die Tage seit Makaretas Geburt waren für mich Tage voller Sorgen gewesen, denn ich wußte nicht, ob Rere noch nach Hause kommen konnte, bevor das Schiff ablegte, oder ob das Bataillon einfach eines Tages heimlich abfahren würde. »Es gibt bestimmt Sonderurlaub«, sagte Keita, »für Väter von Neugeborenen oder bei Todesfällen in der Familie.« Aber auch sie war besorgt.

Nachdem wir ein Telegramm geschickt hatten, um Rere mitzuteilen, daß unsere Tochter geboren war, fuhr Aperehama jeden Tag mit den Pferden zur Bahnstation, um den Zug abzupassen. Jeden Tag kam er wieder allein zurück, brachte aber Nachrichtenfetzen von den Schaffnern und Lokführern mit. Das waren Nachrichten, die man gar nicht erfahren durfte, und so mußte man sie aus einem Gefühl, einem Wort, einer Andeutung von Veränderungen schließen, die von Leuten aus der Umgebung des Lagers beobachtet und weitergegeben worden waren. Das waren Nachrichten, die man nicht laut erzählen durfte und die deshalb unter der Hand weitergereicht wurden, hinter vorgehaltener Hand und immer nur in Bruchstücken – es hatte hohen Besuch gegeben, eine Parade, es war ein Wort gefallen, es war etwas im Gange.

Eines Tages kam Aperehama nach Hause und sagte »Jederzeit«, und wir wußten, daß Rere auf keinen Fall mehr auf

»Sonderurlaub aus familiären Gründen« nach Hause kam, sondern statt dessen nur noch zum »Abschiedsurlaub«, ehe er einrückte. Am Tag darauf kam er an, zusammen mit seinen Cousins Hori, Nonny und jemandem, den wir nicht kannten.

Kui und ich sahen gerade zum Fenster hinaus und entdeckten die Männer und die Pferde, als sie den Hügel herauf und um die letzte Biegung herum kamen. Am Zaun von der Koppel beim Haus ließen Rere, Hori und Nonny Pferde, Seesäcke und ihren Begleiter stehen und liefen zum Haus.

»Komme schon«, rief ich und lief hinaus auf den Hof. Keita und Gloria häuften glühende Kohlen um das Dreibein, und Wi stieß seine Messer in den Holzklotz. Die Köpfe fuhren herum zum Weg hin, wo sie die Männer laufen hörten.

Sie kamen in den Hof und wirbelten mit ihren Soldatenstiefeln Staub auf, und mein Rere und ich fielen uns in die Arme, als wäre alles geradeso, wie es immer zwischen uns gewesen war. Der Stoff seiner Uniform drückte hart gegen meine weichen Brüste, die wehtaten und hart wurden und aus denen die Milch lief und meine Kleider naß machte, uns beide naß machte. »Wo?« fragte er.

Kui kam heraus und brachte Makareta, die im hellen Tageslicht mit den Augen blinzelte und den Kopf von einer Seite zur anderen drehte. Rere nahm sie auf den Arm, wickelte sie aus ihrer Decke und hielt sie hoch. Hori und Nonny kamen und neigten sich vor, um sie anzugucken.

»Wie soll sie heißen?« fragte er.

»Makareta nach meiner Mutter«, sagte ich. »Und Hinemate nach Kui.«

»Die einzige, die auch meinen Namen trägt«, sagte Kui.

»Wunderschön demnach, genau wie du, unsere Kui.«

Es kam noch ein Mann an – ein kleiner, überrascht aussehender Soldat mit dem Seesack über der Schulter und einer Ukulele in der Hand. »Unser Kumpel Bobby«, sagte Nonny. »Bei denen ist der Fluß über die Ufer getreten, und er kann ein paar Tage lang nicht nach Hause.«

Der Soldat, der Bobby hieß, stellte seine Sachen ab, trat näher und begrüßte uns alle. Kurz darauf hörten wir noch mehr Verwandte auf Pferden über die Hügel kommen. Wir konnten sie rufen hören: »Hori Hori, Nonny Nonny, Re Re Re Re.«

Es war nicht nur Angst, die ich in dieser Zeit spürte, als ich auf Reres Kommen wartete. Zu der Angst hinzu kamen noch die gewöhnlichen Sorgen und Kümmernisse, die durch Krieg und Trennung entstehen. Das alles empfand ich auch, obwohl der Krieg etwas war, was weit weg war, nicht wirklich zu fassen, und die Trennung war noch nicht Realität. Was für mich real war, was ich in meinem Inneren barg, war das Wissen darum, daß Rere in den Krieg zog, weil es einen Krieg gab, in den man ziehen mußte. Die Erregung, die ihn erfüllte, das Glücklichsein, das ich bei ihm wahrnahm, aber nicht teilte, ließen mich spüren, wie er mir fremd wurde. Wir hatten so vieles miteinander geteilt, so vieles gern gehabt. Wir hatten geträumt und geplant, aber obwohl ich ihn so sehr gebeten hatte, hatte er keine sechs Monate, sechs Wochen oder wenigstens sechs Tage gewartet, bevor er sich freiwillig gemeldet hatte. Ich fühlte und ich wußte, daß er zu dem größten Abenteuer seines Lebens aufbrach, und es war praktisch kein Gedanke in seinem Kopf, der sich auf mich bezog.

Als wir uns in jener Nacht umschlungen hielten, versuchte ich, ihn wieder zu mir zurückzuholen, versuchte, ihn an den Fluß zu erinnern, an den Baum, die dunklen, lachenden Wiesen, wo wir zueinandergefunden hatten, wo wir unsere Zukunft erahnt und unser Leben geplant hatten. »Der manuka-Baum war an dem Tag, an dem unser Kind geboren wurde, über und über voller Blüten«, sagte ich. »Das Gras war hoch und grün.« Aber ich weiß nicht, ob er das überhaupt hörte. Er ergoß sich und lag dann auf mir, bewegungslos, als schliefe er, und die Saat, die ich empfangen hatte, war Einsamkeit. Ich empfand eine Traurigkeit, die an Zorn grenzte. »Eines Tages ...«, sagte er im Halbschlaf, aber die Erinnerungen entglitten ihm. Sie gehörten einer anderen Zeit an.

Es war Kui, die versuchte, mir über diese Zeit hinwegzuhelfen. Sie nahm mir Makareta ab und sagte: »Wein doch nicht, mein Kind, sonst mischt sich deine Milch mit Tränen. Unser Baby wird dann Tränen trinken.« Oder: »Wir lassen aber einem Baby keine Tränen auf den Kopf fallen. Ein Baby ist alt, ein Baby ist weise. Du weißt doch, wir sind diejenigen, die warten, wir, die Mütter. Das jedenfalls hat diese alte Frau hier gelernt – zu warten und zu warten, zu hoffen und zu warten, immer weiter und weiter. Wie sonst sollte sich die Erde weiterdrehen?« Ihre Worte beruhigten mich nicht. Sie war alt. Ich wollte nicht, daß ihr Leben des Wartens auch mein Leben wurde. Ich wollte nicht, daß auch meine Tochter ein Leben des Wartens und Hoffens leben würde.

Rere und ich konnten in diesen beiden Wochen Abschiedsurlaub nur wenig Zeit miteinander verbringen. Es waren Tage, die von seiner Familie beansprucht wurden – Tage der Besuche bei den älteren Verwandten, der Teilnahme an Abschiedsfeiern, der Ansprachen, des Trinkens und Singens –, und wo kaum Zeit zum Schlafen blieb. Zum Schluß brachten wir ihn und die Cousins mit den Seesäcken und Päckchen zum Zug. Sie waren erschöpft. Als wir ihnen bei der Abfahrt winkten, fielen ihnen die Augen zu. Ich wußte, daß sie froh waren, endlich fahren zu können.

Einen Monat später kam die Nachricht, daß »die Jungs ihren Tornister schnürten«, und wir machten uns reisefertig, nahmen die Schachteln, Tüten und Decken, die wir schon bereitliegen hatten, und brachen zur Bahnstation auf. An diesem Tag war auf der Straße allerhand los, weil sich viele zu Fuß oder zu Pferde zum Mitternachtszug aufgemacht hatten, alle begierig darauf, Genaueres zu erfahren – aber es war keiner da, der wirklich etwas Genaues wußte. Es war nicht sicher, ob der Nachtzug, der um Mitternacht durch unsere

Station kam, uns rechtzeitig nach Wellington bringen würde. Ich mußte unbedingt Rere zum Abschied küssen, mußte etwas sagen, was unser Verhältnis zueinander wieder so sein ließ, wie es immer gewesen war, oder jedenfalls ähnlich, oder wenigstens so tat als ob. In Kriegszeiten tun die Menschen so als ob.

Und dann war da noch das, was Kui gesagt hatte und was an mir nagte. »Kaue e harawene mona«, hatte sie einmal gesagt. Ich hatte diese Worte nicht hören wollen, aber da waren sie schon, ausgesprochen. Sie nagten und fraßen an mir. »Sei nicht neidisch auf ihn«? Ich wußte, daß Kui in meinem Inneren etwas wahrnahm, was ich nicht hatte sehen wollen, etwas in meinem Inneren, das mehr als Kummer und stärker als Zorn war. Rere zog in den Krieg. Mein Bruder war zur Marine gegangen, und meine beiden älteren Schwestern waren beim Roten Kreuz und lernten Laster fahren. Früher oder später würden sie auch in den Krieg ziehen – alle diejenigen, die ich liebte –, während ich selbst zu Hause blieb, um Briefe zu schreiben und zu warten, Radio zu hören, das Baby zu füttern, Holz und Wasser zu tragen, auf ein Telegramm zu warten und zu hoffen, daß keins kam.

Aber wenn ich es gekonnt hätte, wäre ich auf und davon gegangen, hätte den Krieg erlebt und die Welt kennengelernt. Das war es, was Kui wußte. Bevor sie es ausgesprochen hatte, hatte ich es nicht gewagt, mir meinen Kummer, meinen Zorn bewußtzumachen, und darüber nachzudenken, was wirklich los war. Wenn es nach mir gegangen wäre, wäre ich auch aufgebrochen. Das war es, was ich Rere noch sagen mußte.

Außerdem wollte ich, daß er Makareta noch einmal sah. Sie erkannte uns jetzt schon alle, lächelte, plauderte mit uns, und das sollte er als Erinnerung mitnehmen können.

Der Zug fuhr durch einen Tunnel, und rußiger Rauch hüllte ihn ein, drang in die Waggons hinein und stank. Die Hügel glitten auf beiden Seiten weg und tauchten erneut auf, als wir wieder herausfuhren, dann durchschnittten wir sie mit einem zweiten Tunnel. Als wir aus dem herauskamen, sahen wir die Gebäude, die Häuser, die Hügel und den Hafen von Wellington. Ein andermal hätte es aufregend sein können. Im Hafen lagen die Schiffe, die die Männer über das Meer bringen würden, irgendwohin, wohin, wußte keiner. Ich gab Makareta Gloria zum Halten und knöpfte meine Sachen zu. »Ich hab auch ein Foto von mir mit, für Bobby«, sagte Gloria.

Wir standen auf, nahmen unsere Taschen und Bündel und warteten im Gang. Menschen, die zu Scharen auf dem Bahnsteig standen, drängten vorwärts, als der Zug einfuhr, und als sie merkten, daß das nicht der Zug war, auf den sie warteten, wogten sie wieder zurück. Sie wollten wissen, ob wir nicht den Truppenzug gesehen hätten oder ob nicht jemand wüßte, wann die Jungs ankämen. Sie flüsterten. An den Wänden und Säulen klebten Bekanntmachungen und Plakate, die uns ermahnten, still zu sein. Unsere achtlosen Worte könnten Schiffe zum Kentern bringen und Bombenabwürfe auslösen, hieß es auf den Anschlagzetteln.

Die Haupthalle des Bahnhofs war mit Menschen überfüllt, einige saßen auf Sitzplätzen oder Koffern oder auf Mänteln oder Decken, die sie auf dem Fußboden ausgebreitet hatten. Andere standen oder gingen umher. Alle warteten – auf einen Zug, von dessen Kommen sie wußten, oder auf das Ende des Krieges oder der Welt, oder worauf auch immer. Wir gingen zu einer freien Stelle an einer weiter entfernten Wand, stellten unsere Habe ab und ließen uns nieder.

Er kommt. Er kommt. Das war kein Ruf oder Flüstern, sondern eine Bewegung, die die Menge in Unruhe versetzte. Es war wie eine Erkenntnis, die durch die Luft kam – Luft, die so kalt geworden war, daß man den Atem sehen konnte, als wir uns rührten, aufstanden, uns erst hierhin wandten und dann dahin, ohne zu wissen, wo wir eigentlich hinmußten. Es kam tatsächlich ein Zug, ein Geräusch von weit hinten, aber keiner wußte, auf welchem Bahnsteig er einfahren würde.

Dann leerte sich der Bahnhof. Der Zug kam angefahren, aber er fuhr nicht in den Bahnhof hinein.

Wir folgten den Menschen auf die Straße, und da sahen wir ihn langsam die Gleise am Kai entlangfahren. Es gab keinen Hinweis darauf, daß dieser Zug voll von Soldaten war, die in den Krieg zogen. Er sah eher aus wie ein Zug mit einer Reihe leerer Waggons mit heruntergelassenen Rolläden, der gerade zu einem Schuppen am Kai oder auf ein Nebengleis rangiert wurde, für den Rest des Tages abgestellt.

Dann öffneten sich die Tore der Kaianlage, der Zug fuhr hinein, und die Tore schlossen sich wieder. »Das waren sie«, sagte jemand. »Die Verdunklungen gezogen und Wachen an den Türen.« Und wir alle stürzten über die Straße zu den Toren hin und riefen den Wachhabenden zu, sie sollten uns reinlassen. Wir hatten Geschenke, die wir übergeben wollten, Briefe, Nachrichten, Fotografien, Andenken und Lebensmittel. Wir hatten Männer, Söhne, Väter, die wir auf ihrem Weg in den Krieg verabschieden wollten. Aber unsere Bitten blieben unerhört.

Nach einer langen Zeit des Wartens begriffen wir, daß die Tore für uns nicht aufgehen würden. Ich mußte Makareta ins Warme bringen.

Kui, Gloria und ich kehrten wieder zur Bahnstation zurück, während die anderen an den Toren blieben. Wir versorgten Makareta und setzten uns dann, in unsere Decken gehüllt, hin und warteten. »Morgen früh«, sagte Kui, »morgen früh machen sie bestimmt auf.« Aber mir war klar, daß die Männer am Morgen alle auf den Schiffen sein würden. Die Schiffe hatten dann vielleicht sogar schon abgelegt.

Es war früh am Morgen und noch dunkel, als wir das Baby und die Päckchen nahmen und uns wieder auf den Weg zum Kai machten, wo die Menschenmenge noch wartete. Als wir gerade die Straße überqueren wollten, kam ein Bus und bog zum Kai ab. Wir sahen, wie sich die Tore öffneten, und fingen an zu laufen. Aber die Wachen hielten die Menge zurück, ließen den Bus durch und schlossen die Tore hinter ihm.

Die Leute hämmerten an den Zaun, wütend darüber, daß jemand durchgelassen worden war, und wollten wissen, wer das war. Nach einer Weile wurde mir klar, wer es gewesen war, denn aus dem Dunkel hörte ich Gesang. Die Ngati Poneke Concert Party war zu den Kaianlagen gefahren worden, um die Soldaten zu verabschieden. Aber wir hatten eigene Lieder, eigene Geschenke und unsere Küsse, die wir ihnen mitgeben wollten.

Es war schon hell, als die Tore schließlich geöffnet wurden. Wir drängten in die Hafenanlagen hinein und konnten nur noch feststellen, daß die *Aquitania* schon weit draußen im Fahrwasser lag und die Soldaten nur noch verschwommen an den Seiten des Schiffes als Reihen von Khaki-Uniformen zu sehen waren. Zunächst weinten wir vor Kummer und Zorn. Aber dann, nach einer Weile, als das Schiff da draußen im Hafen auf zwei weitere Schiffe wartete, wurde uns klar, daß das einzige Mittel, unsere Männer auf ihrer Fahrt in den Krieg noch zu erreichen, unsere Stimmen waren. Wir drängten uns durch die Menge und stellten uns zu der Ngati-Poneke-Gruppe und fielen in ihre Lieder ein – »He Putiputi«, »He Aha Kei Taku Uma«, »Me He Manu Rere«, »Tahine Taru Kino«.

Eine Weile danach drangen die Stimmen der Männer über das Wasser. Sie sangen »Po Atarau«, und wir fielen in den Gesang mit ein. Nach diesem Lied konnte es kein weiteres mehr geben. Es war unsere letzte Berührung. Wir feuerten sie an, als die Schiffssirenen ertönten und die Schiffe abdrehten.

»Dann muß ich es eben schicken«, sagte Gloria, als wir wieder zu den Toren zurückgingen. Sie war fünfzehn und verliebt. Ihr Gesicht war verschmiert, und ihre Augen waren rot und die Lider geschwollen, und ich war mir sicher, daß ich genauso aussah. Wir waren schon fast bei den Toren angelangt, als wir jemanden rufen hörten, und als wir uns umwandten, kam

Anihera hinter einem Hafenschuppen hervor und trug ihr neugeborenes Kind in einen Mantel gewickelt auf dem Arm. Sie hatte nur einen dünnen Kittel und offene Schuhe an. »Ich habe von den Schiffen gehört«, sagte sie. »Ich wollte Rere noch einmal sehen, ich wollte euch alle noch einmal sehen.«

»Komm doch mit nach Hause, Ani«, sagte Gloria. »Bring Baby nach Hause.«

»Das kann ich nicht.«

»Komm mit zu Keita, komm mit und sag Wi guten Tag, drüben beim Bahnhof ... Ani?«

»Ich hab Keita gesehen, hab Wi gesehen, hab sie alle gesehen ... Wollte euch doch nur meine Mata zeigen und euch alle einmal sehen.« Und sie verließ uns, eilte durch die Menschenmenge am Kai entlang. Gloria lief hinter ihr her und gab ihr die Päckchen, die sie trug – ein Päckchen mit geräuchertem Aal und eine Dose mit Brot. »Sag ihnen nichts, Glory«, hörten wir Anihera rufen.

Wir brachten unsere Makareta nach Hause. Sie war zwei Monate alt, und ihre Haut war dunkelbraun und spannte glatt über festem Speck und zog sich tief hinein in Kerben und Falten. Sie hatte dichtes, schwarzes Haar, das über die Ohren reichte, und dunkle Augen, die schmal wirkten, als sie noch so klein war, weil ihre Augenlider so fett waren, daß sie gar nicht richtig aufgingen. Sie erkannte uns durch Schlitze hindurch, beobachtete uns und war immer zum Spielen aufgelegt. Wir hörten sie selten weinen, aber in einem Haushalt mit so vielen Erwachsenen, die ihr jeden Wunsch von den Lippen ablasen, war es auch gar nicht nötig zu weinen.

Zweieinhalb Jahre später erfuhren wir durch ein Telegramm, das an Keita und Wi adressiert war, von Reres Tod bei Alamein. Danach war ich zutiefst einsam und unfähig, mir vorzustellen, daß die Einsamkeit je wieder enden würde. Makareta war fast drei Jahre alt, eine kleine Großmutter von einem Mädchen, das bei den alten Leuten war, wo sie gingen und standen. Sie sprach ein altertümliches Maori wie die Großmütter, und sie hatte die gleiche geruhsame Art, die alte Menschen haben. Sie sprach auch Englisch, aber nur mit mir. Ich fand es richtig, mit ihr Englisch zu sprechen.

Zu der Zeit, als ich mich entschied wegzugehen, war sie fast fünf. Ich dachte, ihr Leben sollte schon mehr sein, als bei alten Leuten zu leben, und dachte, es gäbe auch für mich in der Stadt mehr zu tun. Zunächst war es der Brief von Cissie gewesen, der mir die Entschuldigung lieferte, die ich brauchte, aber nachdem Keita sich über ihren Plan geäußert hatte und später, nachdem ich mit Aperehama geredet hatte, war mir klar, daß ich weggehen mußte. Es blieb mir gar keine andere Wahl mehr.

## 21

Aperehama beugte sich vor und lehnte seine Stirn an die Flanke der Kuh. Zwei Ströme von Milch schossen über Kreuz in den Eimer. Er war achtzehn, so wie Rere, als wir uns das erste Mal begegneten, sah auch aus wie Rere, mit seinem breitflächigen Gesicht und dunkelhäutig mit welligen, schwarzen Haaren. Aber er war größer als Rere und ruhiger. Traurig, dachte ich.

Er schob den Eimer beiseite, machte die Fußfesseln los und stand auf. Die Kuh trottete davon, und er schüttete die Milch aus dem Eimer in die Milchkanne. Während ich ihm zusah, ging mir durch den Kopf, ob er überhaupt etwas von Keitas Plan für uns beide ahnte. Und wenn er etwas vermutete, wie mochte er sich dann wohl fühlen, fragte ich mich. Es war die Einsamkeit, die mich plötzlich dazu brachte, es erfahren zu wollen. »Das war Reres Aufgabe, das Melken, damals, als ich hierherzog«, sagte ich. »Du warst damals dreizehn.« Ich bemerkte sein Zaudern, denn er fragte sich, auf was meine Worte wohl abzielten. Er hatte eine alte Armeehose an, die in den Gummistiefeln steckte, und eine graue Wolljacke, die ihm zu klein war. Wie ich ihn so betrachtete, entdeckte ich eine Einsamkeit, die meiner eigenen gleichkam, und in diesem Augenblick wollte ich ihn umarmen und ihn lieben und immer bei ihm bleiben. Ein Schritt nach vorn, und es hätte so kommen können, egal ob es Aperehama war, der den Schritt tat, oder ich.

Es war der Anblick der schmalen Handgelenke und langen Kinderhände, die aus den zu kurzen Ärmeln herausragten, der mich erschütterte und von diesem Schritt abhielt und meine Füße an ihrem Platz festnagelte. Er war noch im Wachsen, und als ich ihn so betrachtete, konnte ich in ihm noch seine dreizehn Jahre von damals wahrnehmen, die mich aus verwirrten, einsamen Augen heraus ansahen.

Wir wandten uns voneinander ab und gingen über die Weide zurück. »Er fehlt mir«, sagte ich, als wäre da etwas, was einer Erklärung bedurfte. »Er fehlt mir, aber diese Zeiten sind vorbei.«

»Und jetzt bist du durch den Krieg gefangen, so wie ich«, sagte Aperehama. Er verstand wesentlich mehr, als ich dachte.

Als wir den Pfad erreicht hatten, der zu Glorias Haus führte, erzählte ich ihm, daß ich weggehen würde. Ich sah, daß er erleichtert war, und begriff, daß er tatsächlich etwas von Keitas Plan gewußt hatte. »Irgendwann in naher Zukunft«, sagte ich. »Makareta und ich.«

»Makareta?« Er dachte an Kui Hinemate.

»Ich werde jeden Tag für Gloria Milch holen und sie ihr bringen. Manchmal werde ich Makareta mitnehmen. Eines Tages gehe ich dann mit Makareta von Glorias Haus weg, gehe zum Bahnhof und nehme den Zug nach Wellington. Es geht nicht anders. Keita würde niemals erlauben, daß ich Makareta mitnehme.«

»Es ist nur wegen meiner Mutter … daß ich bleibe«, sagte Aperehama. »Aber wenn der Krieg weitergeht, werde ich auch gehen.«

»Dann machst du mir gar keine Vorwürfe?«

»Du bist meine große Schwester, so wie Anihera.« Es war eine Antwort auf etwas ganz anderes als auf die Frage, die ich eigentlich gestellt hatte, eine Erklärung, vielleicht, warum ein Schritt, der hätte getan werden können, nicht getan worden war. Große Schwester? Selbst wenn ich hätte bleiben wollen, hätte ich es nicht können, jetzt nachdem es ausgesprochen worden war.

## 22

Makareta schrieb ihren Namen auf die Fensterscheibe, und darunter schrieb sie ihre Schulwörter – *Mutter, Vogel, Bett, hüpfen, klein.* Heute hatten sie in der Schule eine Geschichte über einen Bazillus gelesen, der in einem Mülleimer lebte. Bazillen mußten bekämpft werden. Sie dachte, es habe vielleicht etwas mit dem Krieg zu tun. Es gab noch mehr Wörter, die sie schon schreiben konnte, aber die Scheibe war voll.

Im Schlafzimmer war auch noch ein Fenster, aber da drin war es schon fast dunkel, und sie dachte, es wäre mittlerweile schon nach vier Uhr. Ihre Mutter sollte eigentlich um vier nach Hause kommen. Von ihrem Platz aus konnte sie den dunklen Türrahmen und die dunkle Fläche dahinter sehen, aber sie konnte nicht einfach hineingehen und das Licht anschalten, weil die Verdunkelung nicht heruntergezogen war. Es könnten auch Papageien drinnen sein, dachte sie, die von der dunklen Decke herabsahen – rot, grün, blau, weiß, orange, rosa – mit durchsichtigen, glitzernden Augen, die jederzeit herunterstürzen konnten. Die Papageien in ihren Träumen füllten ganze Räume, liefen auf den Wegen und Straßen herum und pickten und hackten.

Sie ging vom Fenster weg und setzte sich auf einen Sessel und zog ihre Füße unter sich. Jetzt, wo ihr die Papageien wieder eingefallen waren, dachte sie, es könnte vielleicht einer unter dem Sessel sein und mit dem langen Bein und kräftiger Kralle nach ihr greifen, um sie zu fangen.

Auf dem Tisch lag ein Stück Brot, das sie aus dem Schrank genommen hatte, als sie aus der Schule gekommen war. Sie hatte zweimal davon abgebissen, dann die beschlagene Scheibe entdeckt und deshalb das Brot hingelegt und angefangen, ihren Namen zu schreiben. Jetzt hätte sie gerne das Brot gehabt, aber traute sich nicht, ihre Füße auf den Boden zu stellen, wegen des Papageis unter ihrem Sessel, der sich totstellte. Jede Bewegung würde ihn aufwecken, und schon käme er hervor, kratzend, watschelnd, mit dem Schnabel knakkend, sie mit seinen Glasperlenaugen verfolgend. Sie machte sich in der Dunkelheit so klein, wie sie nur konnte, und saß regungslos da.

Nach einer langen Zeit hörte sie jemanden auf der Treppe, und dann drehte sich der Türknauf. »Mama«, rief sie.

»Nicht die Mama.«

»Mama.«

»Es ist Keita, meine kleine Tochter, und dein Onkel ist auch da.«

»Keita, Keita.« Sie sprang vom Sessel herunter und lief auf ihre Großmutter zu und erzählte ihr etwas in einem solchen Wortschwall, daß ihre Großmutter nicht verstand, was sie sagen wollte.

»Ja, ja, ist schon wieder alles gut«, sagte Keita. »Zeig deiner Keita die Vorhänge und wo das Licht ist. Erzähl deiner Keita, wo deine Mama ist. Zeig mir, wo deine Sachen sind, damit wir sie in eine Tasche packen können.«

## 23

Ich machte mir Sorgen wegen Makareta, die bestimmt schon zu Hause auf mich wartete. Cissie war in der Nacht zuvor ins Krankenhaus gebracht worden, und ich war hingegangen, um so lange auf die Kinder aufzupassen, bis Ben von der Arbeit kam. Er hatte gesagt, er wäre um vier zu Hause, aber jetzt war es schon nach fünf, und mir wurde klar, daß ich ihn nicht vor sechs, wenn die Kneipen zumachten, zu erwarten brauchte.

Makareta und ich hatten die ersten zwei Monate nach unserer Ankunft in Wellington bei Cissie und Ben gewohnt. Makareta hatte sich dort nicht sehr wohl gefühlt und hatte immer wieder von Kui Hinemate geredet und gebettelt, daß wir wieder nach Hause ziehen sollten. Auch in der Schule war sie unglücklich, sagte, sie könnte die Kinder dort nicht leiden, wollte nicht, daß man sie Marguerita nannte. Ich wollte auch nicht, daß sie Marguerita genannt wurde, und hatte noch gut in Erinnerung, daß auch ich meinen Namen verlor, als ich zur Schule kam, aber ich versuchte, sie zu trösten. »Das ist doch nur ein Schulname, weil Makareta für die Lehrer zu schwer auszusprechen ist«, sagte ich, »aber du bist doch immer noch unsere Makareta.« Ich hatte sie auf eine große Schule schicken wollen, von der sie mehr hätte, dachte ich – mehr Kinder, die intelligent waren, Kinder, die ein gutes Englisch sprachen. Jetzt war sie so unglücklich, daß ich mich fragte, ob ich nicht einen furchtbaren Fehler gemacht hatte, als ich in die Stadt gezogen war.

Aber andererseits waren da Cissie und ihre Kinder. Sie brauchten mich. Der Gesundheitszustand meiner Schwester war schlimmer, als ich gedacht hatte, und die Kinder waren bleich und weinten ständig. Ich bemühte mich nach Leibeskräften und streckte meine Witwenpension, um die Miete zu bezahlen und Lebensmittel zu kaufen, wofür Cissie niemals Geld zu haben schien. Ich setzte unsere Lebensmittelmarken so geschickt ein, wie ich nur konnte, um zusammenzubekommen, was wir für uns und die Kinder brauchten.

Am Ende der zwei Monate schien es Cissie viel besser zu gehen, und ich beschloß, eine Wohnung irgendwo in der Nähe zu suchen, weil ich glaubte, wenn wir erst einmal eine

Wohnung für uns allein hätten, würde sich Makareta schon eingewöhnen. Aber es war nicht leicht, eine Wohnung zu finden. Makareta und ich klapperten zusammen die Wohnungsanzeigen ab und wurden ständig abgewiesen. Manchmal wurde uns die Tür vor der Nase zugeschlagen, bevor ich überhaupt Zeit gehabt hatte, etwas zu sagen. Oder aber wir kriegten Schuppen vorgeführt, kalte Keller oder Zimmer ohne Heizung und Wasser, wo es durchregnete. Dann trafen wir die Papageien-Dame.

An einem Samstagmorgen fragten wir bei einem Haus drei Blocks weiter nach, auf eine Anzeige hin, die wir in der Zeitung gesehen hatten. Ich wollte gerade an die Tür klopfen, als sich ein Fenster öffnete und ein Mann herausrief: »Ist schon vermietet«, und das Fenster wieder herunterknallte.

Ich stürzte davon und zog Makareta an der Hand hinter mir her, als ich von der gegenüberliegenden Straßenseite eine Frau »Hoy, hoy« rufen hörte, was womöglich mir galt, aber ich hielt meinen Kopf gesenkt und ging weiter. Dann hörte ich die Stimme wieder: »Hoy, hoy, Maori-Frau mit dem kleinen Mädchen.« Also blickte ich auf und sah ein schmales Gesicht über ein Tor hinausragen und eine blasse Hand über dem Tor, die winkte: »Hoy, hoy. Kommen Sie herüber. Ja, kommen Sie herüber.«

Also ging ich hinüber zu ihr und sah in ein kleines, graues, altes Gesicht und in zwei Augen, so blau wie die Fahne. »Kommen Sie herein, kommen Sie nur zum Tor herein, ich habe eine Wohnung für Sie«, sagte die Frau. »Die wollen nicht, daß eine Maori-Frau ihr Haus mietet, aber ich habe eine Wohnung für Sie und Ihr kleines Mädelchen ... Und Ihren Mann. Aber wo ist Ihr Mann eigentlich, meine Gute?«

»Drüben im Krieg gefallen«, sagte ich.

»Die mögen keine Frauen ohne Mann, aber nur keine Sorge. Hereinspaziert, meine Lieben. Kommen Sie doch mit.«

Sie führte uns den Weg zu ihrem Haus hinunter und drehte ihren Kopf immer von der einen Seite zur anderen und redete dabei mal über die eine Schulter nach hinten, mal über die andere. »Nehmen Sie doch erst mal ein bißchen Platz und gönnen sich ein Päuschen mit einer Tasse Tee und etwas Shortbread. Danach zeige ich Ihnen dann das Haus, das ich für Sie habe. Nur keine Sorge.«

Wir folgten ihr durch allerhand Gesträuch und über ein paar Stufen zu einer Veranda hinauf, wo an einer Reihe von Haken leere Käfige hingen.

»Ich war gerade dabei, sie sauberzumachen, als ich Sie bei dem Haus auf der anderen Straßenseite sah und hörte, was sich abspielte«, sagte sie. »Kommen Sie nur herein und machen Sie sich keine Sorgen. Und paß mal auf, meine Kleine, da wartet auch eine Überraschung für dich.«

Wir gingen einen dunklen Gang entlang, bis die Frau vor einer Tür stehenblieb. Sie drehte langsam den Türknauf und machte die Tür nur einen kleinen Spalt weit auf. »Hier hinein«, sagte sie und schlüpfte durch die halboffene Tür und bat uns auch herein.

Als wir das Zimmer betraten, war da ein lautes Kreischen. Als die Frau die Tür hinter uns zumachte, kamen große Schatten von der Decke herabgeschossen, und Makareta rettete sich auf meinen Arm. »Ungezogene Mädchen, ungezogene Burschen«, rief sie und wedelte mit den Armen.

»Hallo, hallo, hoy, hoy«, antworteten die Papageien, als sie sich hier und da im Raum niederließen.

»Das ist besser, so ist es besser«, sagte die Frau. »Da, schau nur einmal, meine Kleine. Das sind alles meine ungezogenen Freunde.«

Makareta hob ihren Kopf von meiner Schulter und sah sich nach den unruhigen Papageien um, die uns von ihren Stangen aus beäugten, und versteckte ihren Kopf gleich wieder. »Also kommen Sie, Mutter, komm nur, meine Kleine, wir gehen jetzt wieder und gönnen uns den Tee mit Shortbread. Dann zeige ich Ihnen die Wohnung.«

Sie öffnete die Tür und schlug mit den Armen nach den Vögeln, weil die sich wieder auf den Türspalt stürzten. Wir wurden in eine leuchtend bunte Küche geführt, ganz in Papageienfarben, wo wir uns auf rote Stühle an einen gelben, ovalen Tisch setzten.

»Für Besuch«, sagte sie, als sie in einer silbernen Teekanne Tee für uns machte. »Das ist meine Teekanne für Besuch – aber ich habe nie Besuch, weil die Leute denken, daß ich nicht ganz richtig im Kopf bin.« Sie breitete eine gestickte Decke aus, auf der Mädchen mit Hauben und Krinolinen und Gießkannen in der Hand Gartenwege entlangwandelten und große Blumen gossen. »Das Tischtuch hat meine Schwester gemacht«, sagte sie. »Solche Arbeiten hat immer sie gemacht. Gestickt hat immer sie. Ich habe immer Patchworkarbeiten gemacht.« Dann ging sie aus dem Zimmer und kam mit dem guten Geschirr, Tassen, Untertassen und Tellern aus Porzellan, zurück, das, wie sie sagte, auch nur Gästen vorbehalten war, stieg dann auf einen Stuhl und holte eine rote Dose von einem hohen, blauen Bord herunter. »Ich backe immer noch Shortbread, seitdem meine Schwester gestorben ist«, sagte sie. »Ich spare mir meine Butter- und Zuckerrationen auf, bis ich genug beisammen habe, um ein paar Stückchen zu backen. Ich heiße Alma. Sagen Sie es mir nur, wenn Sie Milch brauchen. Wie heißen Sie beide?«

»Ich heiße Polly. Das ist Makareta. Ja, Milch bitte.«

»Sagen Sie mir noch mal den Namen von der Kleinen.«

»Makareta.«

»Bitteschön, Polly. Bitteschön, Makareta. Nehmt euch Zucker und auch vom Shortbread. Die bösen Vögel haben dem kleinen Mädelchen so einen Schrecken eingejagt, aber die tun dir nichts, bestimmt nicht.

Also, meine Schwester und ich sind nach dem Ersten Weltkrieg in dieses Haus gezogen. Wir haben hier zehn Jahre lang zusammengelebt, aber wir haben uns ständig gestritten. Und wißt ihr, warum? Weil sie Katzen liebte und ich Vögel. Aber wir haben eine Lösung gefunden. Wir haben noch ein Haus gekauft, sechs Häuser weiter die Straße runter, da konnte meine Schwester mit ihren Katzen wohnen, und ich blieb hier mit meinen Vögeln.

Jeden Mittwoch besuchten wir uns abwechselnd, wie richtiger Besuch, mit silberner Teekanne und gutem Geschirr und Shortbread auf einem besonderen Teller. Ich habe immer Shortbread gebacken. Ihre Vorliebe war Kuchen mit Fenchelgeschmack. Sonntags gab es Braten, und wir haben uns nie wieder gestritten. Aber meine Schwester ist vor einem Jahr gestorben, und jetzt, Polly und Makareta, habe ich zwei Häuser. Ich würde niemandem sonst das Haus meiner Schwester vermieten. Warum sollte ich denn, wenn die mir nicht einmal guten Morgen sagen und ihren Kindern beibringen, daß sie vor mir weglaufen sollen? Warum sollte ich denn, wo die doch die Katzen von meiner Schwester umgebracht haben? Die mögen Frauen ohne Männer nicht. Die mögen auch alte Schwestern nicht, die sich Katzen und Vögel halten.

Aber Sie können das Haus bekommen, Sie und Ihre kleine Tochter. Die Katzen sind alle weg. Eines Morgens kam ich zum Füttern hinüber, und da waren sie nicht mehr da. Ich habe nach ihnen gerufen, aber sie kamen nicht. Schließlich habe ich sie gefunden, alle tot, im Abflußgraben im Hinterhof. Ich weiß nicht, wer das gewesen ist, aber machen Sie sich nur keine Gedanken. Nimm dir noch ein bißchen Shortbread, Makareta, ich sehe, was für ein liebes kleines Mädelchen du bist.«

Als wir mit dem Tee fertig waren, führte uns Alma zu einem kleinen Haus ein Stück die Straße hinunter und bat uns hinein. »Es ist ein bißchen windschief, aber es hat einen Kamin, so daß ihr es warm haben werdet, und es sind Möbel da, nur schlichte und einfache. Ich habe Besteck, Geschirr und Wäsche meiner Schwester aus den Schränken genommen, aber ich kann es wieder hintun. Ich würde nicht viel von euch nehmen, meine Liebe, weil ich selber so viel Geld habe.

Haufenweise. Geld und die frechen Papageien, das habe ich. Ich hatte auch mal Kanarienvögel und Wellensittiche, aber jetzt habe ich nur noch die Papageien, die ungezogenen Papageien.« Das Haus schien genau das richtige für Makareta und mich zu sein.

Mir war klar, ich hätte mit Makareta verabreden sollen, daß sie nach der Schule zu Alma ging, anstatt darauf zu vertrauen, daß Ben rechtzeitig nach Hause kam, aber Makareta ging nicht gern zu Alma. Die Papageien hatten sich in ihre Träume geschlichen. In ihren Träumen warteten sie unter Betten und Stühlen oder watschelten im Haus herum und verfolgten sie. Draußen liefen sie auf den Straßen und Wegen herum, zusammen mit den Kindern, die sich auf ihrem Schulweg um sich selbst drehten und dabei ihre Schultaschen herumwirbelten oder in einer Reihe hintereinander herliefen und Geräusche wie eine Eisenbahn machten. Ich war sehr bekümmert, als Makareta mir ihre Träume erzählte. Ich wußte nicht, was dagegen zu tun war, außer darauf zu hoffen, daß sich alles bald zum Besseren entwickelte.

Sie wartete bestimmt schon auf mich, verängstigt, und ich konnte nicht noch länger auf Ben warten. Ich zog den Kindern Strickjacken an, packte ein paar Kleidungsstücke und Decken zu einem Bündel zusammen und ging runter, um ein Taxi zu rufen.

In dem Augenblick, als das Taxi in unsere Straße einbog, sah ich Wis Laster vor unserem Haus auf der Straße stehen, und ich wußte, daß sie wegen Makareta gekommen waren. Ich rannte ins Haus hinein und rief Keita zu, sie solle sie nicht mitnehmen. »Mama, Mama, sie sind da«, sagte Makareta, als ich eintrat. Ihre Sachen waren schon fertig gepackt in einer Tasche.

»Wir sind hergekommen und haben sie allein vorgefunden«, sagte Keita.

»Cissie ist im Krankenhaus«, sagte ich. »Ich mußte auf die

Kinder aufpassen. Aber jetzt ist alles in Ordnung, jetzt wird alles in Ordnung sein. Ich habe die Kinder mit hierher gebracht.«

»Gut, Polly, du hast schon recht«, sagte Keita. »Deine Schwester ist krank, da mußt du ihr helfen.«

»Nimm sie nicht mit, Keita.«

»Natürlich nehmen wir unsere Enkeltochter nicht mit, wenn sie nicht will.«

»Aperehama ist mit dem Laster gekommen«, sagte Makareta. »Keita nimmt mich mit nach Hause.«

## 24

Also mußte ich meiner Makareta auf Wiedersehen sagen, und als sich dann herausstellte, daß Cissie lange im Krankenhaus würde bleiben müssen, mußte ich mein Leben darauf einrichten, ihre Kinder zu betreuen. Es waren quengelige kleine Kinder, nur Haut und Knochen. Heni war drei, Benny war zwei und Bonnie war neun Monate alt. Ich wollte sie so gut versorgen, wie ich nur konnte, und ich hatte dabei immer im Kopf, wie wir Makareta gehegt und gepflegt hatten und wie sie glücklich heranwuchs, und ich vermißte sie, hatte, wo ich ging und stand, ihr Gesicht vor Augen.

Nicht lange, nachdem Makareta weggegangen war, schrieb Gloria mir, daß Anihera jetzt nach Hause gekommen war und so schwer an Tuberkulose erkrankt sei, daß sie sterben würde, und sie wüßte nicht, wo ihre Tochter war. Keita war nach Wellington gefahren und hatte nach Mata gesucht, aber hatte sie weder in der Schule noch in dem Kinderheim gefunden, wo sie nach Aniheras Meinung hätte sein können. Gloria bat mich in dem Brief, ob ich nicht versuchen könnte, sie zu finden, denn Anihera würde endlich in Frieden sterben können, sagte sie, wenn nur Mata gefunden wäre. Mir war klar, daß ich mit meinem Leben zufrieden sein konnte, wenn ich es mit dem verglich, was Anihera erlebt hatte. Ich hatte meine Schwester und ihre Kinder, um die ich mich kümmern mußte, ich war dafür stark genug, und meine Tochter wuchs in aller Geborgenheit zu Hause auf.

Nun machte ich mich meistens nachmittags auf die Suche und nahm die Kinder mit. Zunächst ging ich zu den Schulen, die zu Fuß erreichbar waren, später dann fuhr ich mit der Straßenbahn oder dem Bus zu anderen Schulen, die ich noch herausgefunden hatte. Aber mein Gesicht war in den Fluren der Schulen oder auf den Schulhöfen nicht willkommen. Kleine Kinder waren ebensowenig willkommen. Mir wurde gesagt, daß ich nicht berechtigt sei, mich auf dem Schulgrundstück aufzuhalten, und daß ich auch nicht in Schulen hineinzugehen hätte, um Erkundigungen einzuziehen. Manchmal wartete ich am Schultor, damit ich mir die Kinder ansehen konnte, wenn sie herauskamen, aber oft kam dann ein Lehrer mit der Mitteilung, daß ich gefälligst weggehen sollte.

Ich kannte eine Frau, die Awhina hieß und Schaffnerin war, und ich bat sie, für mich nach Mata Ausschau zu halten. »Wenn es irgendwo in der ganzen Stadt ein Maori-Gesicht gibt, werde ich es entdecken«, sagte Awhina. »Die kann man hier ja an allen zehn Fingern abzählen.« Ich sah Awhina gerne zu, wenn sie mit ihrem Knipser klickernd durch die Straßenbahn ging, sich auf den Tritt hinausschwang und an den Haltestellen wieder herein und mit einer Stange auf die Straße sprang, um die Weichen zu stellen, oder sich an die Strippen hängte, wenn der Stromabnehmer von der Oberleitung abgerutscht war. Ich war überrascht, daß eine Maori-Frau überhaupt so eine Arbeit bekommen konnte.

Wenn ich gekonnt hätte, hätte ich jede freie Minute damit verbracht, nach Mata zu suchen. Es war Makaretas Gesicht, das ich bei der Suche im Sinne hatte, aber es war Anihera, für die ich es tat. Ich hatte ein gutes Leben im Vergleich zu ihr.

Drei Monate später war der Krieg zu Ende. Als die Sirenen heulten und die Glocken zu läuten anfingen, ging ich zur

Gartentür und schaute zu, wie die Leute aus ihren Häusern herauskamen. »Der Krieg ist vorbei«, riefen sie, »wir haben den Krieg gewonnen.« Sie strömten mit Fahnen und Bändern in die Stadt, um zu feiern. Später am Vormittag kam Alma zu mir herüber. »Wir wollen in die Stadt und auf den Straßen tanzen«, sagte sie.

Also legten wir Bonnie in den Kinderwagen, setzten Heni und Benny vorne drauf und schlossen uns den Leuten an, die schon unterwegs waren. Straßenbahnen fuhren vorbei, vollgestopft mit Menschen, die aus den Fenstern und von den Tritten riefen, der Krieg sei vorbei, die Jungs kämen nun wieder nach Hause, es gebe keine Rationierungen mehr, die Lichter würden wieder angehen.

Es stimmte tatsächlich, daß auf den Straßen getanzt wurde. In der Innenstadt strömten die Menschen auf die Straßen, manche Autofahrer ließen einfach ihre Autos stehen, um sich ihnen anzuschließen. Sie tanzten und sangen und umarmten sich alle auf unserem Weg in die Stadt. Von den Dächern der Verandas aus wurden wir mit Konfetti beworfen, und Leute kamen mit Kuchen und Dauerlutschern für die Kinder aus den Geschäften. »Alles gratis«, sagte ein Mann und hob Heni auf seine Schultern und ging ein Stück weit mit uns mit.

Die Kneipen waren zum Bersten angefüllt mit lärmenden, singenden Menschen. Auf die Bürgersteige hinaus waren Fässer gerollt worden, und das Bier floß in Strömen. Als wir wieder zurückgingen, lag alles voller kaputter Flaschen und Erbrochenem, daß man drumherum steigen mußte, aber es störte sich keiner daran. Die Menschen standen in den Türen und küßten sich und lachten oder weinten.

Das Ende des Krieges, und Rere kam nicht wieder. Kinder waren zu betreuen, aber nicht Makareta, aber trotzdem war es ein glücklicher Tag. Es war gut, an einem solchen Tag nicht allein zu sein, auf der Straße unter all den Menschen zu sein und eine Freundin bei sich zu haben.

Am Anfang des darauf folgenden Jahres traf die *Dominion Monarch* ein und brachte das 28. Bataillon nach Hause, und wir gingen hinunter zum Aotea-Kai, wo die Feiern stattfinden sollten. Es war Sommer, aber der Himmel war dunkel, und es ging ein Wind, der über die ganze Weite des Hafens hinwegfegte und den Wellen weiße Gischt aufsetzte. Als das Schiff um die Landspitze herumkam, hörten wir die Männerstimmen, die über das Wasser zu uns herübertönten, und als es näherkam, konnten wir die Männer auf den Oberdecks und in den Krähennestern sehen, an die Masten geklammert und an den Schornsteinen. Sie sangen das Lied des Maori-Bataillons.

Alma wollte die Kinder mit nach Hause nehmen, nachdem das Schiff am Kai angelegt hatte. Es würde noch lange dauern, bis die Männer an Land gegangen und zum Zug durch die Straßen wieder aufgestellt waren. Es waren so viele Wartende da, daß sich die Feier bestimmt in die Länge ziehen würde. »Bleib du doch da«, sagte sie. »Das Schiff in den Hafen einlaufen zu sehen und die Soldaten singen zu hören war schon etwas Außergewöhnliches. Das war genug für mich. Aber du? Du solltest noch bleiben.«

Also blieb ich da, aber ich fühlte mich sehr allein, als sie gegangen war. Als Rere gestorben war, hatten der Schmerz und der Kummer uns alle betroffen. Ich hatte meinen Platz gehabt, hatte zu diesem Schmerz dazugehört und war Teil von etwas. Der Verlust, der mich getroffen hatte, als Keita Makareta mitnahm, war aus einer Entscheidung heraus entstanden, die ich für mich hatte treffen müssen, die aber für meine Tochter nicht richtig gewesen war. Ich hatte meinen Anteil daran gekannt und hatte gewußt, wo ich stand. Ich war ihre Mutter und würde es für immer sein.

Aber dort am überfüllten Kai hatte ich die ganze Zeit lang nichts, wo ich dazugehörte, war an keiner Zeremonie beteiligt, in keinen der Bräuche eingebunden, die dazugehören, wenn man die Toten zu Hause empfängt. Ich war nicht Ehefrau, Witwe oder trauernde Schwiegertochter, sondern nur

Zuschauerin, und da begriff ich, daß ich zu Keita und den Familien hätte zurückkehren sollen, um die Toten, Rere und Hori, zu empfangen, wie es den Bräuchen entspricht.

Als die Soldaten auf das Eingangstor zukamen, setzte ein Schreien und Rufen ein, der Herausforderer sprang vor, um den Stock auf den Boden zu legen, und die haka-Gruppen zogen schrittweise und stampfend vorwärts, während die Soldaten zum Versammlungsplatz kamen. *Zieht das Kanu an Land*, bedeuteten die Worte der haka: *Zieht das Kanu an Land an seinen Platz am Strand und laßt es dort liegen.* Was für ein großes Kanu das war. Die Soldaten kamen zu Hunderten durch das Eingangstor und ließen sich für das Ritual nieder, das sie vom Geist des Krieges befreite – dem folgten die Zeremonien, die sie zu Hause willkommen hießen. Ich kletterte auf das Dach eines kleinen Schuppens, wo sich schon einige andere gesammelt hatten und von wo aus ich alles gut überblicken konnte.

Aus allen Landesteilen waren iwi da, alle mit Vorsprechern, Sprechgesängen, Tänzen und Liedern. Laster kamen und fuhren wieder weg, und Arbeiter liefen hin und her und brachten Lebensmittel in die großen Hafenschuppen, wo das Willkommensfest vorbereitet wurde. Züge, die später die Soldaten zu ihren verschiedenen Zielen bringen sollten, standen schon hintereinander auf den Gleisen am Kai.

Ich entdeckte Nonnys Familie, die dort auf ihn wartete. Am nächsten Morgen würden sie ihn nach Hause begleiten und die Toten, Rere und Hori, nach Hause bringen, aber ich war dann nicht dabei.

Ich lenkte meine Gedanken auf Cissie im Krankenhaus und die Kinder, die sicher schon auf mich warteten, und bahnte mir meinen Weg durch die Menge. Und wie immer war ich mit meinen Gedanken auch bei Makareta. Sie war jetzt bestimmt mit der Großmutter unten beim wharenui, wo die Vorbereitungen für die Heimkommenden getroffen wurden, und redete dabei in ihrer ernsthaften Art mit den alten

Leuten oder sah anderen Kindern beim Spielen zu. Sie hatte bestimmt neue Kleider für die Feierlichkeiten bekommen.

## 25

Makareta sah zu, wie die Männer im Schweinepferch Feuer machten. Zwei Schweine waren mit Schüssen getötet worden, und Bobby und Aperehama hatten sie zwischen den Vorderbeinen angestochen und fingen das heraussprudelnde Blut in Eimern auf.

Nachdem die Schweine ausgeblutet waren, wurden sie ins Feuer gelegt und hin und her gewendet, um ihnen die Haare abzusengen, und ab und an zogen die Männer sie aus den Flammen und kratzten sie mit ihren Messern ab, bis sie weißlich, geräuchert und sauber waren. Die größeren Kinder warteten schon auf ihre Fußbälle.

Sie sah zu, wie die Männer die Schweine auf Wellbleche legten, sie dann aufschlitzten und vorbereiteten, indem sie die Innereien herauszogen und davon die Teile abschnitten, die man brauchen konnte, und sie in einen Eimer warfen. Wi und Bobby drückten das Pipi aus den Schweinsblasen heraus und warfen sie den Kindern zu, die bliesen sie mit einem Strohhalm auf, banden sie mit einer Flachsschnur zu und rannten weg und spielten damit, und die Hunde jagten hinterher. Danach wurden die Schweine im Schuppen aufgehängt. Es wurde allmählich dunkel.

Am nächsten Morgen, als sie mit Kui und Keita zum marae kam, war das Festzelt schon errichtet, das Feuer für die hangi-Steine angezündet, das Fleisch wurde gerade kleingeschnitten und das Gemüse vorbereitet. Es hatte geregnet. Die Leute sahen ständig zum Himmel, redeten aber nicht davon.

In dem großen Zelt waren Tische in Reihen aufgestellt und Tischtücher darüber gebreitet, die Tische brauchten nur noch gedeckt zu werden, und ein paar Frauen legten weißes Papier auf Bretter für eine weitere Tischreihe. Die größeren Mädchen hatten die Zeltwände mit einer Girlande aus Farnwedeln geschmückt und steckten gerade Blüten hinein. Andere wiederum banden an die Zeltpfosten kleine Fähnchen. Makareta half ihnen dabei, bis es Zeit war, nach Hause zu gehen und sich umzuziehen.

Sie hatte neue Kleider für das Willkommensfest. Keita hatte ihr einen Matrosenrock und eine weiße Bluse genäht, und sie hatte neue schwarze Schuhe, die ihre Mutter geschickt hatte. Damit ihre Haare nicht flogen, durfte sie Kuis tipare tragen, das für sie enger gemacht worden war.

Als sie zurückkam, saßen die Großmütter und Tanten, alle in ihren schwarzen Sachen, auf der Veranda, unterhielten sich und rauchten und flochten Blätter zum Kopfschmuck. Ihre Onkel standen hinten bei den Bäumen im Kreis und spielten two-up. Sie sah zu, wie alle Köpfe im Kreis gehoben wurden, wenn die Pennies hochflogen und sich wieder neigten, wenn die Münzen herabfielen. Sie hörte, wie sie lachten und sich gegenseitig aufzogen.

Wis Laster kam direkt neben das wharenui gefahren. Er hatte ein Verdeck, und unter dem Verdeck saß Tante Anihera in Decken gehüllt in einem Sessel, so daß sie bei der Begrüßung der Soldaten dabeisein konnte. Die Leute gingen hinüber und stellten sich neben den Laster, um sich mit ihr zu unterhalten.

Bald sammelten sich alle beim Haus. Kui und einige andere alte Frauen legten ihre Umhänge um, und alle hatten grüne Zweige in den Händen. Es war ruhig, am Tor standen Leute, und es hatte angefangen zu regnen.

Dann riefen die Großmütter die Leute herein und baten sie, die Söhne nach Hause zu bringen, und riefen die Vorfahren an. Die Leute kamen heran und antworteten, daß sie die Söhne brächten, die toten wie die lebendigen. Auf dem nassen Boden gingen sie langsam. Bei ihnen war auch ein Soldat, so einer, wie sie auf Fotografien oder in den Zeitungen gesehen hatte oder auf den Straßen, als sie in Wellington gewesen war. Sein Kopf und seine Schultern waren gebeugt, so daß sein Gesicht nicht zu sehen war.

Als sie in der Mitte des marae angekommen waren, hielt die Gruppe an, und das Jammern und Klagen der Großmütter und Tanten wurde lauter und höher und hörte nicht auf. Die Frauen schlugen sich an die Brust und beugten sich vor und schwankten von einer Seite zur anderen, fielen beinahe um dabei, und die Blätter auf ihren Köpfen und in ihren Händen bebten und zitterten. Es dauerte lange, ehe Nonny von seiner Familie zu den Sitzen unter der Plane geleitet werden durfte und die Ansprachen beginnen konnten.

Als die Ansprachen vorbei waren und die Leute kamen, um sie mit hongi zu begrüßen, hob Nonny sie hoch. Er lächelte. Er hatte rote, vorquellende Augen und roch nach Regen. Die Sonne war herausgekommen, und die Menschen dampften.

Später ging sie mit den vielen Menschen zusammen zur Enthüllung zum urupa. Von dort, wo sie stand, konnte sie sehen, daß die Gedenksteine für ihren Vater und Hori mit Federumhängen verhüllt waren. Der Priester begann das karakia, und als Nonny die Umhüllungen abnahm und die Inschriften zu lesen waren, stimmten die Alten wieder ihre Klagen an. Der Wind peitschte sie und vermischte die Töne, bis sie alle nur noch Teil von ihm selbst zu sein schienen.

Als sie den Berg wieder hinabgingen, konnte sie sehen, wie Männer hinter dem Zelt in den Dampf tauchten, und konnte den Heiße-Erde-Geruch der hangi, die aufgehoben wurden, wahrnehmen. Die Zelteingänge waren jetzt geöffnet, und die Leute eilten hin und her.

## 26

Makareta und Mata sind sich begegnet. *»Wir kamen gerade von James Mahanas Beerdigung zurück«*, schrieb Makareta in ihrem Brief. *»Er ist ein heimgekehrter Soldat, der Enkel vom Bruder von Keitas Mutter. Tante Gloria, Onkel Bobby und die Kinder waren zu Hause und warteten auf uns, als wir ankamen, und Mata war auch da. Ich hatte es vergessen, daß sie dasein würde, und ging durch die Küche hindurch, ohne sie zu bemerken. (Alle anderen waren herausgekommen, um uns zu begrüßen.) Dann hörte ich Keita wehklagend in die Küche kommen, gefolgt von Kui, und als ich vom Schlafzimmer her hinübersah, sah ich Mata dort stehen, zu Tode erschrocken. Ich war ganz überrascht, als ich sie sah, Mama, denn Du hast in Deinem Brief nicht erwähnt, daß wir, sie und ich, uns so ähnlich sehen. Vielleicht findest Du das gar nicht.«*

Aber es war gerade die Ähnlichkeit von Mata und Makareta, weshalb ich sie überhaupt gefunden hatte. Als Anihera kurz nach Kriegsende starb, brach ich die Suche nach Mata ab, weil ich dachte, daß ich sie eines Tages auch so finden würde, wenn sie noch in Wellington war – was ich auch tat, allerdings erst fast fünf Jahre später.

So viel Tod. Ich glaube, ich muß ganz schön viel Glück haben, daß ich noch lebe. Die Männer starben im Krieg oder als Folge davon. Die Frauen blieben zu Hause und starben in TBC-Stationen oder wurden von dort entlassen, um zu Hause zu sterben.

Cissie war aus dem Krankenhaus entlassen worden und in ein Sanatorium gegangen, wo man glaubte, daß sie auf dem Wege der Besserung wäre, aber eines Nachts wurde sie mit einer Lungenentzündung wieder ins Krankenhaus eingeliefert. Ben und ich waren noch eine Stunde, bevor sie starb, bei ihr gewesen. Bis dahin hatte ich die Kinder zwei Jahre lang betreut, und da sie ihre Mutter überhaupt nicht hatten besuchen dürfen, hatten sie sich an mich gewöhnt. Ich war froh, daß ich sie nach Cissies Tod behalten durfte, und freute mich, daß ich für sie ein gutes, warmes Haus hatte mit einem Hof, wo sie spielen konnten. Ben zog in eine Wohnung vom Arbeitsministerium in der Nähe seiner Arbeitsstelle am

Rande der Stadt und kam seine Kinder besuchen, sooft er konnte.

*»Koro Day und Kui Dinah und ihre Familien kamen am Tag nach unserer Ankunft her, um Mata zu besuchen, und ich sah, daß sie sich auch vor ihnen fürchtete. Sie wehklagten über sie und stellten ihr Fragen über Fragen auf Englisch. Ich glaube nicht, daß sie ihr Englisch verstehen konnte: ›So du groß, hmmm, soso.‹ ›So du genau wie deine Mami. Du Großmuttername hast, hmmm.‹ ›Hmmm, was das Kleider? So du schüchtern?‹ Aber gleichzeitig redeten sie untereinander und mit mir Maori. Ich glaube nicht, daß Mata auch nur eine Spur von dem verstand, wovon sie redeten. Sie spricht nur Englisch.*

*Ich konnte mich nicht daran gewöhnen, daß sie hier ist, immer nur reglos herumstand, Löcher in die Luft starrte und kein Wort sagte – als wäre sie ein neues Möbelstück, das hinzugekommen war, oder ein Pfosten, der an einen anderen Platz gerückt worden war. Meine Tanten sagten mir immer wieder, ich solle ihr ein paar von meinen Kleidern geben, und das habe ich auch gemacht, Mama. Ich habe entdeckt, daß sie ein weiches Herz hat.«*

Meine Tochter kommt mich in den Ferien besuchen, und ich zeige ihr gerne die Stadt, damit sie sieht, was andere Kinder machen, und ich gehe gerne mit ihr dorthin, wo Stadtkinder gerne hingehen – in den Zirkus, auf den Winterjahrmarkt, ins Kino, in den Zoo, in die Gesang- und Tanzvorführungen, zum Autoscooter. Sie geht gern ins Kino, und auch anderes, was wir unternehmen, scheint ihr zu gefallen, aber ich glaube nicht, daß sie sich selbst als das Kind sieht, das auf kindliche Weise daran teilnehmen könnte. Sie ist eher wie eine zweite Mutter, die mit Heni, Benny und Bonny Freizeitvergnügungen unternimmt und sich an der Freude der Kinder erfreut und am Ende des Tages wunde Füße hat.

Ich glaube, sie bleibt lieber im Haus und macht dort irgendwas, was sie sonst nicht kann. Zu Hause darf sie nie abwaschen, den Fußboden wischen oder andere Betten machen, außer ihrem eigenen. Sie macht kein Feuer, holt kein Kleinholz, hilft nicht beim Wäschewaschen und holt auch nicht Wasser vom Fluß. Es werden ihr keine Kinder zum Aufpassen überlassen, obwohl sie gut mit Kindern umgehen kann.

Draußen vor dem Haus beim Schornstein steht ein alter kotukutuku-Busch, den die Katzendame gepflanzt hat. Die kleinen, rosa Glöckchen sitzen spärlich zwischen den Blättern, und die Zweige sind morsch, weil Insekten das Mark zerfressen und nur noch die äußere Hülle, die löcherige Rinde übriggelassen haben. Bei der leisesten Berührung bröckelt es. Ich bilde mir ein, daß er nach Katze riecht. Abgesehen von dem Baum ist der Hof nur ein unebenes Stück Rasen, ein gepflasterter Weg, eine Wäscheleine und eine von Unkraut überwucherte Kuhle, wo früher der Luftschutzunterstand war. Makareta sitzt manchmal unter dem kleinen Baum, mit dem Rücken gegen den Stamm gelehnt, und ich weiß dann, daß sie Kui Hinemate und die alten Leute vermißt, obwohl sie nie darüber redet.

*»Bei der Beerdigung gab es Probleme. Die Familie von Onkel Jimmys Frau wollte, daß er an ihrem Ende vom urupa beerdigt würde, neben Tante Tui, aber seine Geschwister wollten ihn unten in ihrem Teil beerdigt haben. Ganz früh am Sonntag morgen weckten uns die Köche, die das Frühstück machen wollten, allesamt auf und erzählten, daß sich zwei Gruppen von Totengräbern zum urupa aufgemacht hätten – Jimmys Brüder und Onkel aus seiner Linie und die Familie seiner Frau ebenfalls. Großvater Wi und einige andere Männer jagten den Berg hinauf hinter ihnen her und verwehrten ihnen den Zugang zum Friedhof. Das letzte, was sie wollten, wären zwei Löcher – um den Tod noch ein weiteres Mal einzuladen, sagten sie. Und sie kriegten sie alle dazu, wieder zum wharenui hinabzugehen, weil sie ihnen sagten, wenn sie schon streiten wollten, so sollten sie das doch vor Jimmy tun, bevor man den Sargdeckel schloß.*

*Also stritten sie den halben Vormittag lang hin und her, bis Keita aufstand und sie alle gehörig zusammenstauchte. Sie sagte, sie hätten, solange Jimmy noch lebte, alle genug Gelegenheit gehabt, herauszufinden, was er gewollt hätte. Sie stauchte auch*

*Jimmy zusammen. ›Es hat lange genug gedauert, bis du gestorben bist‹, sagte sie zu ihm in seinem Sarg. ›Und hättest dich ja schließlich klar äußern und uns all diese Aufregung ersparen können.‹ Dann sagte sie, sie sollten Jimmys Kinder nach ihrer Meinung fragen, und was immer die Kinder sagen würden, das sollte dann gemacht werden. Es dauerte noch eine Weile, bis sie dem zustimmten, aber schließlich taten sie es doch. Ich nehme an, jeder wußte genau, was die Kinder sagen würden. Der älteste Sohn stand auf und sagte, sie wollten ihren Vater neben ihrer Mutter gebettet haben, und so wurde es gemacht, das war dann die Stelle, an der sie ihn beerdigten. Das war schon ganz schön aufregend.«*

Obwohl Alma eine gute Freundin von uns ist, hat sich Makareta niemals an die Papageien gewöhnt, und mir fällt auf, daß Alma sie immer in den Käfigen einsperrt, wenn wir kommen. »Vögel in Häusern«, sagt Makareta zu mir. »Sprechen die Sprache von uns Menschen.« Dann sagt sie immer: »Und Kui versteht die Vogelsprache.« Und ich sah sie vor mir, wie sie mit der alten Dame zusammen am Fluß entlangging, und das piwaiwaka trippelte dabei um sie herum, und alle unterhielten sich miteinander.

Ich habe auch Bilder von Kui und Makareta vor Augen, wo sie abends bei einer Lampe sitzen, Hinemate erzählt von allem, was sie so weiß, und Makareta liest ihr aus den Schulbüchern vor oder liest ihr vielleicht auch die Briefe vor, die ich geschickt habe oder den, den sie gerade an mich schreibt. Oder ich stelle sie mir vor, wie sie ein Päckchen auspacken, das ich ihnen geschickt habe, und daß sie mit der Schnur Abnehmen spielen, die alten Hände und die jungen Hände, die hineinfassen und in die Tiefe tauchen wie die Pfauentauben, Diamanten bilden und doppelte Diamanten, die Frau, die zum Mann wird, Drachen, Tasse und Teller, Schmetterling, vier Brüder, Venus, Dieb, Ort der Geister, Gespensterhaus.

Ich weiß auch, daß sie bei den verschiedensten Versammlungen dabei ist, sei es wegen eines Todesfalles, einer Debatte über Landbesitz oder eines Gerichtsverfahrens wegen des

Grund und Bodens – mit den alten Leuten zusammen, und sitzt dann da so still, wie man nur stillsitzen kann, und sieht und hört genau zu. Ich war eigentlich jedesmal darüber verärgert, wieviel Unterricht sie durch die Reisen mit den Alten verpaßt, die nirgendswo ohne sie hinfahren, aber ich weiß mittlerweile, daß sie in der Schule ihrem Alter weit voraus ist. Früher hatte ich Sorge, ihr Englisch sei nicht sehr gut, weil sie in einer Umgebung aufwächst, in der kein Englisch gesprochen wird, aber sie spricht Englisch genausogut wie die Lehrerinnen, von denen sie es lernt. Eigentlich brauchte ich mir gar keine Sorgen wegen ihr zu machen, außer daß die alten Leute sterben. Ich bin mir nicht sicher, daß meine Makareta wirklich darauf vorbereitet ist.

*»An dem Nachmittag damals ging ich hinaus, um Mata hereinzuholen, weil die Tanten ihr auf Wiedersehen sagen wollten. Die anderen Cousins und Cousinen von mir waren damit beschäftigt, abwechselnd auf einer Tonne den Hügel herunterzulaufen, und Mata hatte ihnen fast den ganzen Vormittag lang zugesehen. Als ich auf sie zuging, sah ich, daß sie etwas im Gras abrieb und es dann gegen das Licht hielt. Ich war neugierig, was es war, und ich war auch gespannt, wer von uns als erste etwas sagen würde. Bis zu diesem Augenblick hatten wir noch kein Wort miteinander gewechselt. ›Ich habe die Murmel hier gefunden‹, sagte sie und streckte mir die Hand entgegen, als ich näher herantrat, ›direkt hier am Rand vom Weg.‹ Es war das erstemal, daß ich sie etwas sagen hörte.*

*Das war an der Stelle, wo das alte Haus gestanden hat, das Haus, von dem ich immer gehört habe, das ich aber nicht mehr selbst gesehen habe, das Kuis Bruder aus manuka und Binsen gebaut hat. Es soll einen Lehmboden gehabt haben, den sie mit einem manuka-Besen kehrte, und es war warm und behaglich. Keita wurde in diesem Haus geboren, und die Urgroßmutter ist dort gestorben, und Kui wurde Keitas Mutter. Dort kommt immer wieder etwas aus der Erde zum Vorschein – grünes oder blaues Glas, Arzneiflaschen, Scherben von Geschirr, zerbrochene Kämme. Manchmal finde ich dort auch Murmeln – aber meistens bottlies oder teapots, die ich meinen Cousinen und Cousins schenke. Aber ich habe noch nie so eine Murmel gefunden wie die, die Mata mir mit ausgestreckter Hand entgegenhielt. Keiner von uns. Kein einziger von uns hat je so eine Murmel wie diese gesehen, mit Rauchfäden und Bändern und Regenbögen innendrin, die die Augen täuschen, weil man das Gefühl hat, sie bewegen sich. Als meine Cousinen und Cousins sie sahen, starrten sie nur noch hin und vergaßen völlig, mich nach ein paar Stullen zu schicken. Sie redeten nicht von der Murmel, sondern starrten und starrten nur unentwegt.*

*Mata hat wirklich ein weiches Herz. Ich ging dann Brot holen, und als sie da saßen und das Brot aßen und ich gerade wieder ins Haus gehen wollte, rief Missy mich. Sie turnte auf den Drähten vom Zaun herum. ›Sie sie Manny geben‹, rief sie. ›Sie die Murmel Manny geben.‹«*

Eines Morgens ging ich zu Alma hinüber, und die Vögel kratzten und flatterten in ihren Käfigen herum. Alma lag im Flur auf dem Fußboden, und ich dachte im ersten Augenblick, sie sei tot. Ich brachte sie auf dem schnellsten Wege ins Krankenhaus, und unterwegs im Krankenwagen sagte sie: »Meine Schwester hatte einen Schlaganfall«, aber ihre Stimme war schwach und ihre Aussprache undeutlich. »Ich habe sie betreut. Ich möchte selber niemandem zur Last fallen.«

Aber Alma fällt mir nicht zur Last. Sie ist mir eine teure Freundin, eine wunderbare Großmutter für Bens Kinder, hilft mir, sie zu betreuen, strickt Mäntel, Jacken und Strümpfe für sie in Fair-Isle-Muster oder in breiten Streifen oder stellt mit ihren geschickten Händen kleine Krimskrams-Püppchen und -Spielsachen her, wie sie das nennt. Bevor sie krank wurde, besuchten wir uns jeden Tag gegenseitig, und sonntags, wenn Ben kam, kochten wir etwas Besonderes.

Jetzt gehe ich morgens, wenn die Kinder zur Schule gegangen sind, zu Alma und helfe ihr beim Waschen und Anziehen, und wir frühstücken gemeinsam. Dann mache ich für sie sauber und füttere die Papageien. Es sind jetzt nur noch vier –

Poppy, Winston, Tattersalls und Halfmoon. Halfmoon kennt mich schon. Das ist ein kleiner, grüner Vogel mit grauem Kopf, einem breiten, rosa Band um den Hals und hellen, rosa Kreisen um die Augen. Er hat weiße, halbkreisförmige Flekken an jeder Seite des Schnabels, die man sogar im Dunkeln sehen kann. Wenn er den Kopf seitlich neigt und den Schnabel ein bißchen geöffnet hat, sieht er aus, als könnte er grinsen. Ich ertappe mich immer wieder dabei, daß ich denke, ob wir wohl Schwestern sind, weil Polly doch ein Papageienname ist. Nachmittags nehme ich Almas Wäsche mit nach Hause, um sie zusammen mit meiner zu waschen, und abends bringt Heni ihr etwas zu essen. Ich habe in beide Häuser Telefon legen lassen, damit sie mich anrufen kann, wenn sie mich braucht, aber sie ruft selten an. »Meine eine Hälfte ist in Ordnung«, sagt sie, »mit der guten Hälfte kann ich schon zurechtkommen, also mach dir nur keine Sorgen.«

Eines Tages, als ich ins Krankenhaus fuhr, um Alma zu besuchen, sah ich aus dem Straßenbahnfenster hinaus und entdeckte Mata, die auf einem Schulhof hockte. Das Kind, das ich dort sah, hätte auch Makareta gewesen sein können. Es hatte Makaretas kräftigen Körperbau und ihr dunkles, rundes Gesicht. Die Reglosigkeit, mit der es da saß und den anderen Kindern beim Spielen zusah, war wie bei Makareta, aber Makareta ist nicht linkisch und verlassen. Sie hat eine wahre Flut von Haaren, die herabfallen und bis zu den Kniekehlen reichen. Jede einzelne Strähne ist gehegt und gepflegt worden.

Es war die Schule, bei der Keita damals, als Anihera nach Hause geholt worden war, auf der Suche nach Mata nachgefragt hatte. Und das Waisenhaus in der Nähe, das Keita auch aufgesucht hatte, mußte Matas Zuhause sein.

Ich ging am nächsten Tag in die Schule, aber ich kriegte nur zu hören, daß ich das Schulgelände nicht zu betreten hätte, um Nachforschungen nach Kindern durchzuführen. Beim Hinausgehen kam gerade ein Mädchen im Alter von Makareta und Mata auf den Schulhof. Ich sprach sie an und fragte nach Mata, aber sie kannte niemanden mit diesem Namen. Mata hatte offenbar einen anderen Namen bekommen. Ich beschloß, nichts weiter auf eigene Faust zu unternehmen. Statt dessen schrieb ich an Keita.

Keita bekam eine Antwort auf den ersten Brief, den sie der Leiterin des Waisenhauses geschickt hatte, und ihr wurde mitgeteilt, daß es dort ein Mädchen gäbe, auf die die Beschreibung in ihrem Brief zuträfe, die Tochter des Mannes, dessen Namen sie angegeben hatte, aber der lebte jetzt in England und hätte einen gesetzlichen Vormund für das Mädchen eingesetzt. Der gesetzliche Vormund, so hieß es in dem Brief, bitte darum, wie es sein Recht sei, daß keine weitere Korrespondenz stattfinde und auch kein weiterer Kontakt mit dem Mädchen aufgenommen werde. Keita schrieb weitere Briefe, erhielt aber auf diese Briefe keine Antwort, bis sie in einem Brief Matas Land erwähnte. Da erhielt sie einen Brief von dem Vormund, in dem die Erlaubnis erteilt wurde, daß Mata für einen kurzen Ferienaufenthalt zu ihnen kommen dürfe.

Ich suchte Mrs. Parkinson, den Vormund, auf, kurz nachdem ich die Adresse von Gloria bekommen hatte. Ich dachte, es wäre vielleicht möglich, daß ich Mata ab und zu besuchen, sie zu Ausflügen oder am Wochenende mit zu mir nach Hause nehmen könnte. Aber mir wurde mitgeteilt, daß ich mich nicht einmischen und auch nie wieder dort auftauchen sollte. Mrs. Parkinson war eine außerordentlich verkniffene Frau, die so aussah, als hätte sie den ganzen Sommer rasselnd auf einem Stengel zugebracht, ohne einen Tropfen Wasser zu kriegen.

*»Keita schenkte Mata eine Fotografie von Tante Anihera, die, wo die Tante bei Deiner Hochzeit Brautjungfer war. Es war schwer zu erkennen, ob Mata sich freute oder nicht, weil ihr Gesicht immer so unbewegt ist, so ausdruckslos. Aber ich glaube doch, daß sie sich gefreut hat, denn sie holte sie immer wieder aus ihrer Tasche und sah sie sich an.*

*Ich glaube, Du hast vielleicht doch recht damit, Mama, daß Du mich auf ein Internat schicken willst, wo ich dann ein paar Jahre lang mit Gleichaltrigen zusammen wäre. Ich könnte da einiges lernen – denn ich fand es sehr schwierig, mit jemandem wie Mata zu reden, obwohl ich weiß, daß ich gut Englisch spreche. Ich war einfach nicht an jemanden wie sie gewöhnt. Ich weiß, Keita will mich zur Schule schicken (auf ihre alte Schule). Für sie ist die Schule sehr wichtig (und für mich auch, Mama). Keita hält nicht sehr viel von unserer Oberschule. Mir würde es nicht viel ausmachen, von hier wegzugehen, wenn Kui nicht wäre, von der ich nicht einmal für einen Tag getrennt sein möchte.*

*Ich habe Kui das Lesen beigebracht, und sie kann es mittlerweile sehr gut. Sie liebt Bücher jeder Art – Bücher mit Geschichten, Rechenbücher, Schulzeitungen, Tageszeitungen. Ich lese sie ihr vor und übersetze sie ihr dabei. Vor allem liebt sie Geschichten über andere Völker der Erde und über Sternbilder. Durch ihr althergebrachtes Wissen kennt sie sich mit den Sternbildern aus. Ich glaube, es wäre grausam, sie jetzt, wo sie so alt ist, zu verlassen, aber ich glaube, Keita ist dazu entschlossen. Ich glaube, Kui würde sterben, wenn ich weg bin.*

*Ich habe Mata etwas über unser urupa und Tante Aniheras Grab gesagt. Ich habe bemerkt, daß das, was ich ihr gesagt habe, für sie ein Schock war, und es tat mir leid, daß ich überhaupt etwas gesagt habe. Sie lief über die Weiden davon und rief nach Tante Gloria.«*

## 27

In der Nacht war es heiß, und Makareta fühlte sich nicht wohl in ihrem Serge-gym, der langärmligen Bluse, dem Blazer, Krawatte, dicken, schwarzen Strümpfen und hochgeschnürten Schuhen. Der neue Strohhut drückte sie am Kopf, und das Gummiband unter dem Kinn juckte.

Eine ganze Stunde lang saßen sie im Dunkeln auf dem

Bahnsteig, bis sie den Bahnhofsvorsteher kommen hörten. »He«, sagte er, als er an ihnen vorbeikam und durch die Tür hineinging. Sie hörten ihn schnaufend atmen. Die Bahnhofslichter gingen an.

Bald danach kam der Zug. Sie sahen den großen Scheinwerfer auf die Gleise strahlen, als der Zug kreischend und dampfend einfuhr.

Aperehama und Wi gingen mit den Taschen und Kissen vor ihr her zum Zug, und als Makareta mit Keita in den Waggon einstieg, fing Kui wieder an zu weinen, ihr Weinen wurde zur Wehklage: »Unsere Töchter kommen nicht wieder zurück«, rief sie. »Unsere Kinder gehen fort, sie kommen nie wieder.«

»Sie wird schon zurechtkommen«, sagte Wi, als er und Aperehama die Taschen verstauten und die Kissen hinlegten. Die beiden Männer umarmten sie dann rasch und stiegen aus, als der Pfiff ertönte.

Die Lok zog allmählich an und ließ den Lichtfleck zurück, in dem Wi und Aperehama standen, die die alte Frau stützten und ihr eine Decke umlegten. Sie sah zum Fenster hinaus, bis sie sie nicht mehr sehen konnte und draußen nur noch Dunkelheit war, vorbeiziehende Landschaft, die schwarzen Wiesen und Hügel, die schwarzen Umrisse von Häusern und ab und an ein schwacher Schimmer von einem Drahtzaun.

*»Ich habe mich sehr elend gefühlt, als ich sie zurückließ. Hier vom Fenster aus sah sie so alt und so klein aus, daß ich gar nicht damit aufhören konnte zu weinen. Ich konnte das Gefühl nicht loswerden, daß ich gerade einen Fehler beging.*

*Sie hat sich so sehr darum bemüht, daß ich hierherkommen konnte, und sich in diesem vergangenen Monat krummgelegt, damit ich fertig wurde – hat, nachdem wir die Päckchen von Dir bekommen hatten, all die Namensschildchen in die Kleidungsstücke genäht, an dem Basketball-Kostüm den Saum hochgenäht, so daß er jetzt der Vorschrift ›im Knien drei Zoll über dem Knie‹ entspricht. Sie tat mir leid, wie sie da mit ihrem schwachen Augen diesen dunklen Stoff nähte, aber wir konnten sie nicht davon abhalten. Der Haus-gym, der gute gym, der Blazer und die Blusen paßten sehr gut, Mama, und mußten nicht mehr geändert werden.*

*Und sie war der Meinung, daß ich für die Zugfahrt sechs Kissen brauche, um gemütlich schlafen zu können und meine neue Schuluniform nicht zu zerknautschen. (Sie ist auf die Uniform sehr stolz. Und ich auch, auch wenn sie für diese Jahreszeit viel zu warm ist.) Sie hat sechs neue Kissenbezüge genäht, mit Rüschen ringsherum. Also mußten wir alle sechs Kissen mitnehmen. Wir hatten es dann im Zug sehr gemütlich. (Außerdem war ich sehr froh, daß ich durch die Kissen etwas hatte, wo ich meine Tomatenaugen verbergen konnte. Keita sagte mir ständig, ich solle doch nicht weinen, weil sonst meine Augen hervorquellen würden wie reife Tomaten. Was sie natürlich auch taten.) Bei unserer Ankunft hatten wir dann gewaltig mit unserem Gepäck zu kämpfen. Ich habe keine Ahnung, wie Keita es auf dem Rückweg geschafft hat, mit den Kissen fertig zu werden.*

*Das Essen, das Kui uns für die Fahrt eingepackt hatte, reichte für das smoko eines ganzen Schafschorertrupps. Es munterte mich wieder auf. In Taumarunui tranken wir einen aufgeschäumten Eisenbahnkaffee, der dunkel und heiß und süß war. (Aufgeschäumt war ein neues Wort für mich, das ich dabei kennenlernte. Ich weiß aber nicht, ob Miss Jamieson es billigen würde.) Ich denke oft an Miss Jamieson und Mr. Davis, Mama. Sie waren immer sehr nett zu mir. Ich denke auch oft an Dich.«*

»Da, mein Kind«, sagte Keita und wies mit dem Kopf zum Fenster hin, als sie mit dem Kaffee in das Abteil kam. Makareta sah draußen ein großes Mädchen, älter als sie selbst, das die gleiche Schuluniform trug, die kurzen Haare ringelten sich unter der Krempe eines alten, gelblichen Strohhutes hervor. Das Mädchen ging mit belegten Broten und Getränken eilig zwischen den vielen Menschen hindurch und lachte jemanden an, der etwas zum Fenster des nächsten Wagens herausrief.

»Du kommst über Ostern nach Hause, dann im Mai und im August und über Weihnachten«, sagte Keita, als sie sich wieder niederließen. »Und du und Kui, ihr werdet eure Köpfe über deine ganzen, neuen Bücher beugen und über all das Neue, das du gelernt hast, reden. Außerdem wird sie Briefe von dir bekommen, während du weg bist, und das wird sie ganz begeistern.«

»Sie ist aber alt geworden. Sie braucht mich.«

»Die Zeit vergeht schnell, wenn man alt ist«, sagte Keita, dann brach sie ab und sah ein Weilchen zum Fenster hinaus in die Dunkelheit. Schließlich sagte sie: »Du wirst es im Leben leicht haben, wenn du eine gute Ausbildung hast. Dann kannst du einen gebildeten Mann heiraten, und es wird dir gutgehen.«

Makareta richtete sich von ihren Kissen hoch, auf denen sie sich zur Ruhe gelegt hatte und schon fast eingeschlafen war. »Keita, ich will überhaupt nicht heiraten.«

»Natürlich nicht, mein Kind. Natürlich willst du das nicht, du bist doch noch ein kleines Mädchen.«

Der Zug schoß keuchend und schnaufend durch die Dunkelheit. Die Leute schliefen oder gingen hin und her. Die Tür am anderen Ende des Waggons schepperte auf, und der Schaffner ging durch und sammelte Geschirr und Besteck ein.

*»Zwei Mädchen von meiner Schule sprachen uns an, als wir aus dem Zug stiegen. (Wir hatten eins von ihnen auf dem Bahnhof von Taumarunui gesehen.) Das ältere Mädchen ist in der Oberstufe und heißt Raiha, das andere ist in der vierten Klasse und heißt Puna. (Sie trugen beide das Gummiband ihres Strohhuts unter den Haaren am Hinterkopf, also habe ich das auch so gemacht. So ist es viel bequemer als unterm Kinn.) Sie fragten uns, ob wir uns zusammen ein Taxi nehmen wollten, aber wir hatten zuviel Gepäck, stell Dir vor. Der Taxifahrer hätte uns nicht alle auf einmal mitnehmen können, und so brauchten wir dann doch zwei Taxis.*

*Die meisten Mädchen kennen sich (natürlich), und es gab eine gewaltige Aufregung, als alle nach und nach eintrafen. Ich war unsicher und hatte Heimweh, versuchte aber, es mir nicht anmerken zu lassen. Da lehnten sich Mädchen über die Balkonbrüstung und riefen ihren Freundinnen was zu, und es gab viel Geküsse und Umarmen und Von-den-Ferien-Erzählen, von den Prüfungsergebnissen, der Familie – und Geflüster über die Lehrerinnen, ihre neuen Kleider, Frisuren usw. Miss Green, die Direktorin, hat die schönsten Beine! O Mama, sie reden über ziemlich seltsame Sachen.*

*Dann waren da Mädchen, die uns (die Neuen) herumführen und uns erklären sollten, was wir zu tun und zu lassen hätten, und dann kamen Präfekten, die unsere Kleidung durchsahen, ob auch alles mit Namensschildchen versehen war. Wir dürfen jetzt im Sommer dünne Baumwollstrümpfe tragen, Mama, statt der kratzigen Wollstrümpfe. Kannst Du mir vielleicht welche schicken, bitte? Die aus dem vorletzten Jahr dürfen auch schon schwarze Nylonstrümpfe tragen. Ich habe gehört, daß ein oder zwei Mädchen sich am Ende des letzten Schuljahrs schwarze Striche auf die nackten Beine gemalt haben (als Strumpfnähte), und keiner hat gemerkt, daß sie gar keine Strümpfe anhatten. Keine einzige Lehrerin hat es gemerkt. Es roch an diesem ersten Tag nach schwitzigen Koffern, Schuhcreme, Bohnerwachs und Seife – und nach noch was anderem. Mädchen!*

*Es ist alles so riesig hier, daß ich Schwierigkeiten habe, mich zurechtzufinden. Es gibt einen langen Flur mit einem Speisesaal am einen Ende und Schlafräumen am anderen – Schlafsälen. In jedem Schlafsaal sind zwanzig Mädchen.*

*Im Badezimmer gibt es drei Badewannen (mit Tierfüßen), drei Duschen und vierzehn Waschbecken. Es gibt hier viel Wasser, aber trotzdem dürfen wir für ein Bad das Wasser nur sechs Zoll hoch haben (zweimal die Woche). Die Toiletten haben natürlich Wasserspülung, sind aber lauter als Deine, Mama. Ich gewöhne mich allmählich an den Krach, den sie machen.*

*Weil ich im Zug nicht schlafen konnte und in der ersten Nacht im Schlafsaal die halbe Nacht lang an euch alle gedacht und mir Sorgen um Kui gemacht habe, war ich am ersten Morgen ein Wrack (neues Wort). (Ich habe mich bemüht, nicht zu weinen, aber rund um mich herum war ein Geschnüffel und Geschniefe, daß ich es dann doch nicht unterdrücken konnte.) Außerdem ist es hier nachts so hell!«*

Im Spiegel war ein Mädchen mit Tomatenaugen und wilden Haaren zu sehen. Sie steckte den Spiegel wieder in ihren Kulturbeutel, tupfte ihr Gesicht mit dem Handtuch trocken und machte sich ans Haarebürsten. Aber sie hatte keine Zeit. Das Frühstück begann in zehn Minuten, acht Minuten, sechs Minuten, die älteren Mädchen ermahnten sie immer wieder. Sie hatten gezeigt bekommen, wie sie das Bett zu machen hatten – die Matratze glatt und ordentlich, die Decken eingeschlagen und im Winkel zusammentreffend, die Kissen so gelegt, daß die Öffnung des Kissenbezugs der Tür abgewandt war.

Zwei Minuten. Ihre Haare waren immer noch nicht fertig. Es dauerte eine halbe Stunde, um ihre Haare zu bürsten – sie saß dabei auf ihrem ganz besonderen Stuhl, und Kui zog die Bürste mit langen, langsamen Strichen durch ihr Haar und plauderte dabei unentwegt über Vögel, Beeren, über Babies, Verwandte, die Alten, die Vorfahren, die kehua, Arbeit, Gehen, Tanzen und Singen, Krankheit, Träume, Kriege, die Sterne, das Warten.

»Du mußt sie hinten zusammenbinden«, sagte Raiha. »Los, gib mir mal dein Haarband. Bind sie einfach zusammen, nur schnell fürs Frühstück. Danach kannst du sie dann richtig kämmen.« Eine Glocke läutete, und alle gingen zur Tür.

Sie ging mit Raiha rasch den Flur entlang zum Speisesaal, wo sie sich dann neben ihren Stühlen aufstellten und auf das Tischgebet warteten. »Iß bloß alles auf«, sagte Raiha, »sonst verhungerst du.«

»Am ersten Morgen sieht man beim Frühstück immer rote

Augen«, sagte ihre Nachbarin, als sie sich hinsetzten. »Du bist nicht die einzige.«

»Probleme mit den Haaren«, sagte Raiha. »Hatte nicht genug Zeit.«

»Gib mir eins von deinen Butterstückchen, und ich bürste dir die Haare«, sagte das Mädchen, und die anderen am Tisch lachten. »Iß was vom Toast, Makareta, sonst fällst du noch um vor Hunger.«

Als sie wieder im Schlafsaal waren, nahm Raiha Makaretas Kamm, fuhr mit der Spitze den Hinterkopf hinunter, teilte das Haar und legte die eine Hälfte über die Schulter nach vorne. »Ich hatte auch mal lange Haare«, sagte sie, als sie anfing zu flechten, »aber nicht so lange wie du. Es hat mich um den Verstand gebracht, aber ich durfte sie nicht abschneiden lassen. Und weißt du, was ich da gemacht habe? Ich habe sie mit einer Schere abgeschnipselt. Nur an einer Seite. Mein Gott, meine Mutter hat mir eine anständige Tracht Prügel verpaßt. Hat mich dann zwei Tage lang so rumlaufen lassen. Hat mich allen Tanten vorgeführt, die heulten, und allen Onkeln, die lachten. Dann ist sie mit mir zum Friseur in die Stadt gefahren, um sie schneiden zu lassen, so kurz wie sie jetzt sind. Bequem. Aber meine Mutter mochte es gar nicht, daß dieser Friseur meine Haare behalten hat!«

Raihas Finger bewegten sich schnell an einer Seite herab und dann an der anderen, dann wand sie die Bänder um die Zöpfe und band Schleifen. »Nun aber hurtig«, sagte sie. »Ist noch allerhand zu tun. Schau mal auf deine Liste, sieh nach, was du mitnehmen mußt, ich komme gleich wieder und geh dann mit dir. Wasch dir die Augen mit kaltem Wasser. Es klingelt gleich, Makareta.«

Makareta betrachtete sich in ihrem kleinen Spiegel von beiden Seiten. Raihas Zöpfe waren fest und gleichmäßig. Um sie herum waren alle sehr damit beschäftigt, Kleider auszubürsten, Schuhe zu putzen, in den Waschraum zu gehen und wieder herauszukommen, auf die Liste zu starren. Zu Hause liefen Manny, Missy und die anderen bestimmt gerade zwischen den Bäumen entlang in die Schule, auf dem Weg, wo die Farne einem kühl an den nackten Beinen entlangstreiften. Und in der Schule rief sicher gerade jemand die anwesenden Kinder für den Lehrer auf, legte frische Kreide auf die Tafelleiste, überprüfte die Hausaufgaben und strich sie in einem Notizbuch aus, wenn sie erledigt waren. Sie betupfte ihre Augen mit dem Handtuch. »Na, dann komm«, sagte Raiha. »Hast du alles dabei?«

*»Es war so peinlich, Mama, wie ich da an diesem ersten Morgen neben meinem Bett stand, mit der Haarbürste in der Hand, und plötzlich begriff, daß ich noch nie in meinem ganzen Leben selber meine Haare gekämmt hatte. Ich habe mich schrecklich gefühlt, und es war mein Glück, daß Raiha mir so nett geholfen hat. An diesem Abend habe ich mich im Bett aufgesetzt und das Bürsten und Zöpfeflechten geübt. Als das Licht ausging (um acht für uns in der dritten Klasse), habe ich immer noch geübt. Du hättest mich ruhig meine Haare selber kämmen lassen sollen, als ich in den Ferien bei Dir war, Mama, anstatt mich wie Kui zu verwöhnen. Aber es macht nichts, ich kann es jetzt. Ich werde von Tag zu Tag schneller. Wir stehen um halb sieben auf und haben nur eine halbe Stunde Zeit, um das Bett zu machen, aufzuräumen und uns fürs Frühstück fertig zu machen. (Es gibt Haferbrei und Toast zum Frühstück, und für jede ein Stückchen Butter. Die Mädchen tauschen die Butterstückchen gegen irgendwas.)*

*Es gibt Punkte dafür, wie man sein Bett gemacht hat, und auch für andere Aufgaben. Am Jahresende gibt es einen Hausordnungspreis. Ich wohne im Kahikatea und habe ein grünes Abzeichen, das ich an meinem gym festmachen muß. Die anderen Häuser heißen Puriri, Matai, Kauri und Rata. In zwei Wochen gibt es einen Sportwettkampf zwischen den Häusern, und darauf bin ich ganz bestimmt nicht versessen. Du weißt ja, wie ich bin, wenn Sport dran ist – ohne Interesse und sehr faul.*

*Raiha ist unsere Hausälteste. Außerdem ist sie auch noch meine ›große Schwester‹ (jedes Mädchen in der dritten Klasse und auch alle, die neu sind, werden von einem älteren Mädchen betreut), ich habe also wirklich Glück.*

*Es gibt zum Abendessen alle erdenklichen Arten von Eintopf, außer montags und freitags, wo es Fisch gibt. Am letzten Donnerstag hatten wir irgendwas Grünes zum Mittagessen. Ich glaube, es waren Erbsen mit Curry. Hast Du schon jemals gehört, daß man Froschlaich und die Ohren eines toten Mannes zum Nachtisch essen kann?*

*Ich habe schon zweimal an Kui geschrieben, und von Tante Gloria habe ich einen Brief gekriegt, in dem sie schreibt, daß es Kui gutgeht. Sie (Kui) ist die alten Leute auf der anderen Seite des Berges besuchen gegangen, um ihnen meine Briefe zu zeigen. Ich habe sie genau vor Augen, wie sie die Bergpfade hinauf- und hinuntersteigt und mit den Vögeln redet. Und ich kann die Alten hören, wie sie plaudern und plaudern, wie alte Vögel. Ich hoffe nur, daß Tante Gloria nicht einfach bloß sagt, daß es Kui gutgeht, damit ich glücklich bin. Ich habe Kui eingeschärft, ja nicht die Wassereimer hochzuheben, sondern lieber einen kleinen Topf zum Schöpfen zu nehmen, wenn sie Wasser braucht.«*

Aber es gab auch einiges, was Kui lieber nicht erfahren sollte.

Makareta schürte die Waschkessel ein, bis das Wasser kochte, und Jenny und Puna brachten die Wanne mit den Kleidungsstücken, die sie alle gründlich eingeseift und auf den Waschbrettern gerubbelt hatten, bevor sie gespült und ausgewrungen wurden. Die Mädchen schlugen die einzelnen Wäschestücke aus und ließen sie in das kochende Wasser gleiten. Nachdem diese letzte Runde gekocht und zum Abschluß noch einmal gespült worden war, mußten nur noch die Monatsbinden gewaschen werden. Die Kui in ihrem Inneren schnalzte mit der Zunge.

Sie ging zu dem großen hölzernen Bottich hinüber, um Trish zu helfen, die schon angefangen hatte, das Wasser aus den Eimern abzugießen, wo die Binden eingeweicht lagen, die von den Mädchen, die sie benutzt hatten, schon unterm Wasserhahn ausgespült worden waren. Die Mädchen drehten die Wasserhähne voll auf und machten sich dran, die Tücher für die Waschkessel auszuwringen. Bis sie damit fertig waren, hatten Jenny und Puna schon die fertiggekochten Wäschestücke mit Kupferstangen herausgehoben und Tahi und Raiha kamen gerade von den Wäscheleinen herein. Das Wäschewaschen war von allen Aufgaben am wenigsten beliebt, aber Makareta machte es lieber, als Geschirr zu spülen oder die Fußböden zu wischen.

An jedem Samstag machten sie die Schule von oben bis unten sauber – auch etwas, wovon sie Kui lieber nichts schrieb. Es machte ihr Spaß, einen Overall anzuziehen, Teil einer Gruppe zu sein und Tische und Borde abzuschrubben, den Fußboden zu wischen und zu bohnern, die Simse zu reinigen und mit feuchtem Zeitungspapier Fenster zu putzen. Sie kriegte allmählich Übung darin und fand heraus, daß das Zischen und Stöhnen in ihrem Inneren bald aufhörte, wenn sie bei der Arbeit innerlich mit sich selbst redete. Es war wirklich leicht, Kui zu necken und zum Lachen zu bringen.

*»Wenn wir frische Sachen haben wollen, stellen wir uns bei der Kleiderkammer auf und sagen derjenigen, die Dienst hat, unsere Nummer und was wir brauchen. Nachmittags geben wir die Krawatte und den Gürtel für tagsüber ab und bekommen Krawatte und Gürtel passend zum Kleid. Ich habe zur Zeit einen ganz normalen Gürtel, aber ich habe meinen taniko-Gürtel angefangen, der wohl in ein bis zwei Wochen fertig ist. Ich habe ein Farnmuster, den Teil eines Blattes, genommen. Es gefällt mir sehr gut. Wir haben einmal pro Woche waiata-Unterricht, und ich habe ein paar neue Lieder und einen poi-Tanz gelernt.*

*Es geht mir gut, Mama. Ich bin gerne hier. Ich bin in der oberen Leistungsgruppe und habe in keinem der Fächer Schwierigkeiten. Viele der Mädchen hier sind Stipendiaten, so wie ich. Es gefällt mir sehr, daß ich hier auch lerne, wie sich Maori schreibt, denn ich denke, wenn ich Kui in Maori schreibe, kann sie meine Briefe selber lesen. Das Lesen von Englisch habe ich ihr ein bißchen beigebracht, aber ich glaube, es würde ihr in Maori doch leichter fallen. Bestimmt helfen Keita und Girlie ihr dabei. Sonntags um zwei ist Briefezeit (obligatorisch), aber die Zeit reicht mir nicht. Ich habe so viele Briefe zu schreiben, und Du weißt ja, daß ich beim Schreiben nie ein Ende finde.*

*Habe ich Dir schon erzählt, daß unsere Englischlehrerin blaue Haare hat? Das kommt von irgendwas, was sie sich beim Haareausspülen ins Wasser tut. Die Mädchen sind in manchem, was sie sagen, so seltsam, Mama. Aber ich mag die blauen Haare eigentlich. Es paßt zu Miss McAloons blauen Augen und paßt auch gut zu den Sachen, die sie trägt.«*

## 28

Mitten in der Nacht rief mich die Direktorin an, weil sie einen Anruf von Keita erhalten hatte, die ihr mitteilte, daß Makareta nach Hause kommen sollte, um bei ihrer Urgroßmutter zu sein, die im Sterben lag. Miss Green wollte, daß ich Keita dazu überredete, Makareta noch die nächsten zwei Tage in der Schule zu lassen, damit sie an ihrer letzten Prüfung teilnehmen könnte. Miss Green sagte, die Stipendienvergabestelle würde es bestimmt nicht billigen, wenn Makareta wegfuhr, bevor die Abschlußprüfungen beendet waren. Aber daß Hinemate im Sterben lag, war etwas, das man Makareta nicht verheimlichen durfte, nicht einmal einen Tag lang oder auch nur eine Stunde. Außerdem bin ich davon überzeugt, daß die Prüfungen, die sie schon hinter sich hat, für ihren Abschluß ausreichen.

Während der vier Jahre, seit meine Tochter auf dem Internat war und mich in den Ferien nicht besuchen konnte, habe ich sie schrecklich vermißt, aber es war völlig richtig, daß sie diese Zeit mit den alten Leuten verbringen sollte. Es wird noch genug Zeit für mich bleiben. Ihre Briefe machen mich immer glücklich.

Ich bin für die letzten Monate, die meine Freundin Alma zu leben hatte, in ihr Haus gezogen, damit ich sie richtig pflegen konnte. Seitdem leben wir hier, Halfmoon und ich, ihre einzigen Erben. Ben und seine neue Frau sind in das andere Haus gezogen, und die Kinder sind mal hier und mal da.

Und jetzt ist es Hinemate, die uns allen vorausgehen wird. Makareta hat das schon gespürt. Ihre Briefe in diesem, dem letzten Halbjahr ihrer Schulzeit, waren anders als frühere Briefe, weil sie wartet, die Tage zählt.

*»Zeit und Stille, lange Stille und schwere Zeit, der Geruch von Wachs und Politur von Fußböden und Wänden, und die Fenster geöffnet, und es strömt schwere Luft herein. Mr. Meihana in Hemdsärmeln und gelockerter Krawatte, seine Stimme weit weg, tief und schwer.*

*Ich mache mich wieder und wieder an meine Arbeit, aber es ändert sich nichts. Es ist nichts mehr zu finden, was ich tun könnte, damit das Morgen oder der nächste Tag schneller kommt, nichts mehr da, was, in die Zeit gemischt, sie leichter machen würde, sie in Gang brächte, sie zum Fließen und Wirbeln brächte (außer an Dich, meine Mutter, zu schreiben, so wie ich es jetzt gerade tue). Ich muß an rewena-Brot denken und an reife Pflaumen, Wasserkresse, Farne, den Fluß, die kühlen Pfade und an Vögel. Ich muß an Kui denken.*

*Braune Tupfen auf einem cremefarbenen Füller sind die Farben der Eier des piwaiwaka, der ihr folgt, wo immer sie geht und steht, vor sich hin redend. Die goldene Feder, an einer Seite abgenutzt im Dienste der Sprache. Wie viele Wörter habe ich schon geschrieben – Klassenarbeiten, Hausaufgaben, Tests und Prüfungen, Briefe? (Mit Stephens' Radiant-Blue-Tinte, die mich immer an Almas Augen erinnert.)*

*Ein Hausheft, das letzte, das jetzt vor mir liegt, ist mit Hausaufgaben und Übersetzungen vollgeschrieben, rot unterstrichen.*

*Der Rotstift ist runter bis auf seine letzten drei Zoll. Die anderen Bücher und Habseligkeiten sind gepackt und stehen bereit.*

*Mein Zimmer zu Hause hat auch einen Bohnerwachsgeruch. Flickenteppich. Patchwork-Decke. Abgenutzte Tapete, ein ausgebesserter Riß hinter der Tür, wo das Sackleinen durchschaut. Da ist ein Geruch von Angesengtem auf dem berstenden Fensterbrett, auf der abblätternden Farbe. Kui wird die Tür gewachst und die Gardinen gewaschen haben (aber vorsichtig, denn sie sind alt und brüchig).*

*Ich habe einen Brief von Tante Gloria bekommen, in dem sie schreibt, daß Keita und Wi Verwandtenbesuche im Norden gemacht haben. Wie die Tante meint, ist keinem ein Wort darüber gesagt worden, was der Grund der Besuche war. Ich weiß, daß Keita dort Land besitzt, so wie auch anderswo, Land oder Anteile. Sie besitzt von überall her Land – von ihrer Mutter, von ihrem Vater, und wenn Kui stirbt, kommt deren Land auch noch dazu. Sie sagt, der Grund dafür, daß sie so viel Land hat, ist der, daß sie das Unkraut ist, das die Kriege überstanden hat und die schlechten Zeiten und die Grippe-Epidemie. Sie war die einzige, die es erben konnte. Ich habe sie, wie du weißt, bei vielen Gelegenheiten begleitet, zu Versammlungen und Gerichtsverfahren, und es ging dabei immer um Land. Sie hat immer darum gekämpft, daß das Land rechtmäßig eingetragen wurde, und ich glaube nicht, daß auch nur ein einziges Krümelchen Dreck ihr jemals durch die Finger geglitten ist. Ich weiß, daß ihre Verwandtenbesuche immer etwas mit Land zu tun haben.*

*Aber Tante Gloria scheint sich Sorgen zu machen, daß mehr dahintersteckt. Ich habe den Eindruck, daß sie mich warnen will. Ihr scheinen Dinge durch den Kopf zu gehen, die ich für längst vergessen gehalten habe – eine Abmachung zwischen unserer und der Te-Waru-Familie, ein Heiratsversprechen.*

*Natürlich haben unsere Verwandten im Norden Land, das an Keitas Land angrenzt. Ich kann schon verstehen, wie das Land verbunden, erschlossen und genutzt werden könnte, wenn es eine Heirat gäbe. Andernfalls, so vermute ich, wird weder die eine noch die andere Familie je einen Fuß darauf setzen. Tante Gloria sagte (mehr als einmal in ihren Briefen), daß es zwei Dinge gibt, die ich bei Keita nie vergessen darf.*

*Das eine ist, daß sie Pläne für uns alle hat, und das andere ist, daß sie es uns nie vergessen wird, wenn wir uns nicht in ihre Pläne einfügen. Sie bat mich eindringlich, wieder zurückzukommen, wenn ich je von zu Hause wegginge. Sie sagte, was sie und Anihera zunächst nicht verstanden hätten, war, daß sie beide eigene Rechte hatten. Tante Anihera gehörte dort genauso hin wie jeder andere von uns auch, genauso wie Keita, und auch Tante Gloria selbst gehört dorthin, so wie jeder von uns, so wie Keita. Es steht Keita nicht zu, jemanden wegzuschicken. Was meinst du dazu, Mutter? Ich glaube nicht, daß Keita etwas hinter meinem Rücken unternehmen würde, denn ich habe mich immer an allem, was meine Großeltern und die ältere Generation unternommen haben, beteiligt. Heirat? Ich habe noch nie daran gedacht, wirklich noch nie.*

*Jedenfalls habe ich Keita geschrieben und sie nach den Besuchen bei den Verwandten im Norden gefragt und die Antwort bekommen, daß Vorbereitungen für die Feier von meinem zwanzigsten Geburtstag zu treffen gewesen waren. Es wird wohl eine größere Angelegenheit werden, zu der die Verwandten von überall her kommen werden. Es ist nicht unbedingt das, was ich will, aber ich vermute doch, daß ich das jetzt akzeptieren muß, wo schon die ersten Vorbereitungen getroffen und Zusagen gemacht worden sind (von Geschenken wie Schweinefleisch, Hammelfleisch, kumara, Mais usw.) Ich selber würde ja lieber noch ein Jahr warten, und wenn schon, dann den einundzwanzigsten Geburtstag groß feiern.*

*Alles, was ich zur Zeit will, ist, die Schule hinter mich bringen und nach Hause zurückgehen, damit ich bis zu ihrem Tode bei Kui sein kann. Sie muß erleben, daß ich wirklich zurückkomme, wie ich es ihr versprochen habe. (Ich vermute fast, die Idee für diese frühe Geburtstagsfeier ist wegen Kui entstanden – in der Hoffnung, daß sie dann noch unter uns ist.) Danach möchte ich bei Dir leben,*

*Mama. Ich möchte meine Ausbildung fortsetzen oder einen Beruf lernen. Zu Hause finde ich keine Arbeit, und ich will auf jeden Fall keine Frau sein, die nur nutzlos herumspaziert, unter den Bäumen.*

*Keita schreibt in ihrem Brief, daß mein Landbesitz bis zum Zeitpunkt meines Geburtstags auf meinen Namen eingetragen sein wird. Ich weiß nicht, was ich damit anfangen soll, aber wenn ich wieder zu Hause bin, will ich Keita überreden, daß sie auch Tante Gloria ihr Land überschreibt. Ich finde es nicht fair, wie Keita Tante Gloria behandelt. Jeder zu Hause hat ein neues Haus, nur sie nicht.*

*Abends nach dem Lichtausmachen ziehen sich einige der Mädchen, die gerade Prüfung machen, ihre Morgenmäntel über und nehmen ihre Unterlagen und Bücher mit in die Bibliothek. Sie verhängen die Fenster in der Bibliothek, damit man kein Licht sieht, und dann lassen sie sich dort nieder, um bis in die frühen Morgenstunden zu lernen (das heißt, wenn sie nicht erwischt werden.) Manchmal gehe ich mit, aber weniger, um zu lernen, sondern eher, um meine Briefe zu Ende zu schreiben.*

*Ich denke immer an die lange, weiße Straße, wo nach der letzten Kurve das Licht der Lampe im Fenster zu sehen ist. Es ist ein ganz klares Bild, aber schon Vergangenheit, jetzt wo die Elektrizität bis dorthin reicht. Wenn ich zu Hause gebraucht werde, werden sie sich melden. Die Glocke hat einen schweren, behäbigen Klang.«*

Demnach ist sie, Makareta, also vorbereitet auf den Tod von Hinemate. Jetzt begreife ich, daß ihr ganzes Leben sie auf diese Zeit vorbereitet hat, weil sie mit den Alten mitgefahren ist, wann immer die zu einem tangihanga fuhren. Sie hat ein tiefes Verständnis vom Tod als Teil unseres Lebens, wenn ihr das auch nicht ihren Schmerz mildern wird.

Letzte Woche kaufte ich mir ein neues rosa Kleid, einen grauen Staubmantel, einen rosa Hut und schicke Schuhe und stellte mich darauf ein, zur Abschlußfeier zu gehen, bei der meine Tochter Auszeichnungen für die besten Leistungen erhält. Jetzt bereite ich mich statt dessen darauf vor, der alten Mutter auf Wiedersehen zu sagen. Makareta wird schon unterwegs sein. »Wecken Sie sie jetzt sofort auf«, sagte ich zu Miss Green, als sie nachts anrief. »Dann kann sie noch den frühen Zug kriegen.«

## 29

Die alten Leute warteten im Versammlungshaus auf Makareta, die nach Hause gegangen war, um sich für den Geburtstag umzuziehen. Die Besucher trafen sicher bald ein.

Alle miteinander hatten sie viele Wochen gearbeitet, das marae und das Versammlungshaus für diesen besonderen Tag vorzubereiten, und jetzt war alles fertig. Ein paar Verandabretter waren beim Haus erneuert worden, und das Stroh von alten Vogelnestern unter der Traufe war entfernt. Neue Bleche bedeckten die Löcher im Dach, und das maihi und das amo waren mit neuer Farbe versehen.

Es war zwar ein schöner Tag, aber es hatte am Anfang der Woche drei Regentage gegeben, und die Männer hatten eine dicke Lage Stroh auf dem marae ausgebreitet, damit die Gäste keine nassen Füße bekamen.

Drinnen im Haus waren die Fußböden geschrubbt und das whariki hingelegt worden. Die Wände und Simse waren abgewaschen und mit ponga-Blättern geschmückt worden und die poutokomanawa mit Blumen umwunden. Das ockerfarbene Gesicht der Ahnin mit seinen weißgemalten Augen, den roten Lippen, schwarzen, lockigen Haaren, das von der Rückwand herabsah, war schon abgestaubt und poliert. Die Feder an ihrem Ohr war neu gemalt und wirkte in ihrer Weiße flammengleich, flimmerte im Dämmerlicht. Die Fotografien rechts und links von ihr waren abgenommen und abgestaubt und wieder aufgehängt worden.

Die Sonne schien schwach durch das rote und blaue Fenster. Das Licht brach sich auf dem gerollten Ende des whariki in sanften, schwachen Farben. Es roch nach Dampf und Fäulnis und Farbe und Politur. Die alten Leute plauderten oder schliefen, während sie warten mußten. Die Tochter brauchte aber ganz schön lange.

Die Kinder, die auf der Wiese spielten, rannten hin und wieder bis ans Ende der Wiese, von wo aus sie die Straße überblicken konnten, aber bislang war noch nichts von den Gästen zu sehen. Aber wer überhaupt? Sie wußten nicht, wer da kommen sollte, und durch das Geflüster und die Heimlichtuerei der alten Leute hatten sie begriffen, daß sie besser nicht fragten. Sie zogen mit ihren manuka-Hockeyschlägern auf und ab und jagten hinter einem alten Tennisball her. Die Beine waren voller blauer Flecken und Kratzer, aber ihre Onkel und Tanten, Mütter und Väter waren viel zu beschäftigt, um sich um so etwas zu kümmern.

Vorher hatten sie geholfen, Kartoffeln, kumara und Kürbisse zu waschen und Mais zu schälen. Sie hatten dabei zugesehen, wie das Gemüse zusammen mit dem Hammel- und Schweinefleisch und großen Dosen Dampfnudeln in die hangi-Körbe geschichtet wurde, hatten dann zugeguckt, wie die Körbe auf die zischenden Steine gesetzt wurden. Nachdem das Essen mit Tüchern abgedeckt war, schaufelten die Onkel los, daß die Erde nur so flog, und häuften sie so an, daß kein Dampf entweichen konnte.

Neben den Feuern, auf denen gekocht wurde, war ein Holzhaufen aufgestapelt, und ein paar große Jungen waren damit beschäftigt, noch mehr Holz zu hacken. Große Töpfe hingen an eisernen Querstangen über den Feuerstellen, und es lag ein Geruch von Wasserkresse und Hammelfleisch in der Luft und von den Aalen, die gerade geräuchert wurden, weiß und auf das Wellblech herabtropfend, das hinter der Feuerstelle aufgestellt worden war.

Obwohl die Kinder aus dem Zelt gescheucht worden

waren, hatten sie alle den Wackelpeter und Biskuitpudding gesehen, die Dauerlutscher und Früchte, die Kästen mit Himbeer-, Orangen- und Zitronenbrause, Creaming soda, Ingwerbier und Ginger ale. Da gab es Senffrüchte und kleine Schälchen mit Saucen, aufgeschnittenes Brot, das mit Butter bestrichen war, in Stücke geschnittene Kuchen, die zugedeckt waren, stapelweise Schalen für das warme Essen. Sie hatten Hunger, aber sie wußten, es würde noch lange dauern, bis sie etwas zu essen kriegten.

Es gab auch Bier für das Fest, und ein paar von den Onkeln hatten schon angefangen zu trinken, während sie so in der Hitze saßen, die Feuer hüteten und sich ihre Krüge aus einem kleinen Faß abfüllten. Nach einer Weile kamen ein paar Alte aus dem Haus und setzten sich dazu, dann kamen die Frauen aus dem Zelt heraus.

Alles war fertig, und alle warteten. Es machte nichts, daß Makareta sich Zeit ließ, denn letzten Endes würde dann doch alles seinen Gang gehen. Jetzt sollten alte Versprechungen eingelöst werden, aber es war noch nicht der richtige Augenblick, darüber zu sprechen, dazu war noch immer genug Zeit, wenn erst einmal alles geregelt war. Vielleicht war in der Vergangenheit einiges schiefgegangen, weil die Leute zuviel geredet hatten, und so sprachen sie jetzt nicht davon, nicht einmal hinter vorgehaltener Hand.

Aber sie konnten es kaum noch erwarten, dieses Mädchen aus ihrer Mitte zu sehen. Was hielt sie nur auf? Sie wollten die neuen Kleider sehen und sehen, wie Keita ihr das korowai und den Jadeschmuck umlegte. Sie wollten sehen, wie sich der Anhänger auf der Spitzenbluse machte. Einige sagten, es sei weiße Spitze, andere meinten, sie sei wohl creme- oder pastellfarben. Ihre Haare seien sicher ausgebürstet, ja, und sie hingen glatt herab wie ein zweiter Umhang über dem korowai. Makareta zog sich dann bestimmt für das Fest ein anderes Kleid an, weil sie Kleider in Hülle und Fülle hatte. Sie hatte alles. Keita wollte ihr ein Haus auf dem Land, das ihr gehörte, bauen. Wenn doch nur Hinemate lange genug gelebt hätte, um das noch mitzuerleben.

Warten. Es war eine Menge harter Arbeit gewesen, aber jetzt schmeckte erst einmal das Bier. Hoffentlich trafen die Gäste rechtzeitig ein, sonst würden ihre Gastgeber noch eins von den Fässern anstechen, die zum Kühlen im Fluß lagen. Jeden Augenblick konnten sie einen der Neffen zu Wi schikken, um ihn zu fragen, ob sie sich wohl noch ein Faß hochrollen dürften, und Wi würde ihnen das nicht ausschlagen können.

Sie konnten sich schon alle denken, was das Mädchen aufhielt. Der Grund war, daß Polly noch nicht angekommen war und Makareta immer noch darauf hoffte.

Aber warum war Polly noch nicht da? Vielleicht, weil sie mit irgend etwas nicht einverstanden war. Das war sicher der Grund, weil es Polly eigentlich nicht ähnlich sah, einfach nicht zu kommen. Sie hätte schon vor drei Tagen ankommen sollen.

Was war es nun aber, womit Polly nicht einverstanden war?

Da kam der Neffe mit einem neuen Faß Bier, Wi hatte es ihnen nicht abschlagen können. Und nach einem Weilchen wagten sie es, zu flüstern – über einen jungen Mann, den man für Makareta herbrachte. Ein mokopuna aus Te Waru, nein, wirklich.

Drüben auf der Wiese riefen die Kinder: »Kei te haere mai nga pahi, kei te haere mai nga pahi.« Demnach hatten sie die Busse entdeckt, die gerade um den Berg herumgefahren kamen, aber wo blieb Makareta? Die alten Leute warteten im Versammlungshaus, wo die Ahnen von den Wänden herabsahen. Der Federumhang war fertig, lag gefaltet über Keitas Knien.

Ha, aber jetzt war es soweit. Sie konnten alle sehen, wie Wis Auto zur Rückseite des Versammlungshauses einbog. Makareta war gerade noch rechtzeitig eingetroffen.

# 30

Missy tupfte auf das Bügeleisen, um zu sehen, ob es auch nicht zu heiß war, und fing dann an, Makaretas Bluse zu bügeln – die Biesen, die Rüschen, die Bänder. Mit einem elektrischen Bügeleisen kein Problem, keine Angst vor Flecken. Danach wollte sie dann das Festkleid bügeln.

Bub rieb die neuen Lackschuhe mit Vaseline ein, die Spitzen und die Absätze, kleine Absätze – nicht zu hoch, nicht zu niedrig. Die Schuhe glänzten sowieso schon, aber sie sollten noch mehr glänzen. Sie mußte Makareta sagen, sie solle ihre alten Schuhe anziehen, wenn sie zum wharenui ginge, damit die neuen nicht dreckig würden. Sie selbst würde ihrer Cousine die neuen Schuhe herübertragen.

Gloria bürstete das kohlrabenschwarze Kostüm aus Wollstoff, hängte es an die Schranktür und legte Socken und Unterwäsche auf dem Bett bereit. Makareta sollte sich erst die Unterwäsche anziehen, und dann würde sie die Haare gebürstet bekommen. Am Abend, wenn Makareta sich umgezogen und ihr Festkleid anhatte, konnten sie ihr die Haare wieder hochflechten. Es war alles soweit fertig.

Aber Makareta ließ sich Zeit. Gloria ging hinaus zum Waschhaus, um sie zu rufen. »Ich komme schon«, sagte Makareta. »Kann Bub uns vielleicht noch einen Tee machen?«

»Mach ich selber«, sagte Gloria. »Aber nur schnell eine Tasse. Wir müssen dann deine Haare kämmen. Wir können nicht noch mehr herumtrödeln, Makareta.«

»Es wird uns schon einer Bescheid sagen kommen, wenn wir zu lange brauchen. Wenn sie sehen, daß die Busse kommen, schicken sie schon jemanden her.«

Sie trat aus dem Bad heraus, wickelte sich in ein Handtuch, schlüpfte in die Sandalen und ging über den Hof zum Haus hinüber. Als sie zum Schlafzimmer durchging, sagte sie: »Missy, das Kleid ist für dich.«

»Ich habe aber schon ein Kleid für deine Feier, Makareta«, sagte Missy und folgte ihrer Cousine ins Schlafzimmer. »Ich ziehe es heute abend an, wenn wir saubergemacht haben.«

»Die Farbe steht mir nicht. Dir wird es gut stehen – einem Mädchen mit gelben Sprenkeln in den Augen und kehu-Haaren. Ich möchte es dir schenken.«

»Ich bin aber zu dünn und zu groß.«

»Ich habe es gestern geändert, ein paar Abnäher gemacht und den Saum herausgelassen. Schau mal.«

»Mama …«

»Wenn deine Cousine dir ein Kleid schenken will, Missy, kannst du es nicht ablehnen, aber wir bügeln für dich dann lieber ein anderes Kleid für die Feier, Makareta …«

»Ich liebe mein neues Kostüm, und ich behalte es einfach an, denke ich. Wenn dann die Feier anfängt, kann ich ja die Jacke ausziehen, damit alle die schöne Bluse sehen können, die du für mich gebügelt hast. Ich brauche mich doch nicht zweimal an einem Tag umzuziehen, oder? Zieh es doch mal an, Missy, daß wir sehen können, wie es aussieht.«

Gloria machte Tee, während Bub sich daran machte, Makaretas Haare zu lösen und sie auszubürsten. »Es paßt mir, tatsächlich«, sagte Missy und führte ihnen das Kleid vor.

»Ich wußte doch, daß es dir stehen würde«, sagte Makareta.

»Wie ein Filmstar, Miss«, sagte Bub.

In dem Augenblick steckte Manny seinen Kopf durch die Tür. »Da kommt ein Auto. Sieht aus wie ein Taxi.«

»Das wird Polly sein, Makareta. Du hättest doch wissen müssen, daß deine Mutter dich an deinem Geburtstag nicht im Stich läßt. Zieh jetzt schnell deine Sachen an, dann sieht dich deine Mutter als erste.«

Makareta zog die Bluse und den Rock an, nahm die Jacke vom Kleiderbügel, und Missy und Bub hielten ihre Haare hoch, während sie sich anzog. »Meine Mutter kommt nicht«, sagte sie.

»Aber sicher doch …«

»Ich habe einen Brief gekriegt ...«

»Von Polly? Und sie schreibt, daß sie nicht kommt?«

»Ja, gestern.«

»Das hast du uns gar nicht erzählt. Du hast uns nichts davon gesagt.«

Makareta zog den Brief aus ihrer Schublade und gab ihn der Tante zum Lesen:

*»Ich bin äußerst empört über das, was ich gerade erfahren habe. Ich hätte es von Dir hören müssen, Makareta. Du bist meine leibliche Tochter, und trotzdem hast Du mich nicht über diese wichtige Sache informiert, die ich jetzt durch jemand Fremdes erfahren habe.*

*Ich war heute nachmittag im Krankenhaus, und da habe ich in einer der Stationen eine alte kuia gesehen und mich ein bißchen zu ihr gesetzt. Ich erfuhr, daß sie eine kuia aus der Te-Waru-Familie ist, die kuia Tarati. Sie hat mir erzählt, daß ihre Familie gerade einen ihrer jungen Männer zur Verlobung zu euch in den Süden brächte. Sie nannte Deinen Namen nicht, und sie wußte auch nicht, daß ich Deine Mutter bin, aber aus ihrer Erzählung begriff ich, wen sie meinte.*

*Es war nicht schön von Dir, daß Du mir nichts davon erzählt hast. Es hat mich sehr verletzt. Ich hatte mich auf die Geburtstagsfeier gefreut, und ich hatte gedacht, Du, meine Tochter, würdest danach endlich zu mir kommen, und wenn auch nur für ein paar Jahre.*

*Kui Tarati sagte, daß schon alles abgesprochen ist. Der Enkel würde zur Verlobung hingebracht, und wenn er und seine Familie wieder zu Hause wären, würde die Hochzeit vorbereitet. Sie sprach von Landbesitz.*

*Makareta, ich meine ja nicht, daß es falsch ist, wenn es wirklich das ist, was Du willst. Jemanden ausgesucht zu bekommen ist nicht als solches verkehrt. Keita, Wi, die Alten haben es sicher gründlich durchdacht, sorgfältig vorbereitet. Du kennst sie ja. Aber Du hast mir nichts davon gesagt. Du hast gesagt, Du würdest eines Tages zu mir kommen, und es gäbe allerlei, was Du tun möchtest. Du hast gesagt, Du hättest noch nie ans Heiraten gedacht. Ich kann Dir gar nicht sagen, wie enttäuscht ich bin.*

*Ich bin zu empört, um zu Deinem Geburtstag zu kommen, Makareta. Es war für mich ein Schock, das alles von jemand Fremdem zu erfahren, aber ich muß es Dir verzeihen, denn Du bist meine Tochter. Das Geld ist für Deinen Geburtstag. Ich habe auch Geschenke für Dich, aber mein Herz ist zu schwer, um sie Dir zu bringen oder zu schicken. Eines Tages werde ich sie Dir überreichen …«*

»Tante Gloria«, sagte Makareta, als ihre Tante zu Ende gelesen hatte, »ich gehe weg, das Taxi ist für mich gekommen.«

Gloria fing an wehzuklagen und warf sich hin und her und hielt den Brief an ihre Brust gedrückt: »Nein, nein, Makareta, das kannst du nicht machen. Du kannst nicht einfach weggehen, es wäre eine Schande für uns alle, das kannst du nicht tun.«

Makareta setzte sich zu ihrer Tante. »Ich kann nicht jemanden heiraten, irgendwen, wenn ich gar nicht darauf eingestellt bin.«

»Makareta, es ist eine Schande für uns alle, wenn du jetzt gehst. Und wenn du tatsächlich gehst, wirst du niemals zurückkehren. Deshalb hat doch Kui Hinemate immer geweint.«

»Ich habe die ganze Zeit an Kui gedacht. Sie hat auf ihre Weise mit mir gesprochen, und sie hat mir dabei geholfen, zu erkennen, daß das, was ich tun werde, richtig ist.«

»Makareta«, sagte Missy, »in dem Brief steht, du wirst dich verloben.« Missys Augen leuchteten, und sie japste vor Aufregung. »Dann wirst du doch auch heiraten. Das wird wunderschön …«

»Ich muß aber weg von hier.«

»Nein, Makareta«, sagte Gloria. »Du mußt tun, was sie wollen. Sie wollen dich ehren, alle beide Familien. Das ist nicht weiter schlimm. Der Junge ist von seinen alten Leuten erzogen worden, und du wirst dich bestimmt auf seine Familie verlassen können.«

»Makareta, stell dir vor, Bub und ich sind dann deine Brautjungfern, wenn du heiratest.«

»Ich kann aber doch nicht heiraten, wenn es nicht aus meinem Herzen heraus geschieht, wenn nur meine eigene Familie mir etwas bedeutet. Ich muß einfach weg von hier.«

»Nur für die Verlobung, Makareta, da ist doch nichts dabei. Und wenn es dann nicht das richtige ist, wenn es dann doch nicht gutgeht ...«

»Wenn es nicht gutgeht, ist es für uns alle erst recht eine Schande.«

»Wenn du jetzt weggehst, stirbt Keita.«

»Wenn ich es eher gewußt hätte ... Tante Gloria, wenn du es gewußt hast, hättest du es mir sagen müssen.«

»Ich habe es aber nicht gewußt, Makareta. Ich dachte zwar, an deinem Geburtstag würde darüber gesprochen werden, aber von einer Verlobung wußte ich wirklich nichts ... Makareta, die Leute kommen doch bald an ...«

»Wenn ich es eher gewußt hätte, wäre ich schon eher gegangen, aber der Brief kam erst gestern. Zuerst habe ich gar nichts verstanden, denn ich hatte Keita wirklich geglaubt, als sie sagte, die Feier wäre nur wegen meines Geburtstags. Ich wußte, daß Keita irgendwas im Sinne hatte, und ich dachte, ich komme vielleicht eines Tages zurück, wenn ich älter bin, wenn ich bereit bin, zu tun, was sie wollen ... Aber jetzt kann ich das noch nicht. Als ich den Brief zu Ende gelesen hatte, wollte ich eigentlich zu Keita gehen und sie darum bitten, daß sie das Ganze absagt, aber dafür war es zu spät. Ich wußte, daß die Leute schon unterwegs waren. Ich habe mit dem Weggehen bis zu diesem Augenblick gewartet, damit nicht noch jemand hinter mir herfahren kann. Die Busse werden bald dasein.«

»Nur die Verlobung, Makareta.«

»Wenn ich es könnte ...«

Makareta zog die Schuhe an. »Eines Tages komme ich zurück, wie du es gesagt hast, Tante Gloria.« Sie nahm ihre kleine Tasche, die sie schon gepackt hatte, und als sie das tat, fing ihre Tante an zu jammern und zu schreien: »Nein, Makareta, sie werden mir die Schuld geben, sie werden mir die Schuld geben.«

»Gebt mir einen Kuß, ihr Lieben«, sagte sie zu Manny, Missy und Bub. Sie drückte sie alle an sich, während sie sie immer noch weiter zu überreden versuchten. Als sie sich dann umdrehte, um Gloria auf Wiedersehen zu sagen, stieß ihre Tante sie beiseite, rannte hinaus und rief dem Taxifahrer zu, er solle wegfahren. Er ließ den Motor an, als Makareta die Tür öffnete und einstieg.

# Missy

## 31

*Frau mit dem*
*Obsidian-Auge*
*Ließ uns sterblich werden.*

In der Nacht, in der wir geboren wurden, wachte unsere Mutter mit starken Rückenschmerzen auf. Sie hatte schon fast den ganzen vorherigen Tag Schmerzen gehabt, aber weil du dich hattest nach unten fallen lassen, hatte sie sich leicht und tatkräftig gefühlt. Wir hörten sie singen, weißt du noch, während sie Milch heiß machte, Brot backte, den Fußboden und das Außenklo schrubbte, Wäsche wusch und das Gestell von der Zisterne saubermachte. Bevor es dunkel wurde, nahm sie die Wäsche von der Leine und legte Windeln und Sachen zum Anziehen, eine Decke und Handtücher auf dem Regal über dem Herd bereit.

Als unser Vater von der Arbeit nach Hause kam, wollte er sofort Kui Hinemate holen gehen, aber sie sagte ihm, er solle noch damit warten, damit Kui sich erst noch ein bißchen ausruhen konnte. Sie brachten unseren Bruder ins Bett und legten sich auch zum Schlafen hin. Ich glaube, es brannte noch ein kleines Feuer im Herd, und der Kessel wurde warmgehalten.

Der Schmerz, der sie aufweckte, drehte sich in ihr wie ein großes Rad. Drehte und drehte sich, während sie in die Dunkelheit starrte, dann ließ er allmählich nach und hörte ganz auf. Da weckte sie Dadda und bat ihn, die Urgroßmutter holen zu gehen.

Unser Vater zog sich Hose und Stiefel an und stürmte mit der Lampe davon, mit Getrampel über die Pflastersteine auf dem Hof.

Mama schürte das Feuer, stocherte in den glühenden Kohlen und steckte Äste in den Ofen, dann machte sie Tee und rückte die Teekanne an die Seite vom Herd – aber zwischendurch beugte sie sich vor, umklammerte die Kanten des Tisches und redete mit sich selbst, während sich das schwere Rad drehte. Sie dachte an unseren Bruder, Egypt, der Manny genannt wird und auch nachts geboren worden war, falsch herum und rückwärts, mit den Füßen zuerst und ganz blau. Hast du gehört, was sie sagte, während sie sich vorbeugte, mit dem Gesicht so dicht an die Tischplatte, daß ihr Atem noch warm zu ihr zurückkam? »Werd schon nicht sterben, werd nicht schreien«, sagte sie. »Keiner nicht.« Dachte an Keita.

Unsere Mutter haßte Keita nicht etwa, aber sie kannte sie genau, wußte, was sie bewegte, glaubte, unsere Großmutter würde sich daran ergötzen, wenn bekannt würde, daß unsere Mutter laut herausgeschrien hatte, als ginge es um die Wahl, die sie getroffen hatte. Sie nahm sich zusammen – wegen sich selbst, wegen Dadda, wegen uns, als könnte ihr das helfen, etwas zu verstehen. Als könnte es ihr helfen zu leben.

Mama hatte so ihre Geheimnisse gehabt, als sie fünfzehn war, hatte unserem Vater heimlich Briefe über das Meer geschickt, war sehr verliebt. Als Dadda dann mit dem Lazarettschiff aus dem Krieg heimkehrte, riß sie aus und ging nach Wellington, um bei ihm sein zu können. Sie hatte kein Geld und keine Bleibe. Daddas Verwandte nahmen sie bei sich auf, bis kurz vor dem Zeitpunkt, wo er aus dem Krankenhaus entlassen wurde, und gaben ihr dann Geld und schickten sie nach Hause.

Aber sie war verliebt und ging ganz und gar nicht nach Hause, stieg ein Stückchen weiter wieder aus dem Zug und kam zurück. Daddas Familie versuchte, ihn dazu zu bringen, daß er sie wegschickte, weil sie doch noch ein Kind war, wie sie sagten. Siehst du sie auch vor dir? Unsere Mutter, in ihrem zu klein gewordenen Kleid und Mantel, den alten Schuhen, die kräftigen Haare mit einem Stückchen ausgefransten Band hinten zusammengebunden. Er schickte sie bestimmt nicht weg. Sie ging bestimmt nicht ohne ihn, ungezogenes Mädchen.

Also wurden sie beide in einen Zug gesetzt, aber nicht, um hierher nach Hause zu fahren. Sie fuhren zu den Eltern von unserm Vater, wo sie blieben, bis kurz vor Mannys Geburt. Da wollte Mama dann nach Hause, weil dort bei unseren anderen Großeltern für sie wirklich nicht genug Platz da war. Für Dadda gab es nicht die geringste Aussicht auf Arbeit.

Sie hoffte, Keita würde sie aufnehmen, wenn sie erst einmal da wären, aber Keita schlug ihnen die Tür vor der Nase zu, und sie mußten bei Tante Kahu und Onkel Pop wohnen.

Wie auch immer, Keita arrangierte eine Hochzeit, weil, wie sie sagte, unsere Mutter zu nichts anderem taugte, und als die Hochzeit dann vorbei war, sagte sie: »Du hast diesen Mann hier geheiratet, und er wird schon für dich sorgen, da bin ich sicher«, und ging nach Hause. Unsere Eltern schliefen in dieser Nacht auf dem marae und gingen am nächsten Tag über den Berg zu Onkel Pops Haus, verliebt und ohne Dach überm Kopf und keineswegs unglücklich. Auf der Spitze des Berges sahen sie sich um, und Dadda zeigte in die Gegend und sagte: »Da ist ein Haus für uns«, und sie rannten und schrien, Mama viel zu schnell mit ihrem dicken, dicken Bauch, Dadda schlitterte lachend hinter ihr her. Hierher.

Tanzend kamen sie herein zu den Spinnweben und trockenen Farnen. Damals gab es nur einen Raum und keinen Fußboden. Käfer plumpsten auf sie herab, von den Wänden fielen ganze Stücke heraus, und sie konnten gar nicht wieder aufhören zu lachen. Sie machten sich dran, mit einem manuka-Zweig sauberzumachen, den Lehmboden zu kehren und die Spinnweben abzufegen. Als sie damit fertig waren, machten sie sich aus trockenen Farnwedeln ein Bett, zogen ihre Hochzeitssachen aus, verstreuten sie auf dem Boden und ließen sich fallen, kuschelten sich aneinander.

Am nächsten Tag gingen sie zu Tante Horiana, auf deren Land dieses Haus steht, und fragten sie, ob sie hier bleiben könnten. Tante Horianas Großmutter, die damals noch lebte, sagte: »Es gehört euch, weil ihr ein Recht darauf habt.« Stell dir nur vor, wie sie da und dort was für Bretter und alte Nägel zusammengekratzt haben, um einen Fußboden zu legen, wie sie Steine für eine Feuerstelle gesucht und Löcher mit Blechstücken geflickt haben. Noch vor Mannys Geburt fand Dadda Arbeit beim Straßenbau.

»Alles in Ordnung, meine Gute«, sagte Kui, als sie ankam. »Dieses Mal liegt unser Baby aber richtig herum.« Du warst das, über die sie geredet hat. Sie hatte ja keine Ahnung von mir.

Du kamst mit dem Kopf voran in den Lichtkreis über einem Polster aus Papier und Handtüchern, über dem unsere Mutter hockte – winzig, durchscheinend, wie ein Küken. Das Blut pulsierte unter deiner Haut, und dein Schrei war dünn und empört. Du fingst an zu atmen, deine Gliedmaßen strafften sich, Schleim floß heraus, als Kui dich kopfüber in eine kleine Welt hielt. Als unsere Mutter wieder nach abwärts preßte, fiel das whenua auf die Handtücher, unser whenua.

Kui half Mama auf das Bett und versorgte sie – wusch und rieb, zog und befestigte das Verbandstuch – und als das getan war, bückte sie sich und breitete die Plazenta aus, nahm die Lampe herunter, um sie genau zu betrachten. Das war der Augenblick, wo sie begriff, daß es mich gab, wo sie die Anzeichen sah, aber sie hat niemals von mir gesprochen, ich weiß nicht, warum. Sie legte unser whenua, unsere Decke, zum Eingraben beiseite, und ich hörte deinem empörten Schreien zu, Missy, und dachte, daß die Empörung vielleicht mir galt, deinem Bruder, deinem Zwilling. Wenn Kui etwas gesagt hätte, wäre vielleicht eine Träne für mich da gewesen oder wenigstens ein Wort oder zwei.

»Bei Maleme«, sagte unser Vater, »bei Maleme gekämpft. Manche sind dort gefallen, manche verwundet worden, manche gefangengenommen. Die achtundzwanzigste kam gar nicht erst zum Zug. Bis wir überhaupt in Pirgos ankamen, war er schon zu stark. Der Feind. Die kamen mit Truppentransportern, Segelfliegern, mit Fallschirmen, zu Hunderten.

Also, als wir gerade da raus wollten und uns im Schutz des Bambus und der Olivenbäume hielten, da hat's mich erwischt. Bum. Beide Beine und ein Loch in der Seite. Nichts. Nur ein Brennen in den Beinen, aber ich konnte nicht mehr aufstehen, mich nicht mehr rühren.«

Unsere Mutter saß im Bett und hielt dich an ihrer Schulter. Kui war neben dem Feuer eingeschlafen. Eine Kerze brannte. »Warum?« fragte sie. »Warum gerade jetzt?«

»Ich kippte um«, sagte er, »und als ich wieder zu mir kam, war das Schießen zu Ende. Wieder ohnmächtig. Es wurde dunkel, und überall lagen Leichen. Ohnmächtig, wieder bei mir, ohnmächtig, wieder bei mir. Und zwischendurch höre ich meinen Namen, jemand ruft mich, ganz leise. Ich weiß, es ist Bruder Rere, aber ich roll mich hinüber, schleppe mich in den Bambus, damit er mich nicht findet, weil ich nicht will, daß er mich trägt. Ich denke, wenn er mich trägt, schafft er es nicht bis zurück. Er ging zwischen den Weinstöcken hin und her, um die Bambusstauden herum und sah sich alle Toten an, um zu sehen, ob ich dabei bin.«

»Nachts, im Schlaf, redest du davon«, sagte unsere Mutter. »Aber nur im Schlaf – und einmal, als Manny zur Welt kam. Warum? Warum denn jetzt?«

»Mitten im tiefsten Schlamassel muß ich an ein Baby denken, deshalb«, sagte er. »Ich lag da und dachte, es ist gar nicht so schlimm zu sterben, werde ohnmächtig, komme wieder zu mir. Aber plötzlich, mittendrin in dem Ganzen, ist da ein Baby, als wie im Traum. Ein kleines neugeborenes Baby, wie meine Geschwister, wie ich sie neugeboren gesehen habe, wie dieses kleine Fräuleinchen, das wir gekriegt haben. Mein eigenes Kind ist das. Will mir wohl sagen, sollst nicht sterben.

Also wartete ich und horchte.

Pure Dunkelheit und keiner da, der mich ruft, kein Geräusch, keine Bewegung, also zog ich mich vorwärts, ein kleines Stückchen, Stückchen für Stückchen, aus dem Bambus heraus. Und als ich raus war, war er da, Rere. Er hatte gewußt, daß ich da irgendwo war. Nicht unter den Toten, also mußte ich irgendwo anders sein. Er hatte gewartet, bis er den Bambus rascheln hörte, und dann wußte er Bescheid. Er schmiß seine Ausrüstung hin, band meine Beine zusammen und nahm mich fluchend auf die Schulter. ›Laß mich hier‹, sagte ich.

Aber nein. Schon ging es los, über Stock und Stein, und er schleppte mich mit, aber ich kann mich zum größten Teil gar nicht mehr daran erinnern. Wir versteckten uns ab und an, und einmal, als er mich absetzte, bemerkte ich, daß er ganz mit Blut bedeckt war, von Kopf bis Fuß, als ob er was abgekriegt hätte. Das ist es, was mich bis in meine Träume verfolgt. Unser Bruder, der von Kopf bis Fuß mit meinem Blut bedeckt ist. Blut, das fließt, rinnt, als wär es seins. Mein Blut, das er blutet.

Wir schafften es bis Platanius, aber ich kann mich eigentlich nicht mehr an viel erinnern.

Als ich dann nach Hause zurückkam und hörte, daß Rere tot war, war das mein schwärzester Tag, der schwärzeste Tag meines Lebens. Er hat mich da herausgetragen, hat mich gerettet, und jetzt war er tot …«

»Aber nicht, weil er dich getragen hat. Später in Ägypten ist er gestorben … in einem ganz anderen Land.«

»Er lachte, erzählte davon, wie ich mich versteckt hatte, wie er sich vor mir versteckt hatte. Er hätte mich lieber dalassen sollen, damit mich ein Kreta-Mädchen findet, hat er gesagt.«

Unser Vater nahm dich auf und barg dich an seinem Körper – dich zusammen mit dem Winzling, dem Restchen, meinem Ich, das in dich hineingeschlüpft war, aber er ahnte nichts von mir. Du, wir, an ihn geschmiegt, ruhig, ruhig. Dann sagte er: »Und jetzt Hori.«

»Hori?«

»Sie waren schon alle auf und machten sich fertig, um zu Horiana zu gehen, als ich losging, um Kui zu holen. Sie hatten gerade das von Hori gehört.«

»Halt dein Kind im Arm, Bobby«, sagte unsere Mutter. »Deshalb bist du doch zurückgekommen. Deshalb bist du doch aus dem Bambus herausgekrochen. Du bist wegen deiner Kinder und mir aus dem Bambus herausgekommen. Wie hübsch, sieh mal, und es schläft.«

Sie hätte das natürlich auch von mir gesagt, wenn genügend Blut vorhanden gewesen wäre, wenn ich dir schreiend in den gelben Lichtkreis gefolgt wäre. Wie hübsch, sieh mal, und es schläft.

Als es am nächsten Morgen hell wurde, nahm unser Vater unsere Plazenta, unsere Decke (die das einzige Anzeichen von mir trug), in Papier gewickelt und vergrub sie dort, wo Baby-Decken hinkommen.

Aber es gibt eine feengleiche Spur von mir, die sich in dich hineingerollt hat. Wenn Kui etwas gesagt hätte, gäbe es eine Geschichte über mich.

## 32

*Fingernagel war's*
*Feuer*
*das die Welt*
*in Flammen setzte*

An deinem ersten Schultag gingst du mit Makareta mit und hattest deine neuen Sachen an, und Manny hüpfte vorneweg.

Mama hatte aus einem Kleid einen Rock genäht und eine Bluse aus einem Mehlsack mit einem grünen Knopf dran. Du hattest eine richtige gekaufte Hose, saubere Fingernägel und ein Taschentuch aus einem alten Lumpen. Eigentlich wäre ich auch mit dabei gewesen und hätte auch neue Sachen gekriegt.

»Du mußt sagen: ›Bitte, darf ich austreten‹, wenn du Pipi machen mußt«, sagte Makareta. »Und sag in der Schule bloß nicht Pipi.«

»Warum denn nicht?« fragtest du.

»Das ist da so.«

»Und wenn ein Kind auch nur ein Wort Maori mit dir spricht«, sagte Manny und rannte vor und kam wieder zurück und drehte sich im Kreise, »dann mußt du sofort wegrennen. Der Direktor haut dich sonst mit einem gewaltigen Lederriemen.«

Dann deinem Geheule zuzuhören, wie du dich da, platsch, auf den Weg setztest, der Mund so groß wie die Herdklappe. »Mama, Mama. Will aba heim. Will aba-aa.« Missy Sissy. Unser Bruder verdrückte sich, verschwand zwischen den Bäumen.

»Achte nicht drauf, achte doch nicht auf den«, sagte Makareta und zog dich am Arm. »Steh auf, sonst machst du dir noch deine neuen Sachen dreckig.« Und das brachte dich wieder auf die Beine, ließ dich verstummen, denn deine Kleider waren dir wichtig. »Die Lehrerin ist nett«, sagte Makareta und klopfte dich ab. »Miss Jamieson. Hat immer schöne Kleider, Ketten und Ohrringe, Strümpfe und hohe Absätze.« Da tauchte Manny wieder auf, stieß den Atem aus und rückte dir dicht auf die Pelle: »Die ist 'ne pakeha«, schrie er, und abwärts gingst du wieder, hörtest doch drauf, brülltest zum Gotterbarmen. »Schau mal, was du da angerichtet hast, Manny«, rief Makareta, als er wegrannte, wegrannte, weg war.

Sie tröstete dich mit Marmeladenbrot, wischte dir die Tränen ab und putzte dir die Nase und erzählte dir von den Büchern, die es dort zum Lesen gab, und von den Schiefertafeln, auf die man schreiben konnte, und von den Stempeln für gute Mitarbeit. »Es gibt da Wandtafeln und Tische«, sagte sie, »einen Stock mit einem Haken zum Fensteraufmachen, ein ABC, ein Foto vom König.« Dein Mund schloß sich über dem Marmeladenbrot, deine Augen öffneten sich weit, und du ließest es zu, daß Makareta dich an der Hand nahm. »Sie ist keine echte pakeha, sie ist Miss Jamieson«, sagte sie.

»He, Missy, kommste jetzt etwa auch?« riefen die Kinder, als du zum Tor hereinkamst. »Missy, biste denn schon fünf? Der Direktor hat einen gewaltigen Lederriemen.«

In einen großen Raum hinein, in dem deine Augen herumwanderten, vom Fußboden bis zur Decke, die hohen Absätze, Strümpfe, das schöne Kleid, Ketten und Ohrringe. Rote, rote Lippen, die dich anlächelten. Hör nur, dein Herz, schlägt bumpedibum. Rote Lippen sprechen mit Makareta: »Sag mir mal, wie deine Cousine heißt.«

»Maleme Karoria Tatua«, sagte Makareta. Ich hätte auch einen Namen, Pirgos oder Platanius, wenn ich mich bemerkbar gemacht hätte, wenn genügend Blut für mich dagewesen wäre. Manny hüpfte von einem Fuß auf den anderen und sagte: »Meine Schwester, meine Schwester, die is fünf.«

»Bring sie zur Anmeldung zu Mr. Davis und zeig ihr dann die Toiletten«, sagte Miss Jamieson. »Egypt, du bleibst hier und erklärst mir, wo du die ganze letzte Woche oder noch länger warst.«

Du gingst mit Makareta quer über den Schulhof zu einem anderen Raum, wo ein Mann mit gelben Haaren Linien mit Kreide auf eine Tafel malte. Makareta gab ihm den Zettel von unserer Mutter. »Guten Morgen, Maleme«, sagte Mr. Davis, als er den Zettel gelesen hatte, aber du gabst ihm keine Antwort, Sissy Missy, Augen niedergeschlagen, Mund fest geschlossen, mit beiden Beinen fest auf dem Boden. »Ist das

Egypts Schwester?« fragte er. »Kann sie auch sprechen? Versteht sie Englisch? Sie sollte eigentlich schon seit zwei Wochen hiersein.« Er legte den Zettel von Mutter auf seinen Tisch und wandte sich wieder der Tafel zu und schrieb in Schleifen und Bögen auf den Linien, die er gemalt hatte. »Bring sie wieder zu Miss Jamieson«, sagte er. »Sag ihr, sie muß jeden Tag zur Schule kommen.«

Draußen auf der Treppe läutete Bessie die Glocke, und Makareta nahm dich an der Hand und schob dich in die Reihe der Erstklässler. Manny hinter dir stieß dich in den Rücken, und du setztest dich in Bewegung, hinter den anderen Kindern her zum Fußbecken, wo ihr alle mit den Füßen geplatscht habt, als ihr durchgingt, und als ihr an der anderen Seite wieder herauskamt, habt ihr Fußspuren auf dem Betonweg zur Tür hinterlassen. Ihr habt euch alle die Füße auf der Fußmatte abgeputzt, vor, zurück, seid den Flur langgegangen, Fußspuren, Fußspuren bis zur großen Matte, wo ihr euch dann hingesetzt habt. »Guten Morgen«, mußtet ihr alle im Chor sagen, bevor ihr euer Taschentuch und die Fingernägel vorzeigen mußtet.

»Gut, Maleme«, sagte Miss Jamieson zu deinem Taschentuch und den Fingernägeln. Ich hätte schöne Finger und ein Taschentuch zu zeigen gehabt, hätte ganz gerade mit überkreuzten Armen gesessen, mit untergeschlagenen Händen, eine oben, eine unten. »Gut, Pirgos oder Platanius«, hätte sie zu mir gesagt – schönes Kleid, Ketten, Ohrringe, Lippenstift. Lippenstift! Du schobst deine Hand zu Manny hinüber, um ihn am Arm anzufassen, Miss Sis, und er puffte dich grob mit dem Ellbogen, schubste dich weg.

Dann redete Miss Jamieson über irgendwas, fragte irgendwas, aber du hast nicht verstanden, was. Die Kinder meldeten sich eifrig, um dranzukommen. Miss Jamieson nahm Junior dran, der nach vorne ging, wo er sich mit dem Gesicht euch zugewandt hinstellte. Er mußte kerzengerade dastehen, mit geschlossenen Füßen, die Hände an den Seiten und zu euch reden. »Unser Vater und unser Onkel, die sinn den Berg rauf, 'n Schwein totmachen«, sagte er, »un sie machen 'n Schwein tot. Sie sengen es und schneiden es auf und hängen es am großen Baum auf, noch Fragen?« Hände, Hände. »Wie groß is?« fragte Tati, und Junior reckte seine Arme hoch, so hoch er konnte, um zu zeigen, wie groß es ist.

Hände.

»Unsere Schwester is mid 'm Zug weg, noch Fragen?« sagte Tuahine.

»Wohin denn?«

»Weiß ich nicht, noch mehr Fragen?«

»Wie lang is der Zug?«

»Weiß ich nicht, noch mehr Fragen?«

Hände, Hände. Unser Bruder Manny macht sich lang und schlenkert seinen Arm, guck, mit tellergroßen Augen.

»Egypt?«

»Unsere Mutter hat 'n totes Kind gekriegt«, sagte er. »Unser Vater hat es bei dem anderen toten Kind begraben, noch Fragen?«

»Wieviel tote Kinner habter denn?«

»Zwei, noch mehr Fragen?«

»Wie groß es is?« Manny hielt seine Hände auseinander, um die Winzigkeit zu zeigen, und setzte sich dann hin.

Er hatte von etwas erzählt, was sich ein paar Tage, bevor du zur Schule kommen solltest, ereignet hatte. Mama hatte den Rock fertiggenäht und Fäden für deine Bluse aus den Mehlsäcken gezogen und sie gekocht.

Aber zunächst einmal muß Suda Bay erwähnt werden, der Name, den unser Bruder Chumchum, Chummy, Chum, der als nächster nach uns geboren wurde, bekam. Du und Manny, ihr wart unter dem Tisch und habt gerade Kartoffeln gegessen, als Chummy seinen ersten dünnen Atemzug tat, beide noch zu klein, euch daran zu erinnern. Nach Chummy kam ein Kind, das einen Namen erhielt und beerdigt wurde, ein Mädchen, das du eines Morgens, als du aufwachtest, kurz zu sehen bekommen hast, bevor die Kiste verschlossen wurde. Damit sind wir dann fünf, mit mir.

Du hast gerade mit Chumchum unten am Ufer gespielt, als du unsere Mutter rufen hörtest, aber du hast so getan, als hättest du es gar nicht gehört. Du wolltest lieber den Kindern zusehen, die aus der Schule nach Hause kamen. Nach einer Weile bemerktest du, daß die Stimme unserer Mutter irgendwie anders klang, irgendwie anders, aber nicht ärgerlich, und das machte dich neugierig. Also nahmst du Chumchum an die Hand und gingst mit ihm das Ufer hinauf auf den Hof, wo du deine Mutter auf den Scheiten beim Holzhaufen entdecktest, den Rücken gegen den Hackklotz gelehnt. »Lauf schnell und hol Kui Hinemate«, sagte sie, aber du wolltest nicht gehen, standest nur breitbeinig da und wolltest wissen warum. »Mama is krank«, sagte sie. »Lauf zu, lauf und hol Kui.« Standest da, standest da und wolltest mal sehen, wie lange es dauerte, bis Mama wütend wurde und dich mit einer Ohrfeige zum fluchtartigen Laufen brachte, aber Mama rührte sich nicht. »Sag ihr, Mama blutet«, rührte sich nicht, griff nach keinem Stock, um damit zu schlagen. Dann stand Mama doch auf, und du sahst, daß die Scheite blutbedeckt waren. Alles voller Blut, vergeudet, vergeudet, Blut, das ich hätte brauchen können. »Reingehackt?« fragtest du.

»Aus Mamas puku«, sagte sie. »Lauf schnell und sag es Kui.«

Also bist du losgelaufen, heulend den Weg entlang, Miss Tissy, durch das hohe Gras, das Sauergras, das puha, das poroporo und die Brennesseln. Ranntest und ranntest bis zum Ende des Wegs und seitlich um den Hügel herum, von wo aus du schon das Haus von den Großeltern sehen konntest, noch weit entfernt, und deine Beine brannten da, wo sie an die Nesseln gekommen waren.

Du liefst den Hügel hinunter, erst ganz vorsichtig, aber der steile Hang ließ deine Beine immer schneller laufen, zu schnell für sie, so daß du schließlich kopfüber hinschlugst, kuller, kuller, und laut jodelnd im kalten Gras landetest. Aber da war keiner, der es hätte hören können.

Bist wieder aufgestanden und weiter am Fluß langgegangen, durch das wiwi, über die Wiese und hieltest Ausschau nach Aperehama oder unserem Großvater, die Hände und Knie bluteten, bluteten, vergeudet.

Niemand an den Zäunen oder auf den Weiden, nur das hohe Gras und die Schatten. Du schriest nach Mama, du schriest nach Kui.

Niemand in den Schuppen oder in den Gärten, kein Aperehama, kein Wi, keine Keita, keine Kui. »Kuuii, Kuuii« schriest du, und sie trat auf die Türschwelle heraus und schirmte ihre Augen gegen das Licht ab. »Bist du das, kleine Tochter Maleme?« sagte sie.

»Mama krank.«

»Komm mal her zu Kui.«

»Mama blutet ganz doll.«

»Du bist doch noch so klein wie das wiwi, Tochter Maleme. Ich sag nur eben Keita wegen Mama Bescheid, und dann kannst du mich hinbringen.«

In der Nähe des Hauses hörtest du unsere Mutter in einem Ton rufen, der den Toten galt. Sie saß noch immer auf den Holzscheiten und schaukelte vor und zurück und hielt Chumchum mit einem Arm an sich gedrückt. Mit dem anderen Arm hielt sie etwas, das in ein Tuch gewickelt war. Kui lehnte ihr Gesicht gegen Mamas Gesicht und klagte so, wie es den Toten galt, dann nahm sie ihr das Bündel ab. Es war Mamas totes Baby, in ein Stück von dem Stoff eingewickelt, das sie unten von ihrem Kleid abgerissen hatte.

Du hast mitgeholfen, alles aus der Küche in den Hof zu räumen, während Kui und Keita das Schlafzimmer fertigmachten. Auf der Feuerstelle vor der Tür wurde Feuer gemacht, und Wi und Aperehama schnitten Fleisch klein und putzten Gemüse. Leute kamen.

Nachdem unsere Mutter versorgt war, ging Keita hinaus zu dem Holzstoß und machte sich dran, die Stelle sauberzumachen, wo Mama gesessen hatte, versprengte Wasser, schaufelte die Holzscheite zusammen und wickelte sie in Papier. Wieder Blut. Sie schickte dich zu Aperehama, er solle Flachs für sie brechen, und du gingst mit ihm mit und hieltest ihm die Lampe.

Du gucktest zu, wie Keita die Hülsen vom Flachs abstreifte und daraus einen Korb flocht. Und als er fertig war, sahst du ihr dabei zu, wie sie die eingewickelten Holzscheite mit der Decke unseres Bruders zusammen hineinlegte und den Korb in einen Baum hängte. Aber wo war der Korb, süß duftend und grün, der *unsere* Decke in den Boden gebracht hätte? Für dich und mich war nur Zeitungspapier dagewesen.

Danach war es still. Du setztest dich neben Makareta ans Feuer, hungrig. Fleisch und Wasserkresse kochten gerade, aber alle warteten.

Lange Zeit danach hörtest du Dadda singen und wolltest ihm entgegenlaufen, aber du durftest nicht. Alle blieben beim Feuer sitzen, während Wi die Uferböschung hinunterging und eine Lampe mitnahm, und kurze Zeit danach kehrte er mit Dadda zusammen zurück. Du, Manny und Chum, ihr seid von der Feuerstelle weggegangen, zu Dadda und habt euch an ein Bein, einen Mantel, eine Hand geklammert. Wieder wurde es laut, das Klagen setzte wieder ein.

Mama gab ihm das Baby, und er wickelte es aus, und unsere Großmutter Keita hielt das Licht tief zu ihm herunter. Babychen hatte mittlerweile seine guten Sachen an. »Kleines Brüderchen«, sagte unsere Mutter und klang ganz müde. (Von mir hat das keiner gesagt.) »Behalt es doch, Mama«, sagte Manny.

»Es ist tot.«

»Wir mal halten?« Also durfte jeder einmal das tote Brüderchen halten, das wirklich da war, sich aber nicht rührte, wirklich da, aber keinen Ton von sich gab, sein Gesicht kleiner als eine Hand. Wenn für Kui je der richtige Zeitpunkt gekommen war, mich zu erwähnen, dann jetzt, aber vielleicht hatte sie mich in der Zwischenzeit schon längst vergessen.

Du bist dann hinausgegangen, um dich zu waschen und kai zu bekommen, und später, als du wieder hineingingst, schlief Mama mit dem Baby an ihrer Seite. Kui und Keita saßen auf Kisten zu beiden Seiten des Bettes, und ihre Gedanken waren hinter ihre Augen zurückgetreten.

Es wurde gerade Tag, als du aufwachtest. Dadda war draußen auf dem Hof und nagelte eine Kiste zusammen. Die Feuer brannten noch, und immer noch waren Leute mit Decken da. Als die Kiste fertig war, kamen alle ins Haus, und Dadda legte unseren Bruder hinein.

Während unser Vater und einige andere auf dem urupa waren, mußte Kui Mama in Tücher wickeln und ihre Brüste hochbinden. Tellergroße Augen, Missy, tellergroße Augen. Du hattest die schöne Kui sehr gern mit ihrem alten Gesicht und dem großen Fleck mit Haaren drauf neben der Nase, mit den langen, dünnen Armen. Sie hatte weiße Zöpfe mit zwei Schleifen von Makareta dran und trug ein schwarzes Kleid, das fast bis auf den Boden reichte. Ihre Füße waren lang und breit, und sie hatte gelbe, buckelige Fußnägel. Mußte sich bücken, um durch die Tür zu passen. »Was hast du für einen großen Fleck neben der Nase, Kui?« hast du gefragt, Miss Nohi.

»Den hat mir mein Bruder dahin getan«, sagte sie. »Hat ihn von seinem Kinn auf den Finger wechseln lassen und dann in mein Gesicht und dabei das Warzenwechsel-Lied gesungen. Er wollte ihn mir auf die Nase tun, aber ich habe den Kopf bewegt.«

»Gib ihn ihm doch zurück, Kui.«

»Der kam erst viele Jahre später dorthin. Mein Bruder war mittlerweile im Krieg«, sagte sie.

Als ihr Dadda, Wi und die anderen den Weg zurückkommen hörtet, ging Kui hinaus, um sie zu rufen. Keita und unsere Mutter gingen hinterher, und Mama sagte: »Sag ihnen, bitte, sie sollen die Schaufel wegstellen, Kui. Ich darf doch die Schaufel nicht sehen.«

Sie hatten meinem Bruder einen Namen gegeben und ihn neben unserer Schwester, die auch einen Namen bekommen hatte, an der Stelle begraben, wo die Babies hinkommen. Mama war krank wegen der Milch und weil sie blutete, und du kamst dann schließlich zwei Wochen nach unserem Geburtstag zur Schule.

Als die älteren Kinder zu ihren Tischen gingen, um auf ihren Schiefertafeln zu schreiben, brach Miss Jamieson ein Stückchen grüne Kreide durch und gab die eine Hälfte Billyboy und die andere Hälfte dir und sagte dir, du könntest auf der Wandtafel malen. Du maltest einen Kreis mit zwei Augen und unten dran zwei lange Beine. Das hat dir gefallen, und du hast noch eins gemalt und noch eins, bis es eine ganze Familie war, und ein Baby in einer Kiste. Auch wenn es dir nicht klar war, so glaube ich doch, daß einer der Kleckse, die du dabei unbeabsichtigt gemacht hast, ich selbst gewesen sein könnte, der sich in dich hineingezwängt hat. Hinter dir ging Miss Jamieson auf und ab und sagte: »Sitzt gerade, Füße zusammen, ›vier Arme‹ auf den Tisch, schreibt nicht mit der Nase.« Du sahst dich immer wieder um, und wolltest wissen, was los war. Da war ein zum Ball gerollter Socken-Tafellappen mit einer angenähten Schlaufe, die aus einem Band gemacht war und an der er an einem Nagel neben der Wandtafel hing.

Nach dem Essen habt ihr alle an den Waschbecken gestanden, wo ihr einen Finger in einen Teller mit Salz tupfen und damit rund und rund und auf und ab über eure Zähne reiben mußtet, um sie zu putzen. Ihr mußtet ausspucken und den Mund ausspülen und dabei darauf achten, kein Wasser zu vergeuden. Ich hätte auch schon Zähne gehabt, die anfingen locker zu werden und zu wackeln wie deine. Die älteren Kinder hatten Zahnbürsten, und sie wurden zurechtgewiesen, wenn sie andere damit hauten.

In dem Buch der Lehrerin war ein Junge mit Zauberbohnen. Er trug einen Hut und eine Jacke, eine lange Hose und Angeberstiefel, und wenn seine Mutter die Bohnen aus dem Fenster warf, wuchs eine Bohnenranke bis zum Himmel hinauf. Du dachtest, du hättest auch gerne solche Stiefel und Kleider, solche Bohnen, die bis zum Himmel wachsen, wo vielleicht ein Huhn war, das goldene Eier legte. Aber da konnte natürlich genausogut ein Riese sein, hast du gedacht, mit Riesenstiefeln, der Menschenfleisch roch und einen jagte.

Nachdem die Lehrerin ihr Buch weggelegt hatte, habt ihr alle *Swing low sweet chariot, Comin' for to carry me home* gesungen. Es gab einen Ofen im Raum, aber kein Holz, und du hättest gern gewußt, wo Miss Jamieson ihr kai kochte; kein Bett, und du hättest gern gewußt, wo sie schlief. Du wolltest mal Pipi machen, aber du wußtest nicht mehr, wie man das sagt.

»Größer als Bäume?« hast du Makareta auf dem Heimweg gefragt.

»Keine Riesen«, sagte sie.

»Wo sind die denn?«

»Im Land der Riesen, nehme ich an.«

Der Weg wurde schmaler, und Makareta ließ deine Hand los und ging vor dir her. Du gingst dicht hinter ihr, ganz dicht, strecktest die Hand aus, berührtest sie. »Wo ist denn das, das Land der Riesen?«

»Nirgendwo.« Sie blieb da stehen, wo die Wege zusammentreffen, und schickte dich die Abkürzung nach Hause. »Warte morgen auf dich«, sagte sie. Und du ranntest los, ranntest, ranntest, zwischen den riesigen Bäumen durch, heiahussa, wie Maui vor dem Feuer wegrennt, mit dem der wütende tipuna ihn verfolgt. Hopplahopp, Missy!

Mama erhitzte eine Nadel im Feuer, und Chummy fing an zu brüllen. Ein Stückchen weißer Faden hing noch von der Nadel herab, weil Mama gerade dein Kleid genäht hatte.

»Es gibt ein Kind mit Zaubersamen«, sagtest du.

»Es gibt ein Kind mit dreckigen Sachen«, sagte Mama, »und einem Riß in seinem Ärmel.« Stimmt, Missy, sieh nur. Mit grüner Kreide bedeckt, einem Riß in der Bluse, weil du zu schnell zwischen den Bäumen durchgelaufen bist, Dreckflecken vom Morgen, als du dich auf dem Weg hingesetzt hast.

»Die klettern bis in den Himmel«, sagtest du.

»Kommst mir nicht mehr in die Schule, wenn du da nur deine Sachen dreckig machst und zerreißt. Mußt nicht etwa meinen, wir hätten so viel Wasser, daß wir ständig deine drekkigen Sachen waschen können.«

Mama hielt Chumchum fest, unser Bruder kreischte schlimmer als ein geklautes Huhn, stach mit der Nadel seinen Fuß auf und fing an, den Eiter herauszudrücken. »Bring mir mal kawakawa, Manny. Missy, hol mir mal eine Schüssel.«

»Und die Lehrerin hat mir und Billyboy Kreide gegeben«, sagtest du, als du mit der Schüssel wiederkamst.

Mama badete den Fuß, bedeckte ihn mit kawakawa und wickelte einen Lappen drum. »Geh auf der Ferse, sieh mal so, auf der Ferse«, sagte unsere Mutter und zeigte Chummy, wie er es machen sollte. Da hast du dir gewünscht, du hättest auch eine Wunde, die mit warmen Blättern und einem Tuch umwickelt würde, und müßtest auf der Ferse gehen. »Welcher Billyboy?« fragte sie.

»Von Henrietta«, sagte Manny. »Is fünf, wie Missy.«

Unsere Mutter setzte sich auf eine Kiste, legte Tabak auf ein Zigarettenpapierchen, leckte darüber, rollte es, knipste das, was heraushing, an beiden Enden ab und steckte die zwischen die Lippen geklemmte Zigarette am Herd an.

»Und ein Lied«, sagtest du.

»I looked over Jordan and what did I see?« sang Manny und du hast gelacht, weil Mama das Lied von der Lehrerin kannte und mitsang:

*Comin' for to carry me home,*
*A band of angels comin' after me,*
*Comin' for to carry me home.*

Und unser Vater kannte es auch. Du ranntest neben ihm her und trugst den Blechkanister. Ich wäre mit dir um die Wette gelaufen, hätte ihn dir vor der Nase weggeschnappt, meine Finger durch den kleinen Drahthenkel gesteckt und ihn nach Hause getragen. Dadda reckte seine Hände den Bäumen entgegen und sang:

*If you get there before I do,*
*Comin' for to carry me home,*
*Tell all my friends I'm comin' too,*
*Comin' for to carry me home.*

Du liefst hinter ihm her das Ufer hinauf zum Haus hin. »Ein Tisch, eine Wandtafel, Kreide«, sagtest du. »Ein Stuhl, ein Buch, schönes Kleid, hohe Absätze.«

»Auch 'n roter Mund?« fragte unser Vater und bog sich am Feuer vor Lachen. »So wie Wis Hund, wenn er Schafe würgt?« Dadda machte dich wild.

Das war dein erster Tag. Die Schule war etwas für dich, hast du gedacht, als du nach draußen gingst und deine Sachen rubbeltest und ausspültest, sie auf die Wäscheleine hängtest und den Stock zum Abstützen drunter stecktest. Später, als es dunkel war, hast du sie wieder abgenommen und bist vor den Himmelsriesen, den sprechenden Tieren, der Dunkelheit, den Geistern davongerannt. Unsere Mutter legte die Sachen auf eine Kiste beim Feuer, damit sie bis zum Morgen auch richtig trocken waren.

33

*Jemand, der im Mond lebt*
*Bestimmt den Fluß des Blutes.*

Die Schule war tatsächlich etwas für dich, aber es gab immer irgendwas, was dich davon abhielt – deine Kleider, deine Haare, das Wasserholen, der Mama zu helfen, ein Regenmantel.

In der Schule hast du festgestellt, daß es Sachen gab, die du eigentlich haben müßtest. Ein Regenmantel war eine davon. Denk nur, wie du an Regentagen zur Schule rennst, mit einem Zuckersack über dem Kopf, bei dem die beiden Ecken zu einer Kapuze zusammengeheftet sind. Und dann wirfst du sie ins Gebüsch, bevor du zum Tor reingehst, weil man das hier nicht so hat.

Ein Bett wie im Lesebuch, ein Kissen, ein Tischtuch, ein Bleistift für eine Nachricht von deiner Mutter, eine Zahnbürste für jeden, ein Apfel, Toast, ein Glas Milch.

Du solltest auch die richtigen Antworten haben, gute Entschuldigungen, wie Miss Jamieson sagte, als sie dich fragte, wo du denn die zwei Wochen, den Monat, die zwei Tage gewesen wärst.

Entschuldigungen wie: krank, verbrannt, Zehen abgehackt. Aber es war Jacko gewesen, der sich einen Zeh abgehackt hatte und mit einem dicken Verband in die Schule kam, damit die Lehrerin ihn sehen konnte. Es war Tama gewesen, der glänzende neue Haut im Nacken, eine Brandwunde am Ohr, den Arm voller Narben hatte. Und es war Tati gewesen, die ins Krankenhaus gekommen und fast ein ganzes Jahr lang hatte dort bleiben müssen.

Und einiges war auch nicht erlaubt, besonders alles, was mit kai zu tun hatte. Die großen Kinder warteten in der Pause im Unterstand auf dich, um zu sehen, ob du deine ganze Malzmilch austrankst – weil sie sonst danach fragen wollten, aber sie durften gar nicht danach fragen. Die Lehrer wurden böse, wenn du nach Milch oder kai fragtest oder wenn du dein kai jemandem gabst. Aber zu Hause kriegtest du eine anständige Abreibung, wenn du dein kai für dich alleine haben wolltest. Es gab auch Wörter, die nicht erlaubt waren – kai, taringa, pinkeln, poaka, Scheißkerl.

Und Lügen. Warum bist du nicht da gewesen? Wo warst du? Der Mama helfen. War das eine Lüge?

Von unserer kleinen Schwester Keita, die Bubba genannt wird. Von tuakana und teina muß doch alles erzählt und die Erinnerung wachgehalten werden, wie sonst könnte ich mit dabeisein?

»Du bleibst zu Hause, Missy, und damit basta«, sagte unsere Mutter, aber du wußtest nicht einmal warum. Der Wassertank war doch voll, und Mama war auch nicht krank, war schon seit langer Zeit nicht mehr krank gewesen. Es regnete nicht einmal, du hattest sogar saubere Sachen für die Schule, und es krabbelte auch nichts in deinen Haaren herum. Dann kam dir ein Gedanke, als du unserer Mutter zusahst, wie sie den Wassereimer hochhob, innehielt und sich gegen den Türrahmen lehnte. »Kriegen wir noch ein totes Baby?« hast du da gefragt.

»Fängst gleich eine, wenn du nicht auf der Stelle abräumst und den Abwasch machst«, sagte sie und ging mit dem Eimer nach draußen. Manny zerrte Holz über den Hof.

Als Mama wieder hereinkam, sahst du sie an, um herauszufinden, wie ihre Stimmung war, aber es war schwer zu sagen. Sie schwitzte und war in Eile. »Danach gehst du Kui holen«, sagte sie. Also war das richtig, was du dir gedacht hattest. Mama kriegte wieder ein totes Baby. »Und trödel nicht, Missy«, sagte sie, als sie mit gerunzelter Stirn nach draußen ging.

Du hast ein Stückchen Seife auf eine Gabel gespießt, es ins Wasser sausen lassen und angefangen, die Teller abzuwaschen. Du warst fast fertig, als Mama ganz naß vom Wäschewaschen wieder hereinkam. Ganz verschwitzt. »Hol sie jetzt sofort«, sagte sie. Ihre Haare waren wirr, und sie versuchte, sie mit dem seifigen Arm zurückzustreichen. Ihr Kleid war kaputt, aber sie hatte es mit einer Sicherheitsnadel über dem Bauch zusammengesteckt. Sie stand im Türrahmen, noch größer als die Tür.

Kui Hinemate schnitt das Brot in zwei Hälften, gab dir eine davon zum Tragen, und du gingst hinter ihr her über die Wiesen und den Hang hoch zum Weg. Dann gingt ihr beide zusammen zum Haus, und du dachtest, du würdest dort Mama mit dem Baby sehen.

Aber nein. Mama war bei der Wäscheleine und hängte gerade die Wäsche auf, und Kui ging ins Haus hinein, legte das Brot auf ein Bord und brachte das Feuer in Gang. Du dachtest, das Brot bliebe wohl da, bis Dadda klagend nach Hause kam. Mama hatte angefangen, Holz zu hacken, sie stand auf einem Ast, hackte, hackte und warf die Scheite auf einen Holzstoß.

»Bring das mal deiner Mama raus«, sagte Kui und reichte dir eine Decke und nahm noch ein paar Handtücher. Also gingst du hinaus und halfst Kui, die Decke an einer schattigen Stelle hinter der Wäscheleine auszubreiten. Aber Mama setzte sich nicht hin. Statt dessen lief sie herum. Kui legte sich auf die Decke. »Sieh mal nach dem Feuer, kleine Maleme«, sagte sie mit geschlossenen Augen. »Mach der Mama eine Tasse Tee. Schmier eine Stulle für dich und deinen Bruder.«

Juchhu!

»Manny«, riefst du, als du zum Haus zurückkamst. »Es gibt Brot«, und er legte die Axt hin und kam angerannt, um Butter und Sirup aus dem Vorratsschränkchen draußen zu holen.

Als ihr das Brot aufgegessen hattet, hast du dann Tee gemacht, und du und Manny, ihr gingt raus, mit der Tasse in der einen Hand, dem Brot in der anderen. Mama kauerte auf der Decke und sah nach unten, und Kui nahm irgendwas von ihr weg, redete und hielt es dann hoch. Mamas totes Baby. Da bist du ganz schnell schwappend und kleckernd hinter die tropfende Wäsche gegangen.

Kui hielt es an den Füßen, und sein Mund ging auf und zu und schrie. Häßlich. Ein rotes, häßliches Gesicht, Gesabber, Arme, die sich bewegten, Fäustchen. Du hast Brot und Tee fallen lassen, hast dich umgedreht und bist weggerannt. Vor dir kam Manny den Abhang herabgesprungen, warf die Tasse auf den Holzstoß und schmiß das Brot weg. Du konntest hören, wie Kui Hinemate lachte.

Ihr zwei habt dann drinnen im Haus gesessen, gegen die Wand gelehnt, und habt euch aneinander geklammert. »Ihr Dussel«, rief Mama. »Kommt her und seht es euch doch an. Euer kleines Schwesterchen, kommt nur her und seht.«

»Ein Baby und nicht tot«, sagte Manny und sprang auf, mit riesengroßen Kulleraugen, und du gingst mit ihm raus, zu dem Platz, wo Kui gerade unserer Mama das Baby reichte.

Als unser Vater nach Hause kam, lieft ihr ihm alle entgegen, Manny vorneweg, denn er war ja mit den Füßen voraus zur Welt gekommen. Da rannte Dadda schnellstens auf seinen kurzen Beinen nach Hause, und ihr stelltet euch alle drum herum, als er das bubba auf seinen Arm nahm, das sogar den Kopf drehen und den Mund verziehen konnte, das eine Windel um den Po brauchte, eine Binde um das puku, ein Kleidchen und eine Decke, um es warmzuhalten.

Nachdem Dadda das Baby wieder hingelegt hatte, nahm er das Kaninchengewehr aus der Ecke und stieg auf eine Kiste, um die Kugeln vom Sims herunterzuholen.

Manny, Chum und du, ihr seid manchmal mit ihm mitgegangen, wenn es anfing dunkel zu werden, und habt euch an den Abhang gesetzt, wenn die Kaninchen zum Fressen herauskamen. Dadda hob vorsichtig die Flinte und und sah daran entlang, während ihr mit angehaltenem Atem dabeigesessen habt. Die Kugel zischte heraus, und ihr konntet bei ihrem Aufprall den gedämpften Knall hören, den weißen Sprung und den Sturz des Kaninchens sehen und den weiß aufblitzenden Lauf der anderen, immer im Zickzack auf und davon.

Ihr seid dann gerannt, weil jedes von euch dasjenige sein wollte, das das starräugige Kaninchen mit seinen zuckenden Beinen und Ohren aufhebt, weil jedes von euch dasjenige sein wollte, das es an seinen warmen Hinterläufen trägt, aber immer war Manny erster. Wenn man wartete, kamen nach einer Weile die anderen Kaninchen nach und nach wieder zurück und knabberten und drehten ihre Ohren.

Zu Hause hängte Dadda dann das Kaninchen kopfüber in einen Baum und schärfte sein Messer. Mit einer raschen Bewegung schnitt er um die Pfoten herum, machte einen Schnitt die Läufe hinunter und zog dann das Fell ab, schnitt den Hals durch und zog das Fell mit dem Kopf zusammen ab. Ohne Kopf und Fell, rosa Hase mit klumpigem, dunklem Blut da, wo der Hals abgehackt worden war. Du suchtest das rote Loch im Kopf hinter dem großen Auge, redetest über die Kugel und das Blut.

Dadda beugte sich zur Lampe vor, um das Gewehr zu laden, ging dann nach draußen und schoß in die Luft, damit alle wußten, das neue Baby, nicht tot, war geboren.

Und das machte sieben.

## 34

*Frau der roten Erde*
*Deine Kinder weinen.*

Da kamen ganz weit hinten zwei die Straße entlang. Die eine war unsere Mutter, die andere war unsere Cousine. Ganz langsam. Sie hatten eine Tasche dabei.

»Pscht, Bubba, Mama kommt doch«, sagtest du und bemühtest dich, unsere quengelnde Schwester zu beruhigen, »Chumchum, Mama kommt, Manny, Manny«, riefst du. Chumchum kam angerannt, aber Manny war verschwunden.

Pipi war an Bubbas Beinen heruntergelaufen, und es hatte sich Staub daran festgesetzt. Ihr Kleid war naß, und sie hatte ein dreckiges Gesicht, verklebte Haare und eine blutende Wunde am Hinterkopf. Du versuchtest, sie wenigstens ein bißchen abzuklopfen.

Du sahst zu, wie Mama unter dem Drahtzaun durchstieg und ihn auseinanderhielt, damit die Cousine mit ihrer Tasche auch durchsteigen konnte. Eine Zeitlang waren die beiden dann nicht zu sehen, dann sahst du sie über die Wiese kommen, und als sie dann das Ufer heraufkamen, konntest du ihre Stimmen hören und das Geräusch von zischenden manuka-Zweigen, und du und Chumchum habt Bubba an den Ärmchen gepackt und seid mit ihr gelaufen, ganz schnell bis zum Wassertank, um euch vor dieser neuen Stimme, dieser Cousine, zu verstecken. Unsere Mutter rief vom Hof her, aber ihr habt nicht geantwortet, und als Bubba wieder losquengelte, hast du ihr gesagt, sie soll still sein, den Mund halten.

Als Mama und die Cousine ins Haus gegangen waren, kamt ihr unter dem Wassertank hervor und seid so lange am Haus entlanggekrochen, bis ihr ein Loch in der Mauer fandet. Du hast mit einem Auge durchgepliert. »Iiih«, sagtest du und gingst beiseite, damit Chummy auch durchgucken konnte. Er linste auch hindurch und hielt dann seinen Mund an das Loch. »Iiih«, flüsterte er, »iiih, iiih.« Nach einer Weile rief unsere verärgerte Mutter, wir sollten hereinkommen und dies und das erledigen.

»Mußte ganz allein auf Bubba aufpassen«, hast du gesagt, als du hereinkamst. »Bubba Pipi gemacht, Bubba tutae gemacht.« Dann mußtest du hinauslaufen und die Wäsche von der Leine holen, weil Mama schon mit dem Fuß aufstampfte.

Danach mußtest du Bubbas Windel nehmen, damit zum Klo rennen, sie dann da so lange über dem Loch schütteln, bis sich die Klumpen lösten und abfielen, dann wieder zurückflitzen und die Windel in den Eimer unter dem Wassertank tun. »Kriegst Ärger, Mann«, sagtest du zu Manny, der gerade ums Haus herumkam.

»Hab 'n tuna«, sagte er, was hieß, daß er ganz bestimmt keinen Ärger kriegte, verdammter Kerl.

»Nein, so ein braver Junge«, hörtest du unsere Mutter sagen.

Dann kamen Mama und die Cousine heraus. Mama zeigte in Richtung Klo, und das Mädchen ging den Weg hinunter, ging ganz komisch.

»Mama, Mama, Manny paßt nie auf Bubba auf, immer nur ich.« Eingeschnappte Missy.

»Ich hab gehört, daß du frech zu deiner Cousine bist«, sagte Mama.

»Bin weggerannt, spielen.«

Aber Mama wartete nur noch auf unsere Cousine dort am Weg und trug dir auf, ihr zu zeigen, wo man sich wäscht, welche Schüssel, welches Wasser zu benutzen ist. Also hast du ihr Waschbecken, Wasser, Seife und Handtuch gezeigt, indem du einfach nur hinzeigtest, da, da, da, da. Grimmbauch. Du beobachtetest, wie deine Cousine rot wurde, beobachtetest, wie sich ihre trägen Augen auf dies und das richteten, wie sich ihr träger Kopf dahin und dorthin wandte. Und du hättest zu gerne gewußt, ob sie wohl im Zug ein Pastetchen und Himbeerlimonade gekriegt hatte.

Und auch später noch, als unsere Mutter den Aal und die Kartoffeln austeilte, warst du immer noch verärgert und mußtest ständig Blicke in die Runde werfen, ob vielleicht Manny und Chum mehr kriegten als du. Die Cousine hatte eine große Portion bekommen und wußte nicht, wie man das richtig aß. *»Maluna, ich liebe meinen tuna mit dem Silberbauch«,* besang unser Vater den Aal.

Nach dem Abendessen bist du weinend ins Bett gegangen und hast nach Bubba gerufen und wolltest nicht die Cousine in deinem Bett haben. Und es war dir auch völlig klar, daß unsere Mutter dich nicht mehr liebte. Nur Manny und Chum hatten noch draußen im Dunkeln Gespenster spielen dürfen, statt Holz reinholen zu müssen. Nur Manny und Chum hatten sich am Feuer umziehen dürfen. Bubba lag in Mamas Bett, die nuckel-schmatzende Bubba. Bubba, kuschelig und warm. Du hast dich eng an die Wand gedrückt, als deine Cousine sich neben dir ins Bett legte.

Mama ging mit dem Spülwasser hinaus, und du hast gehört, wie das Wasser auf das Gras platschte, hast das Klappern gehört, als Mama die Schüssel gegen die Hauswand lehnte. Dadda war auch dort draußen, und du hörtest die beiden miteinander flüstern. Du hast ein Loch in das Papier, das die Risse in der Wand bedeckte, gebohrt und es weggezogen, hast versucht, rauszusehen, aber es war zu dunkel. Mama und Dadda waren draußen im Gras und flüsterten und atmeten, flüsterten und atmeten, das Gras flüsterte auch. Flüsterten und atmeten, atmeten, atmeten.

## 35

Du bist mit Manny und Chum am Ufer entlang zu einer Stelle gegangen, wo der Fluß breit, aber seicht war, und ihr habt die Steine umgedreht und in den Schlamm gespäht, bis das Wasser wieder klar wurde und ihr die koura Stück für Stück aufsammeln konntet. Ihr habt sie hinter dem Kopf angepackt und sie dort festgehalten, wo die Zangen zusammenkommen, um nicht gezwickt zu werden. Und als die Büchse voll war, seid ihr aus dem Wasser herausgekommen und habt sie an einer freien Stelle, wo Dadda das manuka abgehackt hatte, auf den niedergedrückten Binsen ausgeschüttet.

Als du am Wochenende mit ihm hierhergekommen warst, war hier dein Haus gewesen. Da war ein Dach aus Bäumen gewesen, und du hattest nicht bis zum Himmel sehen können. »Mein Haus«, hattest du gesagt und bist von Raum zu Raum gegangen, aber Manny und Chummy hatten keinerlei

Notiz davon genommen. Sie hatten statt dessen Dadda zugesehen, wie er die Axt schärfte, indem er auf den Stein spuckte und ihn dann über die silberne Augenbraue der Axt gleiten ließ. Ein stilles Haus, das nach feuchten Bäumen roch.

Von deinem Haus aus hast du zugesehen, wie Dadda die Axt zurück- und abwärtsschwang, und sie tief unten in die Beine der Bäume hieb, sie wieder herausruckelte, zurückschwang und wieder zuschlug und dabei dem Bein des Baumes ein rotes Lächeln verpaßte. Hieb, Hieb, mit Schwung in das Lächeln hinein. Der Baum krachte, und Dadda gab ihm mit einer Hand einen Stoß, daß er umfiel, zwischen den Zweigen der anderen Bäume herabrauschte, zu Boden schlug, hochfederte und rollte. Als du danach hochsahst, war auf einmal Himmel da. Dein Haus mit allen seinen Wänden stürzte zusammen.

Ihr habt Dadda dabei geholfen, die Äste hinaus auf die Lichtung zu ziehen, und er hat euch dann allesamt mit den Ästen nach Hause geschickt. Als ihr wieder zurückkamt, um noch mehr zu holen, seid ihr ihm begegnet, die Stämme auf der Schulter. Sein Gesicht und seine Sachen waren naß, der Hals war angespannt wie ein Bündel Rohrkolben, er hatte kleine Stückchen vom Baum in den Haaren und zog die Augenbrauen hoch, als er euch sah.

»Manny, Missy, Chum«, rief unsere Mutter, und ihr seid den Weg hinuntergelaufen und hattet nur im Kopf, daß man May mit den koura Angst einjagen könnte. Und dann wolltet ihr Mama noch was wegen Dadda fragen.

»Uaaahh«, brüllte Manny und fuchtelte unserer Cousine mit dem Eimer vor der Nase herum, griff sich einen koura und rannte damit hinter ihr her. Unsere Cousine rannte weg und ließ Bubba brüllend zurück, rannte zu Mama in den Fluß und hielt ihre Kleider dabei ganz eng um sich gezogen. Mama war stinksauer auf euch alle.

Später hast du Manny dabei geholfen, die koura zu kochen, hast sie ins Wasser fallen lassen, wo sie im Handumdrehen rosa wurden. Du hast zugesehen, wie die Farbe immer kräftiger wurde, und als sie rot genug waren, schob Manny die Büchse mit einem Stock an den Rand des Feuers und kippte sie um. Da sitzt ihr nun, langt zu, brecht ab, werft von einer Hand in die andere, pult kleinste Fitzelchen heraus, pustet und bläst, blinzelt hinüber, ob May wohl mitißt, aber sie ißt nichts davon. Schon alles weg, und ihr seid immer noch hungrig.

»Mama, Mama ist heute nich Zahltag?«

»Ja.«

»Kommt Dadda dann nach Hause? Wann denn aber ...?«

»Wie soll ich das wissen.«

Du nahmst die Wasserkresse und gingst hinter ihr her. »Wann denn?«

»Nun seid endlich still. Fragt nicht dauernd nach Dadda«, sagte sie.

In dieser Nacht habt ihr alle hellwach im Bett gesessen und gewartet, bis tausend gezählt, damit ihr nicht etwa einschlaft, bevor der Mistkerl Dadda nach Hause kam, habt euch aber in den Zahlen verheddert. »Sich kneifen«, sagte Manny. Also habt ihr euch alle gekniffen, euch selbst und auch die anderen, um euch wachzuhalten. Aber nach einer Weile wurden die Finger lahm, die Fingernägel bewirkten nichts mehr, und die Augen fielen zu. Kreuz und quer einer über dem anderen wie ein Bündel Scheren schlieft ihr ein.

»Ich bin so frei wie der Wind«, sang unser Vater und tanzte ihm Hof herum, aber ihr hattet nur Augen für eure Comics, habt nichts gehört und nichts gesehn.

*Ich kann tun, was mir gefällt*
*Wer soll mich hindern und warum auch*
*Freie Straße*
*Freier Himmel.*

Und während er tanzte, flog auf einmal Kaugummi überall hin. Da fuhren alle Augen hoch, das brachte euch auf die

Beine. Ihr ließt eure Comics liegen und ranntet über den Hof und habt aufgesammelt, aufgesammelt und gerufen »Nicht runterschlucken«. Die Kaugummis nicht runterschlucken, sonst verkleben sie die Lunge.

*Ringa ringa pakia,*
*Waewae takahia*
*Ringa ringa i torona*
*Kei waho hoki mai.*

Unser Vater tanzte auf seinen krummen, komischen Beinen, zerteilte mit den Armen die Luft und schnickte mit der Hüfte.

*Turi whatia*
*Hope whai ake*
*Hei hei*
*Hei ha.*

## 36

*Alte Frau*
*Fault vor sich hin*
*Schenkte einen verzauberten*
*Knochen.*

Oben auf dem Hügel bist du auf die Tonne geklettert und hast den langen Abhang hinuntergeguckt und dich gefragt, ob du es wohl schaffst. Du hast deine Zehen gespreizt, auf der gebogenen Oberfläche der Tonne Halt gesucht, die Knie gebeugt und dich an die Kante vorgearbeitet.

Und drüber.

Zunächst klappte es, das Hinunterlaufen, die Zehen zurück bis zu den Fersen, um die Tonne anzuschieben, dann schneller, den Abhang fest im Blick, auf Ausschau nach Löchern und Steinen und Querrinnen, sie zu bewältigen, dich dann allmählich auf der schaukeligen Tonne sicher fühlend. Aber der schlimmste Buckel kam rasch auf dich zu. Schafftest du es?

Du knalltest drauf und flogst – nach außen, seitwärts. Schlugst wie ein Brett auf den harten Boden des Hügels auf.

Es war, als wechselten Tag und Nacht ständig, Sternenzeit ohne Atem oder jegliches Geräusch. Da lagst du nun und schnapptest nach Luft, so wie du dich auch an einer tiefen Stelle im Fluß nach oben kämpfst, wie du die Arme ausstreckst und die Wasseroberfläche über dir herunterziehst, ziehst, ziehst, bis du dann endlich Luft kriegtest, bis schließlich wieder Geräusche an deine Ohren drangen. »Ha, ha, Missy. Süße wie 'n Lutscha.« Hörst du das?

Als du dich dann schließlich aufgesetzt und deine Knie in den Kreis der Arme hochgezogen hast, waren Jacko und Manny mit ausgebreiteten Armen bei der Tonne und stritten sich.

Drüben in Keitas Hof reichten die Tanten und die Onkel, die gekommen waren, um Mata zu besuchen, Tabak herum, steckten die Zigaretten an, lachten, redeten, schnatter, schnatter, schnatter und sprachen Maori. »Missy«, hatte Makareta auf dem eisigkalten Schulhof gesagt, »sag den Lehrerinnen nichts über Kui und mich.«

Zu Winteranfang hatte Mama die Strickjacke für dich ausgebessert – sie an den Ellbogen gestopft, Knöpfe angenäht und die Ärmel umgekrempelt. An dem Morgen, als der strenge Frost war, hast du die Jacke zugeknöpft und die Ärmel heruntergerollt, daß sie herabhingen und deine Hände bedeckten, dann bist du durch das erstarrte Gras und das poroporo gelaufen bis oben aufs Ufer hinauf, flügelschlagend. Keine Hände mehr.

Vom Ufer aus konntest du die weißen Wiesen sehen und die gefrorenen Ufer und Furchen, und über die vorderste

Wiese zog sich wie eine Kette Mannys Fußspur. Er rannte gerade über den spröden Untergrund, und sein Atem dampfte weiß. Du konntest sehen, wie er bei der Abzweigung zur Schule stehenblieb, dann am Fluß von einem Bein aufs andere sprang, sich bückte und Steine aufhob.

Du bist losgerannt, dein eigener weißer Atem umströmte dich, Chumchum hinter dir her, schlug mit den Armen, zischte und rief hinter dir her.

Am Fluß warf Manny gerade Steine auf die dünne Eisschicht, die wie Fensterscheiben zerbarst, und du sahst zu, wie er ein großes Eisstück aufhob, das schmolz, tropfte, und er biß ein Stückchen davon ab, die kalten Augen schreckgeweitet, und die Füße tanzten. Fenster essen. Heißkalt. Du tratest mit roten Füßen auf das heißkalte Eis, fandst ein zackiges Stück und hast davon abgebissen. Aber hinten auf dem Weg kamen schon andere angerannt. Jacko und Alamein.

Du, Manny und Chum, ihr seid mit eurem Eis weggelaufen und habt euch in den starren Farnwedeln versteckt. »Längst gesehen, Manny; längst gesehen, Missy und Chumchum«, riefen Jacko und Alamein, als sie herankamen. Sie traten vorsichtig auf, und ihre Augen wanderten von einer Seite zur anderen, aber ihr wußtet genau, daß sie euch gar nicht sehen konnten.

Als sie ganz in der Nähe waren, seid ihr drei aus eurem Versteck gekommen, habt Jacko und Alamein niedergeboxt und ihnen Eis, süße wie 'n Lutscha in den Kragen gesteckt. Jacko kriegte dich auch zu fassen, klatschte dir sein Eisstück ans Ohr und preßte es dagegen, während Manny, Alamein und Chum sich schreiend im gefrorenen Gras und Farn kugelten. Dann seid ihr alle aufgesprungen und zur Schule gerannt, mit aufgeschlagenen Knien und Füßen, die auf dem weißen Untergrund Blutspuren hinterließen.

In der Schule stießen die Kinder ihre Fersen in die gefrorenen Pfützen oder schlitterten über das Gras. Die Apfel- und Pflaumenbäume streckten ihre starren, weißen Äste aus, die

Fensterbretter und Simse waren eisüberzogen, und die Kinder ließen ihre Finger darübergleiten und schrien und leckten sie ab.

Du hast am Tor auf Makareta gewartet, die du mit Kui Hinemate kommen sahst. »Kui, es ist alles mit Eis überzogen«, sagtest du, als sie dicht heran waren.

»Und ungezogene Kinder haben drin gespielt und sind jetzt naß und kalt«, sagte Kui und redete auf Maori, aber du hast verstanden, was sie sagte.

»Sprich doch bitte englisch, Kui«, flüsterte Makareta auf englisch. »Man darf nicht ...«

»Dein Kleid ist ganz naß und zerrissen, deine Strickjacke ist dreckig, und du blutest an den Beinen. Deine Mama wird dir wohl eine Tracht Prügel verpassen.«

»Kui, Kui, die Lehrerin kann dich hören«, sagte Makareta.

»Wir sind hier noch nicht in der Schule, mein Kind, noch nicht einmal auf dem Schulgelände. Ich gehe auch nicht in die Schule hinein, sondern mache nur an einem eisigen Morgen meine Besorgungen bei der Post.«

»Kui Hinemate, Kui Hinemate«, riefen Jacko und Alamein vom Zaun her. »Kui Hinemate, es ist alles ganz mit Eis überzogen.«

»Paßt auf, daß ihr euch nicht naß macht und daß euch nicht kalt wird«, rief Kui Hinemate zurück, nicht auf englisch.

»Sie werden dich hören, Kui. Das darf man nicht.«

»Das mag ja für dich stimmen, mein Kind, aber diese alte Frau hier spricht ihre ureigene Sprache, wo immer sie geht und steht. Wer wäre sie denn sonst? Also nun auf Wiedersehen, Maleme; auf Wiedersehen, Makareta. Sei nicht böse, Makareta.« Du hast Kui auf Wiedersehen gesagt, aber Makareta lief davon, ohne sie auch nur anzusehen oder mit ihr zu reden.

Der Rasen vor den Klassenzimmern war da, wo die Kinder geschlittert waren, zu einer Schlammstelle geworden, die

Zweige der Obstbäume hingen voller Tropfen, und die Simse dampften. Die Glocke läutete, und die Kinder gingen eins nach dem anderen durch das kalte, kalte Fußbad. »Missy, erzähl den Lehrerinnen nichts«, sagte Makareta, weil sie wußte, was für ein Plappermaul du bist. »Erzähl den Lehrerinnen nichts von Kui und mir.«

Du hast dagestanden und das Gras und die Halme von deinen Sachen abgeklopft und Manny zugesehen, wie er den Abhang herunterkam, mit federnden Knien, den Blick bei der Ausschau nach Steinen und Buckeln nach vorne gerichtet, die Füße liefen auf der Tonne und liefen obendrüber in der Luft. Da kam der große Buckel, aber er kannte ihn gut, flog hoch und landete wieder auf dem einen Fuß, auf beiden Füßen, bretterte den Abhang bis zum Ende hinunter. So würdest du das auch machen, das nächste Mal. Alle hatten Hunger, und ihr saht alle von einem zum anderen, wer denn wohl ginge und Brot holte. Aber ihr hattet alle zerrissene Sachen, ihr blutetet alle, und ihr wußtet, daß jeder von euch Schwierigkeiten bekommen würde, wenn er irgendwo den Müttern oder Großmüttern über den Weg lief. Nach einer Weile habt ihr Makareta und Mata kommen sehen, und als sie heran waren, habt ihr alle Makareta gebeten, Brot für euch zu holen.

Dann streckte die Cousine, Mata, ihren Arm aus und öffnete ihre Hand, und in der Hand war die schönste Murmel der Welt.

Für diese Murmel gab es schlichtweg keine Worte. Ihr habt alle hingestarrt, hingestarrt und habt euch dann der Tonne zugewandt, hungrig, schweigend, auf Brot wartend, jeder von euch eine Murmel vor Augen.

Makareta ging zum Haus zurück und kam mit Brot wieder, und als ihr es aufgegessen hattet, habt ihr euch ins Gras gelegt, enttäuscht, hättet gern noch mehr gehabt.

Dann habt ihr euch wieder aufgesetzt, denn es passierte etwas. Mata streckte ihre Hand aus, und ihre Hand öffnete sich. Manny streckte seine Hand aus, und sie schloß sich. Kein Atemzug oder Atmen, kein Hunger oder Enttäuschung. In seiner Hand. Manny hatte jetzt die Murmel.

Weitersagen. Du klettertest auf den Zaun. »Makareta, Makareta«, riefst du. »Sie hat sie Manny gegeben.« Makareta, die gerade ins Haus hinein gehen wollte, blieb stehen und drehte sich um. »Makareta, sie sie Manny geben. Sie die Murmel Manny geben.«

## 37

Am Kleinen-Murmel-Weg schnickten ein paar kleine Kinder Steinchen in die Löcher, die die Kinder, die schon fortgeschritten und zum Großen-Murmel-Weg aufgestiegen waren, hinterlassen hatten. Das Stückchen Erde war kahl und hart, und die Stämme der beiden großen manuka-Bäume waren poliert und glatt.

Der Große-Murmel-Weg führte zwischen Sträuchern entlang und war an einigen Stellen breit und an anderen schmal. Der Weg war mit innen geglätteten Löchern übersät, alten und neuen, von Hunderten von Spielen mit bottlies, teapots, Porzellanschussern, Stahlern, Tonschietern, und Steinigen. Und jetzt die Regeln: Schieben – Nicht-Schieben, Strichwerfen – Nicht-Strichwerfen, Augenschießen – Nicht-Augenschießen, Spannjagen – Nicht-Spannjagen, bully-toa – Nicht-bully-toa, Rollen – Nicht-Rollen, Säubern – Nicht-Säubern. Die Erde festgestampft, ausgegraben, aufgeworfen und eine Rinne gezogen. Die Füße patschen auf, ab, auf, ab.

Und dann – Lügner, Dieb, Betrüger – in der einen oder der anderen Sprache.

Bessie versuchte vom weitesten Abstand aus nach der Spielregel »Alle Murmeln« Manny die Murmel abzuluchsen. Jacko war für die Startlinie verantwortlich, die mit einem Stock in den Boden gezogen wurde, immer einen Schritt weiter zurück.

Bessie hatte ihren Fuß auf der Linie, die Schneidezähne fest auf die Unterlippe gepreßt, Alle Murmeln, Alle Murmeln. Eine grün-weiße Murmel ruhte auf ihrem Zeigefinger, der zum Schnicken bereite Daumen saß dahinter.

Augen. Lauerten auf Schieben, aber es bewegte sich nur der Daumen. Die Murmel flog im Bogen, fiel, schoß vorwärts die halbe Strecke bis zum Loch über Vertiefungen und Huckel und Rinnen hinweg.

Manny – nicht mit der allerbesten Mata-Murmel, die ja diejenige war, um die sie eigentlich spielten, sondern mit seiner zweitbesten orange-weißen aus Porzellan – schnickte sie los, kräftig und geradeaus.

Folgten ihr zum Loch, dann ging es weiter, den Großen-Murmel-Weg auf und ab, auf und ab, auf und ab. Dann weiter auf dem schmalen Pfad, uneben und steinig, Nicht-Säubern, Alle Murmeln. Bis Mannys Murmel nahe genug fiel, daß Bessie es versuchen konnte – Nicht-Schieber, Weit-Schnick-Bessie, aber doch nicht treffsicher. Schon fast Zeit für die Glocke. Schafft sie's? Nein. Wieder weg, vor und zurück, vor und zurück, und Mannys Murmel liegt wieder nahe dran, aber nicht zu nahe dran, und die Glocke ertönt.

Die Augen halb geschlossen, die großen Zähne verbissen, Nicht-Schieber, Nicht-Schieber, losgeschnickt und vorbei. Mannys war näher dran.

Traf sie mit einem »Ping« und bückte sich nach seiner Murmel, da brachte ihn Bessie mit einem Tritt gegen den Knöchel in die Senkrechte. Bessie schnappte sich ihre Murmel und rannte davon.

Du bist mit Makareta zusammen gegangen, glücklich darüber, daß Manny (und das bedeutete du, ihr alle) die Murmel noch hatte. Die anderen kamen hinterhergerannt, Manny rannte hinter Bessie her und schrie in der Sprache, die man nicht sprechen durfte: »Behalt doch deine Scheißmurmel.«

»Steck sie dir doch selber in den Arsch«, rief Jacko.

Du sahst Mr. Davis auf der Treppe stehen, als die Glocke

läutete. »Redet doch englisch, redet doch englisch«, zischte Makareta, als sie vorbeikamen.

»Behalt doch deine Scheißmurmel«, brüllte Manny auf englisch.

»Steck sie dir doch selber in den Arsch«, rief Jacko zurück.

## 38

*Titama, Titama.*

An dem Abend, als das Konzert war, bist du zum Wassertank gegangen und hast Mama erzählt, daß Aperehama dich mit dem Laster abholen käme. Mama hat gelächelt, wunderschöne Mama, naß, zitternd, hat das Handtuch um sich geschlungen und ist mit ihren Füßen in ihre alten Schuhe gestiegen. »Gut«, hat sie gesagt.

Du bist in die Schüssel gestiegen, hast dein Kleid bis zu den Achseln hochgerafft und angefangen, dich von oben nach unten zu waschen. Genau solche Haare dort wie Mamas, flaumig, gelockt. Du hast den Lappen gegen deinen Bauch gedrückt und zugesehen, wie das Wasser herabrann, die kleinen Löckchen glättete und dann die Beine hinablief. Beine, die von alten Narben verunstaltet waren, häßlich. Aber du hattest eine wunderschöne Stelle zwischen den Beinen, wunderschön anzufassen. Deine kleinen Brüste auch, die du schön fandest. Du zogst dich an, zogst den Rock herunter, der zu kurz war, obwohl du den Saum schon soweit wie möglich ausgelassen hattest.

Mama saß mit der Schere in der Hand im Hof, die Haare schon gebürstet und geteilt. »Schneid mal die Spitzen ab, Missy«, sagte sie. Du konntest Dadda jenseits der Wiesen singen hören, und Wiremu und Rapata rannten ihm entgegen.

Etwas über die beiden rennenden Brüder:

Wiremu wurde ein Jahr nach unserer Schwester Keita,

genannt Bubba, geboren. Er wurde nach unserem Großvater Wi benannt. Rapata kam zwei Jahre danach und wurde nach Dadda benannt. Du warst an den Tagen, wenn unsere Mutter zu schwach war, etwas hochzuheben oder zu tragen, ihre kleine Mutter Missy. Das Blut, das Blut! Neun insgesamt, wenn du nur wüßtest.

»Ich hab ihm doch gesagt, er soll sich ja nicht so besaufen«, sagte Mama, als du dich bei ihr ans Haareschneiden machtest und immer wieder zurücktratst, um zu sehen, ob es auch gerade wurde.

»Was machst du denn da?« fragte Dadda. »Donnerste dich auf?«

»Ich hab doch gesagt, du sollst dich nicht so besaufen.«

»Knurr nicht so, meine gute Glory.«

»Du bleibst besser zu Hause, was.«

»Was was, meine gute Glory?«

»Laß ihn doch mitkommen, Mama«, sagtest du.

»Ich hab es dir gesagt. Heute früh hab ich dir doch noch gesagt, heute ist der Schulabschluß deiner Tochter und paß auf, daß du dich nicht wieder besäufst.«

»Laß ihn in Ruhe, Mama«, Tochter der Morgendämmerung, Tochter der Morgendämmerung hält beide zusammen. »Genauso dumm wie er, Missy; wirklich wahr.«

Du hast ihr die Haare zu Ende geschnitten und sie dann aufgerollt und an den Seiten hochgesteckt. Du hast die übrigen Haare zu einem Band zurückgenommen, sie geteilt und um einen Finger gekämmt, damit sie sich schön ringelten, so wie Dotty Lamours Haare in *Straße nach Rio,* einem Film, in dem ihr euch alle kaputtgelacht habt, obwohl es darin wirklich um Liebe ging.

Alles, aber auch alles hatte mit Liebe zu tun.

Jetzt, wo es eine Buslinie gab, konntest du, wenn Geld da war, Samstagabend zur Oberschule fahren, wo in der Aula Filme gezeigt wurden. Manchmal gab es ein Programm mit zwei Filmen – zwei lange Filme, immer über Liebe, was dir sowieso am besten gefiel. An den meisten Abenden gab es am Anfang einen Kurzfilm – alte Wochenschauen, Cartoons, Serien, auch Karaoke, wo man mitsingen und dem kleinen Ball folgen konnte, der im Takt von Wort zu Wort sprang, während die Zeilen auf der Leinwand auftauchten. Lieder über Liebe. Aber der Hauptfilm, der von Liebe handelte, war das, worauf du immer wartetest – gefundene Liebe, verlorene Liebe, wiedergefundene Liebe. Du glaubtest an die Liebe.

Cowboys befreiten die Bewohner einer Stadt von Viehdieben und Tod, retteten Frauen und Kinder vor den Hufen stampfender Rinder, gingen in Bars und packten Falschspieler am Schlawittchen, warfen sich von Pferden auf schnell fahrende Züge, um Bösewichte über die Dächer und durch die Waggons und zwischen den Rädern der Züge hindurchzujagen. Aber das alles hatte immer was mit Liebe zu tun.

Matrosen und Piraten kämpften auf See, mit klirrenden Degen die Takelage rauf und runter. Oder an Land, fein gekleidet, wurden die Degen in Zimmern mit Samtvorhängen gezogen, und die Kämpfe wogten Treppen hinauf und hinunter, über Balkons hinweg, um Pfeiler und Pfosten herum, und alles wegen der Liebe.

Steptänzer und Sänger schafften den Durchbruch zum Broadway, aber nichts war wichtiger als die Liebe. Es gab Diebe und Straßenräuber, die durch die Liebe von ihrem schlechten Lebenswandel errettet wurden. Sogar Mickey Rooney fand seine große Liebe. Und wenn der Film zu Ende war und »Ende« in Schnörkeln gefaßt auf der Leinwand erschien, und das zu einer Musik, die nur von Liebe erzählte, bist du immer so lange sitzen geblieben, bis nichts mehr, aber auch gar nichts mehr kam und das Licht anging.

Gordon, der Filmvorführer, packte dann den Projektor und die Filme ein, nahm die Leinwand ab, und dann machten er und seine Familie sich dran, den Saal auszukehren. Eines Abends hast du Gordon gefragt, wann er wohl mal wieder einen Alan-Ladd-Film kriegen würde. »Alan Ladd, das ist wohl dein Schwarm, stimmt's?« hatte er gesagt. »Es heißt ja, er wäre am einen Ende ein bißchen zu kurz geraten. Müßte sich immer auf einen Hocker stellen, um die Damen zu küssen, oder sich vom Pferd herabbeugen.«

Während du mit den Fibel-Kindern auf der Veranda wartetest, konntest du sehen, wie Miss Jamieson am Klavier saß und sich im Licht der beiden Lampen, die von Chum und Billyboy gehalten wurden, leicht hin und her wiegte. Du hörtest, wie die ersten Töne der Mazurka erklangen und zwischen den alten geflochtenen Schilfwänden und den Dielen des Versammlungshauses herumirrten, ehe sie sich vereinten und den Raum ausfüllten, aufstiegen und schließlich auf die Streben und Sparren trafen. Dann kamen die Töne wieder herab, zerstoben, bis nur noch einer übrigblieb. Die Leute verharrten ganz still, versuchten ihn festzuhalten, und dann pfiffen sie und klatschten. Du führtest die Kinder zum Seiteneingang und stelltest sie für ihren Auftritt in einer Reihe auf.

»Schick sie herein, Maleme«, sagte Mr. Davis. Er hatte seinen dunkelblauen Anzug an und eine blaue Krawatte, und du dachtest, sie sei vielleicht neu. Sie paßte gut zu seinen Augen.

Einmal warst du mit einer Nachricht zu seinem Haus hinübergeschickt worden, und da hatte Mrs. Davis hinter dem Haus auf der Treppe gesessen und einen Pullover gestrickt, und bald darauf hatte Mr. Davis ihn in der Schule angehabt. »Ich hatte doch vier Uhr gesagt, Maleme«, hatte er gesagt, als er an jenem Pullovertag wieder ins Klassenzimmer zurückkam. »Du solltest um vier Uhr nach Hause gehen.« Du hieltest deinen Kopf gesenkt, schriebst weiter, obwohl du ihn ansehen wolltest. Wie Alan Ladd, nur größer und würde auch mit Cowboy-Hosen, Stiefeln, Narben, Pistolengürtel, Fransen-Jacke und großem Hut gut aussehen. An Regentagen hatte er auf dem Weg zur Schule immer einen Schlapphut aus Stoff auf.

Du hast noch die Zeile, an der du gerade warst, zu Ende geschrieben, alles durchnumeriert, mit dem Lineal einen Strich daruntergezogen und die Arbeit vor ihm auf den Tisch gelegt, als wäre es ein Preis. Manchmal reizten dich die Strafen, die er austeilte, zum Lachen. »Und denk dran«, sagte er, »morgen bist du mit den Kübeln dran, zur Strafe die Kübel.« Aber er sah ziemlich ratlos aus, als er das sagte, als glaubte er es selber nicht. Der neue Pullover war so blau wie seine Augen.

Jacko war es gewesen, der dir einmal den Spitznamen Missy Pott-Pott verpaßt hat, weil du die Toilettenkübel so oft zur Strafe ausleeren mußtest. Du warst damals nach der Schule zu den Toiletten gegangen, um den ersten Kübel zu holen und hattest ihn ans Ende des Schulhofs getragen, wo die Jungen gerade Gräben aushoben, und da hör nur: »Missy Pott-Pott, Missy Pott-Pott«, tönt es von Jacko. Als er das sagte, warst du gerade dabei, den Kübel auszuleeren. Wenn du ihm das durchgehen läßt, bleibst du es auf alle Zeiten, Missy. Du bist durch den Zaun geklettert, am Rand des Schulhofs entlanggelaufen und wieder zurückgeklettert, bist hinter ihn getreten und hast geschubst. Gut gemacht, Schwesterchen. Bis über die Knöchel drin und dann noch reingefallen. Ätschbätsch!

Mr. Davis kam mit einem Stapel Bücher hinter dir aus der Klasse und sagte: »Kannst du bitte die Schlüssel nehmen, Maleme, und die Tür abschließen«, und hatte unter dem Stapel Bücher am kleinen Finger mit den Schlüsseln geklimpert. Du hast sie von seinem Finger genommen und die Tür abgeschlossen. »Steck sie mir, bitte, in die Hosentasche.« Dann hatte er gefragt: »Was machst du eigentlich so ... wenn du nicht da bist, wenn du nicht in die Schule kommst?« Eine Frage, durch die du in der Falle saßest. Kein kleines Mädchen mehr, zu alt, um nicht zu antworten. »Wir wollen nicht, daß sie sich um unsere Angelegenheiten kümmern«, hatte Mama gesagt. Aber Mr. Davis hatte gar nicht auf eine Antwort gewartet. »Geh jetzt lieber«, hatte er gesagt. »Du solltest ja um vier Uhr gehen.«

Du bist zum Tor hinausgerannt und lauschtest auf das

Echo deiner Füße auf dem Boden aus Bimsstein. *Nicht so schick / weil Gloria / dich / nicht liebt.* Was ja gar nichts damit zu tun hatte.

Überhaupt nichts.

Aber du warst froh, der Frage entkommen zu sein.

Das Bluten. Einer mußte doch Wasser und Holz holen, an den Tagen, wenn Mama nicht laufen oder etwas heben oder tragen konnte. Einer mußte doch die Babies herumtragen, wenn sie die Kraft nicht hatte. Einer mußte doch den Eimer holen, die Tücher und die Wäsche waschen. »Du bist meine ganze Hilfe, Missy«, hatte Mama gesagt, und ihre Stimme war nur ein Hauch gewesen.

Es war soweit. Du stecktest die pois oben in dein piupiu, fingst an zu singen und führtest die Älteren zur Schlußvorführung herein. Das Publikum, das die Melodie, die aus dem Dunkeln kam, erkannte, fing an zu klatschen, und als ihr ins Licht tratet, sangen sie mit, paßten haargenau auf jede Bewegung und jeden Ausdruck auf, um zu sehen, ob Augen, Minen, Hände, das Klipperdiklapp der Röcke zu dem paßten, was die Worte und Stimmen sagten, während ein Lied in das andere überging.

Dein Blick streifte Dadda, der sich zum Fenster hereinlehnte, und es war dir klar, Mama würde stocksauer auf ihn sein, weil er so laut sang.

Die Leute sahen zu und fingen wieder an zu klatschen, als das Kanu gebildet wurde, die poi-Bälle die weißen Wellen um es herum und die weißen Vögel über ihm darstellten und sie auf weite, weite Reisen mitnahm.

Aber dann wurden sie ganz still, als du und Tati an jedem Ende des Kanus hinaus in den freien Raum getreten seid und anfingt, die langen pois kreisen zu lassen, hielten den Atem an, als eure Handgelenke im Takt mitgingen und ihr euch zu drehen begannt, Kopf und Augen bewegten sich, folgten den rotierenden Bällen.

»Heh, Missy, heh«, hast du unseren Vater rufen hören, als überall um dich herum Klatschen und Pfeifen einsetzte – du mit deinen großen Zähnen, grinstest von einem Ohr zum anderen.

Auf der Fahrt nach Hause im Laster stand Manny auf der Ladefläche und sang »Bid Me to Love« wie Mrs. Davis und dann »Dayo« wie Harry Belafonte, und alle sangen mit. Seine Füße bewegten sich, als liefe er auf der Tonne.

*Come Mr. Tallyman,*
*Tally me banana.*
*Daylight come*
*And I wanna go home.*

*E rua nei aku ringa*
*E rua nei aku ringa*
*E rua nei Baba Lou.*

Du hast den neuen Füller aus der Schachtel genommen, ihn oben an die Bluse gesteckt und ihn an die Brust gedrückt, an dein Herz. So blau wie der Himmel. Du und Billyboy, ihr hattet den Füller von der Schule als Abschiedsgeschenk bekommen, und Mr. Davis hatte nur Gutes über euch gesagt, als er sie euch überreichte, nur Gutes, wodurch du dich einsam und fremd fühltest.

Die Scheinwerferkegel überschnitten sich und hoben jeden Buckel und jede Kuhle hervor, als der Laster am Fuße des Berges entlangfuhr. »Dark moon« sang unser Vater, und alle hörten auf zu singen, weil sie seine Stimme hören wollten.

*Hoch oben am Himmel,*
*Oh, sag mir, warum,*
*Oh, sag mir, warum,*
*Hast du dein Strahlen verloren.*

Das Lied hatte wegen »Love Letters in the Sand« nicht den ersten Platz in der Hitparade erreicht, aber dir gefiel es besser. Dein Licht verblaßt. Liegt das daran, daß meine Liebe verschwunden ist?

*Sterbliche haben Träume,*
*Vom herrlichen Wirken der Liebe,*
*Aber sie begreifen nicht,*
*Daß die Liebe manchmal*
*den Mond verdunkelt, Baba Lou-a,*
*Ich höre dein Rufen, dein Rufen,*
*Wie du nach mir rufst,*
*E rua nei aku ringa.*

Ich habe zwei Arme, Baba Lou.

## 39

Am ersten Tag, als du zur Oberschule gingst, bist du hinter Rahera in den Bus eingestiegen und hast plötzlich mitten im Gang auf der Nase gelegen und Billyboy auf dir drauf. Alle im Bus lachten. Manny, der noch dahinter kam, packte den Jungen, der dir ein Bein gestellt hatte, vorne am Hemd, zerrte ihn hoch und verpaßte ihm einen Hieb mit der Faust, daß er zur Tür hinausflog. Der Fahrer drehte sich auf seinen Sitz um, trat Manny in den Hintern, daß er hinterherflog, drehte sich um, knallte die Tür zu und fuhr los.

Tumult. Ein paar Kinder lachten, andere riefen, schimpften, sagten dem Fahrer, er solle den verdammten Bus anhalten.

Aber der fuhr weiter, katschte auf seinem Kaugummi, drehte das große Lenkrad so rum und so rum und fuhr die gewundene Straße hinunter.

Bei der Schule angekommen, brachte der Fahrer dich und Billyboy und die schimpfenden Cousins und Cousinen zum Direktor. »Das gibt's doch nicht«, schrie der Direktor. »Ihr pa-Kinder und ihr Kinder von der Mühle kriegt tatsächlich schon am ersten Tag Streit im Bus.« Er war riesig, hatte einen roten Kopf, spuckte beim Sprechen und hatte Segelfliegerohren. »Disteln«, sagte er. »Meldet euch in der Mittagspause, und dann könnt ihr Disteln ausstechen. Das nächste Mal setzt es was mit dem Rohrstock für die ganze Bagage.«

Du und Billyboy, ihr kamt in die Klasse 3C, und Alamein erzählte euch, daß die pa-Kinder immer in die 3C kamen. »Das ist die schlechteste Klasse, die Deppen-Klasse«, sagte sie. »Die Lehrer mögen die 3C nicht.«

Du hattest dich so sehr darauf gefreut, in die Oberschule zu kommen, neue Schuhe zu kriegen und neue Sachen. Und du warst auch sehr von dem Gedanken angetan, daß du dann neue Bücher und Buntstifte bekämst, um Karten und Schaubilder damit zu zeichnen, so wie die, die Makareta dir in den Büchern gezeigt hatte, die sie vom Internat mit nach Hause gebracht hatte.

Aber dann schien die meiste Zeit damit zu vergehen, irgendwelche Aufgaben aus Büchern oder von der Wandtafel abzuschreiben, Aufgaben, die du nicht verstandest und die auch nie erklärt wurden. Wenn du dich gerade bemühtest, sauber zu schreiben, lehnte sich bestimmt jemand herüber und kleckste dir Tinte in dein Buch. Du bliebst ihnen garantiert nichts schuldig, wie hättest du sonst du selbst bleiben können? Nach einer Weile sahen deine Bücher und die Bücher der anderen in der Klasse so aus wie die gebrauchten Bücher, die Manny immer mit nach Hause brachte – verkleckst, vollgeschmiert, die Seiten an den Kanten abgegrabbelt und grau und aufgequollen.

Dein Bruder Manny ging nicht mehr zur Schule, nachdem er aus dem Bus geflogen war. Er war vierzehneinhalb, und Dadda verschaffte ihm Arbeit beim Straßenbau. Er sparte Geld und kaufte Slippers für Mama, und manchmal zog unsere Mutter sie nachts an und saß dann da und hielt ihre Füße vor sich hin. Wenn sie dann ins Bett ging, legte sie die Slippers in die Schachtel unter dem Bett, in der sie auch ihre Hochzeitsschuhe aufbewahrte. Na, du warst wegen der Slippers ganz schön eifersüchtig, wolltest auch arbeiten und Geld verdienen, damit du auch etwas für Mama kaufen konntest. Und Manny tat sein Geld in eine Tabaksdose und sparte für ein neues Haus, sagte er.

Im zweiten Teil des Schuljahrs sahst du einmal in der Mittagspause den älteren Mädchen beim Basketball-Training zu, und die Sportlehrerin fragte dich, ob du einspringen könntest. Nachher sagte sie zu dir, du könntest im Team mitspielen, wenn du schwarze Socken und Basketballschuhe hättest. Ho Ho! Basketball war was für dich. Den ganzen Nachmittag lang konntest du an nichts anderes mehr denken als daran, wie du nur an die Schuhe und Strümpfe kommen könntest.

An diesem Tag hast du begriffen, daß, wenn du dich in der Klasse einfach nach hinten setztest, dich ruhig verhieltest und so tatest, als würdest du schreiben, dir nichts passierte und daß dein Heft am Ende der Stunde auch nicht eingefordert wurde, wenn du es nicht selber abgabst. Und von da an verbrachtest du im Unterricht einen großen Teil deiner Zeit damit, Wörter aus Songs in dein Hitparaden-Heft zu schreiben oder die Namen der Sänger aufzuschreiben und sie mit Schleifen und Kringeln zu verzieren und sie mit den Buntstiften auszumalen – Elvis, Patti Page, Cry Johnny, Frankie, Louis, Debbie, Harry, Pat Boone. Ganz in deiner eigenen Welt, Missy.

Bis zum Nachmittag hattest du dir überlegt, wie du's ihm verklickern konntest.

Nach der Schule bist du nicht mit dem Bus nach Hause gefahren. Statt dessen bist du zum Hinterausgang hinausgegangen und die fünf Meilen in die Stadt gelaufen, um auf der anderen Straßenseite vor der Kneipe auf Dadda zu warten.

Zunächst hat er dich gar nicht gesehen, bis du ihn dann eingeholt hattest und mit deinem schönsten Lächeln seinen Arm nahmst. »Dadda, ich bin jetzt im Basketball-Team«, hast du gesagt.

»Bravo, meine kleine Missy.«

»Ich brauche aber Geld für Schuhe und Strümpfe.«

Er lachte und fuhr mit der Hand in seine Tasche. »Nun sieh dir das an«, sagte er zu einem seiner Kumpel. »Meine Tochter komm hierher, um mir mein Geld abzuknöpfen, ehe ich es versaufe.«

»Die ist aber auf Zack«, sagte sein Kumpel.

»Basketball-Team. Schuhe und was nicht noch alles.«

»Tüchtig, tüchtig, Mädel.« Der Mann zog die Augenbrauen hoch und ging über die Straße. »Also, bis nachher da drin, Bob.«

Dadda holte einen Zehn-Schilling-Schein und ein paar Münzen heraus. Er gab dir den Schein, und du pick, pick picktest ihm die Münzen aus der Hand und setztest dich in Trab. »He, und was ist jetzt mit dem Geld für mein Bier?« rief er. »Kleines Miststück, wirklich noch schlimmer als deine Mutter.« Er lachte, als er über die Straße ging.

Mama war erst einmal sauer, bis sie begriff, was für eine tolle Idee das war. »An jedem Zahltag«, sagte sie, und vor Ergriffenheit flüsterte sie, »gehst du hin und holst das Geld und kaufst davon für uns ein. Ich kann zu Keita hinuntergehen und im Laden anrufen, damit sie die Bestellung schon für dich fertigmachen.«

Also bist du einmal in der Woche in die Stadt gegangen, und wenn du mit dem Einkaufen fertig warst, gingst du dann in die Kneipe, in der Bessie als Küchenhilfe arbeitete. Es war wenigstens ein warmes Plätzchen. Der Zahltag bedeutete immer viel Arbeit, und es störte den Chef nicht, wenn du ein bißchen mithalfst. Du konntest dir selbst Tee und Toast machen, solange nur die Arbeit erledigt wurde. Die Kneipe sollte eigentlich um sechs schließen, aber das war nie der Fall.

Es wurde immer acht oder neun Uhr, ehe Dadda und Nonny herauskamen und ihr nach Hause gingt.

In der vierten Klasse gab es ein Mädchen, das Ama hieß und ein Sammelalbum mit Filmstars hatte. Einige der Bilder und Geschichten hatte sie aus Zeitschriften ausgeschnitten, aber sie besaß auch Fotos mit Autogrammen, für die sie nach Hollywood geschrieben hatte. An den Tagen, an denen kein Basketball-Training war, hast du dich in der Mittagspause mit Ama irgendwo hingesetzt, und ihr habt eure Song- und Staralben angesehen und über die Songs geredet, die ihr mochtet, über die Filme, die ihr gesehen hattet, die Filmstars, die ihr gerade heiß verehrtet. Auch wenn Alan Ladd noch immer hoch in eurer Gunst stand, waren doch Johnny Weismüller, Hedy Lamarr und Margaret Lockwood, die Intrigantin, damals eure ausgesprochenen Lieblinge.

Zu Hause ging es hoch her, denn es sollte für den neuen Eßsaal im marae Geld gesammelt werden. An jedem Samstagabend gab es Kartenspiel und geselliges Beisammensein, und einmal im Monat gab es Tanz in der Wollscheune des Ortes. Du hast mitgeholfen, die Scheune auszukehren, die Wände mit Farnwedeln zu verkleiden und einen der Scherstände zu schmücken, wo die Band spielen sollte. Draußen wurde ein Bierzelt aufgestellt. Und Lampen wurden an den Pfählen befestigt – so wie Männer das machen – mit Kabel, die überall herumlagen. Ihr habt alle gelernt, über Kabelanschlüsse wegzusteigen und unter Kabelschlaufen durchzutauchen. Wenn einer stolperte oder sich verhedderte, gingen alle Lichter aus. Alles sehr »hinterm Mond«, wie Tuahine meinte.

Tuahine war Billyboys ältere Schwester, die in der Stadt arbeitete. Sie kam nach Hause und erzählte von den Filmen, die sie gesehen hatte, den Tanzveranstaltungen, bei denen sie gewesen war und wie gut es ihr dort ging. Laut tönende Tuahine. Kannst du sie dir vorstellen? Sie hatte Kleider, eine feine Frisur, ein Portemonnaie voller Geld und lebte im Stil eines Filmstars, wie es schien.

Aber dennoch tauchte sie beim Tanz in der Wollscheune auf, mit ihren kirschroten oder leuchtend-orange Klamotten, den Haarteilen, knallrotem Lippenstift, Nagellack, drei-Zoll-hohen Absätzen und schlenkernden Ohrringen. Sie hat euch alle zum Rock-'n'-Roll-Tanzen gekriegt und sich darüber ausgeschüttet vor Lachen und der Band gesagt, ihre Musik wäre alt und »hinterm Mond«. Ihr habt brav alles mitgemacht.

Eines Abends habt ihr unter der Lampe an der Ecke der Wollscheune zusammengestanden und zum Zelt hinübergesehen, wo die Onkel mit dem Rücken zu euch standen. Ihre Drei-Zöller sanken in den Boden ein, und sie ruderte mit den Armen in der Luft herum, um ihr Gleichgewicht wiederzufinden, und schrie: »Herrgott noch mal, Schlachtermesser. Sind alle fein herausgeputzt für den Tanz, riesige Stiefel und Schlachtermesser«, und setzte sich in die Schafskötel und lachte, bis ihr die Tränen herunterliefen. Ihr habt gelacht, weil sie gelacht hat – und nicht etwa wegen des Anblicks eurer Onkel, wie sie da mit angewinkelten Armen, in Buschhemden und Stiefeln, die Messer um die Taille gegürtet, dastanden. »Die würden ja sterben, die würden sterben«, wiederholte sie dauernd zwischen Lachen und Weinen. Und ihr wußtet, daß »die« die Städter waren, die Autos und Musiktruhen und modische Kleidung hatten, die immer schon die neuesten Filme gesehen hatten und im Stil von Filmstars lebten. Ihr fingt an, davon zu träumen, an diesen modernen Angelegenheiten teilzuhaben, an dem ganzen Spaß und der Aufregung des Stadtlebens.

Manchmal brachte Tuahine Freunde mit nach Hause, zusammen mit Autos und Verlobungsringen. Ponty? Er entsprach deiner Vorstellung von einem »Star« nicht im geringsten, trotz seines königsblauen Anzugs, seiner Wildlederstiefel, Strickkrawatte und Koteletten. Er war klein und wirkte ziemlich alt. Manny und Billyboy sahen besser aus, dachtest du.

Tanzen konnte er aber gut, Rock 'n' Roll wie kein zweiter,

ganz egal, wie alt die Musik war. Eines Abends warf ihm Tuahine mitten in einem Tanz ihren Verlobungsring an den Kopf, und er rollte durch die Ritzen der Bodenbretter. Am nächsten Morgen, als ihr alles wieder aufräumtet, kroch sie unter der Scheune zwischen den Schafsköteln herum, weinte und suchte den Ring. Ihr Mann lag ausgestreckt unter den Kiefern, und seine Stiefel waren weg.

Sie fand den Ring schließlich und kam nach oben und half mit, die Farnwedel von den Wänden abzumachen. »Ich bin verliebt, ich bin verliebt«, sagte sie, während sie herumsprang und die Farnwedel dabei hinter sich herzog. »Vor allem in den Ring und das Auto.« Du wolltest auch gerne verliebt sein und im Stil eines Stars leben.

Als du fünfzehn wurdest, hast du angefangen, in einem Hotel zu arbeiten. Die große Küche mit den Arbeitsflächen aus Holz und riesigen Ausgüssen, wo das Wasser endlos floß, gefiel dir. Unter den Arbeitsflächen waren Regale mit Vorhängen davor, wo die vielen Töpfe und Schüsseln aufbewahrt wurden, und über den Arbeitsflächen waren Hängeschränke voller Geschirr. Es gab ein Extrabord für Salz- und Pfefferstreuer, Flaschen mit Sauce, Zuckerschälchen und Butterdosen. Es gab sowohl einen Elektroherd als auch einen großen Holzofen, der den Raum behaglich und warm hielt. Es war Winter, als du mit der Schule fertig warst, und es war schön, morgens bei der Arbeit anzukommen und in einen warmen Raum zu kommen.

Nicht weit von der Arbeitsstelle entfernt gab es den Tanzsaal Moonbeam, ein alter Pavillion in der Stadt, der neu gestrichen und mit Fähnchen, bunten Glühbirnen und einem sich drehenden Spiegelball dekoriert worden war – bis auf den Spiegelball keinen Deut besser als die Wollscheune. Aber für dich war das ein aufregender Ort, ein Ort für Stars, ein Ort für Musik und Tanzen und Liebe. Die Männer der Band hatten Cowboy-Sachen an, die glitzerten, und spielten auf Instrumenten, die strahlten – obwohl sie sich dadurch auch nicht besser anhörten als die bodenständige Wollscheunen-Band. Die Musik war auch hier altmodisch, wie die Cousinen aus den Städten meinten.

Im *Moonbeam* hast du mit deinen Brüdern und Cousins getanzt und warst in jedermann verliebt, hast davon geträumt, von jemandem, den du über Mannys oder Billyboys Schulter flüchtig zu Gesicht bekamst und der ein wenig aussah wie Audie Murphie, Elvis oder James Dean, hinausgetanzt und in einem monddurchfluteten Park geküßt zu werden. Die Sterblichen haben Träume.

An manchen Abenden stellte der Bandleader jedem, der auf die Bühne kommen und singen wollte, das Mikrophon zur Verfügung. Du brauchtest lange dazu, bis du dich trautest, aber eines Abends, als dein Kleid in Ordnung war und du neue Schuhe hattest, trugen deine Füße dich zu den Stufen zur Bühne hin und die Stufen hinauf. Dann fingst du an zu singen, und jedes andere Geräusch brach ab. Als du zu Ende gesungen hattest, klatschten alle, und sie klatschten nur für dich.

Deine Arbeit bestand darin, die Teller vorzuspülen und sie fertig zum Abwaschen zu stapeln, die Töpfe und Kasserollen auszukratzen und einzuweichen, dann den Eimer mit den Essensresten hinauszutragen und ihn in eine große Tonne für den Schweine-Mann auszuschütten. Das Geschirr mußte weggeräumt werden, und der Kasten für das Holz mußte immer gefüllt sein. Und wenn alle Töpfe und Pfannen abgewaschen waren, halfst du mit, die Arbeitsflächen abzuschrubben und den Fußboden zu wischen, bevor Mrs. O'Keefe mit dem Einkauf zurückkam.

Die Arbeit war gut, und du konntest Geld beiseite legen. Du wolltest die Arbeit noch bis nach Makaretas Geburtstag behalten und dann zu Tuahine in die Stadt ziehen und Sängerin werden, ein Star werden.

## 40

*Der Dunst von Morgenseufzern*
*hebt sich.*

Du bist in dem Kleid, das Makareta dir gegeben hatte, losgerannt und hast noch hinter ihr hergerufen, als das Taxi schon den ausgefahrenen Weg hinunterfuhr. Bub war hinter dir, und unsere Mutter stand am oberen Ende des Weges und hielt ihre Hände gegen die Brust gepreßt.

Makareta sah zur Heckscheibe des Autos heraus, und ihre Hand war auf der Höhe ihres Gesichts und winkte kaum merklich. Ihre Haare, die du gerade noch gebürstet hattest, füllten den Rahmen aus, den das Fenster bildete.

Als das Auto die Straße erreicht hatte, bliebst du schließlich stehen, sahst noch hinterher, bis es um die Kurve fuhr und nur eine Staubwolke hinterließ. »Sie werden mir die Schuld geben, sie werden mir die Schuld geben«, sagte unsere Mutter immer wieder.

Dann sah man in der Ferne wieder eine Staubwolke. »Die Busse, die Busse, Mama«, sagte Manny. Die Gäste trafen ein, und ihr standet da mit der Schande. Es blieb nichts anderes übrig, als zu Keita zu gehen und ihr und allen anderen zu erzählen, was passiert war.

»Was ist los, mein Kind?« fragte Wi Mama, als ihr beim Haus ankamt. »Mir scheint, sie ist nicht mitgekommen.«

»Weg«, sagte unsere Mutter und weinte und jammerte, während sie Wi erzählte, was sich zugetragen hatte. Die Männer an den Feuerstellen sahen herüber und fragten sich, was denn da wohl schiefgegangen war.

Du bist mit Mama und Wi ins Haus geschlüpft, ein Haus, das plötzlich totenstill war, die Augen wanderten von Mama zu Wi und wieder zurück. Du hast unserem Großvater zugehört, als er die Toten begrüßte, die zu diesem Haus gehörten und jene, die irgendwoanders hingehörten, dann die Lebenden begrüßte, bevor er mitteilte, was er mitzuteilen hatte. Du lauschtest der Stille, die folgte, und dem Durchbrechen der Stille, als die Frauen anfingen zu klagen und zu weinen. Unsere Großmutter stöhnte, schlug sich selbst, kümmerte sich nicht darum, als das korowai, das sie über die Knie gebreitet hatte, zu Boden fiel. Du sahst Onkel Nonny, der von drüben von den Feuerstellen herübergekommen war, an der Tür stand und von dem, was er sah, völlig erschüttert zu sein schien. »Kua tae mai nga pahi«, sagte er.

Busse. Die Gäste stiegen sicherlich gerade aus und warteten darauf, hineingebeten zu werden. Mama neben dir wartete, zitterte.

»Du bist schuld.« Keita war es, die aufgestanden war, um Mama anzuklagen. »Schon einmal, und jetzt wieder. Du warst es. Du hast unsere Enkeltochter weggeschickt, du und ihre Mutter, ihr beide. Ihr habt das ausgeheckt, und ihr habt nicht einmal daran gedacht, was für eine Schande das für uns bedeutet. Du hättest damals selbst die Geehrte gewesen sein können, aber du hast es ja nicht gewollt. Statt dessen hast du unbedingt diesen unnützen Mann haben wollen, den du jetzt hast. Jetzt schickst du aus reiner Bosheit unser Kind weg und überläßt uns dieser Schande.«

Keita stöhnte und schlug sich an die Brust, als Wi und Tante Henrietta sie am Ellbogen faßten und sie auf ihren Stuhl zogen.

Wer würde jetzt unserer Mama helfen?

Koro Paora erhob sich und redete über das, was sich ereignet hatte, über die Gäste, wer sie waren, warum sie herkamen, und zählte alles der Reihe nach auf, um den Anwesenden Zeit zu verschaffen. »Wir wollen sie nicht zu lange warten lassen«, sagte er. »Aber ehe wir sie hereinbitten, müssen wir entscheiden, was zu tun ist, müssen wir erst unseren eigenen Frieden wiederfinden.« Er sang sein Friedenslied.

Danach war das Haus wieder still, wartete. Mama neben

dir zitterte immer noch. Wer würde ihr jetzt helfen? Keita gegenüber von ihr hielt ihr den Umhang entgegen, ihre Nasenlöcher waren geweitet, ihr Gesicht verzerrt und bleich.

Alle warteten, und es bewegten sich nur die Augen.

Du erhobst dich. Alle Augen wandten sich dir zu, und die Worte, die in dem Augenblick, als du aufstandest, erst eine Idee gewesen waren, kamen aus dir heraus, erschütternd und laut. »Ich möchte, daß ich es bin«, sagtest du. Du wartetest, aber es rührte sich nichts und es war nichts zu hören, und deswegen sagtest du: »Ich möchte diejenige sein«, und bliebst stehen, ohne noch ein weiteres Wort zu sagen, und wußtest, daß du dich nicht hinsetzen durftest, obwohl die Hand unserer Mutter nach dir gegriffen hatte, um dich auf deinen Stuhl zu ziehen.

Standest da im Mittelpunkt eines Kreises aus Augen, wußtest nicht, ob die Leute wollten, daß du dich wieder hinsetzt, oder ob sie für dich singen würden. Regungslos, egal wie laut dein Herz schlug. Und hörtest nicht auf meine schwache Stimme, die dich an deine Träume erinnerte. Aber die Sängerin, mein Schwesterchen, was wird aus der Sängerin?

Warten, damit sie verstehen, begreifen.

Warten, um zu sehen, ob sie für dich in deinem gelben Kleid singen würden, und standest da, wo das Licht schräg durchs Fenster hereinfiel. Hinter dir war das bleiche Gesicht, die blitzenden Augen deiner Ahnin, und rings um dich herum die Stille des Hauses.

Beobachten.

Großmutter Keita, eine Bewegung ihres Kopfes.

Dann erhob sich Keita, faltete den Umhang auseinander und kam auf dich zu. Du bist in die Knie gegangen, damit sie dir den Umhang um die Schultern legen und ihre Nase gegen deine drücken konnte. Du bliebst stehen und hieltest den Blicken stand, während Keita sich wieder hinsetzte. Die Leute sangen für dich, und du warst nun die Auserwählte.

Du bist mit den Alten hinaus auf die Veranda geführt worden, wo die Frauen anfingen die Gäste zu rufen, und sie betraten nun das marae, wo Stroh ausgebreitet worden war.

Brachten jemanden für dich her.

Zunächst hast du nur seine Füße gesehen, das war alles, was du mit deinen zu Boden gesenkten Augen sehen konntest, Füße in blankgeputzten schwarzen Schuhen, die gemeinsam mit den anderen durch das klebende Stroh vorwärtsgingen. Die Ruferinnen holten die Gäste näher, und als alle Füße stillstanden, hörtest du dem Jammern der Frauen zu, das immer zu hören ist, wenn sich Familien begegnen.

Die Füße drehten sich um, und die Gruppe ging zu den Sitzplätzen, die für sie vorbereitet waren.

Bei den Begrüßungsreden hast du dann zum ersten Mal seinen Namen gehört und hattest noch immer nur seine Füße gesehen. Trotzdem wußtest du, daß du wohl lieben könntest.

Als die Reden sich in den Abend hineinzogen, warst du froh, daß du den Umhang um die Schultern hattest, denn eine kühle Dämmerung setzte ein. Unsere Mutter neben dir flüsterte: »Ich helfe dir schon, Missy, wenn du nicht lieben kannst.« Aber dir war klar, daß du bestimmt lieben können würdest. »Keita ist doch dort gewesen«, sagte sie. »Er kann nicht nur irgendwer sein. Sie müssen dich in Ehren halten.«

»Wo ist Dadda?« hast du gefragt.

»Betrunken. Schläft. Manny und Nonny haben ihn auf Aperehamas Laster geschmissen.«

Die Reden gingen zu Ende, und die Alten rückten zusammen, um miteinander und mit dir zu weinen. Dann war seine Nase gegen deine gedrückt. Du sahst, daß er dunkel und ernst war, mit einem breiten Gesicht und einem stämmigen Körper. Seine Augen waren schwarz-braun, und er hatte Wimpern wie Bürsten und Augenbrauen wie Besen. Sein Haar war dick und gewellt, schwarz und voller Pomade.

Später dann, als ihr zusammen am Tisch saßt, fragtest du dich, was du wohl mit ihm reden solltest. Am Morgen warst du noch ein völlig anderer Mensch gewesen, ein Mädchen, das sich ganz aufgeregt auf eine Feier vorbereitete. Jetzt hattest du dir selbst ausgesucht, eine Frau zu sein, die Auserwählte zu sein. Du fragtest dich, ob Hamuera es wußte, daß eigentlich eine andere hätte neben ihm sitzen sollen. So viel hatte sich ereignet, daß man es kaum glauben konnte, daß nur ein paar Stunden vergangen waren. »Hattest du früher mal lange Haare?« fragte er und lehnte sich zu dir herüber. Also wußte er es. Alle Augen ruhten auf euch beiden. »Tante Billy, die mit den weißen Haaren, hat mir von einer erzählt ...«

»Meine Cousine, Makareta«, sagtest du. »Die ist heute früh abgehauen.«

Und er lachte. Du wolltest ihn ansehen, aber es waren zu viele Augen da. Die Leute reichten das Essen herum, legten dir etwas auf den Teller, aber du konntest nichts essen. Es gab Lieder, Geschenke wurden von Familie zu Familie überreicht. »Es hätte auch Zac sein können«, sagte er. »Der da am anderen Ende, er ist älter als ich, aber ich bin derjenige, der die Landwirtschaft liebt.«

»Deshalb haben sie dich ausgesucht.«

»Sie haben mich gefragt«, sagte er. »Ich habe zugestimmt.«

Als die Mahlzeit beendet war, hast du gesehen, wie Mama ziemlich harsch mit Dadda redete, der gerade hereingekommen war. Sie brachte ihn zu den alten Leuten, damit er sie begrüßte, und brachte ihn dann zu dir und Hamuera. »Was hältste davon, mein Sohn«, sagte er zu Hamuera, nachdem sie sich begrüßt hatten, »daß du 'nen Säufer wie mich zum Schwiegervater kriegst?«

»Sei doch still, Bobby«, zischte unsere Mutter ihm zu.

»Also, nee wirklich, nee wirklich, es könnte ihm ja gefallen. Woher weißte denn, ob er nicht auch gerne mal ein paar Bierchen trinkt.«

»Sei still jetzt.«

»Ja, meine Gute, meine Glory, knurr nicht … Siehste, mein Sohn, quackel-quackel in den Ohren, Tag und Nacht und ohne Ende. Siehste, Glory, was du verpaßt hast. Du hättest einen von denen haben können, statt ’nen besoffenen, abgehalfterten Scheißkerl wie mich.«

»Hätte ich auch besser.«

»Was meinste? Was meinste, mein Sohn? Was meinste zu meiner wunderschönen Tochter hier?«

»Ich denke, ich habe Glück gehabt«, sagte er. Ein Lächeln erschien auf dem ernsten Gesicht. Du warst froh darüber, jetzt dein neues Ich zu sein, und wußtest, daß du würdest lieben können.

Als die Tische abgeräumt waren, wurden die Gitarren hervorgeholt, und das Singen und Tanzen dauerte die ganze Nacht lang – alle Tanten kriegten Hamuera dazu, daß er mit ihnen tanzte, kicherten, neckten ihn, waren neugierig, tratschten, während seine Familie mit dir tanzte. Spät am Abend tanzte unsere Cousine Tuahine zu dir hin. »Was denn nun?« sagte sie. »Wolltest du nicht nach Wellington kommen. Wer soll denn jetzt bei mir einziehen? Jessas, muß mir einen Mann suchen.« Dir war klar, daß du gerade Träumen Ade sagtest, aber dennoch blieb die Liebe.

# Makareta

## 41

Meine Cousine Mata ist in mein Leben getreten. Wir haben über dreißig Jahre lang in der gleichen Stadt gelebt, und trotzdem haben sich unsere Wege bis jetzt nie gekreuzt, ich in einem Stadtteil in meinem Turm eingekerkert, sie in einem anderen Stadtteil staatlich gestützt. Heute nacht trafen sich unsere Augen im Licht der Straßenlaternen, und wir erkannten einander.

Es ist schon lange her, daß ich mit einem Stadtbus gefahren bin. Ich hatte am Tag zuvor mein Auto verkauft, und ich wartete nach einer Abschiedsfeier, die mir zu Ehren veranstaltet worden war, spät in der Nacht auf ein Taxi, als gerade ein Bus kam. Mir gefiel der Gedanke, in dieser Zeit, in den letzten paar Wochen, die ich noch in der Stadt verbrachte, eine Fahrt mit dem Nachtbus zu machen. Ich war ganz allein im Bus.

Wäre ich in meinem Auto oder im Taxi gewesen, wäre es vielleicht nicht zu einer Begegnung gekommen. Ich stieg aus dem Bus und ging schnell zum Haus hinauf, weil ich wußte, daß ich von da aus das ganze lange Straßenstück überblicken konnte und sah, in welche Richtung sie ging.

Sie war schon seit dem frühen Morgen unterwegs, hatte Vororte durchquert, war Straßen entlanggegangen, vielen Wegen und Pfaden gefolgt, als suche sie etwas – aber sie suchte nichts, im wahrsten Sinn des Wortes. Sie besaß nur das, was sie in ihren Taschen hatte, und wollte auch gar nicht mehr haben.

Suchte nichts, aber unsere Augen fanden sich, was für eine Ironie. Ich kann ihr ein bißchen von dem geben, nach dem sie sich gesehnt und worauf sie gewartet hat, was sie jetzt aber gar nicht mehr haben will.

Ich brauche sie. Noch nie hat jemand sie gebraucht.

Sie ist noch immer so stämmig, wie wir beide als Kinder waren. Sie hat noch die gleichen kurzen lockigen Haare, die jetzt grau werden, den gleichen traurigen und unschuldigen Blick, die nervösen Hände, die seitlich die Kleider halten oder daran zupfen, die Augen, die unsicher herumblicken. Es sind Familienaugen, und unsere Augen haben einander erkannt.

Ich liebe diese Stadt, die Hügel, den Hafen, den Wind, der durch sie hindurch pfeift. Ich liebe das Leben und das Pulsieren und das Treiben und die warme Gebrechlichkeit. Und ich liebe die Arbeit, die ich mache, die mich auf viele Podien führt. Es gibt immer Ecken und Kanten, die man bewältigen muß, die scharf und gefährlich sind und besondere Aufmerksamkeit erfordern. Aber ich bin zu dem Entschluß gekommen, daß es der pure Luxus wäre, wenn ich weiter hier alleine lebte. Missy hat mich nach Hause gerufen. Das Zuhause hat mich nach Hause gerufen.

Ich war zwanzig, als ich mit rotgeweinten Augen bei Polly ankam. Ich hatte Geburtstag. Sie lag im Bett und schlief, und ich klopfte mit einem Schilling an ihr Schlafzimmerfenster, um sie aufzuwecken. Hinter mir fuhr das Taxi, mit dem ich vom Bahnhof hergefahren war, auf der gewundenen Straße davon, und die Nacht war still und kalt. Polly hatte auch geweint. Ich legte mich zu ihr ins Bett und erzählte ihr alles, was in der vergangenen Woche und an diesem Tag passiert war.

Ich habe niemals aufgehört, mein erstes Zuhause zu lieben, aber obwohl ich es vermißte, hatte ich auch niemals Angst vor der Stadt. Ich geriet oft über die Geschäfte, den Lärm, die Lichter, das Fremde, wartende Menschen und ihr Dahinhasten in Begeisterung – aber es dauerte lange, bis ich mich als Teil davon empfand. Die rechtwinklige Strenge der Gebäude und die Helligkeit schmerzten mich manchmal, da war ein Beat unter den Füßen, der mir die Kraft raubte und mich völlig ausbrannte. Meine Cousins und Cousinen aus dem Katzenhaus nahmen aalglatt ihren Weg durch die Stadt, fädelten sich in den Verkehr ein und wieder aus, standen locker an Pfosten, Säulen und Wände gelehnt und konnten von einem Augenblick zum anderen verschwinden und wieder auftauchen.

Erst hatte ich daran gedacht, auf die Universität zu gehen, aber andererseits war ich mir doch nicht so sicher, nur so ein Gefühl, das ich zunächst gar nicht verstehen konnte.

»Dann warte doch erst einmal ab«, sagte Polly. »Schieb es einen oder zwei Monate auf. Es ist jetzt sowieso zu spät, sich einzuschreiben. Laß es uns einfach genießen, daß wir zusammen sind, Kind. Laß dir nur Zeit.«

Das war ein guter Rat, denn als ich Zeit hatte, darüber nachzudenken, unter welchen Umständen ich mein Zuhause verlassen hatte, begriff ich, daß ich überhaupt nur ans Studieren gedacht hatte, weil das von Keita und der Familie akzeptiert würde – etwas, das vielleicht die Verletzung, die ich ihnen durch mein Handeln zugefügt hatte, milderte. Es konnte immerhin neben dem eigentlichen Grund auch als Grund für mein Weggehen angesehen werden. Aber es war nicht das, was ich selbst wirklich wollte. Es war zu sauber, zu einfach. Ich wollte mich selbst erproben.

Als ich Polly fragte, wie wohl die Reaktion von Keita und der Familie ausfiele, wenn ich Krankenschwester würde, sagte sie, sie würden es nicht mögen. »Sie würden es nicht mögen, daß ihre puhi Fremde wäscht«, sagte sie, »den Kopf von Fremden berührt, Bettpfannen trägt, die Toten anfaßt. Sie werden glauben, ich hätte dir den Floh ins Ohr gesetzt, denn das ist etwas, was ich selbst gerne gemacht hätte, etwas, was ich hätte tun können, wenn ich die Chance dazu bekommen hätte. Ich will aber nicht, daß du es nur mir zuliebe tust.«

Aber je mehr ich über Krankenpflege nachdachte, um so mehr wollte ich den Beruf erlernen. Einer der Gründe, weshalb ich von zu Hause weggegangen war, war der, daß ich dort nie irgend etwas selber tun durfte. Da wo alle anderen hart arbeiteten, durfte ich nie mit anpacken, durfte mir nie die Hände schmutzig machen. Ich hatte Liebe und alles andere bekommen, und jetzt benutzte meine Mutter das Wort »puhi« – die auserwählte, jungfräuliche Tochter. Ich spürte, wie zutreffend dieses Wort war, als ich mir meine Kindheit wieder vor Augen rief und begriff, daß ich als eine ganz besondere Tochter großgezogen worden war, für eine vereinbarte Heirat mit einem ganz besonderen Sohn. Ich hätte es ja für sie getan, wenn ich gekonnt hätte, und ich empfand eine ungeheure Trauer, als ich sie da alle mit der Bürde der Schmach zurückließ. Als ich einen Brief von Tante Gloria bekam, in dem sie mir schrieb, wie es nach meiner Abfahrt weitergegangen war, war ich voller Liebe für Missy, voller Liebe und Dankbarkeit.

Als ich mich erst einmal entschieden hatte, Krankenschwester zu werden, schrieb meine Mutter an ihre Schwestern in Auckland, die beide Krankenschwestern gewesen waren. Sie kamen uns besuchen, um mich kennenzulernen, um mich darauf vorzubereiten, wie sie sagten. Tante Nui schenkte mir ihre Krankenschwesteruhr, die den Krieg und alles mitgemacht hatte, und Tante Lex kaufte Stoff und machte mir einen Leinensack daraus. Sie hatten mir Abzeichen und Fotos mitgebracht und alle Ratschläge der Welt.

»Sich selbst erproben« war kein akzeptabler Grund, um Krankenschwester zu werden, wie ich bald begriff, aber bis zu dem Zeitpunkt des Einstellungsgesprächs konnte ich mir unter dem Beruf der Krankenschwester etwas vorstellen und hatte auf die Fragen der Oberin, wie zum Beispiel, warum ich Krankenpflege als Beruf ausüben wollte, die passende Antwort zur Verfügung. Ich wolle für die Kranken sorgen, sagte ich ihr, ich wolle der Menschheit dienen. Nachdem ich so über Fürsorge und Dienen gesprochen hatte, hatte ich keine Schwierigkeiten mehr, mir diese Denkweise zu eigen zu machen.

Mit zwanzig war ich die älteste der neu aufgenommenen Lernschwestern.

Am ersten Tag versammelten wir uns im Aufenthaltsraum, um die Zimmernummern, die Wäschenummern und die Berechtigungsscheine für Schuhe, Strümpfe und Anknöpfkragen zu bekommen. Wir musterten uns gegenseitig, aber ich glaube, ich war wohl diejenige, die am meisten beäugt wurde. Ich war zwar nur ein paar Jahre älter, aber ich kam mir doch wesentlich älter vor. Und ich fiel als Maori und mit meinen langen Zöpfen, die dreimal um meinen Kopf geschlungen waren, am meisten auf. Wir waren alle Fremde, die sich gegenseitig musterten, aber wenn ich meinen Blick über die Runde schweifen ließ, konnte ich meistens sehen, daß alle zu mir hinsahen. Am nächsten Tag hatten wir das erstemal Unterricht.

Ich mochte die Arbeit und das Lernen, die strenge Routine, die Uniformen, die Abzeichen und die ganze Lebensweise. Das Internat hatte mich auf einiges vorbereitet. Ich mochte die anderen, mit denen ich zusammenarbeitete, und auch die, die über uns das Sagen hatten, aber ich hatte keine besonders engen Freundinnen. Darauf hatte mich das Internat nicht vorbereitet. Es machte den Eindruck, als würde ich immer ausgegrenzt, als hielten sich alle von mir fern. Das Gerücht ging um, ich sei eine Prinzessin. »Das liegt daran, daß du so vornehm aussiehst«, sagte Polly. »Und weil du Maori bist und die Beste in der Klasse. Es ist für sie schwer zu verstehen, wie eine Maori Klassenbeste sein kann, und deshalb müssen sie dich zur Prinzessin machen.«

So wurde die Krankenpflege zu meinem Beruf. Am liebsten arbeitete ich auf den Stationen, kümmerte mich um die Bedürfnisse der Patienten, auch wenn es mir manchmal schwerfiel. Ich hatte das große Glück, Kui Hinemate an meiner Seite zu haben, oder in mir, oder von wo aus auch immer sie zu mir sprach.

Zuerst mußte ich mich mit ihrer Mißbilligung auseinandersetzen, aber ich bin eine Tochter, die immer ihre eigenen Wege gegangen ist. Ich mußte ihr begreiflich machen, daß das etwas war, was ich wirklich tun wollte. Danach half sie mir dann.

Wenn etwas kam, das ich als verkehrt empfand – zum Beispiel Tote zu berühren, die nicht meine eigenen Toten waren, das Bett eines Toten in eine Station für die Lebenden zu bringen, das Bettzeug eines Toten abzuziehen und es, ohne es vorher zu waschen, mit dem anderen Bettzeug zusammenzutun, den Raum, in dem jemand gestorben war, für jemand Neuen vorzubereiten – half sie mir, das richtige karakia zu sagen und mein eigenes Reinigungsritual zu vollziehen. Das waren die Bräuche, die ich so genau beobachtet hatte, als ich mit den Alten herumreiste, als ich noch ein Kind war, alles, was Kui Hinemate und die Großmütter mir beigebracht hatten, was mich mein ganzes Leben lang schützen würde. Aber ich machte es im stillen. Es reichte, daß ich von manchen für eine Prinzessin gehalten wurde, ich wollte nicht noch mehr Gerede über mich hervorrufen.

So führte ich ein Doppelleben, und so blieb es auch, solange ich in der Stadt lebte, aber es wurde einfacher, als ich es mehr durchschaute. Es ist ein anstrengendes und interessantes Leben, solange man innere Sicherheit hat und sich selbst nicht verliert.

Es gab auch andere Bereiche, wo es schwierig für mich wurde. Maori-Patienten sahen mich, wenn ich zufällig vorbeiging, und riefen nach mir oder schickten nach mir und wollten nur von mir gepflegt werden. Sie wollten, daß nur ich ihren Kopf berühre oder mich um andere persönliche Angelegenheiten kümmerte. Ich hätte gerne getan, was sie wollten, und tat es auch manchmal, aber das Krankenhaus war ein Ort von streng abgegrenzten Bereichen, über die strikt und eifersüchtig gewacht wurde.

Ich war neunundzwanzig, als ich Mick heiratete. Er war sechsunddreißig und war schon einmal verheiratet gewesen.

Er kam nach einer Operation mit Komplikationen, die ihm beinahe das Leben gekostet hätten, auf meine Station. Für Patienten ist es leicht, sich in die zu verlieben, die sie pflegen. Manchmal verfliegt es einfach, ist vorbei, wenn der Kranke erst einmal wieder auf den Beinen ist. Und ich war auch nicht jemand, der sich leicht verliebte, obwohl ich oft in meinem Herzen forschte, um herauszufinden, was Leidenschaft oder Liebe war.

Zwei Wochen, nachdem Mick aus dem Krankenhaus entlassen war, rief er mich an, und wir verabredeten uns. Ich erforschte meine Gefühle. Wir gingen in einen Nachtclub, und ich fühlte mich wohl und glücklich mit ihm, wenn wir miteinander tanzten oder zusammensaßen und uns unterhielten, und dann irgendwann streckte er seine Hand aus und berührte meine Haare, und ich erlaubte seiner Hand, dort zu bleiben, und seine Finger glitten durch eine Strähne, die sich gelöst hatte. Da wußte ich, daß ich ihn heiraten würde. Es sind meine Haare, die mich mit all denen verbunden haben, die mich jemals geliebt haben, und nur die, die mich geliebt haben und die ich liebe, durften meine Haare berühren.

Wir heirateten am Ende desselben Jahres. Das bedeutete ein Ende für meine Tätigkeit als Krankenschwester, weil in diesem Beruf damals für eine verheiratete Frau kein Platz war. Wir kauften in der Nähe der Innenstadt dieses schöne Haus, hier in diesem Vorort voller schöner Häuser – ein dreistöckiges Haus mit vielen Zimmern. Es ist groß und geräumig, und ich habe Aussicht auf den wunderschönen Hafen. Außerdem ist es ruhig und abgeschlossen, und ich habe es mit Bäumen und Farnen von zu Hause umgeben, aber jetzt, wo ich allein bin, wäre es der pure Luxus.

Unsere Zwillinge, Michael und Kate, wurden im darauffolgenden Jahr geboren, und als sie noch klein waren, kam Polly jeden Tag, um mir zu helfen. Sie war ein wichtiger Teil in unserem Leben. Die Kinder waren ihr ein und alles.

Diese Zeit zusammen zu Hause, als die Zwillinge klein

waren, gefiel mir, aber auch davon abgesehen ereignete sich allerhand, was ebenso aufregend war. »Unsere Leute haben sich alle aufgemacht«, rief Polly mir eines Morgens zu, als sie aus ihrem kleinen Auto ausstieg und mit der Morgenzeitung wedelte. Michael und Kate waren damals schon fünf Jahre alt und waren gerade in die Schule gekommen.

Sie sprach von den Maori, die sich bei Te Hapua versammelten, um den Land-Marsch anzutreten, der sie mit dem Grundgesetz von der Spitze der Nordinsel zum Parlament führen sollte. »Keinen Hektar Land mehr«, rief sie zu mir hinauf, als ich auf den Balkon hinaustrat.

Das war eine ganz andere Polly, eine selbstbewußtere, eher aus der Reihe tanzende Polly als die, die ich aus meiner Kindheit in Erinnerung hatte. Sie hatte zugenommen und war immer in leuchtenden Farben gekleidet. Es war so, als hätte sich das Papageien-Haus in sie hineingearbeitet und ihr das Strahlende ihres eigenen Selbst gezeigt. Anderseits vermute ich, war ihr das Strahlende, das in ihr steckt, immer schon bewußt gewesen.

Ich hörte jetzt in Radio und Fernsehen einiges, worüber ich als Kind immer wieder hatte sprechen hören, und las davon in den Zeitungen – Raupatu, Te Tiriti o Waitangi; auch von dem Native Land Act, dem Public Works Act, dem Town und Country Planning Act, dem Rating Act, dem Counties Amendment Act und den ganzen Gesetzen, die erlassen worden waren und die pakeha-Behörden ermächtigen, sich Maori-Land anzueignen oder es zu erwerben. »Keinen Hektar Land mehr« war zum Schlachtruf der Land-Marschierer geworden.

Wir verfolgten jeden Tag die Nachrichten darüber, wie die Demonstranten auf der Insel nach Süden zogen, und als sie die Vororte von Wellington und damit den letzten Teil ihres Siebenhundert-Meilen-Marsches erreichten, beschlossen wir, uns ihnen anzuschließen. Wir taten unsere Regenmäntel und was zu trinken in unser Auto und fuhren ihnen entgegen, stiegen aus dem Auto und schlossen uns ihnen an, als sie die Straße vom marae herabkamen, wo sie die Nacht verbracht hatten. Aus allen Richtungen kamen Leute, um sich auch ihnen anzuschließen. Es war toll. Ich traf Leute, die ich jahrelang nicht mehr gesehen hatte, manche kannte ich von zu Hause, mit manchen war ich zusammen zur Schule gegangen, manche kannte ich aus der Zeit als Krankenschwester, an manche erinnerte ich mich noch von damals, als ich als Kind mit Kui und meinen Großeltern hierhin und dahin fuhr.

Wir zogen die Schnellstraße in viel schnellerem Tempo entlang, als ich es erwartet hatte. Zielgerichtetheit und Stärke, Heiterkeit und Hochstimmung waren spürbar. Wir gingen unter einem blankgewaschenen Himmel dahin, auf der einen Seite zogen sich die grünen, sanft ansteigenden und abfallenden Hügel hin, die schon von frischem Frühlingsgras bedeckt waren. Auf der anderen Seite fuhren Autos vorüber, wobei uns manchmal die Fahrer mit einem Winken oder einem Tuut mit der Hupe grüßten, während andere uns mit abgewandten Gesichtern Verachtung oder Feindseligkeit zeigten.

Polly und ich waren fast am Ende des Zuges, und wir konnten eine Meile vor uns die Demonstranten vom Anfang des Zuges sehen. Aber wir waren alle eine Einheit, bildeten ein Ganzes. Wie ein breites Band wogte und schwankte der Zug die Straße hinauf und hinunter und folgte ihren Windungen. Mal war es still, mal wurde gesungen, wobei die Lieder in den vorderen Reihen angestimmt und von Reihe zu Reihe aufgenommen wurden, und als wir durch die Schlucht hinabstiegen, kam das Echo unserer Stimmen von den Berghängen zurück. Der Himmel zog sich zu, und als wir in der Stadt ankamen, fing es an zu regnen. Die Autos und Laster zischten durch die Nässe an uns vorbei, und der Anfang unseres Zuges bog in die Straße zum Parlament ein, wo wir uns nach und nach alle versammelten und unsere Erklärung übergeben wurde.

Unser Haus war am Abend voll von Leuten, die sich mal

wieder waschen und ausschlafen wollten. Wir kochten ein riesiges Essen und holten aus Pollys Haus noch zusätzlich Matratzen und Decken, so daß die Leute bei uns übernachten konnten. Es war eine Nacht voller Singen und Reden und Geschichtenerzählen, eine von vielen ähnlichen Nächten, denn seit dieser Zeit beteiligte ich mich an den vielen Aktionen und Aktivitäten, mit denen wir das Ziel verfolgten, daß unser Vorhandensein, unsere Kultur und unsere Werte zur Kenntnis genommen wurden – daß wir als Volk überlebten und Entscheidungsgewalt über unser Leben erhielten. Vielleicht war das auch der Anfang einer Entwicklung, die dann schließlich zum Auseinanderbrechen meiner Ehe führte.

Alles das, was ich in diesen Jahren tat, schien Micks Unterstützung zu finden, und ich weiß, daß wir einander wirklich liebten. Ich weiß auch, daß er wirklich für Polly sorgte und auch zu würdigen wußte, daß sie sich so viel Zeit für die Kinder nahm. Er war Geschäftsmann, und ich unterstützte ihn dabei, glaube ich, so gut ich konnte. Ich begleitete ihn zu den wichtigen gesellschaftlichen Ereignissen und wußte das Richtige zu sagen und zu tun. Ich gab Dinner-Partys und fühlte mich in jeder Gesellschaft wohl. Ich hatte gerne Gäste.

Zur gleichen Zeit bemerkte ich, daß ich in den verschiedensten Kreisen als Kuriosum angesehen wurde. Wie etwas Exotisches. Aber das rührte mich nicht, und ich empfand es als eine interessante Herausforderung, mich in alle möglichen Anlässe hineinzufinden. Die Leute waren zurückhaltend oder offen, wenn sie mit mir redeten, aber die Zurückhaltenden wie die Offenen blieben mir gegenüber auf der Hut, mit einer gewissen Vorsicht, denn ich verkörperte ein völliges Anderssein für sie, zu dem sie keinen Zugang hatten. Aber ich triumphierte nicht darüber, noch bedrückte es mich. Polly fand es allerdings lustig. »Wenn du eine Prinzessin bist«, sagte sie, »dann muß ich ja die Königin sein.«

Für das Leiden unseres Volks gab es auf den Straßen genug äußere Anzeichen. Unsere niedrige Stellung in der Gesellschaft, unsere Armut, unser schlechter Gesundheitszustand, unsere minderen Leistungen, unsere Arbeitslosigkeit und unsere Kriminalität waren uns seit Jahren mit Statistiken und durch die Medien vor Augen gehalten worden. Es wäre gar nicht nötig gewesen, uns all diese Umstände aufzuzählen, denn wir erleben sie ja selbst tagtäglich oder erleben sie aus allernächster Nähe mit. Genau das hatte ich selbst gesehen oder davon reden hören, als ich noch ein Kind war. Jetzt lagen unser Leid, unsere Machtlosigkeit und unsere Armut offen auf der Straße ausgebreitet, für jedermann sichtbar.

Gruppen von Männern terrorisierten sich auf den Straßen gegenseitig, mißhandelten die Frauen, die mit ihnen zusammenlebten, und verbreiteten Angst, wo immer sie auftauchten. Das waren die Geschlagenen, die Ausgehungerten unseres Volkes, die rawakore, die wahrhaft Entrechteten, denen nichts Greifbares geblieben war und nichts, das Wert oder Schönheit besaß – denen keine Erinnerung blieb, deren Leere durch eine Welle von Wut und Tränen überschwemmt wurde. Keiner hatte je ihre Haare gemocht. Oder wenn sie wirklich einmal nicht Enterbte und Entrechtete waren, dann gehörten sie zu denen, die gelernt hatten, in Vexierspiegel zu schauen, um herauszufinden, wer sie waren, die eine verzerrte Wiedergabe ihres Selbst zu sehen bekommen hatten und dadurch einen Schock erhielten. Und ihre Geschichten, die voller Selbsthaß waren, wurden mit all ihren Gemeinheiten und Selbstverstümmelungen, ihrer Lähmung und ihrer Zerstörtheit erzählt. Sie behüteten das, was von ihnen noch übrig war, mit Waffen, hohen Mauern und Hunden.

Da waren auch die Kinder, seelisch mißhandelt und zerstört, die sich langsam aber sicher mit Benzin, Tabletten und Klebstoff umbrachten. Hübsche Kinder in riesigen Mänteln, die in Unterführungen, Hauseingängen und auf den Bürgersteigen der Stadt lebten. Keiner von uns konnte davon unberührt bleiben, und keiner war ohne Schuld.

Aber jetzt ging es los mit Demonstrieren und Diskutieren,

denn wir mußten unsere eigenen Antworten finden. Wir waren diejenigen, die die fehlenden Teile noch kannten, die geborgen und zurückgefordert werden mußten, bevor sie unwiederbringlich verloren waren. Ich glaube, Mick verstand das auch, denn wir redeten oft darüber, aber vielleicht empfand er nicht das gleiche wie ich.

Ich war ungeheuer eingespannt, meine Kenntnis unserer Sprache und Kultur wurden bei der Suche nach eigenen Lösungen überall gebraucht. Themen wie Landbesitz, Sprache, Gesundheit und Fürsorge, Geld, Arbeit, Ausbildung, Sitten und Gebräuche mußten diskutiert, bekanntgemacht und weiterentwickelt werden. Und ich hörte unsere Sprache plötzlich an Orten, wo ich sie noch nie gehört hatte, an Orten, wo ich nie geglaubt hätte, daß ich sie dort je hören würde. Und ich beobachtete, daß unsere Rituale und Zeremonien auf ungewöhnliche Weise und an ungewöhnlichen Orten ausgeführt wurden, nicht immer so, daß die Alten es meiner Meinung nach gebilligt hätten, und manchmal wurden sie von Leuten übernommen, die sie gar nicht verstanden und die ihr eigenes Programm hatten – was auch wieder Diebstahl war, auch wieder Verrat. Manchmal war das, was bei all der Arbeit, die wir leisteten, all den Hoffnungen, die wir hegten, herauskam, nichts als ein Pflaster auf immer weiter wuchernden Geschwüren.

Dann gab es unter uns auch noch welche, die sich ihr eigenes Reich schufen, die sich nur in Szene setzten und etwas vortäuschten und mit dem Mythos des Maori-Seins hausieren gingen, und es war deshalb nötig, sie herauszufordern, zu entlarven und ihnen entgegenzutreten – wie Frauen das ja oft machen, aber nicht daß Frauen immer nur die Unschuldigen wären. Wir als Volk hatten unsere eigenen verworrenen Ansichten zu entwirren, mußten mit unserem eigenen Zorn fertig werden, mußten unsere Prioritäten setzen, unser eigenes hakihaki, unsere eigenen todbringenden Wunden versorgen.

Alles zweifach.

Es gab entmutigende Zeiten und Zeiten, die uns aufrichteten. Es gab Zeiten, wo ich tagelang von zu Hause weg war, Zeiten, wo Mick und ich uns trafen, wenn einer am Flughafen ankam und einer abflog, aber ich wußte, wie wichtig die Arbeit war, die ich tat. Ich hatte in meiner Kindheit so viel erfahren und gelernt, und ich wußte, daß ich dieses Wissen teilen mußte, aber die ganze Zeit über tauchten Hindernisse auf – denn Kultur wurzelt tief. Sie reicht wirklich tief. Selbst die Überreste oder auch nur die Erinnerungen daran sind tief verwurzelt. Kultur ist nichts, was jemandem aus einem anderen Kulturkreis hinreichend erklärt werden kann, aber sie braucht auch überhaupt nicht erklärt zu werden, denke ich. Sie braucht allerhöchstens, akzeptiert zu sein, in Ruhe gelassen zu werden, Vertrauen entgegengebracht zu bekommen. Aber es gab und gibt Angst, da draußen, Angst, die schwer zu beruhigen und schwer zu verstehen ist. Polly sagte: »Die denken, wenn unsere Kinder ihre eigene Sprache lernen, dann müssen wir wieder im Freien in Kerosin-Büchsen über einem Feuer kochen und wüßten nicht mehr, wie man bis zehn zählt.« Meine phantastische Mutter.

Eines Nachmittags kam sie mit den Kindern zum Flugplatz, um mich abzuholen. »Ich habe Schaukeln und noch anderes für den Hof bestellt und die Zäune herrichten lassen«, sagte sie, »jetzt haben wir ein kohanga bei mir.« Es war ein beißendkalter Wellington-Tag, mit einem scharfen Wind von Süden her. Sie trug einen roten Poncho mit schwarzen Fransen und eine Strickmütze in Rasta-Farben. Sie sah aus wie die Sonne. Michael und Kate stießen sich heimlich an und zwinkerten mir zu, während wir zur Gepäckausgabe gingen. »Mit ungefähr acht Kindern«, sagte sie. »Bonnie und ich.« Die ganze Erschöpfung von der Arbeit und der Reise fiel von mir ab, als sie schilderte, was sie vorhatte.

Es war zehn Jahre her oder mehr, daß ich mit einigem Erstaunen von einer kleinen, als radikal eingeschätzten Gruppe gehört hatte, die forderte, daß es an den Schulen Maori-

Sprachunterricht geben sollte. Ich war noch mehr über den Unmut und die heftigen Diskussionen erstaunt, die diese Forderung in einigen Kreisen auslöste, denn ich konnte mir nicht vorstellen, daß es irgend jemandem auf der Welt wehtun oder jemanden kränken könnte, wenn unsere Kinder die Sprache ihrer Eltern und Großeltern lernten. Eigentlich konnte ich mir nur vorstellen, daß es ausgesprochen gut wäre. Ich konnte nur an die Ausgehungerten unseres Volkes denken, an die Entrechteten, die die wahrhaft Armen sind, und daran, was wir tun müßten, um sie wieder heil zu machen, was zu tun uns erlaubt werden muß, nicht nur zu unserem eigenen Wohl, sondern zum Wohle aller. Ich hätte nie gedacht, daß viele – und selbst einige von uns – so etwas als schädlich, rückschrittlich, ja sogar als wirklich unheilvoll betrachten würden.

Ich nahm an der Versammlung der Ältesten auf nationaler Ebene teil, die im Parlament abgehalten wurde, wo es um verschiedene Angelegenheiten, die unser Volk betrafen, ging. Ich war eingeladen worden, obwohl ich eigentlich nicht dazugehörte. Die Förderung unserer Sprache wurde heftig diskutiert, und wir redeten über unser Engagement, Leitung, Übungsprogramme, die Einrichtung von besonderen Ausschüssen und darüber, daß die Sprache offizielle Anerkennung und den gleichen verfassungsmäßigen und gesetzlichen Status erhalten müßte wie Englisch. Es tat mir weh, wenn ich daran dachte, daß wir um offizielle Anerkennung, um die Gleichbehandlung einer Sprache in ihrer eigenen Heimat baten. Wie konnte so etwas nur sein? Und diese Probleme mit der Sprache schienen der Inbegriff dessen zu sein, was sich mit unserem Land, unserer Lebensweise und unserer Kultur abspielte – daß wir darum bitten mußten, daß wir darum kämpfen mußten, das zurückzubekommen, was uns gehörte und was nirgendwo sonst auf der Welt hingehörte als hierher.

Das dämpfte den Optimismus der Gruppe jedoch nicht, und im folgenden Jahr wurden bei einer ähnlichen Versammlung Pläne entwickelt, Vorschulen aufzubauen, die in Maori unterrichten sollten. Es war eine aufregende Zeit, wo überall im Land kohangas entstanden und die Menschen neue Hoffnung schöpften, daß unsere Sprache durch unsern eigenen Antrieb und über die Kinder aufleben und überleben würde, nachdem sie so lange unterdrückt worden war.

Ich war also ganz begeistert von Pollys Idee mit dem kohanga in ihrem Haus, und ich half ihr, es aufzubauen, und es fielen mir dabei all die Geschichten wieder ein, die Kui Hinemate mir erzählt hatte, all die Lieder, die sie mir beigebracht hatte, und all die Spiele, die wir zusammen gespielt hatten. Ich stellte zu meinem großen Kummer fest, daß ich all das meinen eigenen Kindern nicht beigebracht hatte. Auch hatte ich Michael und Kate unsere Sprache nicht beigebracht, und als sie vierzehn waren, wollten sie wissen, warum eigentlich nicht.

Ja, warum eigentlich nicht? Ich hatte als Kind, zumindest kommt es mir jetzt so vor, das Leben zu Hause fein säuberlich von dem Leben in der Schule getrennt. In der Schule war meine Muttersprache etwas, wofür ich mich schämen mußte, etwas, was man geheimhalten mußte, etwas Unpassendes, Strafbares – auch wenn es mir gleichzeitig bewußt war, daß nur die Sprache und alles, was damit zu tun hatte, mich zu mir selbst führte und mich erkennen ließ, wer ich war. Und ich begriff später, daß diese Kenntnis, diese Sicherheit, diese gesunde Grundlage es mir erlaubten, etwas anzustreben und davon auszugehen, daß ich auch sonst auf der Welt tun konnte, was ich tun wollte.

Aber als ich erst mal mit dieser Arbeit angefangen hatte, bekam mein Leben einen anderen Blickwinkel, denn damals, als ich Mick geheiratet hatte, hatte ich meine Muttersprache schon seit über zehn Jahren nicht mehr gesprochen. Ich weiß noch, wie er wirklich überrascht war, als er mehrere Jahre nach unserer Heirat mitbekam, daß ich auch noch diese andere Sprache sprach, die ein Teil von mir war, dieses andere Ich, das zu mir dazugehörte, eine völlig andere Prägung. Er war überrascht und nahm Anteil daran, und er unterstützte mich. Das dachte ich jedenfalls. Er begriff allmählich, daß ich über ein Wissen und eine Erziehung verfügte, die es mir möglich machten, bei den neuen Initiativen eine Rolle zu spielen. So schien es jedenfalls.

Als Pollys kohanga zwei Jahre lang gelaufen war, wurde sie krank, und wir überredeten sie, daß die Kinder in eine andere Einrichtung umzogen, wo sie dann zwei- oder dreimal in der Woche zum Helfen hingehen konnte, bis es ihr wieder besserging.

Aber es ging ihr nicht wieder besser. Bald nachdem ihre kohanga geschlossen worden war, erfuhr sie, daß sie Krebs hatte. Sie hing so sehr am Leben, kämpfte gegen den Tod an, wie ich noch nie jemanden habe kämpfen sehen, und unterzog sich jeder Behandlung voller echter Hoffnung. Trotz allem, was ich in den Jahren meines Arbeitslebens gesehen hatte, trotz allem, was ich eigentlich wirklich wußte, war auch ich voller Hoffnung.

Sie blieb, solange sie konnte, in dem kleinen Häuschen – dem Papageien-Haus. Es war ein gemütliches Haus, das sie hatte renovieren und modernisieren lassen, als ich zu ihr gezogen war. Sie blieb aktiv, solange sie es noch konnte, und am liebsten ging sie Freitag abends mit Michael und Kate in die Stadt. Das war etwas, was sie schon immer gemacht hatten, seit die Kinder klein waren. Sie kaufte ihnen Sachen, die sie nicht unbedingt brauchten, und zwar in so leuchtenden Farben, wie sie ein Vorort wie dieser hier sonst nicht zu sehen bekam. Dann kauften sie sich Fish and chips, rissen das Papier ein und aßen durch dieses Loch, und danach gingen sie ins Kino oder in einen Zirkus oder auf einen Jahrmarkt, je nachdem, was gerade los war. Die Kinder waren ihr Leben. Sie hat sie immer verwöhnt.

Als sie nicht mehr alleine zurechtkam, nahmen wir sie zu uns und pflegten sie, so gut wir nur konnten. Damals zog

Mick dann aus. Ich nehme an, es war zuviel für ihn, Polly im Hause zu haben, aber er hat es nie gesagt. Er war damit einverstanden gewesen, daß wir meine Mutter ins Haus nahmen, und hat sie auch immer mit Liebe und Respekt behandelt. Es war die unglücklichste Zeit in meinem ganzen Leben, als er ging. Ich liebte Mick wirklich, und ich brauchte ihn. Liebe war für mich immer etwas gewesen, das für immer währt.

Ich zeigte den Kindern, was sie zur Pflege ihrer Großmutter tun konnten, und überließ es ihnen, sich so viel um sie zu kümmern, wie sie von sich aus wollten, denn ich wollte sie nicht vom Sterben ihrer Großmutter ausschließen.

Bevor sie starb, sagte sie: »Bring mich zu Mum und Dad und Cissie, wenn ich gestorben bin.«

Es traf mich tief, daß sie das sagte, und sie merkte, daß ich getroffen war. »Du weißt doch, daß dein Zuhause nicht mein Zuhause ist. Dein turangawaewae ist nicht mein turangawaewae, obwohl meins auch deins ist. Du darfst nicht vergessen, daß ich dort nur gut fünf Jahre gelebt habe, und du darfst auch nicht vergessen, daß ich mit deinem Vater nur zwei oder drei Jahre verheiratet war.«

»Aber es ist doch mein Zuhause«, sagte ich. »Es muß doch auch deins sein.«

»Es hätte mein zweites Zuhause sein können, wenn ich mich dafür entschieden hätte, zu bleiben, aber du weißt ja, wie es war. Ich bin von dort weggelaufen.«

»Sie wollen bestimmt …«

»Nein, mein Kind, sie werden mich nicht einmal haben wollen. Oder wenn sie es wollen, dann nur aus Rücksichtnahme auf dich und auch nur, weil deine Großeltern nicht mehr leben. Wenn Keita noch lebte, würde sie es ihnen sowieso nicht erlauben.«

»Und ich?« Sie antwortete nicht. »Ich habe nur das eine Zuhause«, sagte ich. Sie sah mich nicht an. »Und wenn ich dann dorthin zurückkehre, dann bist du nicht da, bei Kui, Keita, Wi und den anderen, die schon gestorben sind.« Sie sah mich nicht an, gab mir auch keine Antwort, denn es gab nichts dazu zu sagen.

Und es kam auch so, wie Polly gesagt hatte. Ihr jüngerer Bruder und ihre ältere Schwester waren während ihrer letzten Tage bei uns, und sofort nachdem sie gestorben war, traf Onkel Mat die Vorbereitungen, um sie zu ihrem turangawaewae zurückzubringen. Ich rief Missy an und bat sie, die alten Leute herzubringen, damit sie sich um Polly bemühen konnten. Sie kamen, aber wie Polly gesagt hatte, geschah das nur aus Liebe zu mir. Unser Ältester hielt eine ordentliche, lange Rede, brachte seine Rede mit viel Bewegung vor, mit Gesten, haka tawhito und waiata tawhito, rezitierte das whakapapa, erklärte noch einmal all das, was schon bekannt war, redete von meinem Vater – wer er war und wer ich war. All das spielte sich im Wohnzimmer dieser Villa ab, in diesem Vorort voller solcher Villen, wo sich noch nie zuvor etwas Derartiges abgespielt hatte. Ich wurde nicht im mindesten beleidigt, es gab keinen Affront gegen die Familie meiner Mutter, aber es ging im wesentlichen nur darum, daß dort, wo mein Vater beerdigt worden wäre, wenn er nach Hause gebracht worden wäre, ein Platz für meine Mutter war. Es gab bei den Verwandten ihres Mannes einen Platz für meine Mutter, wenn ihre eigene Familie es gestattete. Wenn ihre Familie es gestattete, würde die Familie ihres Mannes sie mitnehmen, und sie würde als eine der Ihren geehrt werden. Er berichtete ihnen von meinem besonderen Wunsch, meine Mutter auf unserem Familienfriedhof beizusetzen, dort, wo ihre Nachkommen eines Tages auch hinkämen.

Er bat wohl, aber ich hätte gewünscht, daß er forderte, obwohl auch ein Fordern nichts geändert hätte.

Mein Onkel Mat faßte sich mit seiner Antwort kurz, aber nicht etwa, weil er schroff sein wollte. Das Redenhalten war sonst nicht seine Aufgabe, und außerdem war es zu plötzlich gekommen. Er dankte Nonny für die Ehrung seiner Schwester, sie zum turangawaewae der Familie ihres Mannes mitnehmen zu wollen. Er sagte, ihr eigenes marae zu Hause sei schon für ihr Nachhausekommen vorbereitet und alle verließen sich auf ihn, daß er sie dorthin mitbringe. Er könne doch nicht ohne sie wegfahren. Er redete von ihrer Liebe zu mir und erinnerte mich daran, daß das Zuhause meiner Mutter auch mein Zuhause sei.

Nachdem Onkel Mat sich wieder gesetzt hatte, saßen wir eine Zeitlang schweigend da. Ich wußte, es kam keine weitere Bitte mehr. Es war genau so, wie Polly es gesagt hatte.

Nach einer Weile erhob Nonny sich wieder und sagte, unser marae zu Hause sei auch schon vorbereitet und Polly müsse einen Tag und eine Nacht lang dorthin gebracht werden, um denen, die sie gekannt hatten, die Gelegenheit zu geben, sich gebührend von ihr zu verabschieden.

Also machten wir es so. Es mag den Nachbarn hier herum ja sehr seltsam vorgekommen sein, als lauter altertümliche Autos und Laster eintrafen, und eine große Menge Trauernder auf den Bürgersteigen stand und klagte und die ganz Alten von den Jüngeren zu unserem Tor hinein und die Wege hinauf geleitet wurden. Die Leute haben vielleicht in ihrem frischgebügelten Schwarzen, ihren Kopftüchern, ihren Schals, Blazern und Bomber-Jacken etwas schäbig ausgesehen. Es mag vielleicht auch erschreckend für die Nachbarn gewesen sein, als das karanga ertönte, das die Familie meiner Mutter, die Familie meines Vaters und die Gruppe von Freunden ins Haus hereinrief, und dann wieder die Ausrufe des Leids und des Grußes, als die Gruppe eintrat. Es mag die Nachbarn und die Vorübergehenden vielleicht aufgeregt oder sie vielleicht befremdet haben. Mir hat es gutgetan, als ich die Leute zwischen den Bäumen heraufkommen sah.

Wir brachten meine Mutter für einen Tag und eine Nacht nach Hause zurück, bevor wir dorthin weiterreisten, wo ihre ganze Familie in ihrer eigenen Heimat auf sie wartete. Ich mußte mich damit zufriedengeben, aber es fiel mir nicht leicht.

Ich hatte gedacht, nach ihrem Tod käme Mick vielleicht

zurück, wenigstens, um ihr die Ehre zu erweisen, aber das tat er nicht.

Nach Pollys Tod entschloß ich mich dann, das Haus zu verkaufen. Michael und Kate waren inzwischen achtzehn, beide im zweiten Jahr an der Universität, wollten aber beide das Studium nicht weitermachen. Sie sehen sich sehr ähnlich, beide groß mit dunklen Haaren und dunklen Augen, aber mit heller Haut, die mich immer an Kui Hinemate erinnert hat. Sie sind sehr verschieden in dem, was sie vom Leben erwarten. Kate wollte immer schon reisen, Michael wollte nach Hause zurückkehren und unsere Sprache perfekt erlernen. So sind sie dann ihre eigenen Wege gegangen. Von Kate bekomme ich Briefe aus den verschiedenen Ecken der Welt und von Michael Briefe von zu Hause. Er wohnt noch bis zu meinem Eintreffen bei Missy und verbringt soviel Zeit wie möglich mit den Alten. Außerdem arbeitet er viel in einem Hydrokultur-Projekt, das er und Manny dort entwickelt haben. Es ist ein Versuch, Arbeitsplätze zu schaffen, uns dabei zu helfen, für uns selbst und das, was wir tun, verantwortlich zu sein, denn es herrscht hohe Arbeitslosigkeit, und davon ist unser Volk wie immer am härtesten betroffen.

Zunächst hatte ich trotz Missys Nachricht, daß ich zu Hause gebraucht würde, nicht vorgehabt, aus der Stadt wegzuziehen. Ich hatte nur das Haus verkaufen und mir eine kleinere Bleibe suchen wollen. Die Menschen sind gegenwärtig im Aufbruch begriffen, und es ist leichter, den Finger am Puls der Zeit zu haben, wenn man hier lebt. Es finden überall im Land Treffen statt, seit die Maori sich bemühen, ihr Leben selbst in die Hand zu nehmen, ihre Zukunft selbst zu bestimmen. Mutige Menschen fordern von den Ministerien oder über die Medien, daß unsere Kultur und Sprache in den verschiedenen Institutionen Anerkennung finden, obwohl es eine Ungerechtigkeit ist, eine Absurdität, daß eine Sprache und eine Kultur ihren Wert an dem Ort geltend machen müssen, der doch ihr Zuhause ist.

In der Stadt gibt es wichtige Aufgaben zu erledigen – Informationen, die verbreitet werden müssen, damit die Menschen ihre Geschichte und ihr Leben verstehen, damit sie erkennen, daß die Situation der Ohnmacht, in der sie sich befinden, nicht im geringsten durch ihr eigenes Verschulden zustande gekommen ist, denn sie, und andere vor ihnen, haben viele Jahre lang tapfer gekämpft. Das müssen sie wissen. Sie müssen wissen, daß die Wahrheit über uns nicht in Büchern nachzulesen ist, es sei denn zwischen den Zeilen. Die Wahrheiten über uns müssen aufgedeckt werden. Aber in den Gesichtern steht die Wahrheit geschrieben, in den zerschundenen und zerstörten Gesichtern, in den kranken, verkrüppelten Körpern, in den traumlosen, verängstigten Augen.

Die Menschen müssen verstehen, daß sie aufs übelste beraubt worden sind. Es hat ein Verrat stattgefunden, und sie, die Opfer, erhalten Tag für Tag die Strafe. Der Verlierer zahlt. Wenn sie nicht mutig genug gekämpft haben oder überhaupt nicht, dann deshalb, weil der Raub so umfassend war und den Raub von Kampfeswillen, den Raub von Überlebenswillen einschließt.

Für die, die sich das Überleben noch wünschen konnten, war es ein Herumtasten im Dunkeln. Es bewirkte ein Abstumpfen der Erinnerung, der Sinne, des Denkens, der Gefühle, einen Verlust an Identität, seit die Menschen am Fließband saßen und Etiketten auf Dosen klebten, an Maschinen saßen und Taschen in Hosen fügten, seit sie Kohlen schaufelten, Straßen bauten, Abwasserkanäle reinigten, Fußböden wischten, Plätze schrubbten, Flure bohnerten, Holz und Wasser schleppten, Tag für Tag und Jahr für Jahr, bis nur noch wenig von ihnen übrig war, nur noch wenig für ihre Kinder. Und doch taten sie das alles nur für ihre Kinder.

Oder es blieben nur noch Ärger und Kummer übrig, die zu Alkoholismus und Wahnsinn führten. Die Schlaflieder gingen verloren, denn es braucht viel Zeit, ein Schlaflied zu singen, und Zeit hatte keiner.

Es ist noch allerhand zu tun, denn die Menschen müssen von den Machenschaften erfahren, mit denen die wirtschaftlichen Grundlagen des Volkes zerstört wurden, müssen erfahren, welche Tragweite die Gesetzgebung hat, durch die ihnen Land und Bodenschätze entrissen worden sind. Sie müssen erfahren, welches der Maßstab ist, mit dem sie in der Schule und an ihren Arbeitsstellen gemessen wurden und der sie immer für ungenügend befand. Sie müssen erfahren, daß es ein Gesundheitswesen gibt, das sie gefährdet, sie sogar manchmal in Lebensgefahr bringt, ein Erziehungssystem, das Wissen vorenthält, Verstehen verhindert, Selbstachtung und Vertrauen zerstört. Sie müssen erfahren, daß in der Vergangenheit Menschen mutig gekämpft haben und daß auch sie mutig kämpfen können.

Und es ist auch an der Zeit, das Lied von einem unsrer besten Komponisten wieder aufleben zu lassen, das uns sagt, wir sollen uns vor der staatlichen Fürsorge hüten, die uns nur kontrollieren und versklaven und unsere Stimmen zum Verstummen bringen will.

Trotzdem ist es schwierig. Was ist denn für viele jetzt noch da, wovon sie leben können, wenn nicht die Fürsorge? Wie sollen Menschen selbstbewußt werden, wenn sie Stück für Stück der Mittel dazu beraubt wurden. Sollen die Menschen blindlings immer weiterkämpfen, und jede Generation höhlt sich dabei immer mehr aus, opfert ihre Kinder? Denn es ist ja nicht so, daß man ihnen nichts schuldig wäre – aber es ist mehr als nur Geld, was man ihnen schuldet. Ich bin von meinen Vorfahren als Hüterin der Kultur und Besitzerin des Landes großgezogen worden. Ich könnte das als mein Vorrecht betrachten. Andererseits könnte ich es auch nicht als mein Vorrecht, sondern nur als mein Recht betrachten – ein Recht, das anderen durch die Umstände versagt geblieben ist.

Meine Arbeit in der ganzen Stadt, im ganzen Land bringt mich nicht nur in Kontakt mit Maori. Es geht auch darum, andere aufzuklären, zu unterrichten, mit anderen zu verhandeln – obwohl ich jetzt allmählich begreife, daß meine Kräfte meinem eigenen Volk zugutekommen müssen. Es ist nicht genug Zeit für alles da. Ich liebe die Arbeit, die ich mache, aber ich bin erschöpft.

Der Vertrag von Waitangi ist ein Abkommen, das als Grundlage für den Aufbau unserer Gesellschaft dienen muß, wenn es eine gerechte Gesellschaft sein soll. Ich habe von diesem Abkommen gehört, als ich ein Kind war, und wußte, daß es in der Vorstellung derer, die davon sprachen, eine hochgeschätzte Sache war, ein Vertrag, auf den die Menschen trotz allen Verrats ihre Hoffnungen gründeten. Jetzt werden der Vertrag und alle Punkte, die dazugehören, im Parlament diskutiert, in den Regierungsabteilungen, in den Schulen, aber wenn man sich ansieht, zu was die Diskussionen führen, kann man keine bemerkenswerte Bewegung, keine tatsächliche Veränderung feststellen. Statt dessen stößt man auf Täuschung und Verschleppung, weil die verschiedenen Behörden hohle Versprechungen machen, während sie auf eine Veränderung in der Gewichtung warten, auf einen Regierungswechsel vielleicht, darauf, daß der Zenit überschritten ist.

Dennoch bemühen sich manche pakeha, nämlich die, die noch Stolz besitzen, wirklich aufrichtig. Diese wenigen begreifen allmählich, daß das einzige, was sie im Interesse der Gerechtigkeit tun können, ist, sich selbst verstehen zu lernen, daß sie ihre eigene wahrhaftige Geschichte begreifen lernen, die genausowenig wahrheitsgemäß in Büchern steht, daß sie die Versprechungen sehen, die in ihrem Namen gemacht wurden, daß sie ihr Stillschweigen brechen lernen, daß sie versuchen müssen, die tatsächliche Bedeutung von Rassismus und Ungerechtigkeit herausfinden, für die sie dann mitverantwortlich sind, wenn sie nichts unternehmen. Die Bemühten, die ehrlich Bemühten, diejenigen, die Maßnahmen ergreifen und sich Gedanken machen, was getan werden kann, sind stolze Menschen, die auf einer Grundlage von Selbstwert,

Menschlichkeit und Würde handeln. Sie fühlen sich nicht bedroht, sondern herausgefordert. Sie wissen, daß sie sich nicht zu schämen oder brauchen, sich nicht schuldig fühlen müssen, denn sie beanspruchen nur ihr eigenes, wahrhaftiges Erbe, und ihr Leben ist ehrenwert.

Ich bin erschöpft, ausgebrannt; es ist Zeit, nach Hause zu gehen. Vielleicht werde ich mich dort eine Zeitlang erholen können, vielleicht auch nicht. Unsere marae zu Hause sind wieder zum Zentrum geworden, weil die Menschen allmählich wieder zur Unabhängigkeit zurückfinden und Selbstvertrauen und Eigenliebe wiedergewinnen. Aber es bleibt trotzdem noch viel zu tun. Missy hat mir mitgeteilt, daß es nicht genug ist, nur Michael mit Hydrokultur hinzuschicken, sondern daß ich selbst kommen soll. All das Wissen, das ich erhalten habe, muß ich teilen, damit ich Menschen helfe, wieder heil und stark zu werden.

Ich freue mich, daß Mata hier bei mir ist. Es bedeutet, daß ich nicht Michael zum Helfen herbitten oder Heni und die anderen belästigen muß, die ja ihre eigene Arbeit zu tun haben.

Mata verpackt die Haushaltsgegenstände liebevoll, fast so, als wüßte sie um die Liebe. Sie ist beim Einwickeln und Verpacken geschickt und sorgfältig und geht dabei systematisch vor, und sie erzählt, daß das Einwickeln und Verpacken ihre erste Arbeit war, dort, wo sie vom Ende der Schulzeit an gearbeitet hat. Während sie packt, sortiere und ordne ich meine Papiere, treffe mich mit meinem Anwalt und dem Landverwalter. Außerdem gibt es viele Anrufe und Briefe, die jeden Tag mit Anfragen kommen, ob ich nicht an Treffen, Seminaren, Konferenzen teilnehmen kann. Aber ich muß mich eine Zeitlang ausruhen.

Nach und nach kriegen wir alles nach drei verschiedenen Bereichen getrennt verpackt – ein Teil kommt zur Familie ins Papageien-Haus, ein Teil ins Katzen-Haus, und ein Teil wird so lange zwischengelagert, bis mein neues Haus fertig ist.

Jetzt muß man für Mata noch eine Lösung finden. Ich möchte gern, daß sie mit mir nach Hause zu ihrem Land kommt. Tante Gloria hat gesagt, daß ich sie überreden muß, daß ich ein Nein nicht als endgültige Antwort auffassen darf. Aber bis jetzt hat sie nur soweit zugestimmt, daß sie mir dabei hilft, nach Hause zu kommen. Ich kann ihr keine Zustimmung abringen, daß sie bleibt. Sie will nichts, sagt sie, und das ist genau das, was sie immer schon hatte. Ich warte weiter darauf, daß sie ihre Meinung ändert, daß sich irgendwas ereignet. Ich möchte auf keinen Fall, daß sie von hier weggeht und für immer herumwandert. Geschenke sind dazu da, daß sie gegeben werden und eines Tages wieder zurückkehren. Jetzt ist sie mal wieder dran, die farbige Murmel zu halten.

# Missy

## 42

Ich war damals sechzehn, als ich dort im Haus stand, seit anderthalb Jahren aus der Schule, und ich ging seit drei Jahren nicht mehr barfuß. Falls da ein Stimmchen war, das mich hindern wollte, so habe ich es nicht gehört. Falls der Stups mich stupste, so habe ich es nicht bemerkt. Das Mädchen in mir war den Sternen und den Stars verfallen und verliebt in die Liebe.

Aber wenn ich an diese Zeit zurückdenke, war es trotzdem nicht das Herz voller Romantik, das mich zum Aufstehen bewegte, obwohl dieses romantische Herz, wie immer, alles übernahm. Wenn ich den ganzen Wirrwarr an Gefühlen Schicht für Schicht abtrage, der entstanden war in der kurzen Zeitspanne von jenem Augenblick, wo Makareta uns den Brief zeigte, bis zu dem Augenblick, wo ich mich in dem Haus erhob, dann weiß ich, daß die erste Bewegung – ein stilles Zurückziehen eines nackten Fußes in dem stillen Haus – geschah, um Mama zu beschützen.

Die Menschen, die in dem Haus an jenem Tag auf die Gäste, aber vor allem auf Makareta warteten, waren hauptsächlich alte Leute. Die meisten sind jetzt schon gestorben, aber dreißig Jahre danach wird die Geschichte immer noch erzählt, und es wird über die Ereignisse immer noch geredet.

Das Kleid, das mir von Makareta geschenkt worden war, hatte einen langen Rock und war aus gelbem Taft genäht und hatte wegen eines Überkleids aus cremefarbenem Nylon einen goldenen Schimmer. Es hatte geregnet, aber die Sonne kam gerade wieder heraus, und in dem Moment, als die Sonnenstrahlen durch das farbige Glas auf die gebleichten Flachsmatten heruntergiltzerten, trat ich in diesen Lichtfleck hinein.

Na ja, wie auch immer das Spiel von Farben und Licht war, es hieß, ich hätte eine goldene Aura – Worte, die so gebraucht wurden, als würde von einem Wunder erzählt. Sie behaupten sogar, ich wäre unter ihren Augen größer geworden, mein mädchenhafter Körper hätte sich in einen fraulichen Körper verwandelt, und während ich da so gestanden hätte, sei das korowai von selbst gekommen und habe sich um meine Schultern gelegt, und nachdem ich so lange da gestanden hatte, während die Gäste am Tor gewartet hätten, hätte ich in der alten Sprache ein Friedenslied aus alter Zeit gesungen. Eine der kuia sah ein moko auf meinem Kinn, das im gleichen Muster gestaltet war wie das der Ahnin. Ich weiß, daß die Alten die Vorfahren auf verschiedene Weisen und an verschiedensten Orten sehen und daß sie sie oft in jungen Menschen erkennen. Dieses Haus ist ein Ort, wo die tipuna für jene, welche die Gabe des Sehens besitzen, sichtbar werden.

Die Frau in mir wußte, ich konnte tatsächlich diejenige sein, ich konnte die sein, die die Leute in mir sehen wollten. Wenn sie für mich sängen, würde ich zu ihnen gehören. Wenn sie mich zum Sitzen aufforderten, hatte ich die Freiheit, in die Welt und zu den Stars zu gehen.

Aber ich wollte, daß sie Anspruch auf mich erhoben. Ich hatte in dem Augenblick keine Zweifel. Ich war ganz ruhig und hatte keine Angst, als ich auf die Veranda geführt wurde, als ich sah, wie die Füße über das Stroh herankamen, und als ich den Nachmittag lang dasaß und darauf wartete, daß ich sehen konnte, wer das war, den sie mir gebracht hatten, auch oberhalb der Knie.

Nach diesem Tag begegneten Hamuera und ich uns nur noch zweimal, bevor wir dann heirateten. Es war nicht etwa so, daß die Familien uns voneinander fernhalten wollten, aber die Zeit verging so rasch, und es war noch so viel zu tun.

Etwa einen Monat nach unserer Verlobung wurde ich zu seinem Urgroßvater im Norden gebracht, der nicht kräftig genug gewesen war, um mitfahren zu können, als sie Hamu zu uns gebracht hatten. Davor war ich nie weiter weg gewesen als bis zu unserer kleinen Stadt, und so war das für mich ein Wochenende voller Aufregung, voller Bemühen, richtig auszusehen und mich richtig zu benehmen, und überschüttet zu werden mit allen erdenklichen Ratschlägen der Welt. Es war eine Zeit, wo ich mit den Alten zusammen war, und das bedeutete Sitzen, Warten und Zuhören. Hamu und ich saßen und hielten uns die Hände, und die Alten redeten und lachten um uns herum, machten Bemerkungen dazu, wie wir zusammen aussahen, zogen uns im einen Augenblick auf, und im nächsten Augenblick stellten sie uns als taonga, den Schatz des Volkes, hin.

Damals wartete ich geduldig, hörte aber den alten Leuten nur mit halbem Ohr zu, weil ich unentwegt mit meinen Gedanken bei Hamu neben mir war und mir überlegte, was wir wohl miteinander reden würden, wenn wir die Gelegenheit hätten, allein zu sein. Jetzt, in diesem Abschnitt meines Lebens, würde ich alles dafür geben, wenn ich den Geschichten zuhören könnte, die an jenem Wochenende über die verschiedenen taumau-Heiraten, die stattgefunden hatten, erzählt wurden, oder mich an die Menschen erinnern könnte, die sie erzählt haben, aber ich war verliebt, erfüllt von der Liebe, völlig davon überzeugt, daß ich schon wußte, was es bedeutete.

Das einzige weitere Mal, wo Hamu und ich uns trafen, war, als der koroua starb und wir alle zu seinem tangihanga fuhren. Wir waren das erträumte Paar, das die Familien schließlich doch noch zusammenbrachte. Augen, die Augen aller ruhten auf uns, voller Wissen.

Als Hamuera mir das erste Mal schrieb, kamen mir die ersten Zweifel. Er war ein stiller Mann, aber seine Briefe waren mitteilsam und klug – so gebildet, so sicher in der Rechtschreibung, so sauber, dachte ich. Sie erinnerten mich an Makaretas schöne Schulbücher, und es machte mir allmählich Kummer, daß ich nicht so lange zur Schule gegangen war, und ich dachte daran, daß ich nur in der C-Klasse gewesen war und daß ja eigentlich Makareta als diejenige erzogen worden war, die Hamuera heiraten sollte, und nicht ich. Makareta war auch schön – mit so dunkler und glatter Haut, so sanft und vorbestimmt.

Ich glaubte an die Liebe, an die Liebe wie in Liedern, wie im Kino, wo zwei Leute für einander bestimmt sind. Da bist du, die Frau. Irgendwo auf der Welt gibt es einen Mann, der für dich bestimmt ist. Ihr trefft euch und verliebt euch ineinander, weil es das Schicksal so will. Es ist die Vorsehung, die die wahre Liebe vereint. Ich begann daran zu zweifeln, daß ich diejenige sein könnte, wo doch Makareta die Vorbestimmte war.

Und ich fing an, Träume zu haben, in denen ich mich als Makareta sah. Ich hatte ihr dunkles Gesicht, ihre runden, schwarzen Augen und das dichte, schwarze Haar, das sich wie eine Decke über meinen Rücken breitete. Aber in meinen Träumen war ich sowohl Makareta, mir sichtbar, als auch ich selbst, mir unsichtbar. Das Ich, das ich nicht sehen konnte, liebte das Ich, das Makareta war. Ich konnte das unsichtbare Selbst sagen hören: »Makareta, ich möchte, daß du nach Hause kommst.«

In einem anderen Traum stand ich nackt da und wußte, daß irgendwo Sachen zum Anziehen für mich waren. Ich suchte sie überall, fand aber nur Zeitungspapier oder zerrissene Decken, in die ich mich hüllte. Keita sagte im Traum: »Nein, nein, du hast sie noch nicht gefunden. Geh nochmal zurück und such deine Sachen.« Also streifte ich Papier und Stoff, die wie zu einer Schicht der Haut geworden waren, wieder ab und sah, daß meine Beine bluteten. Sie waren mit Löchern übersät, aus denen Blut rann. Mama sagte: »Das hab' ich nicht gewollt, Missy. Missy, Missy, komm, ich verbinde dich.« Und sie setzte sich auf den roten Boden und riß Streifen von ihrem Rock ab und verband meine Beine damit und sagte: »Wenn du sie wieder abnimmst, ist alles wieder verheilt.« Da wachte ich auf und dachte daran wegzugehen.

Zunächst waren es die Briefe, die in mir Zweifel auslösten.

Dann war es der Anblick der Häuser, die gerade gebaut wurden, der mich zwang, mich selbst noch einmal zu prüfen.

Nachdem die Gäste abgereist waren, hatte Keita veranlaßt, daß auf dem angrenzenden Land Häuser gebaut wurden. Dieses Land gehörte den beiden Familien gemeinsam, und jetzt, wo sie vereinigt waren, konnte man es nutzen.

Es war schwierig, auf dem Land zu bauen, an der Seite zur Straße hin war es sumpfig und stieg dann zu Gesträuch und manuka-Bäumen hin auf. Weiter hinten waren steile, baumbestandene Hügel und dichtes Farnkraut, wo Wildschweine und anderes Wild gehaust hatten.

Keita fiel es nicht schwer, ihr Herz zu verschließen. Ihre Liebe zu Makareta, ihr Stolz auf die Erziehung, die sie ihrer besonderen Tochter hatte zuteil werden lassen, waren immer noch mächtig, aber wegen dem Schritt, den meine Cousine getan hatte, schob Keita Liebe und Stolz beiseite und verschloß sich. Das fiel ihr ganz leicht, so wie man einen Sixpence in den Zipfel vom Taschentuch knotet und in den Ärmel steckt.

Keita war zwar nur eine kleine Frau, aber sie wußte genau, wie man sich groß machte. Hamueras Familie gab ihren Sohn her, der kräftig war und gut aussah, der eine gute Schulbildung hatte. Seine Familie hatte Kühe und einen Traktor als Hochzeitsgeschenk versprochen, und Keita zweifelte nicht im geringsten daran, daß unsere Familie von ihnen geehrt wurde.

Außerdem wußte sie, daß es an der Zeit war zu verzeihen. Nicht etwa, daß unsere Eltern es verdient gehabt hätten, nicht etwa, daß sie nichts falsch gemacht hätten, soweit es Keita betraf, aber sie war von Makareta, die alles bekommen hatte, enttäuscht worden. Für sie war ich diejenige, die uns alle vor der Schande gerettet hatte.

Keita wußte, daß ich der Familie gefallen hatte, obwohl nicht ich es war, die dazu erzogen worden war, das Bindeglied zwischen den beiden Familien zu bilden. Und ich spürte das auch. Sie wußte, daß die Ältesten von Hamueras Familie es bemerkt hatten, daß nicht ich die eigentlich Auserwählte war, und wußte auch, daß sie es herausgefunden hätten, daß ich keine umfassende Schulbildung besaß und nicht durch die alten Leute aufgezogen worden war. Sie hätten schon ihre eigenen Erkundigungen eingezogen, eine alte Cousine hätte hinter vorgehaltener alter Hand mit der anderen alten Cousine geredet. Es war viel getuschelt worden. Aber weil sie nichts gesagt hatten, Keita nicht angeklagt hatten, nicht sofort wieder mit Hamuera nach Hause aufgebrochen waren, wußte meine Großmutter, daß sie mich als ihre neue Tochter akzeptiert hatten.

Ich war nicht so schön wie Makareta. Ich war dünn und hatte große Zähne und narbenbedeckte Beine und gescheckte Haare, aber sie nahmen mich anders wahr. Groß wie die tipuna, mit Augen wie Ava Gardner, sagten sie, Ahnin und Schauspielerin! Und ich kriegte einen Knuff und einen Puff und wurde angestarrt. Trotzdem waren es Keitas Augen, die damals und auch später ganz besonders zusammengekniffen auf mir ruhten.

Ich hatte die Familie vor der Schande gerettet, aber Keita wußte dennoch, daß die Te-Waru-Familie noch etwas in der Hinterhand hatte, falls etwas schiefging – etwas, was sie uns zur Last legen konnten. Sie mußte alles daran setzen, daß Hamueras Familie nur ja weiterhin das Gefühl hatte, durch diese Vereinbarung auch geehrt zu sein.

Unsere Mutter brauchte ein ordentliches Haus. Es wäre nicht angegangen, wenn Hamueras Familie gesehen hätte, wo ihre neue Tochter hatte wohnen müssen. Also wurde ein neues Haus für Mama gebaut und eins für Hamuera und mich. Es war noch genug Platz da, daß meine Geschwister auch Häuser bekommen konnten, solange es in der Nähe noch genügend Arbeit gab und sie hier weiter wohnen bleiben konnten, denn selbst wenn das neue Land urbar gemacht worden wäre, hätte es trotzdem nicht dafür ausgereicht, daß alle davon leben konnten.

Keita fuhr in die Stadt und nahm ein Darlehen auf, dann teilte sie allen mit, daß man Land roden müsse, einen Sumpf entwässern, Bauplätze einebnen und Zäune ziehen müsse.

Hauptgesprächsthemen waren von da an die Hochzeit, die stattfinden sollte, die Häuser, die gebaut werden sollten, das Land, das bewirtschaftet werden sollte.

Wir hatten alle Arbeit.

Noch vor dem Ende des Winters war alles fertig geplant. Die Gärten waren erweitert worden, damit mehr Korn, Kartoffeln, kumara, Kürbis und Kohl angebaut werden konnten. Im Frühjahr, nachdem die Fröste vorbei waren, wurde Gras gesät. Die, die unter der Woche zu Hause waren, nutzten jede freie Minute dazu, das Gesträuch auf dem neuen Land zu schneiden und die Äste auf der Weide aufzutürmen, auf der die Kochfeuer sein sollten und wo das Zelt für die Hochzeit aufgestellt werden sollte. Sie sägten Pfosten zurecht und bereiteten Latten für neue Zäune vor. Wir entfernten den Farn und gruben Disteln aus.

An den Wochenenden gingen alle mit Drahtrollen, Nägeln und Krampen zum Land hinaus, um das Einzäunen in Angriff zu nehmen, oder sie machten sich dran, die Baumstümpfe zu entfernen. Und als die gröbste Arbeit getan war, kam einer meiner Onkel mit Traktor und Pflug, um die Erde für das Säen vorzubereiten.

Keita und Gloria errichteten eine Kochstelle und kochten in großen Töpfen Wildschweinfleisch und Gemüse für die Arbeiter, machten draußen auf dem Ofen paraoa parai und hielten ständig heißes Wasser für Tee bereit.

Als das Roden, Einzäunen und Säen schon fast erledigt war, wurden die Grundstücke für die Häuser geebnet, und als das fertig war, kamen Material und Bauingenieur.

Ich sah zu, wie das Fundament gelegt, das Fachwerk errichtet wurde, die Schindelbretter langsam das Fachwerk bedeckten, und all das zu sehen rief bei mir Zweifel hervor. Ich fragte mich, wie es nur möglich war, daß das alles für mich sein sollte, wo ich doch gar nicht die eigentlich Vorbestimmte war. Ich hegte Zweifel, wenn ich mich selbst prüfte.

Als dann die Häuser fast fertig waren, wurde Mama krank, und lange Zeit konnte ich mich um nichts anderes mehr kümmern. Seit meiner frühesten Kindheit war Mama immer für mich da gewesen.

Eines Nachmittags kam Keita zur Arbeitsstelle heraus und sagte, Mama sei ins Krankenhaus gebracht worden. Bei dem Gesicht, das meine Großmutter machte, dachte ich, sie sei vielleicht sogar schon gestorben.

Und als ich auf die Station kam, in diese Weiße und Stille des Raumes hinein, kam mir eine Frage in der Sprache über die Lippen, die ich nie zuvor gesprochen hatte: »Kua mate a Mama?« – eine Frage, die zu schrecklich war, als daß ich sie hätte auf englisch stellen können. »Ist noch bei uns«, sagte Keita, auch nicht auf englisch. »Wir müssen uns hinsetzen und warten und beten.«

Wir warteten – Dadda, Manny, meine Großeltern und ich – hin und wieder berührten wir Mamas farbloses Gesicht, ihre schwarzen Haare, die auf dem weißen Kissen ausgebreitet lagen, die Hände, so weiß wie Papier. Und als die Krankenschwester uns am Ende der Besuchszeit aufforderte zu gehen, sagte Keita ihr, daß wir dableiben und wachen müßten. »Tut mir leid, das geht wirklich nicht«, sagte die Schwester. »Aber ein oder zwei von Ihnen können im Warteraum warten, wenn Sie das möchten?«

»Ein oder zwei bleiben hier«, sagte Keita. »Die anderen können in den Warteraum gehen.«

»Es tut mir leid, aber Sie können nicht auf der Station bleiben.«

Keita erwiderte nichts darauf, wandte sich von der Krankenschwester ab und widmete Mama ihre Aufmerksamkeit.

»Ich werde die Oberschwester holen«, sagte die Schwester und ging, ihre weißen Schuhe quietschten auf dem Flur.

Bevor die Oberschwester hereinkam, bewegte Mama die Lippen. »Sie kommen«, flüsterte sie. Keita beugte sich zu ihr vor. »Schick sie weg«, sagte sie. »Sag ihnen, sie sollen gehen und nicht wiederkommen. Sag ihnen das jetzt.«

»Wir haben leider unsere Vorschriften, und Sie müssen alle gehen«, sagte die Oberschwester, als sie hereinkam.

»Wir bleiben hier bei unserer Tochter«, sagte Keita.

»Wenn ein oder zwei bitte im Warteraum warten möchten, werden wir stündlich nach Mrs. Tatua sehen. Wir werden Sie auf dem laufenden halten.«

»Einer von uns bleibt hier.«

»Vorschrift ist Vorschrift, tut mir leid.«

Aber wir wandten uns wieder Mama zu, deren Lippen sich wieder bewegten. »Weg«, sagte sie.

»Gut, mein Kind. Gut. Laß sie nicht wiederkommen.«

»Wissen Sie was«, sagte die Oberschwester. »Der Mann kann noch ein Weilchen dableiben, wenn die anderen rausgehen. Wenn der Mann sich bitte still hersetzt, falls Mrs. Tatua aufwacht ... solange nicht ein ständiges Hin und Her auf den Gängen ist.«

Wir verließen Dadda, und ich ging mit Keita in den Warteraum, und die anderen gingen zum Schlafen zu unseren Verwandten, und nachdem wir etliche Stunden gewartet hatten, zogen Keita und ich unsere Schuhe aus und gingen zur Station, wo Dadda im Dunkeln saß. »Sie hat die Hände bewegt«, sagte ich.

»Hat die Hände bewegt, die Augen aufgeschlagen, aber nichts gesagt«, sagte Dadda.

»Macht nichts, sie hat dich ja gesehen«, sagte Keita. »Wenn du nicht hier gewesen wärst, wenn ich mich drauf eingelassen hätte, daß die Schwestern uns alle rausschicken, wäre Gloria aufgewacht und hätte gedacht, sie sei im Himmel.«

Das bekümmerte Gesicht unseres Vaters entspannte sich, und er lachte, und im Dunkeln sah ich, daß Mama sich bewegte. Ihre Lider zuckten, aber sie schlug die Augen nicht auf, und ihre Lippen verzogen sich zu einem halben Lächeln. »Sieh nur«, sagte Keita. »Wenn wir alle rausgegangen wären, hätte meine Tochter in die Dunkelheit gelauscht, hätte nichts gehört und sich gesagt: «Ha, dieser Himmel ist aber ein stiller Ort«, was völlig ausreichte, um Dadda so zum Lachen zu bringen, daß es Tote zum Leben erweckt hätte. Das Lächeln unserer Mutter verstärkte sich. »Pscht, Dadda, die kommen schon mit der Taschenlampe«, sagte ich.

»Tut mir leid, aber nach dem Lichtauslöschen hat niemand Zutritt zu den Stationszimmern«, sagte eine Schwester.

»Die Oberschwester hat gesagt, der Mann könnte bleiben«, sagte Keita. »Aber mein Schwiegersohn und meine Enkelin werden jetzt gehen. Ich bleibe, damit meine Tochter jemanden sieht, wenn sie die Augen aufschlägt.«

»Hast du das gehört?« sagte Dadda, als ich mit ihm den Gang hinunterging. »Schwiegersohn. Das erste Mal, daß ich das von ihr höre. Ha, ha, Töchterchen, das mußt du sein, die deinen Vater in der Welt was werden läßt. Ha, ha, Schwiegersohn.«

Am nächsten Morgen bei der Arbeit drehte ich die großen Wasserhähne auf und drehte den Seifenspender, bis das Wasser schäumte. Türen gingen auf und zu, Tabletts wurden hereingetragen, Reste von den Tellern abgekratzt und aufeinandergestapelt, Servierwagen ratterten, Besteck rutschte über Tabletts. Krankenhausgeräusche, aber der Geruch war anders. Stimmen.

»Wo bist du gewesen?« fragte Lootie.

»Im Krankenhaus oben«, sagte ich. »Meine Mutter ...«

»Schlimm?« Lootie hob mit Schwung den Suppentopf hoch.

»Ist zu Hause zusammengebrochen, blutete.«

»Mmm. Die Gebärmutter rausgenommen, stimmt's.« Sie schälte mit einem langen Messer Zwiebeln und kniff dabei die Augen zusammen. »Ich hab eine Cousine, die die Gebärmutter raus hat. Danach hat sie sich in einen Mann verwandelt.« Die geschälten Zwiebeln rollten über das Brett, und sie halbierte sie mit einem raschen Hieb, würfelte sie, hob das Brett auf Schulterhöhe und schob sie in den Topf. »Und dann hat sie auch Blut gekriegt, stimmt's ...? Man muß denen auf die Finger gucken mit dem Blut. Die geben einem womöglich Blut von einem Chinesen oder von einem Japaner oder einem

Weißen oder Schwarzen oder aus allem zusammengepantschtes Blut. Und dann weiß man nicht, in was man sich verwandeln wird.«

Während Lootie neben mir vor sich hin brabbelte, tauchte ich immer wieder meine Arme ins Wasser und zog die Teller durchs Spülwasser und dachte dabei an Mama. Aber dann war da noch etwas, was Keita mitten in der Nacht im Warteraum gesagt hatte, was gar nichts mit Mama zu tun hatte. »Als du damals aufgestanden bist im Haus, hattest du keine Zweifel«, hatte Keita gesagt und damit bis in meine verborgensten Winkel geblickt. Ich hatte im ersten Moment nicht recht gewußt, was ich antworten sollte.

»Ich bin doch aber fast gar nicht zur Schule gegangen«, sagte ich.

»Jetzt redest du von der anderen, von deiner Cousine. Ihr ganzes Zurschulegehen hat uns überhaupt nichts genützt. Sie ist weggelaufen und hat dabei keinen Gedanken an uns verschwendet.«

»Und ich bin nicht die eigentlich Vorbestimmte.«

»Hach, vorbestimmt. Wenn nicht du die eigentlich Vorbestimmte wärst, hätten Tante Anihera und deine Mutter nicht getan, was sie getan haben. Wenn nicht du die eigentlich Vorbestimmte wärst, wäre deine Cousine nicht weggegangen. Wenn nicht du die eigentlich Vorbestimmte wärst, wärst du es nicht gewesen, die damals im Haus mit Worten, die du ohne den geringsten Zweifel in deinem Herzen aussprachst, aufgestanden ist. Was du begreifen mußt und niemals vergessen darfst, ist, daß deine Hochzeit eine Hochzeit für das Volk ist, so wie es auch meine war. Als ich deinen Großvater heiratete, hatten wir uns vorher nur ein einziges Mal gesehen, aber wir waren uns seit unserer Kindheit versprochen. Wir wurden miteinander verbunden, als ich neunzehn war. Drei Monate später waren wir verheiratet, und es lag nun an uns, die Ehe zu einem Erfolg zu führen. Wir machten das Beste daraus, weil wir es mußten. Es war für das Volk, und wenn es schiefgegangen wäre, wäre es für das ganze Volk schiefgegangen. Das Volk war es, dem wir verantwortlich waren. Zu der Zeit wußte ich nichts über unser Land, ich mußte mir das Wissen erst erwerben. Mich hatte es getroffen, weil in unserem Zweig der Familie aus meiner Generation sonst keine übrig war. Jetzt mußt auch du alles lernen. Wir haben deiner Cousine das ganze Wissen weitergegeben, haben ihr alles gegeben, aber sie hat sich von uns abgewandt. Es muß dir klar sein, daß du und Hamuera nicht versagen dürft. Wenn etwas schiefgeht, dann ist es das ganze Volk, das versagt. Das Volk, wir alle, müssen uns um euch kümmern.«

Demnach waren wir so etwas wie eine Investition oder eine Lebensversicherung, so kam es mir vor, aber ich dachte damals nicht weiter darüber nach. Wir bekamen alles Erdenkliche, wurden auf jede Art und Weise versorgt, und es konnte auch gar nicht anders sein. Es gab kein Zurück, denn es war das, was alle wollten, was Keita wollte, was Mama wollte.

Es war auch das, was ich wollte. Ich wußte, daß ich lieben konnte. Meine Zweifel waren kleiner. Wenn ich jetzt zurückblicke, verstehe ich all das besser.

»Das Mädchen hat schon alles zusammengestellt«, sagte Lootie. »Hat schon alles abgewaschen und saubergemacht. Ich räum heute noch einmal auf, wenn du schon eher gehen willst. Wenn Bigboy dich läßt.«

Es war eine Hochzeit für alle, und alle mußten sich an den Vorbereitungen beteiligen und Entscheidungen treffen – außer mir. Ich bekam gesagt, daß ich an dem eigentlichen Tag dann schon noch dran wäre – Kleider zu tragen (denn es mußte zwei Hochzeitskleider geben, eins, das von Keita und meiner eigenen Familie stammte, und eins von Hamueras Familie), die richtigen Worte zu sagen, am Tisch im Zentrum zu sitzen, die zu sein, um die es ging, die Auserwählte. Alles, was ich wußte, war, daß eifrig genäht wurde, Brautjungfern und Brautführer aus den Familien bestimmt wurden, Essen von überall her zugesagt wurde. Das Versammlungshaus wurde neu hergerichtet, die Flächen eingeebnet und trockengelegt und Bäume und Blumen gepflanzt. Alle redeten nur noch von Matratzen, Bettzeug, Schlafgelegenheiten für die Hunderte von Leuten, die unsere Gäste sein würden. Und sie redeten über Wasser, Wasser, Wasser – und Holz, natürlich. Ich meinerseits mußte zur Arbeit gehen, Briefe schreiben, für Mama und die Familie sorgen. Ich brauchte mich um keinerlei Vorbereitungen zu kümmern.

Als dann der Tag kam, schaffte ich es, glaube ich, so zu sein, wie sie mich alle haben wollten, auch wenn ich mich jetzt an manches nur noch vage erinnere. Ich wurde von Worten getragen – gerufenen Worten, gesprochenen Worten, gesungenen Worten. Aber das, woran ich mich noch am meisten erinnere, war die Seligkeit der alten Leute. Nach der Zeremonie wurden die großen whariki aus dem Haus geholt und auf dem Boden ausgebreitet, damit jeder sein Geschenk ablegen konnte. Und die kuia und koroua in ihren besten Hochzeitskleidern zogen ihre neuen Schuhe aus und sangen die alten Lieder, tanzten das hula, machten pukana, lachten und spielten. Es sah so aus, als kämen die tekoteko vom Haus herabgetanzt, mit gespreizten Fingern, angewinkelten Ellbogen, ihren zum Leben erweckten paua-Augen mit ihrem brandneuen Weiß, das zu sehen war, und den glitzernden Pupillen, mit langgezogenen Gesichtern und herabhängenden Mündern. Sahen wie echt aus.

Nach der Hochzeit wurden wir mit dem Auto von Hamus Bruder auf die Reise geschickt, die mittleren Lagen der beiden Hochzeitskuchen in Schachteln verpackt auf dem Rücksitz, um die Verwandten zu besuchen, die nicht hatten teilnehmen können.

Es dauerte drei Wochen, bis wir alle besucht hatten, und überall, wo wir hinkamen, wurden wir wegen der Ahnen und des Landes wie ganz wichtige Leute behandelt, aber ich nahm das damals gar nicht richtig wahr. Es wurden Zimmer extra für uns behaglich ausgestattet, besondere Mahlzeiten gekocht, und wir erhielten Geld und Geschenke, die uns auf unserem gemeinsamen Weg helfen sollten.

Und als wir wieder zu Hause ankamen, war unser Haus schon fertig für uns eingerichtet. Unser neues Besteck, das Geschirr, Töpfe und Pfannen waren ausgepackt und in den Schränken verstaut. An den Fenstern hingen schon Gardinen, und die Schränke waren gefüllt. Auf der Rückseite des Hauses war ein Hühnerstall neu errichtet, mit sechs schwarzen Hühnern und einem Zwerghuhn darin. Alle waren da, als wir ankamen, und wir haben die ganze Nacht lang in unserem neuen Haus gefeiert und gesungen.

Wir bekamen einfach alles, und es machte die alten Leute glücklich. Es ist ja für uns alle, für die Ewigkeit, sagten sie immer wieder. Sie sagten, es wäre wie in alten Zeiten.

Was dann nach unserer Heimkehr auf uns zukam, war harte Arbeit. Obwohl wir so viel geschenkt bekommen hatten und auch Hilfe da war, wann immer wir sie brauchten, war es hart. Wir hatten am Anfang nur Trockenvorräte, und das Land mußte urbar gemacht werden, Zäune waren zu ziehen, es mußte gerodet, gepflügt und gepflanzt werden. Später zogen wir eine Herde mit Milchkühen heran. Es war damals harte Arbeit, und es ist noch immer harte Arbeit. Aber ich konnte kräftig zupacken. Es gefiel mir, wenn ich die harte Arbeit in Haus und Garten richtig spürte. Darauf war ich vorbereitet. Dabei war ich nie unsicher.

Aber wo ich unsicher wurde, war da, wo ich nie zuvor Zweifel gehegt hatte, nämlich an der Liebe. Ich glaubte an die Liebe und meinte zu wissen, was das ist. Aber ich denke, es lag an der Art und Weise, wie wir zusammengetroffen waren, daß ich die Bestätigung brauchte, daß Hamu und ich aus Liebe geheiratet hatten – so wie ich mir die Liebe vorstellte.

Aller Augen waren auf Hamu und mich gerichtet. Mama, Keita, die alten Tanten und Onkel, alle stöberten und spionierten herum, jeder redete auf uns ein und ermahnte uns auf seine Art.

Ich weiß nicht, ob die Augen mich mißbilligten, aber ich weiß, daß meine Familie Hamu liebte. Er leistete harte Arbeit für uns und kannte sich gut in der Landwirtschaft aus.

Aber er ist ein stiller Mensch, und es fiel mir am Anfang schwer, das zu verstehen. Er redete nicht viel. Und irgendwie gefiel es mir nicht, daß er alles so gut konnte, daß er so zuverlässig war und so von meiner Familie geliebt wurde. Ich glaube, ich wollte lieber, daß er so wie Dadda war, albern und immer am Singen, und das, was Mama »unnütz« nennt. Ich wollte, daß er mich mit Koseworten neckte, so wie Dadda Mama neckte.

Ich konnte mich noch daran erinnern, daß wir, als ich ein Kind war, mitten in der Nacht von Daddas Weinen aufwachten. Mama schüttelte ihn dann und nahm ihn in die Arme. Und dann machte sie eine Kerze an und ging in die Küche, um ein Tuch zu holen und ihm das Gesicht abzuwischen. Sie redete mit ihm, bis er sich wieder beruhigte, und er sagte dann sowas wie »Was wäre ich nur ohne dich, meine Gloria, was sollte ich nur machen?« zu ihr. Nach einer Weile setzten sie sich dann im Bett hin, und Mama drehte für jeden eine Zigarette. Sie steckte sie an der Kerze an und blies die Kerze dann aus. Es hing dann ein süßer Kerzen- und Zigarettenduft in der Luft, und wir sahen die beiden Zigaretten, die wie zwei glühende Augen in der Dunkelheit glimmten.

Wir wußten, daß Dadda Mama für die schönste Frau der Welt hielt. Er sagte es ihr. Er sagte es allen. Er dachte sich Lieder voller Kosenamen für sie aus, auch wenn Mama immer sagte, es seien nur verrückte Sufflieder und sie hätte doch lieber einen Sixpence und einen Sack Mehl.

Oder was ist denn Liebe sonst? Es gibt die Art von Liebe, die ihr beide kennt, wo euch die Erregung die Haut kribbeln läßt und die schwarzen Mittelpunkte eurer Augen erweitert, als würdet ihr den anderen durch die Augen in euch hineinlassen. Eure Körper liegen beisammen, und du hast ihn in dir, und ihr gleitet mit eurer Haut aneinander entlang, und ihr beweist euch gegenseitig eure Liebe. Ist das etwa die Liebe? Wenn ihr fern voneinander wart, gab es Zeiten, wo ihr daran gezweifelt habt. Wenn ihr fern voneinander wart, konnte es sein, daß ihr mit Worten, einem Eindringen oder mit dem Beweisen eurer Liebe nicht zufrieden wart. Ihr wolltet vielleicht den anderen entblößen, wolltet sein Herz verschlingen, die Augäpfel aussaugen. Ist das etwa Liebe? Ich wollte bescheinigt haben, daß Hamu nicht ohne mich leben konnte. Ich wollte Worte von ihm hören, die ihn mir öffneten.

Oder ist das die Liebe, was die anderen sehen, wonach sie alle in Gesichtern, in den Augen forschen, wonach sie in den Worten, die man benutzt, in dem, was man sagt, lauschen, als beobachteten sie das Ganze so, als würden sie es auf der Leinwand sehen? Das waren die Gedanken und Zweifel, die noch von dem Kind in mir herrührten.

Und die Augen achteten auf andere Zeichen – kleine Kinder, die Gästen die Tür aufmachten, Kinder, die Eier suchten oder ein Ei in den Händen verborgen trugen, Babys, die an ihren Zehen nuckelten. Sie achteten auf ein Anderssein von mir oder irgendwelche Veränderungen, und sie erforschten Träume. Aber es dauerte fast zwei Jahre, bis ich mit der kleinen Gloria schwanger war, und es war Dadda, der das träumte. »Ich hab sie gesehen. Zwei«, sagte er, »sie schliefen schön eingewickelt.«

Er war die ganze Zeit fest davon überzeugt, daß ich Zwillinge kriegen würde. »Wo ist denn das andere hin?« sagte er, als er die kleine Gloria das erste Mal durch das Fenster der Neugeborenenstation in dem Krankenhaus, in dem sie geboren wurde, sah. »Sieht ja aus wie ein Zehn-Schilling-Schein«, sagte er, und ich dachte, wie komisch und ulkig mein Vater doch war. Als ich dann mein Kind wieder ansah, fiel mir langsam auf, daß es stimmte. Sie sah wirklich genau wie der Zehn-Schilling-Schein aus. Ich war froh, daß mein Vater da war, der mich zum Lachen brachte.

Das Mädchen, das ich gewesen war, hatte Angst gehabt, mitten in der Nacht durch die großen Türen hineinzugehen, mit geplatzter Fruchtblase und kaum noch Zeit, Hamu und Mama zu winken, ehe die Türen sich hinter mir schlossen. Ich folgte der Schwester mit meinem Koffer in einen überhitzten Raum, wo meine Personalien aufgenommen und mir die Kleider abgenommen wurden.

Ich war nicht darauf vorbereitet, in Anwesenheit von einer, die ich nicht kannte und die nicht einmal älter war als ich selbst, zu duschen, und mich dann auf eine schmale Bank legen zu müssen, um rasiert zu werden, wobei der Rasierapparat zunächst um und über meinen dicken Bauch fuhr, als sollte ich geschält und in Scheiben geschnitten werden, und dann zwischen meinen Beinen kratzte und schabte, bis die ganzen Haare ab waren und ich wie ein Ei war, fertig zum Aufplatzen. Ich war erleichtert, als die Schmerzen stärker wurden, weil sie mich von all dem, was mit mir geschah, ablenkten.

Ich war nicht darauf vorbereitet, daß ich, nachdem ich in den frühen Morgenstunden in den Kreißsaal gebracht worden war, auf dem Rücken liegen mußte, während mir Fremde meine Knie unter das Kinn hochdrückten und mir eine Maske über Mund und Nase gehalten wurde. Ich drückte die Maske weg, ich preßte mein Baby nach unten, hörte mich selbst schreien, unvorbereitet auf diesen Ton, spürte, daß ich auseinanderriß. Dann rutschte die kleine Gloria, mein eigenes, nasses Baby, in die Hände von Fremden, womit ich aber nicht sagen will, daß sie unfreundlich waren. Schließlich wurde sie mir gereicht, aber es war keiner da, um sie sich anzusehen, außer freundlichen Fremden. Und als das Baby und ich versorgt waren, wurden wir in entgegengesetzte Richtungen davongefahren. Darauf war ich nicht vorbereitet. Dann auf der Station konnte ich nicht heraushören, ob es mein Baby oder das Baby von einer anderen Frau war, das ich immer weinen hörte, wenn am anderen Ende des Flurs die Tür zum Neugeborenenraum aufging.

In dieser Nacht wachte ich auf, und es war dunkel, und ich dachte an die Nachgeburt und fragte mich, was denn wohl damit geschehen war. Wo war diesmal das kleine Päckchen, das Kui Hinemate sonst immer eingewickelt hatte, oder der Korb, den Keita sonst immer gemacht hatte, damit das whenua darin vergraben werden konnte? Ich versuchte zu schlafen. Ich wollte lieber nicht daran denken.

Nachmittags kamen Mama und Keita manchmal zu Besuch, oder Lootie oder Bessie nach der Arbeit. Abends kam Hamuera. Meine Besucher durften die kleine Gloria durch das Fenster der Neugeborenenstation ansehen, wie beim Schaufensterbummel. Sie nannten den Namen des Babys, und die Schwester fuhr Gloria dann in dem Gitterbettchen, in dem vielleicht schon einmal ein Kind gestorben war, dicht ans Fenster heran, und dann konnten sie den Kopf und einen Teil ihres Gesichtes sehen. Sie war in eine x-beliebige Babydecke gewickelt, und eine beschriftete rosa Karte klebte mit Klebeband am Bettchen, auf der ihr Name, das Gewicht, ihr Geburtstag und der Zeitpunkt der Geburt zu lesen waren.

Manchmal, wenn die Besucher wieder auf die Station zurückkamen, sahen sie unbehaglich aus, und dann wußte ich, sie hatten beim Weggehen gesehen, daß die kleine Gloria mit dem Mund nach der Brust gesucht hatte.

Sie blieben so lange, bis die Glocke ertönte, dann gingen sie auf Zehenspitzen hinaus, weil sie nicht wollten, daß ihre besten Schuhe Flecken auf dem gewachsten Fußboden hinterließen, und weil sie nicht wollten, daß auf den Fluren von ihnen auch nur das leiseste Geräusch ausging oder daß ihnen beim Hinausgehen Blicke folgten. Draußen vor meinem Fenster drehten sie sich noch einmal um und winkten, aber ohne zu reden, als wollten sie nicht, daß ihre Worte in die Stiefmütterchen und Vergißmeinnicht fielen und von den Vögeln aufgesammelt wurden – als trauten sie diesen Vögeln nicht, die ihre Nester aus allem bauen, was sie am Wegesrande finden.

Jeden Morgen bekamen wir kleine Pillen, von denen ich Bauchschmerzen kriegte, aber ich fand ein kleines Loch im Bettgestänge, wo ich sie loswerden konnte.

Ein Jahr nach der kleinen Gloria wurde Samuel geboren und Tina wiederum ein Jahr nach ihm. Jedesmal, wenn ich ins Krankenhaus kam, bemühte ich mich, nicht zu sehr darüber nachzudenken.

In der Landwirtschaft ging es auf und ab. Es war schwierig, Maschinen anzuschaffen, die man wohl braucht, die aber ihrerseits Menschen verdrängen. Es war meistens ein einziger Kampf, aber wir haben alle zu essen. In solch harten Zeiten orientieren die Menschen sich rückwärts, und wir müssen einfach neue Wege einschlagen, so wie Manny und Michael es mit dem Hydrokulturprojekt getan haben, so wie Hamuera Arbeit angenommen hat, während ich mit den Kindern das Land bearbeite. Mama Gloria hat uns immer geholfen – hat die Kinder betreut, als sie klein waren, hat einen Gemüsegarten angelegt, für uns gekocht.

Ich denke, Keita war durchaus zufrieden, bevor sie starb. In ihren letzten Tagen sagte sie immer wieder: »Es gibt uns noch.« Und so ist es auch. Das ist alles, was mir einfällt für die Zeit, die noch vor uns liegt, daß es uns immer noch gibt und daß wir durchhalten. Das ist die Aufgabe, die Hamu und ich bekommen haben. Wir müssen alle in erster Linie überleben, aber es geht um mehr als um das nackte Überleben, das hat Makareta immer gesagt. Wir wollen nur das Beste für uns und unsere Kinder, für sie tun wir alles, aber ich weiß immer noch nicht, wie wir es hinkriegen können.

Ich hätte nie geglaubt, daß es jemals wieder jemanden wie Keita geben könnte, aber nachdem Keita gestorben war, wurde Mama Gloria zur neuen Keita, stur, bestimmt und uns alle auf Trab haltend. Dadda fehlt ihr sehr, und uns auch.

»Neunundfünfzig ist ein reifes Alter«, sagte Dadda, als wir ihn aus dem Krankenhaus nach Hause holten. Er hatte so viele verschiedene Krankheiten, daß der Arzt meinte, es wäre einfacher aufzuzählen, was er nicht hätte. Die Beine und die Hüftgelenke waren abgenutzt, er hatte Schmerzen im Bauch, die Leber und die Nieren arbeiteten nicht mehr richtig, und sein Herz spielte verrückt. Wir saßen abwechselnd bei ihm und sangen ihm vor, damit er glücklich und zufrieden von uns ging, als seine Zeit kam.

Was die jungen Leute betrifft, scheinen sie irgendwie durcheinander zu sein, oder zumindest einige, weil sie Naturkost essen, taru kino rauchen und top shelf trinken. Die alten Leute sagen, ihre Verwirrung käme sicher daher, daß ihr whenua mit dem ganzen tutae und Abfall durch den Abfluß gespült wurden, anstatt an den Plätzen der Ahnen vergraben zu werden, wo sie hingehören. Ich denke, sie müssen recht haben, oder jedenfalls ist da was dran. Das sind solche Sachen, über die ich noch viel ausgiebiger mit Makareta reden wollte. Über einiges davon haben wir, sie und ich, schon während unserer langen Telefongespräche geredet.

Jedenfalls kehren manche jungen Eltern zu diesen Bräuchen zurück. Recht so. Sie nehmen das whenua ihrer Babys vom Krankenhaus mit nach Hause, trauen sich, danach zu fragen. Sie behandeln das Krankenhaus, als wäre es ihr Krankenhaus, mutige junge Leute. Sie geben ihren Kindern altehrwürdige Namen, aber eisern. Es ist gut, daß sie all das wieder haben wollen, und es ist gut, daß sie ihren eigenen Weg gehen wollen, denn sie haben es bitter nötig. Vieles ist ihnen verlorengegangen.

Ich denke, die Ahnen oder Gott haben einen großen Fehler gemacht, daß sie Makareta zu sich genommen haben. Es ist solch ein Verlust, wo die Jungen, wir alle, sie doch noch so sehr brauchen. Sie hat das Wissen der Alten. Sie beherrscht ihre Sprache und kennt ihre Geschichten, und sie hat diese wundervolle kuia-Art, die Kinder so mögen, obwohl sie das Alter einer kuia noch nicht erreicht hat. Außerdem weiß sie, wie man anders, auf eine neue Art und Weise, an alles mögliche herangehen kann, was für uns richtig und passend ist, oder vielmehr weiß sie, wie wir alles so verändern können, daß es passend und akzeptabel wird. Es ist nicht wichtig, am

Althergebrachten zu kleben, sagt sie, aber es kommt darauf an, daß wir wir bleiben und das neue Wissen in unserem Sinne für uns nutzen. Auch alles Neue gehört zu uns.

Aber sie ist tot. Wir warten darauf, sie heimzurufen, und es tut mir weh und macht mich traurig.

Mir ging ein schlimmer Gedanke durch den Kopf, als ich sah, wie die Gruppe am Tor alles dafür vorbereitete, Makareta hereinzutragen. Ich mußte mich zügeln, so etwas zu denken, weil ich weiß, daß es nicht richtig ist, Ankommenden schlimme Gedanken entgegenzuschicken. Ich schaute unsere Cousine Mata an, die ich seit fast vierzig Jahren nicht mehr gesehen hatte, und fragte mich, warum es nicht sie statt Makareta hatte treffen können, daß sie nach Hause getragen wurde. Was bist du uns schon nütze, dachte ich, schob dann aber den Gedanken beiseite.

Danach richtete ich mich in meinem Schmerz an Makareta. »So kommst du zu uns?« sagte ich, als sie sie zum Tor hereintrugen. Denn seit Polly gestorben war, hatte ich sie immer wieder gebeten, nach Hause zu kommen und sich ein Haus auf ihrem Land zu bauen. Wir brauchten sie hier. Aber sie hing an dem Leben in der Stadt, hing an ihrer Arbeit. Ich weiß, es war eine wichtige Arbeit, und wir waren alle stolz darauf. Sie war im ganzen Land und auch darüber hinaus wegen der Arbeit, die sie für unser Volk leistete, bekannt – Rat, Hilfe, Wissen, all das konnte sie geben. Aber es laugte sie aus. Sie hätte sich doch hier erholen können. Wir hätten für sie gesorgt, sie behütet, so wie wir das immer getan haben.

Statt dessen schickte sie Michael mit der Mitteilung zu uns, es würde nicht mehr lange dauern, bis auch sie käme.

Ihre Ankunft war nur noch einen Monat hin, als sie anrief, um mir zu sagen, sie hätte unsere Cousine Mata gefunden. Mama Gloria hatte von Mata geträumt und gemeint, daß sie immer noch nicht so wiedergekehrt war, wie Keita es immer gesagt hatte. »Ihr Land ist hier«, sagte Keita immer, »also wird sie eines Tages wiederkommen.« Ich hatte das Bild von Matas ausdruckslosem Gesicht in Erinnerung, ihre ausgestreckte Hand und die Zaubermurmel.

Aber erst nachdem sie wieder weg war, war Mata langsam zu einer Cousine für uns geworden, die tatsächlich existierte. Es wurde oft von ihr geredet, selbst wenn ihr Name fast nie ausgesprochen wurde. Man nannte sie »die von Anihera«. Die alten Leute fragten Mama Gloria, wann immer sie sie trafen: »Hast du mal wieder was von der von Anihera gehört?«

Meine Mutter erzählte ihnen dann davon, daß Keita der Frau geschrieben hatte, die Matas Vormund war, aber nie eine Antwort bekommen habe. Gloria hatte auch versucht, direkt an Mata zu schreiben, aber ihre Briefe waren nie beantwortet worden.

Nach einiger Zeit fragten die Leute nicht mehr, und Keita und Mama Gloria schrieben auch keine Briefe mehr, aber ab und zu hörten wir Keita sagen, daß das Land Mata eines Tages zurückbringen würde.

Jetzt bringt Mata uns diejenige zurück, deren Platz ich eingenommen habe, als ich sechzehn war. Makareta hat mir nie gesagt, ob sie erwartet hatte, daß ich das tun würde. Sie hat mir nie gesagt, ob es das war, was sie erhoffte, als sie zum Fenster hinaussah, als das Taxi an jenem Tag davonfuhr. Ich habe auch nie gefragt.

Aber ich denke, ich habe es richtig gemacht. Wenn ich noch andere Träume hatte, wenn es noch etwas anderes gab, einen anderen Teil von mir, was macht das schon? Wenn die Liebe anders ist, als ich sie mir vorgestellt habe, was macht das schon? Es war früher meine Angelegenheit, es ist jetzt wieder meine Angelegenheit.

Ich glaube, wir haben es gut gemacht, Hamu und ich. Unsere Gekauft-wie-gesehen-Heirat ist genau so gut wie jede selbstgemachte, selbstgebastelte. Besser als die meisten, das denke ich doch.

# Mata

## 43

Hunger oder Müdigkeit machten mir beim Laufen nichts aus. Ich war froh darüber, glücklich, daß das, was ich empfand, nur von Hunger oder Müdigkeit herrührte. Ich wollte immerzu nur laufen, die Nacht und die schwarze Straße gefielen mir, die wunden Füße und der schmerzende Körper kümmerten mich nicht, es gefiel mir, zu den Obdachlosen zu gehören. Irgendwann später würde ich einen Platz zum Schlafen finden müssen, aber erst dann, wenn ich wirklich nicht mehr weitergehen konnte.

Die Straße vor mir stieg an und wurde kurvig, und ab und zu fuhr ein Auto vorbei. Ich sah dann Scheinwerfer um die Kurve entgegenkommen oder hörte von hinten Motorengeräusch, trat schnell an den Straßenrand und wartete so lange auf dem Fußweg, bis es vorüber war. Ich weiß nicht, warum ich unbedingt mitten auf der Straße gehen wollte, aber vielleicht hatte es etwas mit den Wortfetzen zu tun, die mir durch den Kopf gingen – »mitten auf der Straße, mitten in der Nacht, mitten im Nichts«. Ich hatte ihren Rhythmus aufgenommen, und ich brauchte Wortfetzen, die mich durchzuckten, um das Denken abzuwehren. Ich nahm an, Mitternacht sei schon vorbei.

Gerade als ich bei der Kurve angekommen war, hörte ich jemanden meinen Namen rufen, und als ich aufsah, stand eine Frau vor mir auf dem Fußweg. »Mata, hier drüben«, sagte sie. Ich wollte weitergehen, wollte nichts hören, wollte einfach weitermachen, was ich gerade tat, und nicht davon abgebracht werden, denn ich hatte mich entschieden. Ich hatte meinen Füßen eine Anweisung gegeben. Aber meine Füße machten kehrt. Ich steckte sie in die Schuhe und ging zu dem Fußweg hinüber. »Kennst du mich noch?« fragte die Frau, »Makareta, die Verwöhnte, als wir noch Kinder waren.« Sie nahm meine Hand und legte ihren Arm um mich. »Hier entlang«, sagte sie. »Mein Haus ist da oben.«

Wir waren am Anfang einer langen Auffahrt, die von Sträuchern und Bäumen gesäumt war. Zu beiden Seiten standen niedrige Farne und hingen über den Lampen, die uns den Weg beleuchteten. »Ich habe dich vom Bus aus gesehen«, sagte sie. »Ich wußte sofort, daß du das bist, und als ich aus dem Bus gestiegen war, bin ich rasch zu meinem Haus hinaufgestiegen, weil ich wußte, daß ich dich von dort aus sehen konnte. Ich dachte, wenn ich dir entgegenginge, würde ich dich vielleicht aus den Augen verlieren.« Ich gab ihr keine Antwort. Alles, was ich denken konnte, war, daß ich jetzt etwas tat, was ich gar nicht tun wollte.

Die Auffahrt wurde steiler, und Makareta führte mich zu einem schmalen Weg, der zwischen den Bäumen hindurchging. »Dieser Weg ist kürzer«, sagte sie. Sie ging über eine kleine Brücke, unter der ich Wasser rauschen hörte. Es roch nach irgendwelchen Sträuchern, und dieser Geruch war mir aus einer lange zurückliegenden Zeit in Erinnerung. Wir gingen über eine Reihe von Steinstufen weiter und kamen zu einem Haus, wo ein Licht über einer wuchtigen Tür aus Holz brannte. »Ich lebe hier ganz alleine«, sagte Makareta. »Aber nicht mehr lange.«

Wir betraten einen Flur, wo Makareta ihre Schuhe auszog, also zog ich meine auch aus, und aus lange zurückliegender Zeit kam mir wieder eine Erinnerung ans Schuhe ausziehen. Wir gingen auf einem dicken, weißen Teppich in eine Diele, wo ein Hund stand und an mir schnupperte. Er war auch weiß und zottelig, wie der Teppich. »Ist schon gut, Hipi, das ist unsere Cousine Mata«, sagte Makareta. Sie rückte die Kissen auf einem Stuhl zurecht, und ich ließ mich in ihre ausgesprochene Behaglichkeit sinken. Ich hatte noch kein Wort gesagt, seit wir uns getroffen hatten, und saß da, und es kam mir zu Bewußtsein, wie schlampig, ärmlich, matt und häßlich, wie verlegen ich war. Ich wollte nur weitergehen. »Erst mal einen Tee«, sagte Makareta.

Der Raum, in dem ich saß, hatte eine hohe Decke mit polierten Balken und großen Fenstern. Die eine Wand war mit Regalen voller Bücher bedeckt und hatte eine eingebaute Stereoanlage und einen Fernseher und einen Wandschrank, in dem ich Musik- und Videokassetten vermutete. Wandlampen beleuchteten die Bilder, die die restlichen beiden Wände fast völlig bedeckten. Sie zeigten hölzerne Figuren, die zum Leben erweckt waren. Ihre dunklen Gesichter starrten vor sich hin, als hätten sie ein gebrochenes Herz, und es gab Muster, die sich in gefühlvollen Farben ineinander- oder auseinanderrollten, und Stränge waren in sie eingewoben, als ob sie von Bäumen kämen. Andere Muster flochten sich in ein Fließen oder ein Zusammenballen hinein und heraus. Da gab es Vögel, die wie Menschen aussahen, und Menschen, die Vögel zu sein schienen. Auf einigen Bildern waren Menschen mit hocherhobenen Transparenten auf einer langen Straße zu sehen.

Außer den Bildern gab es noch geschnitzte Figuren, die nicht beleuchtet waren, ein paar große standen im Dämmerlicht an den Wänden, und kleinere standen hier und da in den Regalen.

Makareta brachte eine Tasse Tee und stellte sie neben meinem Stuhl auf einen kleinen Tisch.

»Danke.» Meine Stimme klang gepreßt und fremd.

»Und dann ein Bad. Ich lasse dir Wasser einlaufen«, sagte sie und ging weg. Ich sagte die Wörter des Zimmers vor mich hin – Balken und Fenster, Lampen und Regale, Bücher und Bilder, Farben und Muster und Gesichter – um mich vom Denken abzuhalten.

Das Badezimmer war geräumig und mit Spiegeln ausgestattet, und das Wasser war warm und roch gut. Ich dachte, Makareta ließe mich allein, aber das tat sie nicht. Sie nahm Seife und einen Waschlappen und fing an, mich zu waschen, ließ warmes Wasser über mich laufen. Ich fühlte mich häßlich und war verlegen, aber ich konnte nichts sagen oder tun.

Als Makareta fertig war, ging sie weg und kam mit einem Satinnachthemd, wollenen Hausschuhen und großen Handtüchern wieder, die sie auf eine Bank legte. Bis ich mich fertig angezogen hatte, war sie mit dem Essen bereit. Es gab gedämpften Fisch mit Salat, Tomaten, kleinen, roten Rüben und warmen Brötchen. Sie hatte alles mit einer weißen Serviette und Silberbesteck für mich auf ein Tablett gestellt. Ich hatte solche Sachen noch nie zuvor gesehen. Sie hatte selbst ein Tablett, und wir setzten uns in die Sessel, die Tabletts auf dem Schoß. »Ich esse nur eine Kleinigkeit«, sagte sie.

Später dann zeigte sie mir das Schlafzimmer, in dem ich schlafen sollte. Sie schlug die Bettdecke für mich zurück, half mir ins Bett und deckte mich zu, wie eine Mutter es tut. Ich wollte es nicht wollen, und ich konnte nichts sagen. »Morgen früh«, sagte sie, »kannst du mir dann erzählen, wie es dir ergangen ist, seit wir uns das letzte Mal getroffen haben, und erzähl mir auch, wie es dir davor ergangen ist.« Ich merkte, wie meine Augen zufielen.

Was ich ihr am nächsten Morgen erzählte, handelte hauptsächlich vom Warten. Zunächst das Warten darauf, daß meine Mutter kam, und danach dann das Warten auf jemanden nur für mich, eine Mutter, einen Freund, ein Kind, jemanden, der mich liebt und den ich liebe. Ich hatte gewartet und etwas haben wollen – bis ich mich zum Schluß entschlossen hatte, nun nicht mehr zu warten, nichts mehr haben zu wollen, außer dem, was ich schon hatte, nämlich mich selbst, schäbig und häßlich, meinen Namen, mein kleines Foto in dem Bilderrahmen, meine eigenen beiden Füße, die mich trugen.

Ich redete und redete, wie ich nie zuvor geredet hatte, so wie ich es nie von mir erwartet hätte. Es war, als wenn das Laufen, das Denken und das Nicht-Denken mir die Zunge gelöst hätten. Ich erzählte ihr alles, was je passiert oder auch nicht passiert war, wollte immer weiter und weiter reden. Ich war weggegangen, um nichts mehr zu wollen, um nicht mehr wartend herumzusitzen, aber jetzt war ich hier und ging aus mir heraus und ließ all das, was in mir gewartet und gewartet hatte, herausfließen. Ich hatte jemanden gefunden, obwohl ich gar nicht danach gesucht hatte, eine Frau, die mich so vertraut behandelte, als wäre ich ein Teil ihrer selbst. Mir fiel wieder ein, daß sie mir vor langer Zeit ein Kleid und Schuhe geschenkt hatte.

Dann fiel mir wieder ein, daß ich wollte, daß ich gar nichts mehr wollte.

Ich hörte auf zu sprechen und holte das Foto meiner Mutter hervor, um es ihr zu zeigen. »Das ist mein einziges Gepäckstück«, sagte ich. »Ich will lieber gleich weiterziehen, ehe ich wieder mehr haben möchte als nur das. Ich gehe wieder los, und entweder bleibe ich am Leben oder nicht.«

Sie setzte sich neben mich und legte mir den Arm um die Schulter. »Ich brauche dich«, sagte sie. Unbekannte Worte. Ich habe sie noch nie zuvor von jemandem gehört. »Ich bin müde und ich brauche deine Hilfe. Ich verkaufe alles und ziehe wieder nach Hause, und es muß alles verpackt werden, alles sortiert. Das dauert mindestens drei Wochen, vielleicht sogar vier. Wenn du mir hilfst, brauche ich nicht Michael oder unsere Cousine Missy oder sonst jemanden zu bitten. Und wenn du mit mir kommst, brauchst du auch nicht mehr herumzuirren.«

»Menschen verschwinden«, sagte ich, »oder sie sterben.» Ich weiß nicht, warum ich das gesagt habe. »Ich bleibe nie lange mit Menschen zusammen, sie gehen dann weg, oder sie sterben.« Ich hörte mich selbst, wie ich das in meiner tonlosen Stimme auf meine teilnahmslose Art sagte.

Dann beschloß ich, ihr zu helfen. Sie mußte das Haus verkaufen und zu Absprachen mit dem Vater ihrer Kinder kommen. Sie wollte ihre Unterlagen durchsehen und mit ihrem Rechtsanwalt Abmachungen treffen. Sie hatte gerade kein Auto, hatte das eine verkauft und wartete darauf, daß das andere geliefert wurde, eins, das besser taugte für die wopwops, wie sie sagte.

Sie machte sich an all das, was sie erledigen mußte, und ich fing mit dem Packen an.

Es war ein Haus voller schöner Dinge, von denen sie einiges mitnehmen wollte, und einiges sollten ihre Cousinen bekommen. Ich hatte immer von Häusern geträumt, aber niemals von einem solchen Haus. Ich hatte immer davon geträumt, mit meiner eigenen Familie zu einem Haus zu gehören. Ich hatte Bilder von Zimmern und Möbeln, Fenstern und Schränken und Kaminen, Geschirr, Gläsern, Messern und Gabeln und dererlei in meinem Kopf gehabt. Aber ich hatte immer Schwierigkeiten gehabt, mir meine Familie vorzustellen, mir ein Bild von einer Familie zu machen. Die Menschen in den Häusern waren immer schemenhaft geblieben. Es waren geborgte Familien, Leute, die ich durch irgendwelche Fenster oder in einem Zug gesehen hatte, und ich versuchte, sie mir zu eigen zu machen. Manchmal waren es nur ich und meine Mutter, an deren Gesicht ich mich aber nicht mehr erinnern konnte. Ich baute ein Haus um uns herum, und diese Mutter und ich, wir hielten uns im Schlaf umschlungen.

Makareta verbrachte die meiste Zeit in ihrem Arbeitszimmer und sortierte Bücher und Unterlagen, oder sie fuhr zu den Rechtsanwälten und zum Grundstücksamt, nachdem erst mal das neue Auto da war, und ich arbeitete mich unterdessen von Zimmer zu Zimmer vor und wickelte ein und packte. Es war ein Haus mit vielen Zimmern, durch die ich mich unverdrossen durcharbeitete. Am späten Nachmittag ging ich in verschiedene Geschäfte und kaufte ein paar Kleinigkeiten ein, ging dann nach Hause und kochte ein bißchen was für uns.

Ich glaube nicht, daß Makareta überhaupt etwas gegessen hätte, wenn ich nicht da gewesen wäre und gekocht hätte.

Abends unterhielten wir uns, und ich freute mich schon jeden Tag darauf. Nichts in meinem Leben war damit zu vergleichen. Unbekümmert genoß ich diese gemeinsame Zeit, denn ich wußte, daß sie bald zu Ende war. Ich hatte mich entschieden, diese mir auferlegte Arbeit zu erledigen und wieder meiner Wege zu gehen, wenn sie beendet war.

Manchmal redete Makareta von einem Haus für mich, auf einem Stück Land, das mir gehörte, wie sie sagte, aber ich hörte gar nicht richtig hin. Mir war klar, daß ich bloß für den Augenblick, den wir zusammen waren, zustimmte, daß im Augenblick etwas mit mir geschah, was wieder verging. Mir war klar, daß ich nichts zu wollen hatte, nichts träumen durfte – mir war klar, daß ich nur mich selbst hatte, wo immer meine Füße mich hintrugen. Mein Leben war nicht weiter von Bedeutung.

Nach drei Wochen war alles erledigt, alles war gepackt und beschriftet. Ich bedauerte es, daß die Arbeit schon zu Ende war. Auf den Aufklebern stand »Nach Hause«, »Katzen-Haus«, »Papageien-Haus«. Zwei Wochen später sollten die neuen Eigentümer einziehen. Makareta wurde schnell müde und ruhte sich mittags aus, aber abgesehen davon wirkte sie frisch und munter. Sie war stämmig, aber nicht dick. Sie war schön.

Oft hörte ich sie mit ihrem Sohn Michael oder mit Missy telefonieren und über Häuser und Land und mich reden. Sie freute sich darauf, wieder »nach Hause« zu kommen, und das Haus, das sie hatte bauen lassen, war fast fertig. Sie hatte auch für mich etwas angezahlt, für ein Haus, wie sie sagte, aber ich konnte an so etwas gar nicht denken. Wann immer sie darauf zu sprechen kam, ließ es mich verstummen. Da wäre ein Cousin mit einer Planierraupe, der den Bauplatz für das Haus einebnen würde, sobald ich meine Zustimmung gab. »Sag schon ja«, sagte sie dann. »Niemand außer dir kann auf diesem Land leben. Später kannst du es doch den Kindern vererben. Aber sag doch jetzt erst einmal ja. Sag, daß du dort leben willst, damit die Leute dich kennenlernen, vor allem die, die deine Mutter noch gekannt haben, denn es gibt durchaus einige, die mit ihr aufgewachsen sind und sich noch an sie erinnern. Tu es ihnen zuliebe. Tante Gloria sagt mir immer wieder, daß ich dich dazu überreden soll, nach Hause zu kommen, also nun sag doch schon ja. Wenn du dein Haus und dein Land schließlich einem Kind vererben willst, sagen dir die alten Leute schon, wem.« Ich hatte gelernt, nur ja nicht ein Haus zu wollen, weder mit noch ohne Familie drin. Wie sollte ich also? Wie konnte ich etwas wollen, wenn ich aufgegeben hatte, etwas zu wollen? Das Ganze war sinnlos für mich.

Sie redete oft von der alten Dame, der Großmutter, die für sie gesorgt hatte, als sie klein war. »Sie ist immer bei mir«, sagte sie. »Ich kann sie zwar nicht sehen, aber manchmal lehnt sie sich an mich, manchmal berührt sie mich am Arm, damit ich merke, daß sie da ist. Ich höre, wie sie mir in meine Gedanken hineinredet. Wenn ich einsam bin, rede ich mit ihr, auch wenn ich mir über etwas Klarheit verschaffen muß. Als ich als Krankenschwester gearbeitet habe, hatte ich in den langen Nachtdiensten das Glück, daß sie da war. Ich weiß nicht, wie ich es ohne sie geschafft hätte. Und wann immer ich zu Hause gebraucht werde, schickt sie mich heim. Ich war zu Hause, als Wi starb, ich war zu Hause, als Keita starb, weil sie es mir mitgeteilt hat, aber jetzt sehe ich sie nicht … »Michael kann das auch«, sagte sie, »er ist einer, der sehen kann. ›Wer ist das da?‹ sagte er immer, als er noch klein war. ›Wer ist das da mit dem alten Gesicht?‹ Ich antwortete ihm dann: Das ist Kui Hinemate, die für mich gesorgt hat, als ich klein war.«

Ich fand Makareta nach manchem, was sie sagte, etwas seltsam.

Als das Packen beendet war, tat es mir wirklich leid. Die Wände sahen ohne Bilder und Bücher ganz anders aus, und das Haus wirkte leerer ohne die Augen der geschnitzten Figuren, die aus den Ecken heraus und von den Regalen herabsahen. Aber es war noch immer ein sehr schönes Haus, umgeben von dunkelgrünen Bäumen. Durch die Fenster zwischen den Bäumen hindurch sah man den blauen und weißen Hafen und nachts ein Meer von orange und gelben Lichtern.

Makareta wollte die Kisten für das Katzen-Haus und das Papageien-Haus abholen lassen, deshalb schaffte ich sie für die Packer, die am nächsten Morgen kommen sollten, noch vorm Zubettgehen in einen Raum neben der Haustür.

In jener Nacht konnte ich nicht schlafen, sondern lag wach und ermahnte mich selbst, nichts zu wollen, sagte mir immer wieder, daß alles, was ich hatte, ich selbst war, mein Name, ein Foto, meine beiden Füße, und sonst gäbe es nichts, was auch nur das geringste mit mir zu tun hatte.

Nachdem ich etliche Stunden lang wach gelegen hatte, stand ich auf und ging durch die leeren Räume und machte mir bewußt, daß das hier nur ein Zwischenhalt, eine Ruhepause bei meiner Reise ins Nichts war. Ich war nicht unglücklich darüber, ich mochte die Vorstellung vom Nichts, von Leere, vom Nichtwollen. Es bedeutete, die Hoffnung beiseite zu schieben, daß noch etwas käme, und zu versuchen, an nichts mehr zu denken und nach Wegen zu suchen, wie man gedankenfrei wurde. Ich beschloß, mir etwas Heißes zu trinken zu machen und mich hinzusetzen und ein letztes Mal zum Fenster hinaus durch die Bäume zu sehen.

Als ich an Makaretas Zimmer vorbeikam, war jemand drin, jemand, an den ich mich aus lange vergangenen Zeiten erinnerte, und obwohl es dunkel war, erkannte ich die alte Dame, die sich um Makareta gekümmert hatte, als sie klein war. Also betrat ich den Raum. Die Frau sah nicht auf und redete auch nicht, sondern stand nur da und hielt die Hände nach vorne ausgestreckt mit den Handflächen nach oben und sah zu Makareta herunter. Makareta hatte die Augen offen und sah die Frau an.

Dann bemerkte ich auch die anderen. Das Zimmer war voller Leute. Sie waren schemenhaft. Sie waren alt. Aber obwohl sie schemenhaft waren, konnte ich erkennen, daß manche aussahen wie sie, Makareta, oder wie ich. Sie raschelten und scharrten und setzten sich.

Ich trat näher ans Bett heran, aber ich konnte an Makaretas Bewegungslosigkeit sehen, daß sie tot war.

Das war auch richtig so, denn Menschen gehen weg oder sie sterben. Ich ging in die Küche und machte mir eine Tasse Milo. Ich setzte mich ans Fenster und trank und sah hinaus, dann ging ich zurück in mein Zimmer. Nach einer Weile schlief ich ein.

Am nächsten Morgen wachte ich durch ein Klingeln an der Haustür auf. Es war der Packer, der wegen der Kisten für das Katzen-Haus und das Papageien-Haus kam.

Als er wieder gegangen war, duschte ich und zog mein altes Kleid an, mit dem ich gekommen war. Ich zog meine alten Schuhe an, mit denen ich gekommen war, setzte mich hin, aß eine Apfelsine und trank einen Tee. Ich räumte das Zimmer auf, in dem ich geschlafen hatte, und nahm das Foto vom Fensterbrett und ging aus dem Haus, die lange Einfahrt hinunter und stand dann am Tor, um zu entscheiden, in welche Richtung ich gehen sollte, und wartete darauf, daß meine Füße mich irgendwohin trugen. Aber meine Füße standen still, dann drehten sie mich wieder zurück.

Es gibt einiges zu erledigen, wenn jemand gestorben ist. Die Toten verschwinden nicht einfach in den Himmel, mußte ich mir ins Gedächtnis rufen. Es gab einiges zu erledigen, aber ich wußte nicht was. Mir fiel ein, daß Makareta immer wieder gesagt hatte: »Sag doch ja. Wenn ich nach Hause gehe, möchte ich, daß du mitkommst. Gloria erwartet dich schon. Auch deine Cousins und Cousinen erwarten dich. Alle, die deine Mutter noch gekannt haben, erwarten dich schon. Sie wollen, daß du bleibst und nicht wieder gehst. Sag mir, daß du bleiben wirst.«

Es fiel mir schwer, ihr zu antworten. Aber als sie gesagt hatte: »Ich brauche dich. Wenn du mitkommst, brauche ich Michael oder jemand anderen nicht herzubitten, damit sie mir helfen«, hatte ich geantwortet, daß ich mit ihr mitkäme. Sie hatte meinen starren Körper umarmt und mir gedankt. Dann hatte sie gesagt: »Und den Rest werden wir dann schon sehen, wenn wir erst mal da sind.«

Jetzt war sie tot, und ich wurde also nicht mehr gebraucht, aber es blieb doch noch etwas für mich zu tun. Es gab noch einiges zu erledigen, wenn jemand stirbt, aber ich wußte nicht was.

Ich ging in das Zimmer hinein. Die alte Frau war noch immer da beim Bett, aber die anderen waren weg. Nichts von dem, was sich in jener Nacht oder am Morgen ereignete, kam mir damals seltsam vor, aber ich spürte, daß sich mein Leben veränderte, auch wenn ich es gar nicht wollte. Ich hatte aufgehört zu warten und zu hoffen. Ich hatte weggehen wollen, aber meine eigenen zwei Füße hatten mich wieder zurückgebracht.

»Was soll ich tun?« sagte ich zu der Frau. Sie saß deutlich sichtbar auf dem Stuhl neben dem Bett, sah mich aber nicht an, sah nur Makareta an und sagte nichts.

Also setzte ich mich auf den Stuhl auf der anderen Seite des Bettes und versuchte nachzudenken. Ich dachte, ob ich hinaus auf den Weg gehen und jemanden suchen sollte, der mir helfen konnte. Ich dachte, ob ich bei jemandem klopfen sollte. Dann fiel mir der einzige Mensch ein, den ich kannte, der mir helfen würde, der wüßte, was zu tun war. Ich rief in der Werft an und fragte nach Sonny. Ich wußte nicht, ob er überhaupt noch da arbeitete. Ich hatte ihn seit zehn Jahren oder mehr nicht mehr getroffen. Der Mann am Telefon sagte, sie würden ihm ausrichten, daß er mich anrufen sollte. Ich wartete bei Makareta, weil ich dachte, das sei sicher das Richtige, das, was ich tun mußte.

Es dauerte eine Stunde, bis Sonny zurückrief. Es war

schwierig, ihm zu erklären, was geschehen war. Ich hörte mich mit tonloser Stimme fragen, ob er mir wohl sagen könnte, was zu tun sei. Er sagte: »Nach eins komme ich rauf. Nach eins kann ich hier Feierabend machen. Wie ist denn die Adresse?« Die Adresse stand auf einem Stückchen Papier, das der Packer dagelassen hatte. Ich las sie ihm vor.

Es war ungefähr drei Uhr, als er ankam, zusammen mit zwei älteren Frauen. Ich stand in der Tür, als sie die Auffahrt heraufkamen. So schien es mir richtig zu sein. Sie drückten ihre Nasen an meine und weinten und klammerten sich an meine steifen Schultern. Als wir dann im Haus waren, stellte Sonny mich den beiden Frauen vor. »Das ist meine Frau Mata«, sagte er, und ich war überrascht. Ich hatte ganz vergessen, daß wir ja immer noch verheiratet waren. Wir hatten seit vielen Jahren nichts mehr miteinander zu tun gehabt.

Wir gingen in das Zimmer, in dem Makareta lag, und als wir hineingingen, fingen die Frauen an, in ihrer eigenen Sprache zu klagen. Es war sehr fremd für mich. Makaretas Großmutter war weg. Als sie geendet hatten, stellte Sonny sich neben das Bett und redete in dieser Sprache, und ich hatte nicht einmal gewußt, daß er sie sprach.

Die Frauen setzten sich dann hin, rechts und links von Makareta. Sonny nahm mich am Ellbogen und führte mich hinaus. »Wir müssen uns waschen«, sagte er. »Dann kümmern wir uns 'drum, wie es weitergeht.«

Ich erinnerte mich irgendwie an ein Waschen von vor langer Zeit – als ich herausfand, daß meine Mutter gar kein fliegender Engel war. Als wir den Friedhof verließen, haben Tante Gloria und ich uns die Hände gewaschen. Sie hat sich noch das Gesicht gewaschen und auch die Augen betupft.

»Wir müssen die Familie anrufen«, sagte Sonny. »Diejenigen aus ihrer nächsten Umgebung, damit sie schnell herkommen und die Angelegenheit übernehmen können.«

»Ich kenne aber keine«, sagte ich. Aber dann fiel mir der Zettel von dem Packer ein, mit den Adressen vom Katzen-

Haus und dem Papageien-Haus und den beiden Telefonnummern.

Sonny rief eine der Nummern an, und ein kleines Mädchen ging ans Telefon. Sie gab ihm die Nummer von der Arbeitsstelle ihres Vaters, und Sonny konnte nun Benny erreichen, Makaretas Cousin, und ihm mitteilen, was passiert war. Etwas später trafen sechs Leute ein. Die beiden alten Frauen gingen an die Tür und stimmten wieder ihre seltsamen Klagerufe an. Die Cousins und deren Vater und ein alter Mann kamen herein und weinten um Makareta. Es war alles sehr seltsam für mich.

Bevor die Gäste eintrafen, war Sonny noch einkaufen gewesen und hatte mir geholfen, Geschirr, Besteck und Töpfe auszupacken und Küche und Eßzimmer vorzubereiten, damit überhaupt jemand bewirtet werden konnte. Während die Gäste in dem Zimmer waren, wo Makareta lag, gab ich mir alle Mühe, den Tisch mit dem besten Geschirr und Besteck zu decken. Ich schnitt Fleisch auf und machte Salate und belegte Brote, backte ein Blech mit Würstchen im Teigmantel und ein Blech mit Teegebäck. Das ist das einzige, was ich kann.

Der Mann, der Ben hieß, der Vater von Makaretas Cousins und Cousinen, kam mit Sonny, der ihm das Telefonieren abnahm, heraus in die Diele. Bald trafen auch noch andere Leute ein, auch ein Arzt, ein Polizist und die Leichenbestatter.

Es war schließlich später Nachmittag, bis dann alle von dem aßen, was ich vorbereitet hatte. Die Leichenbestatter hatten Makareta weggebracht.

Als alle mit dem Essen fertig waren, gingen die meisten Leute, um sich umzuziehen. Sonny und ich breiteten in der Diele Matratzen aus, packten das Bettzeug wieder aus und machten Schlafstellen zurecht für die Cousins und Cousinen, die wiederkamen, und für die Leute von »zu Hause«, die gegen Mitternacht ankommen sollten. Wir bereiteten Essen für ihre Ankunft vor.

»Demnach hast du ja dann doch noch eine Cousine gefunden«, sagte Sonny. Ich hatte ihm nie etwas von der Familie meiner Mutter erzählt und immer gesagt, ich hätte keine Verwandten mehr.

»Ich bin der Familie meiner Mutter einmal begegnet«, sagte ich, »aber ich habe nie wieder von ihnen gehört, und da habe ich so getan, als ob es sie gar nicht gäbe.«

»Aber wie haste denn die hier gefunden?«

»Eines Tages fuhr sie im Bus an mir vorbei. Wir sahen einander an und erkannten uns.« Das war alles, was ich ihm erzählte.

Er fragte mich, ob er mich am nächsten Tag begleiten sollte, damit ich wüßte, was ich zu tun hätte.

»Wohin? Wohin denn begleiten?« fragte ich.

»Makareta zurückbringen.« Er machte eine Pause, wohl weil ich so verwirrt aussah, nehme ich an. »Du mußt doch mitfahren«, sagte er. »Sie ist doch deine Cousine ... geradeso wie eine Schwester von dir. Du warst doch als einzige hier, als sie gestorben ist, jetzt mußt du bis zum Schluß bei ihr bleiben.« Ich konnte nichts dazu sagen, und nach einer Weile sagte er: »Ich fahre lieber mit. Ich rufe morgen bei meiner Arbeit an und hole meine Sachen.« Dann sagte er: »Und du, wie ist das mit deiner Arbeit?«

»Ich habe da aufgehört.«

»Das Haus und Sachen zum Wechseln?«

»Ich bin da ausgezogen. Ich habe nichts zum Wechseln.«

»Und Geld?«

»Das ist auf dem Konto von der Post, das können die behalten.«

Er sah mich an und sagte nichts, und ich saß da und dachte, wie seltsam das geklungen haben mußte. Also erzählte ich ihm alles von Makareta und mir, was sich in den letzten Wochen zugetragen hatte. Nach einer Weile fing er an zu lachen, als wäre da irgendwas lustig. »Ich denke, ich komme lieber mit«, sagte er.

Die Cousins und Cousinen kehrten zurück. Auch andere kamen noch – viele kamen, Gruppe für Gruppe. Es geschah etwas mit mir. Ich wurde ein Teil von etwas, und das war ich nicht gewöhnt. Ich wußte nicht, was all die Leute da machten, aber ich wußte, wie man Essen vorbereitete und mit all den hübschen Sachen von Makareta den Tisch schön decken konnte.

Um Mitternacht kamen Aperehama, Girlie, Nonny und Win. Sie beweinten Makareta in einer Weise, die mir Angst machte. Sie erinnerten sich alle an mich und beweinten mich auch. Ich war das nicht gewöhnt und wollte mich dem Ganzen entziehen, aber mir war klar, daß ich das nicht durfte. Ich stand stocksteif da, während sie mich umarmt hielten, bis ich schließlich in die Küche gehen und für sie etwas zu essen machen konnte.

Es war nach zwei Uhr, als sich dann schließlich alle auf den Matratzen hinlegten, die Sonny und ich für sie verteilt hatten. Ich legte mich in dem Zimmer hin, in dem ich bis dahin immer geschlafen hatte, und lag wach und dachte über all das nach, was sich ereignet hatte.

Als ich am nächsten Morgen in die Küche kam, war Sonny schon auf, war sogar schon einkaufen gewesen und hatte Milch und Brot geholt. Wir bereiteten das Frühstück vor, und er sagte mir, wir müßten um elf zum Beerdigungsinstitut aufbrechen, weil sie sie nicht eher freigeben würden, und daß alle Autos dann von dort aus losfahren würden. Ich begriff nicht alles, was er sagte.

Es war kurz nach elf, als wir alle mit unseren Taschen und Bündeln das Haus verließen. Ich fuhr zusammen mit Pahe und Josie, den beiden alten Frauen, die Sonny am ersten Tag begleitet hatten, in seinem Auto mit. Aperehama und Girlie fuhren mit Makaretas Auto und nahmen Makaretas Hund mit, denn das war das einzige Auto, in das sie Hipi hineinkriegen konnten. Dann fuhren alle Autos zusammen zum Beerdigungsinstitut, wo schon eine andere Autoschlange wartete, um sich uns anzuschließen. Ich verstand erst nicht, daß diese vielen Autos uns auch noch begleiten würden. Ich konnte mir nicht erklären, woher all diese Leute das mit Makareta wußten.

Der Leichenwagen kam auf die Straße hinausgefahren. Aperehamas Auto übernahm die Führung, und wir fuhren alle hinterher. Da allmählich fing ich an zu verstehen, was los war, fing ich an zu begreifen, daß ich jetzt wieder an den Ort zurückkehrte, wo ich drei Wochen Ferien verbracht hatte, als ich zehn war, an den Ort, der mir noch viele Jahre danach in Erinnerung geblieben war, aber den ich schließlich aus meiner Erinnerung getilgt hatte, so als wäre ich niemals dort gewesen.

Es war eine sechsstündige Fahrt. Der Bahnhof, an dem ich vor all den vielen, vielen Jahren ausgestiegen war, sah so winzig aus, aber es war der gleiche Bahnhof. Die weiße, staubige Straße, die ich mit Tante Gloria entlanggegangen war, war inzwischen verbreitert und geteert. Unser Autokonvoi fuhr die Straße nur langsam hinunter, aber trotzdem dauerte die Strecke, die damals so lang gewesen war, nur ein paar Minuten. Da war die Stelle, wo der Fluß dicht an der Straße entlangfloß, wo wir mit dem Koffer durch den Zaun gekrochen waren. Wir kamen um eine Ecke, und da stand noch das alte Haus.

Es waren aber auch einige neue Häuser hinzugekommen. Wir krochen ein kurzes Stückchen bergauf, fuhren um eine Kurve, und dann konnten wir im Tal das Versammlungshaus liegen sehen. Als ich in meiner Kindheit dort zu Besuch gewesen war, war ich nie im Versammlungshaus oder auch nur in seiner Nähe gewesen, aber ich weiß noch, daß ich es einmal gesehen hatte, als wir über den Berg hinüber zum Fluß gingen. Mir war es damals einfach vorgekommen wie ein altes verlassenes Haus, das allein auf einem rumpeligen Platz stand. Jetzt stand dort ein renoviertes Haus mit Rasenflächen und Beeten drumherum. Daneben befand sich noch ein anderes großes Gebäude, und es standen viele Leute davor.

Unsere Autos fuhren langsam die lange Auffahrt hinauf und hielten vor dem Tor. Als wir ausgestiegen waren, sagte Sonny zu mir: »Du mußt mit Pahe und Josie nach vorne gehen. Du mußt den Zug anführen, oder jedenfalls ist das bislang immer so gewesen.«

»Ich bleibe bei dir«, sagte ich.

»Ich muß vielleicht dabei helfen, sie zu tragen«, sagte er. »Und außerdem mußt du an ihrer Seite gehen.«

Er flüsterte mir beschwörend zu: »Du mußt begreifen, daß das dein Platz ist. Kein anderer kann das machen, nur du. Du hast mir doch gesagt, daß deine Mutter die Älteste in ihrer Familie war, und du bist ihr einziges Kind. Das bedeutet, daß du das machen mußt. Du bist ihre engste Verwandte. Du bist ihre tuakana – in gewisser Weise, selbst wenn sie älter war als du. Du mußt die ganze Zeit dabeisein. Das wird eine große Angelegenheit, dieses tangi, morgen und in den nächsten Tagen kommen bestimmt Hunderte von Menschen, bei einer Frau, die im ganzen Land derart bekannt war.« Ich hatte keine Ahnung, wovon Sonny da sprach.

Der Mann von dem Beerdigungsinstitut öffnete die Hecktür des Autos. Er stand da und wartete. Aperehama ging zu Sonny herüber, und Sonny nickte, aber sie sprachen beide kein Wort. Andere Leute können sich irgendwie über Dinge verständigen, die ich nicht verstehe, aber ich spürte, daß etwas mit mir vor sich ging. Sonny nahm mich am Arm und führte mich zu den beiden Frauen. Er redete mit ihnen in ihrer Sprache.

»Es ist schon richtig so, meine Gute«, sagte Pahe. »Du mußt jetzt deine Schwester begleiten. Sie ist doch deine eigene Schwester. Wir beiden alten kuia, wir sind ja eigentlich nur mitgekommen, um deiner Familie zu helfen. Diese liebe Tochter dort ist ja nicht unsere Tochter. Wir sind nur mitgekommen, um dabei zu helfen, sie nach Hause zu bringen, weil eure Familie uns leid tut. Eure Familie hat keine alten Leute in der großen Stadt, die euch hätten helfen können.« Sie streichelten mich und strichen mir über den Arm. Ich begriff nicht, was sie sagten. »Wir machen uns jetzt auf den Weg und nehmen dich mit. Nun komm, meine Gute, du bist ja nicht allein. Wir und alle deine tipuna sind bei dir, alle deine Vorfahren.«

Die Männer hatten den Sarg inzwischen aus dem Auto gehoben, Aperehama und Ben, Bens Sohn, sein Schwiegersohn, Sonny und der Mann vom Beerdigungsinstitut. Die anderen, auch Makaretas Hund Hipi, standen um den Sarg herum. Aber die beiden alten Frauen hielten mich jede an einem Arm, und wir standen am oberen Ende des Sarges. Wir mußten offenbar noch warten.

Dann hörte ich wieder dieses seltsame Klagen. Ich stand erschrocken und starr da, aber nur einen Augenblick lang, denn es ging etwas mit mir vor. Die alten Frauen schoben mich vorwärts, also ging ich los. Wir zogen langsam durch das Tor. Alle warteten vor dem Haus, und sie klagten und weinten. Die Älteren waren fast alle schwarz gekleidet. Die Frauen hatten grüne Blätter in den Haaren und hielten frisches Grün in den Händen. Die Jüngeren hatten alles mögliche an – Rock und Bluse, T-Shirts und Jeans, Busch-Hemden und -Stiefel, Schirmmützen mit Aufschriften, Trainingsjacken, Trainingshosen, Turnschuhe, Gummilatschen. Es waren Matten auf dem Boden ausgelegt.

Ich konnte Tante Gloria, Manny, Missy, Chum und andere Gesichter erkennen, an die ich mich noch erinnerte. Sie alle hielten sich umarmt und weinten. Irgend etwas ging vor sich. Neben mir fing Pahe an zu klagen und dann Josie, und wir gingen unterdessen langsam immer weiter.

Irgend etwas ging vor sich, denn plötzlich bevölkerte sich der Platz immer mehr. Plötzlich saßen Leute da, wo die Matten lagen und wo zunächst niemand gewesen war. Da waren Männer und Frauen, die Kinn und Gesicht bemalt hatten und in eine längst vergangene Zeit gehörten. Sie hatten mein eigenes Gesicht, einige von ihnen, Makaretas und meins.

Die Veranda füllte sich auch immer mehr mit Leuten – mit Leuten aus längst vergangener Zeit. Einige waren Soldaten in Uniform. Eine von ihnen war Keita, die gleichzeitig sowohl sie selbst als auch Tante Gloria zu sein schien, obwohl sie beide da waren.

Und dann sah ich eine Frau, die vor den anderen stand und nur mich ansah. Das war Anihera.

Ich hatte gewartet. Jahrelang hatte ich gewartet. Jahrelang hatte ich etwas haben wollen. Jetzt, wo ich entschieden hatte, nichts mehr zu wollen und auf nichts mehr zu warten und nur noch das zu besitzen, was ich schon hatte, da kam meine Mutter zu mir.

Um uns herum waren auch noch Leute, die mit uns mitgingen. Direkt neben dem Sarg ging Makaretas ureigenste Kui Hinemate mit Pfauentauben in den Haaren. Ihre Hand ruhte auf dem Holz.

In der Mitte der großen Rasenfläche hielten wir an. Pahe und Josie fingen an, in höchsten Tönen zu klagen, und die Tränen liefen ihnen über das Gesicht. Das Weinen der Leute schwoll an. Irgend etwas ging mit mir vor sich. Irgend etwas.

Meine Augen füllten sich mit Tränen. Die Tränen liefen herab. Ströme von Tränen flossen herab. Das Wasser lief aus der Nase und tropfte auf den Boden, Ströme von Wasser. Ich hatte in meinem ganzen Leben noch nie geweint, und jetzt hatte ich das Gefühl, nie wieder aufhören zu können. Wir alle weinten lange. Alle meine Tränen rannen herab, und ich ließ sie einfach laufen. Ich hatte nie zuvor geweint. Tränenlose Jahre. Und ich hörte die Töne aus mir herauskommen, vom Weinen, so wie bei den Frauen um mich herum.

Allmählich ließ unser Weinen nach, und wir setzten uns wieder in Bewegung. Die Männer setzten den Sarg auf den Matten ab, und Frauen kamen und setzten sich drumherum und berührten das Holz und strichen darüber. Ich wurde zu Sitzplätzen geführt, und alle aus unserer Gruppe setzten sich. Einer nach dem anderen erhoben sich die Männer, um Reden zu halten, und wieder und wieder wurden traurige, monotone Lieder gesungen. Als alle Reden gehalten waren, bewegten wir uns wieder vorwärts. Ich weiß nicht, was mit mir vor sich ging, aber es machte mir alles gar keine Angst.

Die Menschen, Tante Gloria und die anderen, bildeten eine Reihe. Die anderen Leute, Anihera und die, die sich dazwischengemischt hatten, waren zurückgewichen und schemenhaft geworden, nur Makaretas Kui Hinemate, die ich deutlich sehen konnte, saß neben dem Sarg. Unsere Gruppe ging vorwärts, und die Menschen drückten ihre Nasen aneinander und fingen wieder an zu weinen. Ich wußte nicht, wie ich mich verhalten mußte, aber ich hatte keine Angst. Ich folgte Pahe und Josie und bemühte mich, das zu tun, was sie taten. Als ich bei den Frauen ankam, hielten sie mich lange umklammert und weinten und jammerten über mich, und ich spürte, daß mir die Tränen wieder herabliefen. Irgendwas ging mit mir vor sich.

Dann sah ich, daß Makaretas Kui Hinemate in das Haus hineinging. Ich wußte nicht, ob ich die einzige war, die sie sehen konnte, wußte nicht, ob ich die einzige war, die die anderen schemenhaften Leute sehen konnte, aber ich weiß, daß mir das nicht seltsam vorkam, so wie es mir auch nicht seltsam vorgekommen war, als ich in der Nacht, in der Makareta starb, in den Raum voller Menschen kam.

Die Männer hoben Makareta hoch, und wir gingen alle ins Haus hinein, und der Sarg wurde an einer Stelle abgestellt, die dafür vorbereitet worden war. Der Leichenbestatter löste die Schrauben, aber ich bemerkte es zunächst nicht, daß er den Deckel abnahm, begriff nicht, daß ich gleich die tote Makareta noch einmal sehen würde. Das Weinen und Klagen setzte wieder ein, und als ich auf Makareta herabsah, spürte ich, daß meine Tränen wieder flossen. Ich hätte nicht sagen können, ob diese Tränen oder das Weinen an diesem Tag überhaupt tatsächlich Makareta gegolten hatten. Sie schienen von einem nie erreichten Ort herzukommen, von all den Jahren.

Missy führte mich zu den Matten, damit ich mich mit ihr zusammen hinsetzte, sie auf die eine Seite von Makareta, ich auf die andere.

Da waren wir nun alle drei beisammen.

Tante Gloria packte Fotografien aus, und Bub verteilte sie um den Sarg herum. Ich nahm auch meine Fotografie aus der Tasche und gab sie Bub, damit er sie dazustellte.

Wieder erhoben sich Männer und hielten Reden. Ich glaube, sie sprachen mit Makareta. Leute ließen sich nieder, und es gab nichts, was mir Angst machte. Ich sah mich nach jenen anderen um. Ich suchte nach Anihera. Ich suchte nach Kui Hinemate. Sie schienen dazusein, obwohl ich sie nicht mehr sehen konnte, aber ich wußte, ich würde sie bestimmt wiedersehen.

## *Worterklärungen*

*amo* senkrechte Stützen des unteren Endes der maihi am vorderen Giebel eines Hauses

*Aotearoa* Land der langen weißen Wolke, ursprünglicher Name Neuseelands

*B. Y. O.* »Bring Your Own« steht über Lokalen ohne Alkohollizenz, wo man seine eigenen Getränke mitbringt.

*bottlies* Schnappverschlüsse von Flaschen, von Murmelsammlern sehr geschätzt

*bubba* Baby

*bully-toa* eine besonders große Murmel, meistens die Lieblingsmurmel

*chumchum* Freund

*Creaming soda* Limonade mit Vanillegeschmack

*E rua nei aku ringa* Hier sind meine beiden Hände.

*Fair Isle* typisches farbiges Muster von den Shetland-Inseln

*Feltex* Firmenname für Teppichunterlagen aus Filz, oft dick genug, um als Teppich benutzt zu werden

*Fingernagel war's ...* bezieht sich auf die Geschichte, wie der Welt beinahe das Feuer verlorenging, weil der Halbgott Maui seine Vorfahrin Mahuika zu übertölpeln versuchte, damit sie ihm die Macht über das Feuer überließ. Mahuika konnte mit den Fingernägeln Feuer machen.

*Froschlaich* Tapioka-Nachtisch, Sago, wird gern Internatszöglingen vorgesetzt

*Gingham* geflammter, gestreifter oder fein gewürfelter Schürzen- oder Hauskleiderstoff aus Baumwolle in Leinwandbindung

*gym* ärmelloses Plisseekleid, meist mit Gürtel, von Schulmädchen getragen

*haka* Tanz

*hakihaki* Stich, Hauterkrankung

*hangi* Maori-Erdofen, auch Essen aus einem solchen Ofen

*»He Putiputi«, »He Aha Kei Taku Uma«, »Me He Manu Rere«, »Tahine Taru Kino«* Titel von Songs

*hongi* Begrüßung, bei der man Nase und Stirn aneinanderdrückt und sich gegenseitig sanft anbläst, um den Atem auszutauschen. Danach darf man nicht mehr feindselig miteinander umgehen.

*Hot bread* steht an der Bäckerei, wo es sonntags frisches Brot gibt

*hula* polynesischer Frauentanz mit Schwingen oder Kreisen der Hüften
*iwi* Volk
*Jeep coat* lange Jacke
*Kahikatea* Baum, podorcarpus laevigatus
*kai* Essen
*karaka* Baum, corynocarpus laevigatus
*karakia* religiöser Gesang, Gottesdienst, die alten Riten und alle wichtigen Anlässe im Leben der Maori betreffend
*karanga* rituelles Wechselrufen zwischen den auserwählten Frauen, das die formale Zeremonie des Willkommens auf dem marae eröffnet und ohne den die BesucherInnen das marae nicht betreten dürfen.
*Kaue e harawene mona* Sei nicht eifersüchtig oder neidisch auf ihn.
*kauri* Baum, agathis australis
*kawakawa* neuseeländischer Zierstrauch oder Baum mit duftenden Blättern, macropiper excelsum
*kehu* rot
*kehua* Geister
*Kei te haere mai nga pahi* Die Busse kommen.
*kereru* große Wildtaube, hemiphaga novaseelandiae
*kohanga* Vorschulgruppe, in der Kinder mit Maori-Kultur vertraut gemacht werden
*koroua* der Älteste eines whanau, einer Großfamilie
*korowai* ein mit schwarzen, gedrehten Fransen verzierter Umhang
*kotukutuku* fuchsia excorticata
*koura* Languste, Flußkrebs, Bachkrebs
*Krähennest* Ausguck am Schiffsmast
*Kua mate a Mama* Ist Mama tot?
*Kua tae mai nga pahi* Die Busse sind angekommen.
*kuia* alte Maori-Frau
*kumara* Süßkartoffel
*maihi* Abschlußbretter am Hausgiebel, oft an den unteren Enden mit Schnitzereien verziert
*manuka* Busch oder Baum, wegen seiner aromatischen Blätter Teebaum genannt, leptospermum scoparium und l. ericoides
*marae* Hof des Maori-Versammlungshauses, Gerichtsplatz oder Zentrum des sozialen Lebens
*matai* Baum, podocarpus spicatus
*Maui* Halbgott aus der Maori-Mythologie
*may-bee* Verballhornung eines Liedes, das eigentlich von jemandem namens Abe (Aussprache: Aybee) handelt
*Milo* Markenname eines heißen Kakao-Getränks

*miro* Baum, podocarpus ferrugineus
*Miss Nohi* Abkürzung von Haki Nohi oder Jack Nosey, womit Leute gemeint sind, die ihre Nase in anderer Leute Angelegenheiten stekken.
*Missy Sissy, Miss Tissy* Fräuleinchen Heulsuse
*moko* Gesichtstätowierung, auch Abkürzung von mokopuna
*mokopuna* Enkel, Nachkomme
*muka* gedrehte Flachsschnur
*Native Land Act, Public Works Act, Town and Country Planning Act, Rating Act, Counties Amendment Act* regeln alle auf unterschiedliche Weise Einzelprobleme des Landbesitzes und verstoßen alle gegen den Vertrag von Waitiangi, weil sie auf ungerechte Weise die Maori von ihrem Land fernhalten.
*Ngati Poneke Concert Party* Ngati Poneke ist die Übertragung von Port Nicholson, dem Hafen von Wellington. Ngati Poneke ist auch der Name einer Maori-Gesangs- und Tanzgruppe, die bei Konzerten auftritt (deshalb Concert Party).
*nikau* Neuseeland-Palme, rhopalostylis sapida
*Obsidian* Sammelname für saure, natürliche Gesteinsgläser vulkanischen Ursprungs, schwarz, dunkelgrau bis dunkelbraun, oft geflammt oder streifig; bewacht den Zugang zur römischen Unterwelt
*Ohren eines toten Mannes* Nachtisch aus Makaroni, die die Form des Ohrmuschelrandes haben
*pa* Dorf
*pakeha* Neuseeländer europäischer Abstammung
*paraoa parai* gebratenes Brot
*paua* Mollusken, Fleck auf der Pupille
*pipiwharauroa* leuchtend bunter Kuckuck, chalcites lucidus
*piupiu* Maori-Hüftrock aus getrocknetem Flachs
*piwaiwaka* Pfauentaube, rhipidura flabellifera und r. fuliginosa
*Po Atarau* Titel eines Abschiedsliedes
*poaka* Schwein
*poi* kleiner, leichter Ball aus Flachs an einer Schnur, wird beim poi-Tanz rhythmisch geschwungen
*ponga* Baumfarn, cyathea dealbata
*poroporo* Busch mit eßbaren Früchten, solanum aviculare und solanum laciniatum
*poutokomanawa* mittlere und wichtigste Stütze des Firstbalkens
*puha* Sau- oder Gänsedisteln, von den Maori gekocht als Gemüse verwendet, sonchus oleraceus
*puhi* Jungfrau, verlobte Frau

*pukana* Grimassen
*puku* Bauch
*puriri* Baum, vitex lucens; Puriri, Matai, Kauri und Rata sind Namen von Bäumen, die in der Schule für die einzelnen Gruppen verwendet werden.
*rata* Baum, metrosideros robusta und m. umbellata
*Raupatu* Land, das den Maori, die so dumm waren, ihre Häuser und ihr Land gegen die vordringenden pakeha zu verteidigen, von den Siedlern »konfisziert« oder gestohlen wurde.
rawakore Arme, Besitzlose
*Red Hot Specials* Sachen, die im Ausverkauf zu Schleuderpreisen verkauft werden
*rewena bread* Brot, das mit fermentierten Kartoffeln als Backtriebmittel gebacken wird
*Ringa ringa pakia ...* In die Hände klatschen, mit den Füßen stampfen, die Hände ausstrecken, dann das Ganze rückwärts
*smoko* Vesperpause
*tangihanga* Trauer- und Bestattungsfeierlichkeiten, die mehrere Tage dauern
*taniko* Makramee-Gürtel
*taringa* Ohr
*taru kino* schlechtes Haschisch, Marihuana
*taumau* versprochen sein, Verlobte
*tawhito* althergebracht, traditionell
*Te Waru* ein Nachname
*Te Tiriti o Waitangi* Vertrag von Waitangi von 1840 zwischen einigen Maori-Völkern und der britischen Krone, der den Status Quo der Maori festschrieb, was die Verwaltung und die Eigentumsrechte betraf und gleichzeitig den britischen Siedlern freien Zutritt auf Neuseeland garantierte
*teapots* »Limokugeln«, in Neuseeland kleine braune Tonmurmeln, die früher im Schnabel einer Teekanne steckten. Sie waren zu klein, um als richtige Murmeln zu gelten und wurden deshalb Schieter genannt.
*teina* jüngerer Bruder eines Jungen, jüngere Schwester eines Mädchens
*tekoteko* geschnitzte Figuren am Hausgiebel
*tipare* Stirnband
*tipuna* Vorfahre
*titama* Spiel mit den Händen wie Schere, Stein, Papier
*top shelf* scharfe Sachen wie Schnaps oder Likör, die im Laden auf dem obersten Regal stehen

*tuakana* älterer Bruder eines Jungen, ältere Schwester eines Mädchens
*tuna* Süßwasseraal
*turangawaewae* wörtlich: ein Platz für die eigenen Füße, wo man sich niederlassen kann, Identität, eigener Lebensort in Abgrenzung zu dem der anderen
*turi whatia …* Knie beugen, in den Hüften wiegen, tra-la-la-la
*tutae* Scheiße
*two-up* Glücksspiel, das durch das Werfen zweier Münzen gespielt wird
*urupa* Friedhof
*waiata* Maori-Lied
*Way Down Sale* Superbillig-Verkauf
*whakapapa* Ahnentafel
*wharenui* großes Haus, Bezeichnung für das geschnitzte Haupthaus oder das Haus der Ahnen eines Maori-Volkes
*whariki* einer der vielen Namen für gewebte Matten
*whenua* Nachgeburt, Land
*wiwi* Riedgrasbüschel
*wop-wops* das neuseeländische »Hintertupfingen«
*zambucks* Sanitäter, wegen ihrer schwarzweißen Uniform nach der Verpackung der antiseptischen Salbe »Zambuck« benannt